LIANE WILMES

Die MELODIE der WELLEN

atb aufbau taschenbuch

Liane Wilmes, geboren 1979 in Niedersachsen, studierte Allgemeine Sprachwissenschaft, Psychologie und Neuere Deutsche Literatur- und Medienwissenschaft in Kiel. Viele Jahre arbeitete sie als Redakteurin im Online-, Print- und TV-Bereich sowie als Lektorin und Übersetzerin in Hamburg. Heute lebt sie als freie Autorin mit ihrem Mann und ihren beiden Kindern in der Nähe von Lübeck.

Im Aufbau Taschenbuch sind ihre Romane »Hinter den Wolken leuchtet ein neuer Tag«, »Erst der Regen verzaubert das Licht« und »Das Glück tanzt aus der Reihe« erschienen.

Als Anna vor der Prüfungskommission des Leipziger Konservatoriums steht, sich ihre Geige – das wertvollste Erbstück ihrer Mutter, eine echte Jan Kulík – unter das Kinn klemmt und den Bogen anhebt, weiß sie plötzlich keine einzige Note mehr. Und das, obwohl sie so lange auf diesen Augenblick hingearbeitet hat. Der Aussetzer vermiest Anna nicht nur die Aufnahmeprüfung, sondern auch den Sommer – so erscheint es ihr zumindest, als sie sich kurze Zeit später auf Langeoog auf einem Filmset wiederfindet. Denn ihr bester Freund sieht nur eine Möglichkeit, Annas Prüfungsangst in den Griff zu bekommen: Sie muss endlich ihren Vater kennenlernen, den berühmten Regisseur Albert Strauss. Doch nicht nur ihr Vater stellt Annas Sommer an der Nordsee auf den Kopf, sondern auch der charmante Schauspieler Leif und der geheimnisvolle Drehbuchautor Bosse …

LIANE WILMES

Die MELODIE der WELLEN

ROMAN

aufbau taschenbuch

MIX
Papier | Fördert
gute Waldnutzung
FSC® C083411

ISBN 978-3-7466-4112-6

Aufbau Taschenbuch ist eine Marke
der Aufbau Verlage GmbH & Co. KG

1. Auflage 2024

www.aufbau-verlage.de
10969 Berlin, Prinzenstraße 85

Umschlaggestaltung und Motiv www.buerosued.de, München
Satz LVD GmbH, Berlin
Druck und Binden CPI books GmbH, Leck, Germany

Printed in Germany

Prolog

Kann noch irgendwer mein Herz schlagen hören?

»Sie beginnen mit einer Solosonate von Bach, entnehme ich meinen Unterlagen.« Es ist eine Feststellung, keine Frage. Der Saal ist so hell ausgeleuchtet, dass ich erkennen kann, dass der Toupet tragende Prüfer Spinat zu Mittag gegessen und sich anschließend nicht die Zähne geputzt hat. Ich schaffe es nicht, meinen Blick abzuwenden.

»Frau Novotna?«

Ich wünschte, irgendjemand würde einfach das Licht ausschalten. Beklommen räuspere ich mich und umklammere das Griffbrett meiner Geige wie einen Rettungsring auf der Titanic. Ich trage ein schwarzes, knielanges Etuikleid und ein Lächeln im Gesicht. Das Kleid, das unaufgeregteste und biederste Outfit, das mein Schrank hergab, klebt mir am Rücken und kleine Rinnsale aus Schweiß laufen mir die Schläfen herunter. Durch das angestrengte, zweifelsfrei maskenhaft wirkende Lächeln sind meine Gesichtsmuskeln eingefroren und tun höllisch weh.

»Oder ziehen Sie es vor, mit einer Caprice von Rode zu starten?« Ich könnte schwören, dass Ungeduld und Missbilligung in seiner überraschend hohen Stimme mitschwingen.

Ich bin eine der Letzten auf einer endlos langen Liste voll potenzieller Anwärter, die diese Woche zur Hauptprüfung an der renommierten Hochschule für Musik und Theater »Felix Mendelssohn Bartholdy« Leipzig eingeladen wurden.

»Vielleicht besser mit Klavierbegleitung, Frau Novotna?« Auf den ersten Blick wirkt er alles andere als einschüchternd, eher wie ein gutmütiger Kinderarzt, aber den aufgeregten, verängstigten Gesprächen im Warteraum konnte ich entnehmen, dass seine Fassade bröckelt, sobald ein Prüfling seinen erlesenen Ansprüchen nicht gerecht wird. Dann soll er nicht mit vernichtenden Kommentaren geizen und in besonders aussichtslosen Fällen sogar anfangen zu brüllen, als hätte man ihm das Fläschchen weggenommen. Mein Blick wandert von seinen grün gesprenkelten Zähnen zu dem Toupet, das leicht verrutscht in seiner gerunzelten Stirn hängt. Ich kann mich beim besten Willen nicht an seinen Namen erinnern.

»Anna?« Die Prüferin, die neben ihm sitzt, sieht wohlwollender aus als ihr älterer Kollege. Ihr Gesicht lässt vermuten, dass sie häufiger ein Fruchtsäurepeeling beim Kosmetiker macht, als ihr guttut. »Ihr eingereichtes Video aus der Vorauswahlrunde zeigt, dass Sie eine Menge Talent mitbringen. Und jeder ist bei einer so wichtigen Prüfung ein bisschen nervös. Am besten, Sie atmen ein paarmal tief durch, dann werden Sie den roten Faden schon wiederfinden. Beginnen Sie anschließend einfach mit demjenigen Ihrer erprobten Stücke, das Ihnen persönlich am meisten zusagt.« Ich sehe aus dem Augenwinkel, wie der erste Prüfer gereizt seine buschigen Augenbrauen hebt.

Vielleicht hätte ich einfach gehen sollen, als ich mich vor zehn Minuten auf der Toilette zum dritten Mal übergeben musste. Doch ich war wild entschlossen, die Sache durchzuziehen. Was blieb mir auch sonst übrig?

Reiß dich zusammen, Anna! Sich derart elend zu fühlen, kann auch Vorteile haben. Schließlich entspringt Schöpfergeist oft aus der völligen Verzweiflung.

»Ich kannte Ihre Mutter, Frau Novotna. Eine talentiertere Studentin habe ich seither nicht wieder erlebt. Ihre Karriere war beispiellos.« Der Prüfer erweckt den Anschein, als fiele es ihm schwer, nachzuvollziehen, dass ich nichts von ihrem Genie abbekommen haben soll.

Ich spüre, wie mir das heute ausnahmsweise mal sorgfältig aufgelegte Make-up über mein zweifellos brandrotes Gesicht läuft. Das Kleid haftet jetzt wie Frischhaltefolie an meinem Körper und die Locken fallen mir schweißnass und klebrig in die Stirn. Wahrscheinlich sehe ich aus wie ein blonder Paul Stanley von Kiss. Ich kann mich gerade noch davon abhalten, mir hysterisch Luft zuzufächeln, und setze stattdessen eine, wie ich hoffe, professionelle Miene auf. Andächtig hebe ich meinen Geigenbogen.

Welche sechs Werke hatte ich noch mal in den letzten Monaten akribisch vorbereitet? Womit wollte ich beginnen? Kabalewski? Bloch? Wie waren noch gleich die Noten? Ich schlucke ein paarmal, weil mein Mund so trocken ist, als wäre er voller Wattebäusche. Die Minuten fühlen sich an wie Stunden.

Jonah, der in einer der hinteren Reihen angespannt auf seinem Sitzplatz hin und her rutscht, räuspert sich ein bisschen zu laut. Ich wage es nicht, in seine Richtung zu blicken.

Das quietschende Geräusch, als der Prüfer entschlossen seinen Stuhl nach hinten rückt und sich von seinem Platz erhebt, lässt mich zusammenzucken. Ich habe keinen Schimmer, wie lange ich wie angewurzelt auf der kleinen Bühne stand. Oder ob jemand mit mir gesprochen hat. Verwirrt folge ich ihm mit meinem Blick, bis die schwere Tür hinter ihm ins Schloss fällt. Ich weiß nicht, was beklemmender ist: vernichtende Kommentare oder dass er sich einfach wortlos davonmacht. Professor Pavel Procházka, so war sein Name. Ein Landsmann. Die Prüferin, Professor Birthe Neumann, hebt entschuldigend die Hände und bewegt die Lippen, aber ich verstehe kein Wort von dem, was sie sagt.

Schwer atmend lasse ich meine Violine sinken, eine goldgelbe Jan Kulík aus dem Jahr 1870. Das wertvollste Erbstück meiner Mutter.

Meine Augen fangen an zu brennen. Ich habe es vermasselt, ganz und gar. Ich bin mit Pauken und Trompeten durchgefallen. Ich habe die Chance auf das Leben, das ich immer führen wollte, auf das ich mich seit einer halben Ewigkeit vorbereite und für das ich auf so vieles verzichtet habe, in ein paar sinnlosen Minuten vertan.

Wie durch einen Schleier nehme ich wahr, dass Jonah neben mir auftaucht und mich tröstend an seine Brust zieht. Dankbar atme ich seinen vertrauten Geruch ein, während ich gleichzeitig mit aller Kraft versuche, normal weiterzuatmen und die Tränen zurückzuhalten.

Ich bin heilfroh, dass meine Mutter diese Tragödie nicht miterleben muss.

Kapitel 1

»Kann ich etwas sagen?«

»Kann ich dich davon abhalten?« Stirnrunzelnd schüttele ich meine Locken aus dem Gesicht.

»Du darfst jetzt nicht einfach das Handtuch werfen, Annie! Oder willst du etwa den Rest deines Lebens in diesem drittklassigen Orchester die zweite Geige spielen?« Jonah bedeutet dem gelangweilt dreinblickenden Barkeeper, einem klapperdürren Typen mit platter Boxernase, eine weitere Runde Dirty Martini zu mixen. Zu dieser frühen Stunde ist der Laden noch ziemlich leer.

»Ich spiele die erste Geige, das weißt du genau«, verteidige ich mich und stecke mir eine Olive in den Mund.

Jonah lässt sich nicht beirren. »Das ändert nichts an der Tatsache, dass dein Talent in dieser stümperhaften Truppe komplett vergeudet ist. Und Geld verdienst du dort auch nicht.«

»Aber als Leiterin der Musiktheatergruppe verdiene ich Geld.« Wenn auch nicht gerade viel. Genau genommen liege ich etwa in einer Gehaltsklasse mit Erntehelfern oder dem Toilettenreiniger am Hauptbahnhof. Auf jeden Fall ist es viel zu wenig dafür, dass ich mich mit den unberechenbaren Launen von einer Horde von Zehn- bis Zwölfjährigen herumschlagen muss, die meines Erachtens allesamt viel zu früh in die Pubertät gekommen sind. Dennoch setze ich all meine Hoffnungen in diesen Job. Und ein Stipendium für das Konservatorium hätte mir auch keine großen Sprünge erlaubt.

»Annie, das größte Problem ist nicht dein Einkommen –«

»Wenn du wüsstest. Ich schulde der Bank so viel, obwohl ich so wenig habe.« Dankbar nehme ich meinen Dirty Martini entgegen, den dritten am heutigen Abend, und ignoriere die Miene des Barmanns, die deutlich macht, dass er für ein Mixgetränk mit Olivenlake keinerlei Verständnis aufbringen kann.

»Das größte Problem sind deine Ängste, die du dringend angehen musst, bevor im September die Nachprüfung stattfindet«, fährt Jonah fort, ohne auf meinen Einwand einzugehen.

Ich stoße ein ungläubiges Schnauben aus. »Ich gehe nicht zur Nachprüfung! Ich kann vielleicht einiges wegstecken, aber ich bin noch lange keine Masochistin. Bis ich dieses Debakel verarbeitet habe, ist die Hölle zugefroren.«

Drei Wochen liegt die vergeigte Prüfung nun zurück und das brennende Gefühl der Scham und des Versagens hat keinen Deut nachgelassen.

Ich leere mein Glas in einem Zug, als wäre es Zitronenlimonade, und schüttele mich. Ohne zu zögern, gibt Jonah der Boxernase ein Zeichen, noch eine Runde zu bringen. Er ist der perfekte schwule beste Freund – abgesehen davon, dass er nicht schwul ist. Und dass er nie mit ungemütlichen Wahrheiten hinterm Berg hält. Dabei könnten wir nicht unterschiedlicher sein: Er ist groß, Marathonläufer, fleißig, organisiert, ehrgeizig und entschlossen. Er hat glatte, beinahe schwarze Haare und sieht selbst zu Weihnachten aus, als hätte er gerade vier Wochen in der Karibik am Strand gelegen. Ich bin das personifizierte Chaos, auch wenn ich mir alle Mühe gebe, das Durcheinander zu bekämpfen. Außerdem bin ich viel zu klein für meinen Geschmack, alles andere als sportlich, sommersprossig, selbst im Hochsommer leichenblass und meine hellen Haare stehen wie rohe Fusilli-Nudeln zu allen Seiten meines Kopfes ab. Jonah sagt, das seien meine Antennen.

»Willst du mich betrunken machen, damit ich meine Meinung ändere? Denn das wird nicht passieren, Jonah. Nie im Leben.«

»Wenn du die Prüfung nicht wiederholst, dann war es das mit deinem Traum, in die Fußstapfen deiner Mutter zu treten. Diese Nachprüfung ist deine letzte Chance, Annie, das weißt du.«

Natürlich weiß ich das. Im Oktober werde ich sechsundzwanzig und damit habe ich das Höchstalter für Erstsemester überschritten.

»Dir bleiben also nur knapp zweieinhalb Monate, um deine Ängste in den Griff zu kriegen. Wenn du dich früher durchgerungen hättest, diese Prüfung zu machen – sagen wir, zwei oder drei Jahre –, bliebe dir dazu etwas mehr Zeit. Aber auch davor hattest du ja zu viel Angst.«

Es ist nicht sehr hilfreich, dass er mich ansieht, als wäre ich ein verlassener Welpe in einem Pappkarton.

»Schön, dass du mich unter keinen Umständen unter Druck setzen würdest. Im Übrigen bedeutet Prüfungsangst zu haben nicht, insgesamt ein ängstlicher Typ zu sein.«

Jonah schüttelt missbilligend den Kopf und langt beherzt in das Schälchen mit den Wasabinüssen, obwohl jeder weiß, dass man das in einer Bar auf keinen Fall tun sollte, wenn man nicht besonders scharf darauf ist, Urinspuren und Schlimmeres von weit über zwanzig Fremden mitzuessen. Angewidert schiebe ich die Schale außerhalb seiner Reichweite und wische mir die Hände an meiner schwarzen, zerrissenen Jeans ab.

»Annie, du überprüfst jeden Tag mehrere Male das Türschloss und siehst abends unter dem Bett nach, ob sich dort wahlweise ein Monster oder ein Serienkiller versteckt hält. Du wäschst dir aus Furcht vor Keimen und Bazillen häufiger am Tag die Hände, als ein Kettenraucher nach einer Kippe greift. Du hast Angst vor rundem Brot, Herrgott noch mal!«

Ich ziehe die Augenbrauen zusammen und nehme einen kräftigen Schluck von meinem neuen Cocktail. »Ich habe keine Angst vor rundem Brot. Ich esse nur quadratische Brote, damit der Käse besser draufpasst und kein Rand ohne Belag bleibt. Rundes Brot schmeckt mir nicht.«

Jonahs Schultern zucken, weil er offensichtlich nach Kräften versucht, nicht zu lachen. Meine harmloseren Marotten haben ihn schon immer mehr belustigt als mich. Ich bedenke ihn mit einem vernichtenden Blick.

Doch sein Vortrag ist anscheinend noch nicht abgeschlossen. Er setzt eine ungewöhnlich ernste Miene auf, als er mit leiserer Stimme fortfährt: »Du vermeidest es, deine eigene Meinung zu vertreten oder auch mal Nein zu sagen, weil du Angst hast, abgelehnt zu werden. Du hast solche Panik vor einer Enttäuschung, dass du keinen Mann wirklich an dich heranlässt. Du bist zu feige, deinen Vater zu suchen, weil du den Gedanken nicht ertragen kannst, zurückgewiesen zu werden oder ihn erneut zu verlieren.«

»Bei dir klingt es beinahe so, als wäre mein Leben total verkorkst. Dabei kann ich sehr wohl Nein sagen. Das wirst du hören, wenn du mich noch mal fragst, ob ich mit dir zu diesem albernen Outdoor-Zirkeltraining gehe.« Mit gerümpfter Nase setze ich mein Glas so energisch auf der langen Theke ab, dass der halbe Inhalt auf der Holzplatte landet und auf meine Jeans tropft. Mittlerweile fühle ich mich ziemlich benebelt, schließlich hatte ich nichts als einen grünen Salat zum Abendessen und habe aus Rücksicht auf meinen neuen gesünderen, im besten Fall zuckerfreien Ernährungsplan auf Nachtisch verzichtet. Außerdem konnte ich Alkohol noch nie sonderlich gut vertragen. Gereizt setze ich hinzu: »Und bei Fritz war ich nicht gerade besonders zurückhaltend, oder?«

»Bis du herausgefunden hast, dass er glühender Kate-Bush-Fan ist. Bei Aslan war es, weil er Stephen King liest, bei dem Mann mit den hohen Wangenknochen und den stahlblauen Augen, dessen Name nicht genannt werden darf, weil er eine Vorliebe für Kohlgerichte hat.«

»Du machst dir keine Vorstellung davon, wie seine Wohnung roch.«

»Annie –«

»Angst vor Ablehnung, Enttäuschung oder Verlust ist doch ganz normal. Wer will schließlich nicht gemocht werden? Und jeder Mensch hat auch eine mehr oder weniger ausgeprägte Angst, in wichtigen Situationen zu versagen.«

»Ich habe mich schlaugemacht, Annie. Leute mit Prüfungsangst haben das Gefühl, dass ihre gesamte Person auf dem Prüfstand steht. Du hast Panik vor Kritik oder einer negativen Bewertung, weil du befürchtest, als Individuum nicht ausreichend zu sein.«

Ich lege den Kopf schief. »Vielen Dank für die Diagnose, Sigmund. Steigen wir jetzt auf Gin Tonic um? Von den Oliven ist mir schlecht geworden.«

Als hätte ich nichts gesagt, streicht Jonah sich eine schwarze Haarsträhne aus der Stirn und fährt unbeirrt fort: »Du trägst all diese Angst mit dir herum, weil dein Vater dich verlassen hat, als du ein Baby warst, und sich seither nicht für dich interessiert. Und weil deine Mutter dein Leben lang übertrieben hohe Leistungsanforderungen an dich gestellt und dir nie versichert hat, dass du perfekt bist, wie du bist.«

Ich zögere kurz. Der Laden ist inzwischen gut gefüllt, vor allem mit Studenten der nahegelegenen Universität, und der Barmann hat alle Hände voll zu tun. Geflissentlich übergeht er meine erhobene Hand und den Versuch, Augenkontakt herzustellen, weil er seine Mix-Künste anscheinend lieber bei einem klassischen Negroni als bei einem Dirty Martini unter Beweis stellt.

»Ich weiß das alles, Jonah«, erwidere ich schließlich kaum hörbar. »Ich habe nur keinen blassen Schimmer, wie ich an meiner lausigen Familiengeschichte etwas ändern könnte. Meine Mutter ist seit mehr als drei Jahren tot und mein Vater gondelt irgendwo in der Weltgeschichte herum und dreht den neuesten Blockbuster –«

»Er ist auf Sylt.«

»Wie bitte?«

»Dein Vater ist auf Sylt. Vielleicht auch auf Langeoog oder in St. Peter-Ording, so genau lässt sich das nicht sagen.«

»Woher weißt du das?«

»Jeder weiß das, der hin und wieder eine Klatschzeitung aufschlägt.« Sein markantes, braun gebranntes Gesicht verzieht sich zu seinem typischen jungenhaften Lächeln, das, wie ich weiß, die Frauenherzen reihenweise zum Schmelzen bringt.

»Ich hatte keine Ahnung und ich lese die *Grazia.*« Wider besseres Wissen kippe ich den letzten Rest meines Dirty Martinis herunter und fange an, dem Barkeeper ungeduldig mit der Hand vor der platten Nase herumzufuchteln, obwohl ich damit rechnen muss, dass das die Wahrscheinlichkeit deutlich erhöht, ignoriert zu werden.

Jonah verdreht demonstrativ die Augen. »Wie auch immer, dir bleibt nicht allzu viel Zeit, dich deinen Ängsten zu stellen und ein positives Denkmuster zu entwickeln.«

Schnaubend greife ich nach Jonahs halbvollem Glas.

»Alles, was du brauchst, ist ein Neuanfang, Annie. Einen Reset-Knopf, den du drücken kannst. Damit du diese vermaledeite Prüfungsangst überwinden und in der Nachprüfung beweisen kannst, dass du Bériot und Vieuxtemps im Schlaf beherrschst. Du bist ohne Frage die Talentierteste von allen dort.«

»Was hat ein Reset-Knopf mit meinem Vater zu tun?«

Er hält einen Moment inne und starrt auf einen Punkt irgendwo über meinem linken Ohr. Seine Stimme klingt belegt, als er fortfährt: »Deine Mutter hat dir immer klargemacht, dass dein Vater dich nicht wollte, dass er kein Interesse hatte, eine Beziehung zu dir aufzubauen, und noch nicht mal Unterhalt für dich bezahlt hat – und das, obwohl er, wie wir inzwischen alle wissen, nicht gerade am Hungertuch nagt.«

»Vielen Dank, dass du meinem Gedächtnis so charmant auf die Sprünge hilfst.« Ich spüre, wie meine Zunge immer schwerer wird und mir kaum noch gehorchen will. Jonahs Glas habe ich mittlerweile ebenfalls geleert. Gereizt blicke ich zum Barkeeper hinüber, der endlich eine Reaktion auf mein hysterisches Winken zeigt und träge in unsere Richtung schlurft.

»Zwei Gin Tonic, bitte«, ordere ich mit zuckersüßer Stimme. Für den Bruchteil einer Sekunde stiehlt sich ein winziges Halblächeln in sein dünnes Gesicht, bevor er schnell wieder eine gelangweilte Miene aufsetzt. Anscheinend steht Gin Tonic in seinem persönlichen Mix-Ranking ein paar Stufen über Dirty Martini.

»Wenn du nun diesen ganzen Ballast hinter dir lassen und von vorne anfangen willst, befreit, furchtlos und samt Musikstudium an der Hochschule deiner Wahl, bleibt dir nichts anderes übrig, als deinen Vater endlich mit all dem, was er dir und deiner Mutter angetan hat, zu konfrontieren«, knüpft Jonah übergangslos an unser Gespräch an, sobald die Boxernase uns den schmalen Rücken zugekehrt hat. »Was du brauchst, ist einen Abschluss.«

»Ach, so spät ist es schon?« Demonstrativ halte ich mir meine nicht vorhandene Armbanduhr unter die Nase. Es ist nicht das erste Mal, dass Jonah mir, seit ich im Nachlass meiner Mutter auf ein Foto und einen nie abgeschickten, verzweifelten

Brief stieß, vorschlägt, meinen Vater zu finden – der, wie sich herausstellte, einer der erfolgreichsten Regisseure des Landes ist.

»Es geht um deine Zukunft, Annie. Herrgott, es geht um dein Leben. Seit über drei Jahren weißt du, wer er ist. Du kannst ihn nicht länger ignorieren.« Vorsichtig greift Jonah nach meiner schweißnassen Hand, als würde er damit rechnen, dass ich einfach aufspringen und gehen könnte. »Und wer weiß? Vielleicht hatte er triftige Gründe für sein Verhalten. Vielleicht könnt ihr mit der Zeit sogar so eine Art Eltern-Kind-Beziehung aufbauen. Oder du findest heraus, dass er genau der Blindgänger ist, den deine Mutter dir beschrieben hat, und dass er es beim besten Willen nicht wert ist, dass du dir seinetwegen alle Chancen vermasselst. Dann kannst du zumindest versuchen, mit der ganzen verdammten Geschichte abzuschließen. Und zwar möglichst noch vor September.«

»Das macht einen Euro für die Fluchdose.« Mit wild klopfendem Herzen greife ich mit der freien Hand nach meinem randvollen Gin Tonic, den die Boxernase mir hinschiebt. Plötzlich fühle ich mich wieder stocknüchtern. »Himmel, welchen plausiblen Grund sollte es geben, sein eigenes Kind zu verleugnen? Natürlich ist er es nicht wert. Du hast offenbar zu viel Martini getrunken, Jonah. Du kannst nicht mehr klar denken.«

Unbeeindruckt hebt er die perfekt geformten Augenbrauen. »Wie man es dreht und wendet, du kommst nicht darum herum, deinem Vater gegenüberzutreten, Annie. Auf Sylt oder auf Langeoog. Oder in Sankt Peter-Ording.«

Die Fragen wirbeln wie ein Meteoritenschauer in meinem Hirn herum. Ächzend entziehe ich ihm meine Hand. »Du hast

Nerven! Albert Strauss hat mich und meine Mutter fallen lassen wie heiße Kartoffeln. Niemals werde ich ihm das verzeihen können, das solltest du wissen. Manchmal fällt es mir schwer zu glauben, dass du mein bester Freund sein willst.«

»Ich bin nicht nur dein bester Freund, sondern auch dein Ehemann und damit für dein Glück mitverantwortlich.«

Schnaubend schüttele ich den Kopf. Mit sechs, nicht lange nach unserem ersten Schultag, haben wir geheiratet. Es war ein sonniger Septembertag, wir waren barfuß und trugen zueinander passende Micky-Maus-Badehosen. Als Hochzeitsgeschenk überreichte er mir feierlich einen kleinen Plastikschlumpf aus einem Überraschungsei. Die Schokolade hatten wir vorher gerecht geteilt. Wir haben uns jauchzend mit Wasserbomben beworfen, bis meine Mutter mich ein wenig ungehalten zum Geigeüben ins Haus rief.

»In guten wie in schlechten Zeiten, richtig?«

»Und die guten waren auf Klassenfahrt in der Neunten, als wir zum ersten Mal betrunken waren und herumgeknutscht haben?«

Doch Jonah lässt sich nicht aus dem Konzept bringen. »Und ich weiß auch schon, wie du es anstellst, ohne dass dein Vater direkt Wind von der Sache bekommt und das Weite suchen kann. So, dass du dich langsam an die Sache herantasten kannst. Mir ist klar, dass du nicht der Typ für Hauruck-Aktionen bist.«

Als ich nicht reagiere und stattdessen äußerlich ruhig an meinem Glas nippe, setzt er voller Enthusiasmus hinzu: »Wie gesagt, er dreht gerade einen Film an der Nordsee. Meine Informantin hat schon angedeutet, worum es geht, irgendeine

Gesellschaftskritik, versteckt in einem Liebesfilm und angereichert mit Elementen eines Musikfilms. Und es sollen auch einige Kinder mitspielen, die schon ein eingespieltes Team sind, schauspielern können und ihre Instrumente einigermaßen beherrschen. Und wie es der Zufall will, hat die Jugend-Musicalgruppe, die den Part ursprünglich übernehmen sollte, in letzter Minute wegen irgendwelcher Differenzen das Handtuch geworfen, und die Produzenten suchen händeringend nach Ersatz.«

»Sag nicht, du denkst dabei an meine Truppe widerspenstiger Halbwüchsiger?« Ich kann mir ein ungläubiges Lachen nicht verkneifen. »Offensichtlich hast du noch nicht viele von ihnen spielen gesehen. Einen Albert Strauss können wir damit nicht hinter dem Ofen hervorlocken. Zumindest nicht jeder von ihnen.«

»Ihr seid sowieso viel zu viele, einige müssen sicherlich zu Hause bleiben. Außerdem kannst du ihnen das, was noch fehlt, im Handumdrehen beibringen. Das ist für dich doch ein Kinderspiel, Annie. Ganz abgesehen davon ist die Verzweiflung der Produzenten, rechtzeitig vor den Sommerferien noch ein paar geeignete Darsteller zu finden, anscheinend ziemlich hoch. Da könnt ihr euch ruhig ein paar Patzer erlauben.«

»Auf keinen Fall, Jonah«, zische ich aufgebracht. »Dann gehe ich schon lieber zum Seelenklempner.«

»Bis September ist keine Zeit mehr, um eine Therapie erfolgreich abzuschließen. Und so effizient, wie den Kern des Problems beim Schopf zu packen, ist es sowieso nicht.«

»Was sollte ich meinem Vater denn sagen? Das kommt nicht infrage. Niemals. Ich will ihn gar nicht sehen.«

Es ist eindeutig Schuldbewusstsein, das über Jonahs Gesicht huscht. Einen Augenblick später hat er sich wieder im Griff. Um mich nicht ansehen zu müssen, greift er nach seinem Longdrink, als er leise murmelt: »Ich habe meiner Quelle zugesagt, dass ihr euch nächste Woche vorstellen werdet.«

»Wie bitte? Wie konntest du das tun? Und wer soll überhaupt diese geheimnisvolle Quelle sein?«

Er zögert nur den Bruchteil einer Sekunde. »Die Casting-Direktorin. Schmollmund, Beine bis zum Himmel –«

»Wie sollten wir uns irgendwo vorstellen, wenn wir keine Ahnung haben, was im Drehbuch steht?« Ich werfe ihm einen finsteren Blick zu, bevor ich ein paar kräftige Schlucke von meinem Gin nehme und mich schüttele.

»›Man kann niemals den Ozean überqueren, wenn man nicht den Mut hat, die Küste aus den Augen zu verlieren‹, wusste schon Christoph Kolumbus«, erklärt er nachdrücklich.

Ich stoße einen theatralischen Seufzer aus. Jonah ist Dozent für Mittelalterliche Geschichte an der Uni Leipzig und treibt mich mit seinen Zitaten berühmter historischer Figuren regelmäßig an den Rand des Wahnsinns.

»Deine Mutter sah das genauso, wie du weißt. Jetzt müssen wir also nur noch die Kinder fragen, ob sie die Sommerferien über bei Albert Strauss' neuestem Geniestreich mitmischen wollen, und die Eltern, ob sie damit einverstanden sind. Natürlich muss das alles schnell gehen, bevor die Frist verstreicht. Und dann müssen wir nur noch eine Zusage bekommen.«

»Ich höre immer *wir*! Das kommt nicht infrage, Jonah«, wiederhole ich ein bisschen zu laut. Schwankend erhebe ich mich von meinem Barhocker. Für meine Verhältnisse und meine Gewichtsklasse habe ich heute Abend viel zu viel Alkohol in mich hineingeschüttet. »Ich gehe nach Hause. Teilen wir uns ein Taxi?«

Jonah blickt wenig verstohlen in der Bar umher. »Hier laufen eine Menge einundzwanzigjähriger Augenweiden herum, die keine meiner Studentinnen sind und mit denen ich noch keine Bekanntschaft gemacht habe. Es wäre nicht fair, ihnen nicht die Möglichkeit dazu zu geben.«

»Wie selbstlos von dir.« Ich beuge mich zu ihm herüber und drücke ihm einen Kuss auf die glatt rasierte Wange.

»Es geht um dein Leben, Annie!«, murmelt er wieder und presst mich an seine Brust. »Und du musst zugeben, dass meine Idee vielleicht zu vierzig Prozent absoluter Irrsinn ist, der allem widerspricht, was du in deinem bisherigen Leben über deinen Vater in Erfahrung gebracht hast, aber zu sechzig Prozent auch die beste Chance, die du kriegen kannst.«

»Ich würde sagen achtzig, zwanzig«, stammele ich in seinen weichen Pullover hinein.

»Zwanzig Prozent sind besser als nichts. Komm schon, Annie. Du kannst nicht länger den Kopf in den Sand stecken und darauf setzen, dass sich deine Probleme in Luft auflösen.«

Ich versuche, mich aus seiner Umklammerung zu lösen. »Du willst doch deine Chancen bei den Ladys heute Abend nicht schmälern, indem du ein bisschen zu lange mit deiner guten alten Freundin schmust.«

»Versprich mir, dass du zumindest darüber nachdenken wirst. Dir läuft die Zeit davon, Annie. Versprich es mir!«

Unverdrossen stemme ich mich gegen seine Brust, bis er mich loslässt, und krame in meiner Tasche nach den Desinfektionstüchern. »Ich habe mich entschieden und sage vielleicht«, brumme ich, nur, damit er endlich still ist, und wende mich zum Gehen, ehe er noch etwas hinzufügen kann. Manchmal gibt es nichts Besseres, als das letzte Wort zu haben.

Kapitel 2

Wie sich herausstellte, dreht mein Vater derzeit auf Langeoog. Und entgegen meiner Annahme haben es einige meiner zwar mehr oder weniger theatererprobten, aber in der Filmlandschaft gänzlich unbedarften Musical-Kinder tatsächlich fertiggebracht, die langbeinige Casting-Direktorin von ihrer Tauglichkeit zu überzeugen. Möglicherweise war aber auch Jonah daran nicht ganz unbeteiligt, der ihr während des gesamten mehrstündigen Auswahlverfahrens nicht von der Seite wich und verheißungsvolle Blicke mit ihr tauschte.

Ich habe zwei Tage und Nächte gebraucht, um Jonahs Plan auseinanderzunehmen und intensiv von allen Seiten zu betrachten. Achtundvierzig Stunden, in denen ich viel zu viel billigen Rotwein von der Tanke getrunken und mir gewaltige Mengen Karamellschokolade einverleibt habe. Der Gedanke, einem wildfremden Mann gegenüberzutreten und ihm vorzuwerfen, dass er mich vor fünfundzwanzig Jahren jämmerlich im Stich gelassen und meine Mutter so sehr verletzt hat, dass sie es vorzog, für den Rest ihres Lebens allein zu bleiben, und er mir damit genug Traumata verpasst hat, dass es für drei Leben reicht, war mehr, als ich ertragen konnte. Außerdem konnte ich mir beim besten Willen nicht vorstellen, wie eine Konfrontation mit meinem verschollenen Vater auf die Schnelle etwas an meinen Ängsten, allen voran meiner Prüfungsangst, ändern sollte. Doch wie ich es auch drehte und wendete, ich hatte keinen Plan B. Seit ich alt genug war, um eine Achtelgeige zu halten, hatte ich, mit Ausnahme meiner rebellischen Phase, immer nur danach gestrebt, an der Leipziger Musikhochschule zu studieren, wie meine Mutter dreißig Jahre vor mir, und ebenso wie sie als erfolgreiche Violinistin ganze Konzertsäle zu füllen. Ich wusste nicht, was ich sonst hätte tun sollen. Mich meinen Ängsten zu stellen, war, wenn ich ganz ehrlich zu mir selbst war, der letzte brüchige Strohhalm, nach dem ich greifen konnte, bevor ich meinen Traum von einer Karriere als Konzertviolinistin an den Nagel hängen müsste.

Am Ende wollte ich das Schicksal entscheiden lassen. Sollten sich die Kinder wider Erwarten in die Herzen der Castingleute musizieren, würde ich Gummistiefel und Geige einpacken und an die Nordsee fahren. Wenn nicht, würde ich die Absage als Omen betrachten, den gesamten Tankstellenvorrat an Rotwein leerhamstern und mir die Decke über den Kopf ziehen. Oder mir einen unempfindlichen Therapeuten suchen.

Schließlich durften sieben von sechzehn Kindern mit nach Langeoog und ich habe es nach einem Blick in ihre und Jonahs strahlende Gesichter nicht übers Herz gebracht, einen Rückzieher zu machen. Also stehe ich mit diesen aufgeregt durcheinanderplappernden Dreikäsehochs nun an der Reling der MS Flinthörn und frage mich mit schweißnassen Händen und wild pochendem Herzen, worauf ich mich da eingelassen habe. Und ob es zum Umkehren wirklich zu spät ist.

Etliche Silber- und sogar ein paar Mantelmöwen kreischen am wolkenverhangenen Himmel, während die schaukelnde Fähre ihr ohnehin schon gemäßigtes Tempo so weit drosselt, dass sie am Anleger festmachen kann. Die rotbäckigen Touristen um uns herum mit ihren Sandalen-Socken-Kombinationen und grellbunten Outdoorjacken springen hektisch auf, noch ehe die Leinen vertäut sind. Ein wenig angespannt schnappe auch ich mir meinen Geigenkasten, die Kuriertasche und den geblümten Rollkoffer und taumele, die wilde Bande vor mir herscheuchend, an den mittlerweile menschenleeren Reihen vorbei Richtung Ausgang. Das dunkelblaue Meer schwappt aufgewühlt gegen die Kaimauer und schlägt gegen die Planken der anderen Boote.

Ein ganzer Haufen Leute tummelt sich schon am verregneten Anleger, um einen Platz in der kleinen, bunten Inselbahn zu ergattern, die den Fährhafen mit dem Ortskern von Langeoog verbindet.

»Anna, ich habe keinen Regenschirm eingepackt«, ächzt Leo, begnadete Querflötenspielerin und großer Fan britischer Heavy-Metal-Bands aus den Neunzigern. »Ich werde ja ganz nass.«

»Wir haben noch gar nicht richtig Mittag gegessen, Anna«, brummt Felix, kugelrunder Saxophonist, der beim Tanzen aussieht wie ein betrunkener Pinguin. »Und meine Lunchbox ist längst leer.«

»Du kannst meinen Apfel haben.« Der in sich gekehrte Filmfreak Miguel, der nie übt und mit seiner Geige trotzdem alle anderen in die Tasche steckt, kramt in seinem Rucksack herum.

»Ist die Bahn voll? Holt uns niemand ab? Müssen wir etwa laufen, Anna?« Quasselstrippe Lisa, deren Gitarrenspiel an guten Tagen glatt Ed Sheeran Konkurrenz machen könnte, setzt eine irritierte Miene auf. »Ich habe gelesen, dass die Inselbahn ganze sieben Minuten braucht, um die Strecke zum Ortskern zurückzulegen. Stell dir mal vor, wie lange wir zu Fuß brauchen würden. Und dann noch mit dem vielen Gepäck. Nerea hat zwei Koffer dabei.«

Ich bin keine Freundin großer Menschenansammlungen – all diese Keime und Mikroben –, doch auch ich habe wenig Lust, den Weg zu unserem Gästehaus bei dem Schmuddelwetter zu Fuß zurückzulegen – vor allem, weil mich sieben tellergroße Augenpaare nervös anblicken, offensichtlich in der Erwartung, dass ich eine Lösung für das Problem aus dem Ärmel schüttele. Zudem sind meine gepunkteten Gummistiefel natürlich ganz unten im Koffer versteckt. Also sehe ich zu, dass ich die Kinder, die sich heute, anders als üblich, widerstandslos zu fügen scheinen, an einigen der besonders orientierungslos dreinblickenden Gäste vorbeilotse, und erwäge gerade, für die nächsten sieben Minuten die Zähne zusammenzubeißen und uns mit in ein paar ohnehin für meinen Geschmack schon übervolle, quietschblaue und hellgrüne Abteile zu quetschen, als ich aus den Augenwinkeln eine hochgewachsene Gestalt im gelben Friesennerz ausmache, die mit einem durchnässten Pappschild wedelt. *Anna Novotna und die Musikmacher,* steht in großen, verschwommenen Lettern darauf.

Erleichtert schiebe ich die Kinder an den Menschentrauben

vorbei zu dem älteren Mann mit dem schneeweißen Vollbart und der Hornbrille.

»Moin«, begrüßt er uns lang gezogen. Seine Nase sieht aus, als hätte er sie mal gebrochen, und er hat braune, spitzbübisch blitzende Augen. »Ik bün Tomte Bekensen. Un ji mööt de Musiker ut Leipzig wesen. Sünd wi nu vulltallig?«

Ohne Umschweife nimmt er Lisa ihre Gitarre und der frühreifen Nerea, die vermutlich ihren halben Kleiderschrank eingepackt hat, ihren zweiten Koffer aus der Hand und führt uns zu einer Kutsche, die ihre besten Tage längst hinter sich hat, aber deren hintere Sitzreihen immerhin mit einer gelben Plane überspannt wurden. Ein bedröppelt dreinblickender Haflinger und ein schwarzer Friese, die Herr Bekensen an einer Straßenlaterne festgebunden hat, kauen ungeduldig auf ihren Trensengebissen herum. Die Kinder geben sich alle Mühe, sich und ihr Gepäck auf den beiden langen Sitzreihen unterzubringen, doch es ist so beengt, dass ich meine Kapuze tief ins Gesicht ziehe und mich trotz des Regens gemeinsam mit meiner Violine freiwillig zu Tomte und Lisa auf den Kutschbock quetsche.

Wir haben uns kaum gesetzt, als das Mädchen mit todernster Miene das Wort ergreift: »Wir werden für sechs Wochen hierbleiben, also die gesamten Sommerferien lang. Zwischendurch dürfen unsere Eltern uns ein paarmal besuchen. Meine Mutter hat mir zum Abschied eine Kette geschenkt mit einem Foto von ihr und mir und meinem Vater und meinem kleinen Bruder im Anhänger. Es ist unser erster Film. Mikka stottert, aber er wurde trotzdem genommen, weil auch seine Rolle einen Sprachfehler hat. Das heißt, es dauert manchmal ziemlich lange, bis die Wörter aus seinem Mund kommen, und dann klingt es so, als würden Buchstaben darin feststecken. Ich bin elfeinhalb, aber ziemlich klein für mein Alter. Am 12.12. werde ich zwölf Jahre alt. Das können bestimmt nicht viele Menschen von sich behaupten. Wenn ich groß bin, werde ich mal Schauspielerin. Ich bin schon das dritte Mal auf Langeoog. Gehören die Pferde Ihnen, Herr Bekensen? Und können Sie eigentlich nur Platt oder auch Hochdeutsch?«

Ich bin Lisas ungebremste Redeschwalle gewohnt, doch Herr Bekensen starrt seine kleine, sommersprossige Sitznachbarin mit offenem Mund an. Seine Mundwinkel zucken verdächtig. »Merlin, der Haflinger, gehört mir und Blacky, der Friese, einer Nachbarin. Ich bin vor einiger Zeit zurück nach Langeoog gezogen, in die kleine Rosenkate hinter eurem Ferienhof, und helfe der Besitzerin hin und wieder bei den Dingen, die sie nicht mehr allein schafft. Bäume beschneiden, Reparaturarbeiten am Haus, Urlauber von der Fähre abholen, so was eben. Wenn sie mich lässt. Früher war ich Journalist in Hamburg«, führt er bereitwillig aus, während er die beiden Pferde geschickt an einer Reihe anderer Kutschen vorbeilenkt. Umständlich krame ich ein kleines Fläschchen Desinfektionsgel aus meiner Tasche. »Und was die Sprache betrifft: Ich finde Plattdeutsch gemütlicher. Niederdeutsch ist zwar gefährdet, weil es nur noch wenige Leute gibt, die die Sprache sprechen, aber viele Kinder in der Region lernen sie jetzt wieder in der Schule.«

»Darüber habe ich gelesen. Ich habe auch viel über den Nationalpark gelesen. Ich wusste vorher nicht, dass mehr als zehntausend Tier- und Pflanzenarten im Wattenmeer zu Hause sind.

Da vorne wächst zum Beispiel die Schwarze Krähenbeere, die ist essbar und kann bis zu achtzig Jahre alt werden.«

Inzwischen ist dem alten Mann vermutlich schwindelig vom Zuhören, aber Lisa hat noch mehr zu sagen. Sie fährt schonungslos fort, jeden Strauch, jede Blume und sogar die Highland Rinder, die auf einer Weide mit gesenkten Köpfen dem Regen trotzen, ausschweifend zu kommentieren.

Herr Bekensen nutzt eine kaum wahrnehmbare Pause, in der Lisa Luft holt, und wendet sich an mich. »Ich fürchte, wir müssen einen Umweg einplanen. Eine der Produktionsassistentinnen rief mich an, während ich auf Sie gewartet habe, um mich zu bitten, einen weiteren Fahrgast am Flugplatz einzusammeln. Anscheinend haben den anderen Kutscher die Windpocken erwischt.«

Ich wische mir eine tropfende Strähne aus dem Gesicht und will gerade etwas Zustimmendes erwidern, doch Lisa ist schneller als ich. Sie schüttelt ihre durchnässten Haare und erklärt stirnrunzelnd: »Kaum zu glauben, dass es heute regnet. Normalerweise scheint hier tausendfünfhundert Stunden im Jahr die Sonne. Selbst wenn es auf dem Festland trist und grau ist, kommt auf Langeoog die Sonne raus. Ich wette, der Himmel wird heute noch blau. Wenn ich hier mit Mama und Papa und meinem Bruder Urlaub gemacht hab, war das Wetter immer schön.«

Mich kann das Schietwetter jetzt, da wir unser Gepäck nicht mehr selbst tragen müssen und ein wenig schneller vorankommen, nicht länger aus der Ruhe bringen. Ich blende Lisas Geplapper aus, atme ein paarmal tief durch und lehne mich in meinem harten Sitz zurück, um meinen Blick über den kleinen Langeooger Wald, die Salzwiesen und das Wattenmeer in der Ferne wandern zu lassen.

Wie von allein schweifen meine Gedanken zu all den Ferienerzählungen von Jonah oder meinen Schulfreundinnen, in denen sie, oft in Begleitung einheimischer Kinder, mit den Rädern die Urlaubsgegend unsicher gemacht haben, am Strand nach Schätzen gruben, in den Dünen die Nester der Möwen beobachteten, mit Bodyboards in die Wellen tauchten und sie das pure Glück warm durchflutete. Immer waren ihre Knie aufgeschlagen, immer schien die Sonne und immer warteten ihre Mütter mit einem Glas eisgekühltem Kirschsaft auf sie. Die meisten Urlaube, die ich selbst mit meiner Mutter unternommen habe, waren Kurztrips in irgendwelche europäischen Haupt- und Kulturstädte, in denen wir tagsüber einen Haufen Museen und Galerien abgeklappert und abends Konzerte und Opern besucht haben.

Ich schüttele den Gedanken ab und fahre mir mit der feuchten Hand über das noch feuchtere Gesicht, gerade als Lisa wissen will: »Wissen Sie eigentlich, worum es in unserem Film geht, Herr Bekensen? Und dass der Film *Vielleicht morgen* heißt?« Und ohne seine Antwort abzuwarten, verliert sie sich in Ausschweifungen über den geflohenen jüdischen Kleinkrämer Jonathan, der in den späten vierziger Jahren nach dem tragischen Tod seines Zwillingsbruders und seiner Schwägerin mit seiner jungen Frau Jezabel, den beiden traumatisierten Neffen Levi und Nathan, zwei Außenseitern, und zwei Familienhunden in seine deutsche Heimat zurückkehrt und ein kleines Häuschen am Meer mietet. Der depressive Jonathan findet keine Arbeit und verfällt dem Alkohol, so dass Jezabel, eine Musiklehrerin, sich gezwungen sieht, für wenig Geld eine Handvoll neuer Schüler aus einem nahegelegenen Waisenhaus aufzunehmen, um die Familie zu ernähren. Ein paar der Kinder erweisen sich als hochtalentiert, so dass Jezabel sie für den renommierten Musikwettbewerb am Hamburger Konservatorium anmeldet. Als Jonathan herausfindet, dass die Musikschüler die Kinder verstorbener Nazi-Schergen sind, verlangt er, dass Jezabel sie unverzüglich hinauswirft.

»Aber die Familie ist auf das Geld angewiesen.«

»Und außerdem blühen Levi und Nathan, also Mikka und ich, in der Gruppe der neuen Kinder richtig auf und finden zum ersten Mal in ihrem Leben richtige Freunde«, führt Felix weiter aus und beißt in einen Schokoladenkeks, den er bei Leo abgestaubt hat.

»Dazu kommt, dass Jezabel, auch wenn sie sich mit Händen und Füßen dagegen wehrt, Hans, dem superattraktiven Leiter des Waisenhauses, näherkommt«, ergänzt Nerea und schüttelt ihre lange, dunkelbraune Mähne aus.

»Also fährt sie heimlich fort, die Kinder zu unterrichten. Jonathan kommt aber leider dahinter, dass seine Frau ihn gleich doppelt hintergeht, und stößt sie nach einem Streit betrunken die Treppe herunter. Sie stirbt, bevor sie mit den Kindern nach Hamburg reisen kann. Ist das nicht ergreifend?« Lisa hat ihre Erzählung gerade abgeschlossen, als Herr Bekensen die Kutsche vor einem verwaisten Kinderspielplatz in die schmale Flughafenstraße lenkt. Es hat mittlerweile aufgehört zu regnen, doch lassen die dunkelgrauen Wolken, die noch immer am Himmel hängen, wenig Hoffnung auf ein paar Sonnenstrahlen aufkommen.

»Ja, dat is andonelk. Aber dar sünd wi nu, up Tied as de Müürkers«, trällert er gut gelaunt und überhaupt nicht ergriffen und macht Anstalten, die Pferde zum nächstgelegenen Baum zu manövrieren, um sie dort festzubinden. Doch rings um den kleinen Ahornbaum lehnen mehrere Fahrräder, ebenso wie um alle weiteren Bäume in Sichtweite. Ratlos blickt er zu den kleinen Propellermaschinen hinüber, vor denen sich eine ansehnliche Menschentraube gebildet hat, allem Anschein nach hauptsächlich weibliche Teenies, aber auch einige miniberockte junge Frauen und sogar ein paar pink gekleidete Damen im besten Alter. Mehrere selbst gestaltete Plakate deuten an, dass sie auf einen Leif warten, Typ Sexiest Man Alive.

»Was ist denn hier los?«, murmele ich mehr zu mir selbst.

»Seit hier dieser Film gedreht wird, flippen die Touristinnen alle aus«, bemerkt Herr Bekensen und setzt dann mit zusammengekniffenen Augen hinzu: »Ist das etwa unsere Erdkundelehrerin?« Ungläubig kratzt er sich am Kopf.

Vorsichtig drücke ich Lisa meinen Geigenkoffer in die Hand, klettere ein bisschen steifbeinig vom Kutschbock und springe auf den unebenen, gepflasterten Weg, der zu dem schmucklosen, winzigen Terminal aus rotem Backstein führt und sich unter einer Menge Unkraut versteckt. »Bleiben Sie ruhig bei den Pferden, Herr Bekensen, ich kann unseren Fahrgast einsammeln.«

»Vielen Dank, Anna. Herr Andersson wartet im Terminal, wurde mir gesagt.«

Wie festgewurzelt bleibe ich stehen.

»Leif Andersson?«, stammelt Lisa, vielleicht zum ersten Mal überhaupt um Worte verlegen, und ein paar andere Kinder im Wagen schnappen hörbar nach Luft. Mir entgeht nicht, dass Miguel irritiert den Kopf schüttelt.

Herr Bekensen zuckt mit den Achseln. »Nun, der Name ist in unseren Breitengraden wahrscheinlich nicht sehr verbreitet. Irgend so ein Schauspieler mit Zahnpastalächeln. För mi seht se all gliek ut.«

»Welche Rolle spielt er denn?«, stottert Nerea beinahe ehrfürchtig.

»Im Drehbuch steht gar nichts von ihm.«

»Gab es noch einen Last-Minute-Wechsel, so wie bei uns Kindern?«

»O mein Gott! Das glaubt meine Schwester mir nie.«

»Ist er der Hans? Dann ist er mein Ersatzvater.«

»Vielleicht ist er auch der Aron. Der stirbt gleich am Anfang«, brummt Miguel unbeeindruckt.

Wie ein Stall voller Küken piepsen sechs der Kinder wild durcheinander. Bevor mich ihre Nervosität und Aufregung anstecken können, schiebe ich mir die Kapuze aus dem Gesicht und nehme Kurs auf die schmale Glastür der Ankunftshalle. Mit Blick auf die hysterische Meute von blondierten Achtzehnjährigen mit Rapunzelzöpfen und trotz des lausigen Wetters in superknappen Leopardenshorts mache ich nach ein paar Schritten noch einmal kehrt. »Können Sie mir für einen Augenblick Ihre Brille überlassen, Herr Bekensen? Und Julius, leihst du mir dein Basecap?«

Brille, Cap und meine Hände tief in den Taschen meiner dunkelblauen Regenjacke vergraben, steuere ich eilig an dem Menschenauflauf und ein paar Pfützen vorbei. Neben einer kleinen Gruppe von besonders ergeben wirkenden Jüngerinnen mache ich halt. »Kam der Flieger aus Bremen schon an? Mein Cousin zweiten Grades saß darin.«

Ich ernte erstaunte Blicke. »Sorry, keine Ahnung. Wir sind hier, weil wir auf Leif Andersson warten.«

»Tatsächlich? Den habe ich gerade gesehen.« Ich gebe mir alle Mühe, unbeteiligt dreinzuschauen. »Er sitzt in dem Hubschrauber dort drüben und wartet wohl darauf, dass sein Bodyguard ihm endlich einen Regenschirm bringt. Dabei regnet es gar nicht mehr.« Ich schiebe einen missbilligenden Zischlaut hinterher, als würden mir die Allüren berühmter Leute auf den Keks gehen.

»Wirklich?«, quietscht eine der drei jungen Frauen aufgeregt und ihre Barbiefreundin, die ebenso gut ihre Zwillingsschwester sein könnte, stößt ein Quieken aus wie ein Ferkel auf Ecstasy. Wer hätte gedacht, dass ich so überzeugend schwindeln kann? Jonah wäre überrascht.

Es dauert einen Moment, bis die Neuigkeit die Runde gemacht hat. Als sich die ersten Sympathisantinnen Richtung Helikopterlandeplatz aufmachen und sich ihnen immer mehr Wartende anschließen, stehle ich mich unbemerkt davon und haste schnurgerade ins menschenleere Terminal.

An einem zwergenhaften Schalter sitzt ein schmerbäuchiger Mann in zu großer Uniform, der gerade dabei ist, ein Kreuzworträtsel zu lösen.

»Guten Tag, die Produktionsfirma schickt mich. Ich bin hier, um Herrn Andersson abzuholen.«

Warum sollte er mir glauben? Sicher wird er gleich nach einem Ausweis fragen. Oder nach so einer Art Berechtigungsschein, der es mir gestattet, eine derart bedeutende Person auf meine Kutsche zu laden. Sonst wäre die Menge da draußen ja längst auf dieselbe Idee gekommen.

»Wartet im Büro.« Er deutet mit einer minimalen Kopfbewegung in Richtung einer unscheinbaren weißen Tür schräg hinter ihm. »Dann kann ich ja endlich Feierabend machen.« Und er erhebt sich schwerfällig, faltet die Zeitung zusammen und zieht einen schweren Schlüsselbund aus einer Schublade.

Ich komme gar nicht erst dazu, mich zu fragen, warum ich überhaupt nicht aufgeregt bin – schließlich hatte ich bisher noch nicht das Vergnügen, einer wirklichen, echten Berühmtheit zu begegnen –, denn kaum habe ich zaghaft an die Tür geklopft, wird sie auch schon voller Ungeduld aufgerissen.

Vor mir steht ein baumlanger Typ um die vierzig mit fragwürdigem Bürstenhaarschnitt und mustert mich aus halb geschlossenen Augen von den Haaren, die nach der Reise zweifellos aussehen wie ein Rattennest, bis zu den durchweichten, schlammverschmierten Sneakern. Das ist definitiv nicht Leif Andersson.

Leicht verunsichert werfe ich einen Blick an seinem übertrieben muskelbepackten, mit dem stattlichen Tattoo einer nackten Frau überzogenen Oberarm vorbei und entdecke ihn: Michelangelos Fleisch gewordenen Traum. Er sitzt am Fenster auf einem dieser harten Plastikstühle und tippt, ohne aufzublicken, auf seinem iPhone herum. Erst, als der Hüne sich gereizt räuspert, wird mir bewusst, dass ich Leif Andersson wie einer seiner irren Fans da draußen angestarrt habe. Endlich sieht er auf und fixiert mich mit seinen wachen, kieselsteingrauen Augen, als wäre ich ein Pantoffeltierchen unter einem Lichtmikroskop. Ich hoffe, dass mein Gesicht nicht knallrot anläuft. Irritiert presse ich die Lippen zusammen.

»Herr Andersson, Ihre Kutsche ist vorgefahren«, erkläre ich und kann nicht verhindern, dass mein Tonfall ein wenig ironisch klingt. Dass die Reihen schon gerammelt voll mit Halbwüchsigen sind, lasse ich unerwähnt. Das wird er noch früh genug feststellen.

»Das wurde aber auch Zeit. Wir haben hier den halben Tag vergeudet und uns die Beine in den Bauch gestanden, während da draußen diese Horden von Wahnsinnigen Wache geschoben haben, nur um ein Bild von Leif auf ihren Kanälen zu –«

»Vielen Dank, Frau …«, schneidet Leif Andersson dem Hünen das Wort ab und schenkt mir dann sein berühmt-berüchtigtes jungenhaftes, leicht melancholisches Lächeln.

»Novotna. Anna Novotna.« Am liebsten hätte ich seinem unverschämten Begleiter erklärt, dass wir erst vor ein paar Minuten darüber informiert wurden, dass wir – im Regen, mit sieben übermüdeten Minderjährigen im Gepäck – extra einen Umweg fahren müssten, um noch jemanden mitzunehmen. Und dass sein Klient, wenn er weiterhin als Schauspieler Erfolge feiern will, auf die Gunst dieser Horden von Wahnsinnigen angewiesen ist. Aber natürlich ringe ich mir stattdessen nur ein schmales Lächeln ab. Fremden gegenüber bin ich immer äußerst sanftmütig. Dennoch bin ich froh, dass Jonah mich jetzt nicht sehen kann und sich in seiner Ansicht bestätigt fühlt, ich würde meine Meinung nicht vertreten aus Angst, nicht gemocht zu werden.

»Ich muss mich für meinen Cousin entschuldigen. Erik hätte lieber einen richtigen Job, als mein Agent und Manager und gelegentlich auch Bodyguard zu sein.« Seine Stimme ist tief und melodisch. Noch immer grinsend, greift Leif Andersson nach einer hellblauen Cordjacke und folgt mir, ebenso wie sein grimmig dreinblickender Cousin, in die Ankunftshalle. Sein Gepäck kommt offensichtlich anders ans Ziel.

Er ist mir so vertraut. Ich habe augenblicklich das Gefühl, als würde ich ihn schon ewig kennen. Was wahrscheinlich daran liegt, dass mir sein Gesicht seit Monaten von jedem Titelblatt entgegenstrahlt. Seit er mit *Fremdes Geheimnis* jeden vorstellbaren Preis gewann und alle Publikumsrekorde brach.

Sein rabenschwarzer Haarschopf, der so gar nichts von seiner schwedischen Herkunft verrät, das markante Kinn und die geschwungenen Augenbrauen sehen aus wie mit Photoshop bearbeitet. Jonah wird vor Neid erblassen, wenn ich ihm später davon erzähle. Er gehört zu den Leuten, die ständig meinen, irgendwo auf der Straße einen Promi zu entdecken, und sich dann um keinen Preis von dieser Auffassung abbringen lassen, selbst wenn sich der angebliche Tagesschausprecher als unbekannte schwangere Frau entpuppt.

Wir haben Glück. Ein Blick durch die verschmierte Glastür verrät uns, dass mein Täuschungsmanöver die wartende Meute tatsächlich in Richtung Hubschrauberlandeplatz gelockt hat.

Die Hartnäckigsten unter Leif Anderssons Anhängerinnen sehen aus, als stünden sie kurz davor, den dort geparkten Helikopter zu erstürmen. Vorsichtshalber krame ich dennoch Herrn Bekensens und Julius' Tarnutensilien aus meinen Taschen hervor.

»Wir sollten uns besser beeilen«, stelle ich fest. »Lange wird es nicht mehr dauern, bis sie registrieren, dass der Hubschrauber hinter seinen abgedunkelten Scheiben leer ist.«

So viel muss ich ihm lassen, Leif Andersson verzieht keine Miene, als er sich die altmodische Hornbrille aufsetzt und das etwas eng geratene Basecap tief in die Stirn zieht. Mit einem hemdsärmeligen Schulterklopfen verabschiedet er sich von dem Hünen, der anscheinend direkt wieder nach Berlin zurückfliegt, und hält mir dann mit Armen wie Popeye, nachdem er eine Portion Spinat gegessen hat, ganz gentlemanlike die Tür auf.

»Duze ich Sie? Oder sieze ich dich?«, will er wissen, während wir das kurze Stück zur Kutsche hetzen. Einige mit Kajal umrandete Augenpaare schauen stirnrunzelnd in unsere Richtung, doch erfreulicherweise scheint niemand aus der Fanmenge Verdacht zu schöpfen. Hätten wir uns ein Rennen mit Heerscharen von Fahrrädern liefern müssen, hätte es sicherlich ziemlich düster für uns ausgesehen.

»Du darfst mich ruhig duzen«, höre ich mich entgegnen, als er wie selbstverständlich nach meiner Hand greift, um mir auf den Kutschbock zu helfen. Herr Bekensen gibt seinen Pferden ein Zeichen anzutraben, kaum, dass wir uns neben ihm auf die schmale Sitzbank gedrängt haben. Automatisch hebt Leif meinen Geigenkoffer auf und sichert ihn zwischen seinen Knien.

Lisa hat sich inzwischen, wahrscheinlich nicht ganz freiwillig, hinten zwischen ihre Kameraden gequetscht. Die Kinder tuscheln aufgeregt durcheinander und starren den neuen Fahrgast mit unverhohlener Neugier an.

»Ihr wart heute meine Retter in der Not«, lacht der und nimmt, sobald wir zurück auf die Hafenstraße gerumpelt sind, Brille und Cap ab, um sie seinen Besitzern zurückzureichen. Beim Anblick der Kinderhorde in der Kutsche hat er entgegen meiner Erwartung keine Miene verzogen. Julius presst seine Kappe voller Ehrfurcht an die Brust und Nerea bleibt im wahrsten Sinne des Wortes der Mund offen stehen. »Ich dachte schon, ich werde die Leute da draußen um ein Fahrrad bitten müssen, um zum Hotel zu gelangen.«

Die Vorstellung lässt mich grinsen. Leif ist so nahbar, zuvorkommend und zugänglich, dass man in seiner Gegenwart glatt vergisst, dass er ein gefragter, heißbegehrter, mit Preisen überschütteter Superstar ist. Er macht es einem leicht, ihn zu mögen und sich mit ihm zu unterhalten.

Auch Lisa scheint ihre anfängliche Scheu überwunden und zu ihrer alten Form zurückgefunden zu haben. »Eigentlich finde ich Liebesfilme ziemlich öde. Öde, einfallslos und ekelhaft. Erst glotzen die Leute sich eine halbe Ewigkeit in die Augen und dann küssen sie sich, als würden sie sich gleich aufessen. Mama und Papa machen das auch immer und überall. Sogar auf der Straße. Wie peinlich! Gut, dass es in unserem Film auch noch um Hunde und Kinder und Musik geht. Am liebsten mag ich Naturdokus. Über fremde Länder, Tiere und unsere Aufgabe, die Erde zu schützen. Wusstest du, dass die Menschen dafür gesorgt haben, dass die CO_2-Konzentration seit 1850 um fast fünfzig Prozent gestiegen ist? Ich wünsche mir, dass ich im Watt einen Nagelrochen entdecke. Die sind ziemlich selten.«

Auch wenn Leif sich aller Wahrscheinlichkeit nach über das immense Mitteilungsbedürfnis des rot gelockten Mädchens hinter sich wundert, lässt er es sich nicht anmerken. Interessiert dreht er sich zu Lisa um und erwidert im Plauderton: »Wusstest *du,* dass Nagelrochen elektromagnetische Felder wahrnehmen können? So erkennen sie die Muskelbewegungen ihrer Beute. Mit ihren Flügeln überdecken sie die Beutetiere und halten sie davon ab, zu fliehen.«

Lisas Bewunderung für Leif scheint trotz der Tatsache, dass er hin und wieder in einem öden Liebesfilm mitspielt, gerade noch weiter angestiegen zu sein. Nur Miguel zieht ein wenig gereizt die Augenbrauen zusammen.

Ehe ich darüber nachdenken kann, was Miguels Ungeduld ausgelöst haben könnte, erklärt Herr Bekensen augenzwinkernd: »Nu bloot nich blinkern, sonst haben wir die Breite Straße schon verpasst.« Auch ich muss grinsen. Unpassender hätte man den schmalen, holprigen und von Büschen und Sträuchern überwucherten Weg nicht benennen können, der zu unserem Ferienhof führt. »Herrn Anderssons Hotel und Ihr Gästehaus liegen einander fast direkt gegenüber. In zwei Minuten sind wir da.«

»Was heißt ›blinkern‹?«, will Lisa wissen.

»Blinzeln«, klärt Herr Bekensen sie bereitwillig auf.

Gerade sind wir in die Zielstraße eingebogen und ich registriere, dass der Weg von tiefen Schlaglöchern übersät und von derart üppigem Gebüsch eingerahmt ist, dass ich schon Sorge habe, dass wir mit unserer Kutsche stecken bleiben, als wie aus dem Nichts ein vielleicht zwölfjähriger Junge mit schwarzen, schulterlangen Haaren und in gestreifter Regenjacke vor uns auf den Weg tritt, der in aller Seelenruhe einen Esel an einem gelben Strick spazieren führt. Im Schneckentempo läuft er vor uns her. Das unvorhergesehene Hindernis veranlasst Herrn Bekensen, die Pferde durchzuparieren, nicht aber zu einem verständnislosen Ausruf, geschweige denn zu einer Aufforderung, uns Platz zu machen. Stattdessen trotten Merlin und Blacky geduldig hinter dem ungleichen Paar her, bis das Kind mit seinem Esel in einer mit Kies bestreuten Einfahrt verschwindet.

Während in den Straßen, durch die wir zuvor gefahren sind, Ferienhäuser, Cafés und Einkaufsmöglichkeiten, Anbauten, Umbauten und Ausbauten das Bild prägen, ist hier die Zeit unverkennbar stehengeblieben. Es gibt nichts als eine Reihe uralter, malerischer Häuser mit Fensterläden, die allesamt einen neuen Anstrich gebrauchen könnten, und weitläufigen Vorgärten, die jetzt im Juli mit Stockrosen und Echinacea überquellen. Ich atme ein paarmal tief durch und bilde mir ein, neben dem Geruch nach Regen auch den von gemähtem Gras, reifen Pflaumen, angebrannten Grillwürstchen und vor allem von dem Watt und dem Meer auszumachen.

Im scharfen Kontrast zum Rest der Straße sticht Leifs Hotel, die »Küstenperle«, die endlich vor uns auftaucht, eine mondäne zweigeschossige, lang gezogene Konstruktion, mit viel Glas und Holz und dem Flair von Fortschrittlichkeit und Eleganz hervor.

Fast wirkt es, als wolle er den Abschied hinauszögern. Umständlich übergibt er mir den Geigenkoffer, bedankt sich wortreich bei Herrn Bekensen und erklärt den Kindern, wie sie von hier aus am besten zum Strand gelangen. »Wir sehen uns morgen am Set?«, fragt er schließlich und springt geschmeidig auf die holprige Straße. Mir entgeht nicht, dass er mich dabei keine Sekunde aus den Augen lässt. Die Kinder kreischen jubelnd durcheinander – und wenn ich nicht wüsste, was mich am morgigen Tag erwartet, hätte ich mich von ihrer Euphorie glatt anstecken lassen.

Eine halbe Minute später rollen wir durch ein breites, weit geöffnetes Holztor, das vor langer Zeit einmal weiß gewesen sein musste, nun aber ein wenig schmuddelig und schief in den verrosteten Angeln hängt. Die niedrige Natursteinmauer, die das Tor einrahmt, ist grün vom Moos und wird von Efeu und Kletterhortensie überwuchert.

Erleichtert, nach dem langen Tag endlich unseren Ferienhof erreicht zu haben, hüpfe ich vom Kutschbock auf den unebenen, mit Natursteinen gepflasterten Weg, der zum Haupthaus führt. Ich bleibe für ein paar Augenblicke stehen, um den Anblick des malerischen, von Geißblatt und wildem Mauerwein berankten Reetdachgebäudes mit seinen uralten Sprossenfenstern, den hellblauen Fensterläden und den bunt bemalten Blumenkübeln am Ende des Weges in mich aufzusaugen. Und auch wenn die ehemals weiß verputzten Mauern sich vor dem grauen Himmel nicht mehr ganz so hell abheben und der Garten offensichtlich ein bisschen Aufmerksamkeit braucht – das Gras müsste mal wieder gemäht werden, die riesigen Bauernhortensiensträucher, die den langen Gartenweg säumen und deren opulente Blütenbälle in herrlichem Pink, Blau und Weiß um die Wette blühen, wurden offensichtlich lange nicht beschnitten, die Kräuter- und Gemüsebeete, die ich neben einem Hühnerstall ausmache, sind von Unkraut überwuchert –, versprüht der Ferienhof einen anheimelnderen und friedlicheren Charme als Leifs modernes Hotel nebenan. Ich atme tief durch und lasse meinen Blick von der Streuobstwiese neben dem Haus über eine romantische Fachwerkscheune zu der duftenden Heidelandschaft schweifen, die sich hinter der niedrigen Mauer bis zu den Dünen erstreckt.

»Tomte, du hilfst der Besitzerin vielleicht nicht genug«, stellt Lisa, die mit Herrn Bekensen offenbar schon per du ist, lapidar fest und fährt dann in belehrendem Tonfall fort, ehe er einen Einwand erheben kann: »Manchmal wollen ältere Leute nicht so gern Hilfe annehmen, weil sie Angst haben, ihre Selbständigkeit zu verlieren. Das weiß ich von Oma Dagmar. Die wollte sich ewig nicht eingestehen, dass ihre Kraft für vieles nicht mehr reicht. Vielleicht sollten wir beide morgen nach dem Frühstück mal Hacke und Gartenschere aus dem Schuppen holen, Tomte. Niemand ist nutzlos auf dieser Welt, der einem anderen helfen kann.«

Ich werfe Herrn Bekensen einen belustigten Blick zu und auch er scheint ein Grinsen nur schwer unterdrücken zu können.

Während der ausgehungerte Felix sich ein paar feuchte Erdbeeren aus dem Beet pflückt, Mikka und Nerea die Pferde streicheln und die übrigen Kinder mit viel Wirbel und unter lautem Gejohle ihr Gepäck von der Kutsche wuchten, entdecke ich hinter der Gartenmauer eine alte, streichholzdünne Frau mit einem schlohweißen Lockenkopf, transparenter Haut und einem durchweichten, braun gemusterten Herren-Strickpullover. Unsicheren Schrittes schlurft sie über den schmalen Sandweg und hält an, um mich ganz ungeniert zu mustern. Ihr skeptischer Blick bleibt an meinem zweifellos von Mascara verschmierten Gesicht hängen und wandert dann weiter über meinen Geigenkoffer zu den vielen übermütigen Halbwüchsigen. Ich setze mein vertrauenswürdigstes Lächeln auf und winke freundlich zu der alten Dame hinüber, doch sie rührt sich nicht vom Fleck und starrt mich nur mit zusammengekniffenen Augen an wie ein seltenes Zootier. Dabei steigen hier vor allem im Sommer aller Wahrscheinlichkeit nach sehr häufig Fremde aus der Kutsche aus und geben ein für ihren Geschmack eventuell etwas ausgefallenes Bild ab.

Gerade will ich die Frau fragen, ob sie Hilfe braucht oder jemanden sucht, als sich die dunkelblau angestrichene Haustür des Haupthauses schwungvoll öffnet und eine große, voluminöse Frau um die siebzig, ebenfalls eingehüllt in einen quietschgelben Friesennerz, den langen Weg entlanghastet, in der Hand einen dicken Schlüsselbund und auf den Lippen ein breites, mädchenhaftes Lächeln.

»Willkamen, Kinner! Endlich sünd ji hier! Ich dachte schon, ihr kommt gar nicht mehr an«, ruft sie schon von Weitem und rudert mit ihren langen, feisten Armen. »Ich bin Elsa und eure erste Ansprechpartnerin bei jeder Art von Fragen oder Problemen.«

Und obwohl ich die Frau noch nie zuvor gesehen habe, habe ich direkt das Gefühl, sie zu kennen. Tiefe Falten haben sich in ihre Stirn und die Wangen gegraben, die Haare sind so grau, dass von ihrer ursprünglichen Haarfarbe nichts mehr zu erahnen ist, und die Bewegungen wirken ein bisschen schleppend, aber ihre Ausstrahlung ist noch immer die eines jungen, vergnügten Mädchens.

»Herzlichen Dank. Wir sind auch froh, endlich hier zu sein«, lächle ich und schüttele ihre ausgestreckte Hand. Sie riecht nach Zimt und Vanille und Hühnerstall. Kurz blicke ich mich um, um ihr die alte Frau im braunen Pullover zu zeigen, doch als ich wieder zur Gartenmauer schaue, ist sie verschwunden.

»Im Ofen wartet schon ein großes Blech Pflaumenkuchen auf euch. Lasst mich euch nur schnell den Weg zum Pferdestall zeigen und erklären, wo die Tischtennisplatte steht und wie die Waschmaschine funktioniert, dann könnt ihr euch ein bisschen stärken.«

Natürlich sind die Kinder und ich nicht in dem malerischen Haus, sondern in einem Stall untergebracht, während die Stars des Films wahrscheinlich allesamt in einer Nobelherberge absteigen. Ich gebe mir redlich Mühe, die Bilder von unverkleideten Bretterwänden, nackten, mit Stroh gefüllten Matratzen auf Metallstockbetten und wackligen Kiefernholz-Kleiderschränken, dessen Türen gefährlich schief in den Angeln hängen, aus meinen Gedanken zu verdrängen, während ich mir meine Kuriertasche umhänge, den Geigenkoffer in die eine Hand nehme und mit der freien Hand versuche, meinen schweren Trolley über den holprigen, mit Pfützen übersäten Weg hinter mir herzuschleifen. Schweißgebadet biege ich nach den anderen hinter dem hölzernen Hühnerstall um einen alten Walnussbaum, dessen feuchte Zweige beinahe bis zum Boden hängen, und bleibe für ein paar Augenblicke stehen, um das flache Fachwerkgebäude vor meiner Nase zu mustern. Erleichtert registriere ich, dass der Pferdestall offensichtlich hinlänglich ausgebaut, mehrfarbig angestrichen und mit bodentiefen Fenstern versehen wurde. Unter anderen Umständen hätte ich es hier hervorragend sechs Wochen lang aushalten können.

Als ich zwanzig Minuten später, mein Gepäck unausgepackt neben mir, in meinem gemütlichen, wenn auch boxenartigen Zimmer in Regenjacke und Sneakern, dafür mit ausgiebig geschrubbten Händen, auf dem weichen Bett aus verwittertem Holz liege – natürlich nicht, ohne mich vorher vergewissert zu haben, dass sich kein Monster oder Schwerverbrecher darunter versteckt hält – und an die hellblauen, mit gerahmten Bildern von Möwen und Booten dekorierten Wände starre, muss ich nicht lange auf das mittlerweile vertraute Gefühl von Unruhe und Beklommenheit warten, das mich vom Scheitel bis zu den Zehen durchströmt. In Leipzig bin ich mit der Empfindung in den Zug gestiegen, dass ich am liebsten alles absagen und stattdessen das Buch lesen würde, für das mir immer die Zeit fehlt – das über die tropische Rußseeschwalbe, die mindestens drei, möglicherweise aber bis zu zehn Jahre ohne Unterbrechung in der Luft bleiben kann. Oder zum ersten Mal in meinem Leben in ein Fitnessstudio gehen oder das Rühreirezept mit einem Hauch Tonkabohne ausprobieren. Oder das Grab meiner Mutter auf Vordermann bringen, obwohl dort nicht das kleinste Unkräutchen wächst. Vielleicht bin ich überhaupt nur hier, weil Jonah mich bis ins Abteil geschoben hat, um ganz sicherzugehen. Und da mich seither wahlweise die fehlenden Gepäckstücke und Auseinandersetzungen der Kinder oder die Tatsache, dass ich einen berühmten Schauspieler unerkannt an einer wartenden Fan-Meute vorbeischleusen musste, auf Trab gehalten haben, lasse ich erst jetzt wieder den beängstigenden Gedanken daran zu, was mich morgen Vormittag erwartet. Der erste Drehtag. Und damit die erste Begegnung mit meinem Vater.

Angestrengt massiere ich meine Schläfen. Wie soll ich ihm gegenübertreten? Wird er mich erkennen? Immerhin habe ich die großen, weit auseinanderstehenden, hellblauen Augen und die Pippi-Langstrumpf-Sommersprossen von meiner Mutter geerbt. Ist er mir ähnlich, wenn sich unsere Verwandtschaft schon zumindest optisch nicht ablesen lässt? Werde ich es tatsächlich wagen, ihm reinen Wein einzuschenken? Wie wird er reagieren? Himmel, wird er die Kinder wegen mir hochkant rausschmeißen und aus seinem Film streichen? Werde ich wirklich meine Palette von Ängsten los, nur, weil ich ihm an den Kopf werfe, was ich von ihm und seiner Verantwortungslosigkeit halte? Und wie kann es überhaupt sein, dass einem jemand fehlt, dem man so vieles vorzuwerfen hat? Und den man überhaupt nicht kennt?

Mein Gedankenkarussell dreht sich mittlerweile in Lichtgeschwindigkeit. Frustriert fahre ich hoch und taste in der Jackentasche nach meinem Handy. Am besten, ich rufe Jonah an, um ihn mit meiner Aufsehen erregenden Geschichte über Leif Andersson aus den Socken zu hauen, das wird mich ablenken. Wenn es anschließend noch nicht zu spät ist, sollte ich versuchen, mir ein Stück Pflaumenkuchen zu sichern, bevor die Kinder ohne Rücksicht auf Verluste ganz allein darüber herfallen. Vielleicht werde ich mich sogar auf eine Partie Tischtennis einlassen. Auf jeden Fall werde ich bis morgen früh keinen Gedanken mehr an Albert Strauss verschwenden.

Kapitel 3

Ich habe die Erfahrung gemacht, dass, wenn man die Notfallkaramellschokolade durch Notfallmöhren ersetzt, plötzlich gar nicht mehr so viele Notfälle auftreten. Doch vollkommen unvorbereitet mit fünfundzwanzig Jahren zum allerersten Mal bewusst auf meinen Vater zu treffen, zählt eindeutig als ausgewachsener Notfall – und eine Notfallmöhre ist hier ausgesprochen fehl am Platz. In diesem Fall pfeife ich auf meinen neuen Ernährungsplan, der weniger Zucker und Kohlenhydrate umfasst, um trotz meiner Abneigung gegen Sport einigermaßen fit zu bleiben. Ich denke an die angekündigten Köstlichkeiten in Elsas Backofen, die Croissants, Sanddornmuffins und den bewährten Pflaumenkuchen, und beschleunige meine Schritte Richtung Frühstücksraum im Haupthaus. Schließlich hebt Zucker bekanntermaßen die Stimmung und stählt die Nerven und man kann sich auch nicht immer an seine guten Vorsätze halten.

Ein weiteres Mal wähle ich Jonahs Nummer, aber der ist aller Wahrscheinlichkeit nach gerade damit beschäftigt, einen Marathon zu laufen oder seinen andächtig lauschenden Studenten etwas über die franziskanische Wirtschaftsethik und städtische Sozialpolitik im Italien des 15. Jahrhunderts zu erzählen.

Ich frage mich soeben, warum ich ihn schon seit gestern nicht erreichen kann, als mich Lisas helle Stimme ablenkt. »Wir dürfen an dreißig Tagen jeweils drei Stunden lang arbeiten, aber fünf Stunden am Set verbringen. Mehr verbietet das Jugendarbeitsschutzgesetz, aber Anna sagt, wir müssen davor oder danach noch ein bisschen üben, weil wir vor dem Drehstart nicht viel Zeit hatten und ziemlich schlecht vorbereitet sind. Üben macht mir nicht so viel Spaß. Aber wann hat man schon mal die Gelegenheit, in einem richtigen Film mit echten Schauspielern mitzuspielen?«

Zustimmendes Gemurmel folgt. Ein Blick Richtung Einfahrt bestätigt, dass Lisa und Herr Bekensen sich an diesem Morgen tatsächlich mit Spitzhacke und Grabegabel bewaffnet haben, um Hof und Gemüsebeet von Unkraut zu befreien. Dabei sollte Lisa eigentlich ihren Text lernen. Sogar ein halb auseinandergeschraubter Rasenmäher, der allem Anschein nach zuerst noch repariert werden muss, wartet in der offenen Tür des Geräteschuppens. Offensichtlich bin ich mit dem Frühstücken ein bisschen spät dran. Die Pferde samt Kutsche sind nirgendwo zu sehen, aber wir müssen heute auch erst am späten Vormittag zum Set.

Ich gebe mir alle Mühe, unverkrampft zu wirken, entspannt geradezu, als ich winkend an den beiden vorbeischlendere. Durch die sperrangelweit geöffneten Terrassentüren des Haupthauses dringen der Duft nach frisch gebackenem Brot – hoffentlich kein rundes – und Elsas übermütiges Geträller nach draußen. Sie hat schon gestern gesungen, was das Zeug hält, wann immer sie sich unbeobachtet wähnte. Zwischen zwei Pflaumenbäumen kann ich Herrn Bekensen erkennen, der gerade den Spaten sinken lässt und den Kopf schief legt, als wollte er ungestört ihrer ganz eigenen Version von Johnny Cashs »Ring Of Fire« lauschen. Seufzend steige ich die etwas morschen Stufen zur hölzernen Veranda hinauf.

»Wat is denn mit di passeert, Anna?« Elsa, die mich vom ersten Augenblick an geduzt hat, weil ich sie anscheinend an ihre Großnichte erinnere, und auch von mir das Du erwartet, bricht, einen ausgeblichenen gepunkteten Ofenhandschuh in der Hand, den Chorus ab und hält mitten in der Bewegung inne. Ich gebe wohl doch ein weniger entspanntes Bild ab, als ich gehofft habe.

»Ich bin einfach ein bisschen müde«, leiere ich mit monotoner Stimme herunter. Was sollte ich auch sonst sagen?

Von meiner fadenscheinigen Ausrede offenbar nicht ganz überzeugt, mustert sie skeptisch mein Gesicht und sieht aus, als wolle sie etwas entgegnen. Stattdessen macht sie sich daran, ein Blech aus dem Ofen zu ziehen und den Inhalt, köstlich duftende, selbst gebackene Sesambagels, in einen Korb zu verteilen. Ohne Umschweife reicht sie mir einen der warmen Bagels.

»Vielleicht hast du Lust, eine kurze Runde mit Voltaire und Schopenhauer zu drehen? Die frische Luft wird dir guttun. In der Zwischenzeit kann ich schon mal den Fisch fürs Abendessen besorgen.« Sie drückt kurz meine Hand, bevor sie sich ihre Tasche vom Haken schnappt und die Treppe in den Garten hinuntersteigt.

»Fische sind extrem bedroht und voller Schadstoffe!«, will ich ihr hinterherrufen, entscheide mich aber stattdessen für:

»Wer sind Voltaire und Schopenhauer?« Doch Lisa hat Elsa bereits entdeckt und sich unaufhörlich quasselnd auf sie gestürzt. Außerdem kann ich mir denken, wer da in der Diele auf mich warten wird. Herr Bekensen hat gestern erwähnt, dass auch die Hundetrainerin mit ihren beiden tierischen Schauspielern auf dem Ferienhof untergebracht wurde und nun mit einer Sommergrippe im Bett liegt.

Ein wenig argwöhnisch folge ich den schmatzenden Geräuschen in den hallenartigen Flur. Ein riesiger brauner Setter und ein anderer, noch größerer Hund mit langem Fell, vielleicht ein Leonberger, blicken überrascht von ihren halbleeren Näpfen auf. Für einen kurzen Moment scheinen sie abzuwägen, ob sie sich nicht lieber wieder ihrem Fressen zuwenden, doch dann siegt die Neugier und sie stürmen mit wenigen großen Sätzen auf mich zu. Eifrig leckt mir der Setter über die Hand, während sich der andere, sichtlich ältere Hund mit seinem Sumöringer-Gewicht vertrauensvoll gegen meine Hüfte lehnt.

Fünf Minuten später lasse ich mich, meinen Bagel in der einen und zwei Lederleinen in der anderen Hand, von den Hunden durch die Heidelandschaft ziehen, die direkt hinter Elsas Grundstück beginnt und sich bis zu den halbhohen Dünen erstreckt. Noch gestern Abend ist, wie Lisa es vorhergesagt hat, die Wolkendecke aufgebrochen und ich schiebe mir eine überdimensionierte Sonnenbrille auf die Nase. Über mir kreisen ein paar Küstenseeschwalben und sogar eine Kornweihe. Auch wenn die Heide noch nicht in voller Blüte steht, kann ich mich nicht sattsehen. Kopfschüttelnd frage ich mich, warum ich noch nie zuvor auf Langeoog war, in besseren Zeiten, bevor ich mich daranmache, herauszufinden, welcher Hund Voltaire und welcher Schopenhauer ist.

Vergeblich darauf konzentriert, meine Aufmerksamkeit auf die Flora und Fauna und nicht auf meine wirren Gedanken zu lenken, registriere ich erst, dass ich den Spaziergang viel weiter ausgedehnt habe als beabsichtigt, als wir uns unversehens auf einem Dünenkamm wiederfinden und aufs dunkelblaue Meer hinausblicken. Weil es kühl und der Sand von der Nacht noch feucht ist, ist der Strand nicht sehr voll, nur einige Spaziergänger sammeln Muscheln oder Bernstein und ein paar hartgesottene Wasserratten stürzen sich bibbernd in die flachen Wellen. Für einen winzigen Augenblick lege ich die beiden Hundeleinen neben mir in den weißen Sand, um meine Sneaker abzustreifen, nur um im nächsten Moment dabei zusehen zu müssen, wie der Setter in riesigen Sätzen, die Leine hinter sich herschleifend, die Düne hinunterspringt.

»Schopenhauer!«, brülle ich und hoffe, dass ich damit richtigliege. Der alte Leonberger, meiner Meinung nach Voltaire, blickt mit seinen dunklen Augen fragend an mir hoch, schnaufend und hechelnd, und rührt sich keinen Millimeter vom Fleck.

Schopenhauer hält derweil direkt auf ein mageres, schwarzweißes Hündchen zu, das träge neben einer hochgewachsenen Gestalt im grünen Hoodie hertrottet. Ich zögere nur den Bruchteil einer Sekunde, dann lasse ich meine Schuhe und Voltaires Leine fallen und stürme hinter Schopenhauer her. Der alte Leonberger wirkt erschöpfter als ich, wenn ich mir jedes Jahr im Januar meine guten Vorsätze in Erinnerung rufe und zu Jonahs

Zirkeltraining gehe. Kraftlos lässt er sich in den nassen Sand sinken.

Der Setter hingegen lässt nicht das geringste Anzeichen von Müdigkeit erkennen. Er ist mittlerweile bei dem anderen Hund angekommen, springt jedoch wie ein Rotes Riesenkänguru an ihm vorbei. Im Rennen trete ich auf einen Stein und für einen kurzen Moment halte ich inne, mit schmerzender Fußsohle, brennender Lunge und rasendem Puls, bis ich erkenne, dass Schopenhauers eigentliches Ziel ein junger Kiebitzregenpfeifer ist, der ein Stück entfernt emsig sein am Strand gefundenes Krebsstück wäscht.

»Schopenhauer!«, kreische ich erneut und setze mich humpelnd wieder in Bewegung. Ebenso wie der Typ im grünen Hoodie, der gleichzeitig sein schwarz-weißes Hündchen hinter sich herzieht, einen gellenden Pfiff ertönen lässt und einen leuchtenden Tennisball, den er aus dem Nichts zaubert, so vor Schopenhauers Nase wirft, dass der Setter irritiert innehält und zu überlegen scheint, ob er von dem Vogel ablassen und lieber dem Ball folgen soll. Binnen Sekunden hat der Typ ihn eingeholt und seine Leine zu fassen bekommen.

»Um diese Jahreszeit sollten Hunde nicht frei am Strand herumrennen.« Kopfschüttelnd reicht er mir die Leine, als ich kurze Zeit später keuchend und mit fraglos krebsroten Wangen neben ihm stehe. »Vor allem keine Hunde, die schlecht hören. Und die groß sind wie Kälber.«

Wahrscheinlich hält er mich für eine dieser selbstsüchtigen Touristinnen, die keine Ahnung haben, dass in den Dünen Vögel brüten oder sich von langen Wanderungen erholen müssen. Der Kiebitzregenpfeifer hüpft gänzlich unbeeindruckt weiter durch die Brandung und Schopenhauer lässt ihn nicht aus den Augen.

»Es tut mir wirklich leid.« Japsend beuge ich mich vornüber und ringe nach Luft. Hätte ich mal auf Jonah gehört und das Ausdauertraining nicht regelmäßig Ende Januar wieder aufgegeben. »Und vielen Dank für Ihre Hilfe. Ich weiß natürlich, dass freilaufende Hunde hier Schaden anrichten können.«

Immer noch schnaufend, streiche ich mir die verschwitzten blonden Strähnen aus der Stirn. Mir fällt auf, dass ich irgendwo unterwegs meine Sonnenbrille verloren haben muss, ein Geschenk von Jonah. Erst jetzt blicke ich dem Mann direkt ins Gesicht. Er ist mindestens einen Kopf größer als ich, rau und bärtig und seine rechte Augenbraue wird von einer sichelförmigen Narbe geteilt. Seine blonden Haare sind ausgeblichen, die Jeans zerschlissen, in seinem Babylon-Bombs-Hoodie prangen ein paar runde Mottenlöcher. Er sieht unordentlich aus, wie der Leadsänger einer Rockband. Mit seinen grünen Augen funkelt er mich spöttisch an.

Seine Miene gibt nichts her. Ich registriere erst, dass ich ihn unverblümt mustere, als er sich irritiert räuspert. Mein Herz hämmert noch immer hart gegen meine Rippen. »Ich –«

»Noch so ein herrenloser Streuner«, unterbricht er mich und runzelt die Stirn. Benommen folge ich seinem Blick und mein eben noch wild pochendes Herz setzt für mehrere Schläge aus.

»Voltaire?« Ich kneife die Augen zusammen. Tatsächlich, der andere Hund, der, der gerade noch kraftlos auf dem Dünenkamm zusammengesunken ist und sich gebärdete, als könnten ihn keine zehn Pferde dazu bewegen, seinen Platz zu räumen, macht sich nun offensichtlich einen Spaß daraus, wild kläffend eine ganze Kolonie Lachmöwen aufzuscheuchen.

»Sagen Sie bloß, der gehört auch Ihnen?«

Ich kann nur schwer ein Ächzen unterdrücken. Schopenhauer zerrt kräftig an seiner Leine, als ihm aufgeht, dass sein Gefährte die Zeit seines Lebens hat.

»Sie haben Ihr Leben gut im Griff, was?«, fährt der Mann ungerührt fort und zu allem Überfluss wandern seine durchdringenden Augen von Voltaire über meine verschwitzten Haare und die zweifellos verschmierte Wimperntusche hin zu meinen durchweichten Micky-Maus-Socken, die ich in meiner Eile, Schopenhauer zu folgen, nicht mehr ausziehen konnte.

»Wenn Sie wüssten!«, will ich entgegnen, begnüge mich aber mit: »Die Hunde und ich haben uns gerade erst kennengelernt und müssen uns noch aneinander gewöhnen. Offensichtlich lag ich bei der Einschätzung ihres Temperaments ein bisschen daneben. Ich hätte wissen müssen, dass sie immer ein bisschen Platz für Flausen im Kopf freihalten, denn welcher Hund bleibt schon ruhig sitzen, wenn vor seiner Nase die schönsten Vögel herumflattern?« Ich breche ab. Irgendwie habe ich es fertiggebracht, nicht im Geringsten ironisch zu klingen. Aber warum rechtfertige ich mich überhaupt vor diesem Typen? Und warum sitzt sein Hündchen reglos und vollkommen unbeeindruckt von dem Schauspiel neben ihm im Sand und schaut treuergeben zu ihm auf?

Bilde ich es mir nur ein oder war das der Anflug eines Lächelns? Der Fremde hat eine winzige Lücke zwischen den oberen Schneidezähnen, genau wie ich. »Nun, vielleicht sollten Sie den anderen Hund mit den Flausen im Kopf mal langsam einfangen. Bevor er den schönsten Vogel vor seiner Nase erwischt hat.«

Ich muss mich zwingen, den Blick abzuwenden. »Voltaire!«, brülle ich noch mal, diesmal lauter. Der Leonberger hat inzwischen einen Austernfischer ausgemacht, der einen harten Untergrund zum Muschelnöffnen zu suchen scheint, und hält träge trabend auf ihn zu. Ich verstehe nicht, warum ich nicht einfach die erstbeste Gelegenheit zur Flucht nutze, denn dieser Mann hält mich offensichtlich für den Typ Mensch, der mit beiden Beinen fest auf dem Schlauch steht.

Dennoch wende ich mich nur zögernd zum Gehen. »Vielleicht will er nur die Muschel beschützen«, höre ich mich unnötig schnippisch sagen. Und das, obwohl ich Fremden gegenüber normalerweise immer so sanftmütig bin. Ich werfe einen letzten Blick in seine smaragdgrünen Augen, bevor ich mich umdrehe. Und für einen kurzen Moment frage ich mich, wie groß die Wahrscheinlichkeit ist, ihm auf einer zwölf Kilometer langen Insel, die im Sommer unter den Touristenmassen beinahe im Meer versinkt, noch einmal über den Weg zu laufen.

Ich kann seinen Blick noch in meinem Rücken spüren, als ich mit einiger Anstrengung – und der Hilfe von einer Handvoll Haselnüssen, die ich in meiner Tasche fand – Voltaire eingesammelt habe und mit den Hunden, die beiden Lederleinen fest in der einen und die nassen Socken in der anderen Hand, die Düne hinaufkraxle, von der ich hoffe, dass es die richtige ist, um meine Sonnenbrille und meine Schuhe zu finden.

Kapitel 4

Was zum Teufel tue ich hier?, frage ich mich, während ich mein heiterstes Grinsen aufsetze und Herrn Bekensens Kutsche nachwinke. Ich gebe mein Bestes, mir meine Anspannung nicht anmerken zu lassen, als ich die Kinder mitsamt ihren Instrumenten durch das unermessliche Gewusel am Filmset auf der Suche nach der Maske vor mir herscheuche. Überall laufen Leute mit Puderquasten und Klemmbrettern unter dem Arm herum, wir weichen Kamerawagen und rätselhaften technischen Gerätschaften aus, stolpern über Kabel und entdecken Schauspieler, die wir sonst nur vom Bildschirm kennen und die mit einem Skript in der Hand auf ihren Einsatz warten. Felix schnappt sich im Vorbeigehen ein Sandwich von einem lang gezogenen Cateringtisch und Lisa kommentiert gewohnt wortreich jedes Detail. Nirgendwo in diesem Durcheinander kann ich meinen Vater ausmachen und weiß nicht, ob ich darüber erleichtert oder enttäuscht sein soll. Auch Leifs Arbeitstag ist offensichtlich schon vorbei – oder hat noch nicht begonnen – und darüber bin ich definitiv enttäuscht. Weil der Himmel wieder bedeckt ist und laut Wetterbericht ein Gewitter aufzieht, drehen wir heute nicht wie geplant eine Szene am Strand, sondern vielmehr in dem ärmlich eingerichteten Wohnzimmer von Jezabel und

Jonathan, verkörpert von Britta Freudenreich und Lutz Gmeiner, den beiden talentierten und einigermaßen bekannten Hauptdarstellern.

Mit einem seltsamen Engegefühl in der Brust, das in der letzten Viertelstunde nur noch stärker geworden ist, liefere ich die Kinder schließlich bei zwei freundlichen, überraschenderweise ungeschminkten, aber farbenfroh gekleideten Maskenbildnerinnen ab, die sie für ihren ersten Drehtag in mittellose Dorfkinder aus den vierziger Jahren verwandeln sollen.

»Ich sehe mich noch ein bisschen um. Sobald ihr dran seid, bin ich zurück«, murmele ich hastig und schließe die Tür hinter mir. Mit schweißnassen Händen massiere ich meine Schläfen. Ich habe rasende Kopfschmerzen. Was habe ich mir nur dabei gedacht, ausgerechnet am Arbeitsplatz meines Vaters aufzutauchen und ihm eine Begegnung aufzuzwängen, die er fünfundzwanzig Jahre lang erfolgreich gemieden hat? Was hat Jonah sich gedacht?

Ich weiche ein paar Cateringleuten mit schweren Tabletts aus und stolpere hinaus aus der Maske. Auch draußen herrscht ein für einen Laien nicht zu durchschauendes Chaos, doch scheint hier jeder ziemlich konkret zu wissen, was zu tun ist. Die Finger noch immer an den Schläfen, atme ich ein paarmal tief durch. Natürlich weiß ich ganz genau, was Jonah und ich uns dabei gedacht haben, auch wenn der Plan vielleicht nicht bis ins letzte Detail ausgeklügelt war. Ich muss wissen, wo ich herkomme. Warum ich bin, wie ich bin, obwohl meine Mutter so ganz anders war. Aus welchen Gründen mein Vater mich nicht wollte und warum ich mich nie irgendwo zugehörig fühlte.

»Kannst du mir sagen, wo ich die Toiletten finde?« Eine dunkle, rauchige Frauenstimme lässt mich hochfahren. Vor mir steht eine hübsche rothaarige Frau Ende zwanzig, die mich freundlich anlächelt.

Ich deute auf den blau-weißen WC-Wagen, der sich hinter ein paar Bäumen auf der anderen Seite der Absperrung versteckt und von hier aus kaum zu erkennen ist. Doch mit sieben Kindern im Schlepptau werde ich zum Adler, wenn es darum geht, das nächstgelegene stille Örtchen ausfindig zu machen.

Erst jetzt registriere ich hinter der Frau den Jungen mit den schwarzen langen Haaren von gestern, der nun keinen Esel mehr führt, sondern eine altmodische Videokamera umklammert. Wortlos drückt er der Frau die Kamera in die Hand und macht sich dann mit schlurfenden Schritten auf den Weg zu den Toiletten.

»Mein Neffe«, grinst sie gut gelaunt. »Er will unbedingt in die Fußstapfen seines Großvaters treten und sein Leben ebenfalls dem Film widmen.« Sie zieht die sommersprossige Nase kraus, bevor sie munter hinzusetzt: »Während andere Jungs in seinem Alter Fußball spielen, schreibt Joris Drehbücher und vergleicht Apps für den besten Videoschnitt. Und das, obwohl meine Schwester und mein Schwager mit dem ganzen Filmzirkus nichts zu tun haben wollen, ebenso wenig wie mein Bruder und ich. Sehr zum Leidwesen unseres Vaters.«

»Ich bin auch mit einem Haufen Kindern hier, die das Filmfieber gepackt hat. Die Musikschüler.« Ich trete einen Schritt beiseite, um einem hundertfünfzig Kilo schweren Kerl ohne Hals, dafür mit dem Tattoo einer nackten Meerjungfrau auf dem

Unterarm Platz zu machen, der eine gewaltige Kamera auf der Schulter balanciert.

»Ihr seid das? Bist du ebenfalls Musikerin? Ich bin übrigens Charlotte.«

»Anna. Ich spiele Geige, wie meine Mutter. Sie ist vor drei Jahren an Krebs gestorben.« Ich bin überrascht. Normalerweise erwähne ich meine Mutter nicht vor Wildfremden. Aber aus unerfindlichen Gründen wirkt Charlotte auf mich vertraut, beinahe, als würden wir uns schon lange kennen.

»Das ist ja furchtbar!«

»Es war ein ziemlicher Schlag. Aber sie war die talentierteste Violinistin, die ich kenne.«

»Dann bist du auch in so einem Künstlerhaushalt groß geworden?« Sie stößt einen theatralischen Seufzer aus. »Als Kind habe ich mir manchmal gewünscht, meine Familie wäre ein bisschen normaler. Alle, die in unserem Haus aufgewachsen sind, brauchen eine Therapie.« Sie lacht. Es ist ein dunkles Lachen, das tief aus dem Bauch kommt und ihre gesamte Statur zum Erbeben bringt.

Ich muss ebenfalls lachen. Bis Charlotte fragt: »Was ist mit deinem Vater? Ist er ebenfalls Musiker?«

»Mein Vater, nein, der ist ... Der ist noch vor meiner Geburt ...« Ich breche ab. Wahrscheinlich laufen meine Wangen gerade karmesinrot an.

»Es tut mir schrecklich leid, ich wollte dir nicht zu nahe treten.« Charlotte, offensichtlich in dem Glauben, auch mein Vater wäre gestorben, sieht bestürzt aus. Dabei habe ich eigentlich »abgehauen« sagen wollen.

»Mach dir keine Gedanken, das alles ist jetzt schon so lange her«, versuche ich, ihr Gewissen zu beruhigen, und wechsle schnell das Thema: »Was genau macht denn dein Vater beim Film? Ist er Schauspieler?«

»Da kommt er gerade. Wie immer pünktlich wie die Maurer.«

Ich folge ihrem Blick. Und erstarre.

Er ist es.

Albert Strauss, der nun einen Arm um Joris legt und ihm mit der anderen Hand im Gehen spielerisch durch die lange Mähne wuschelt. Über das ganze Gesicht strahlend, halten sie direkt auf uns zu.

Er hat die letzten Strähnen seines grau melierten Haars über seinen kahlen Kopf gekämmt. Sein tannengrüner Wollpullover sieht aus, als hätte er ihn von seinem Vater übernommen. Auch die Hose scheint ein Familienerbstück, ganz zu schweigen von den abgetragenen grauen Schnürschuhen. Doch seine braunen Augen blitzen hellwach, die Wangenknochen sind markant, das Kinn kantig und er hat nur einen winzigen Bauchansatz. Alles in allem sind die Jahre gut zu ihm gewesen.

»Papa«, begrüßt ihn Charlotte und fällt ihm um den Hals. Er drückt sie fest an sich. Sie braucht keine Therapie, das sehe ich auf den ersten Blick. Sie hat eine funktionierende Familie, die vielleicht nicht ganz gewöhnlich ist, aber für jedermann sichtbar eine liebevolle Einheit bildet.

Mit wild hämmerndem Herzen wende ich den Blick ab. Wie oft habe ich darüber gegrübelt, wie ich mich fühlen würde, wenn ich ihm zum ersten Mal von Angesicht zu Angesicht gegenüberstehe. Wütend, habe ich gedacht, und aufgebracht. Wahrscheinlich auch ein bisschen eingeschüchtert. Aber jetzt, da es so weit ist, gibt es noch ein weiteres Gefühl, das alle anderen überdeckt: Hilflosigkeit. Ich bin komplett überfordert.

»Das ist übrigens Anna. Sie ist die Musikerin und verantwortlich, wenn wir alle Bauchweh von den schiefen Geigenklängen der Kindertruppe bekommen.« Charlotte zwinkert mir zu und lacht wieder ihr kehliges Lachen, in das auch ihr Vater miteinsteigt. Offensichtlich kennt er diese Art von Witzen schon von ihr.

Als Albert Strauss sich mir zuwendet, nimmt er meine mechanisch ausgestreckte Hand und zerquetscht sie um ein Haar mit seiner tellergroßen Pranke. Mein Vorname ist nicht gerade ungebräuchlich, aber mir wird unangenehm bewusst, dass ich mir ausgemalt habe, er würde eine Regung zeigen, wenn er den Namen seiner Tochter hört. Ein Wimpernzucken vielleicht oder eine hochgezogene Augenbraue. Doch Albert Strauss' Miene bleibt ausdruckslos.

»Freut mich, Sie kennenzulernen«, stottere ich und halte die Luft an. Ich habe einen Pulsschlag wie ein Kolibri. Erkennt er mich? Meine Blässe und meine hellblauen Augen, die denen meiner Mutter so ähnlich sind? Nein, natürlich nicht. Mein Gott, was soll ich nur sagen? Ich kann doch nicht einfach –

»An meinen Sets duzen wir uns.« Seine Stimme klingt, als hätte sie Jahrzehnte in Whisky gebadet, dabei habe ich in einer Klatschspalte gelesen, dass er keinen Tropfen anrührt. Ich habe versucht, noch weitere Informationen über ihn zu sammeln, aber die wenigen Artikel und Interviews, die ich finden konnte, drehten sich allesamt um seine Arbeit oder seine Wohltätigkeit.

»Hattet du und die Kinder eine gute Anreise?«, fragt er und setzt eine Miene auf, als würde ihn meine Antwort tatsächlich interessieren, doch bevor ich überhaupt den Mund aufmachen kann, streckt der Koloss mit dem Meerjungfrauentattoo seinen Kopf aus der Tür und ruft meinem Vater etwas Unverständliches zu. Albert Strauss lächelt seiner Tochter und mir noch mal kurz zu und marschiert dann mit energischen Schritten davon, dicht gefolgt von seinem schweigsamen Enkel.

Ein Moment wie quietschende Tafelkreide. Ich grabe meine Fingernägel tief in meine Handflächen. Das gesamte Intermezzo hat nicht länger als zwei Minuten gedauert, doch jetzt brauche ich dringend ein stattliches Stück von Elsas Pflaumenkuchen und einen Dirty Martini. Oder gleich eine Delphintherapie.

Es dauert einen Moment, bis mir ins Bewusstsein dringt, dass Charlotte noch immer neben mir steht und weiterredet, als wäre nichts geschehen. *Meine Halbschwester.*

»Ich hatte keine Ahnung, dass Albert Strauss drei Kinder hat«, murmele ich leise und stelle zu meinem Entsetzen fest, dass meine Stimme bricht. Wie hätte ich wissen sollen, dass mein Vater ein Familienmensch ist?

»Er will sein Privatleben strikt aus der Öffentlichkeit heraushalten. Meine Eltern sind nicht die Typen für rote Teppiche. Meine Mutter kocht am Wochenende Marmelade und strickt Schals in variierenden Rottönen, mein Vater schraubt, wenn er nicht gerade arbeitet, an seinem Rasenmähertrecker herum oder bringt seinen Enkeln bei, wie sie unbemerkt aus Nachbars

Garten Pflaumen klauen können. Und meine Geschwister und ich haben auch kein Interesse am Rampenlicht.«

»Er hat noch mehr Enkel?«, erkundige ich mich so leise, dass ich mich frage, ob Charlotte mich bei dem Getümmel um uns herum überhaupt verstehen kann.

»Meine Schwester hat früh angefangen. Mittlerweile hat Joris noch drei kleine Brüder.«

Ich zögere einen Moment. »Wie ... Wie alt seid ihr, du und deine Geschwister?«

Wenn sie die Frage merkwürdig findet, lässt sie es sich nicht anmerken. »Helen, die Älteste, ist zweiunddreißig. Ich bin achtundzwanzig und unser Nesthäkchen Linus ist vierundzwanzig. Er hat sich in den Kopf gesetzt, Haiaquarien-Reiniger zu werden. Denn irgendwer muss es ja machen.«

Ich schlucke schwer. Meine Kopfschmerzen sind mittlerweile so heftig, dass ich das Gefühl habe, mein Schädel würde zerspringen. Mir fällt nichts ein, was ich sagen könnte. Offensichtlich bin ich das Ergebnis eines Seitensprungs, eines kurzen Techtelmechtels, während seine Marmelade kochende Frau zu Hause zwei Kleinkinder hütete und im Geiste vielleicht schon das dritte Kind plante. Das ist also der Grund für seine Abwesenheit. Das ist der Grund, warum mein Vater mich nicht wollte. Er konnte nicht in Kauf nehmen, seine Familie zu verlieren.

Wenn ich mich ihm jetzt zu erkennen gebe, riskiere ich, diese Familienidylle aufs Spiel zu setzen und alles zum Einsturz zu bringen. Andererseits: Warum steigt er auch fremden Röcken nach, wenn er verheiratet ist und die Verantwortung für Kinder trägt?

Ich fahre mir mit der Hand über die Augen und entschließe mich, die Entscheidung zu vertagen. Auf morgen oder übermorgen oder nächste Woche. Schließlich bin ich sechs lange Wochen hier, verdammt noch mal.

»Ihr seid auf dem Ferienhof von Elsa Janssen untergebracht, richtig? Ich bin für ein paar Wochen bei meiner Schwester und ihrer Familie zu Besuch, die wohnt schräg gegenüber. Ich wollte nur Joris hier abgeben und muss schon wieder los, aber vielleicht laufen wir uns ja mal wieder über den Weg und essen zusammen ein Stück von Elsas legendärem Pflaumenkuchen.«

»Das klingt gut«, höre ich mich sagen und reiche ihr sogar mein Handy, damit sie ihre Nummer eintippen kann. »Ich gehe jetzt besser mal nach den Kindern schauen«, murmele ich dann, winke ihr kurz zu und verschwinde mit hochgezogenen Schultern und zitternden Knien wieder im Haus.

»Wer hat denn hier wieder in der Vorproduktion geschlampt?«, bellt Albert Strauss gerade, als ich an ein paar Badezimmer-Requisiten aus den Vierzigern vorbeilaufe, die auf einem Rollwagen aufgetürmt sind. Ein paar Tontechniker und Beleuchter ziehen die Köpfe ein, aber Joris steht vollkommen unbeeindruckt daneben und studiert ausgiebig einen der Monitore, die sein Großvater zur Bildkontrolle braucht.

Auf leisen Sohlen schleiche ich weiter Richtung Maske im hinteren Teil des Gebäudes. Ich gebe mir alle Mühe, mir weiszumachen, dass mein Vater in der Vergangenheit hin und wieder an mich gedacht hat, dass es ein Segen ist, noch lebende Verwandtschaft zu haben, sogar gleich drei Halbgeschwister, aber das Gefühl, in ein tiefes Loch zu fallen, will trotzdem nicht verschwinden.

Meine Stimmung ist unterirdisch, als ich verwirrt in einen hochgewachsenen Körper stolpere.

Es ist der Typ vom Strand, nun ohne sein gut erzogenes, schwarz-weißes Hündchen. Seine Augen verengen sich, als er mich erkennt. »*Sie*?«

»Was tun Sie denn hier?«, frage ich nicht weniger einfallslos.

»Die wichtigere Frage ist doch: Wo haben Sie Ihre beiden Vogelfreunde mit den Flausen im Kopf gelassen?« Er bringt es fertig, irritiert und gleichzeitig gelangweilt zu klingen. Und desinteressiert.

»Die verputzen gerade ihren Fang von heute Morgen«, entgegne ich. Unnahbar wie eine Waldfee. Eine Waldfee, die an ihrem zerzausten Haar herumzupft und sich aus unerfindlichen Gründen fragt, ob ihre Wimperntusche schon wieder verwischt ist.

»Nichts anderes hätte ich erwartet, wenn ich mir Ihren Erziehungsstil ins Gedächtnis rufe.«

»Ich gebe mir redlich Mühe.«

»Leider vergebens.«

»Nun, was soll ich tun? Es sind Männchen. Ihnen ist klar, dass sie ausgeschimpft werden, sie begreifen nur nicht, warum«, schnaube ich bissig. Ich verstehe nicht, warum ich meine normalerweise einwandfreie Kinderstube bei diesem Typen komplett vergesse.

Er lächelt auf eine Weise in sich hinein, die mich beinahe aus der Fassung bringt. »Nietzsche sagt: ›Alle Hindernisse und

Schwierigkeiten sind Stufen, auf denen wir in die Höhe steigen.‹«

»Dieses Hindernis ist zu groß. Aber wer hätte gedacht, dass Sie Nietzsche lesen?«

»In der *Zeit* stand ein Artikel über ihn.«

»Ich hätte Sie auch nicht als *Zeit*-Leser eingeordnet.« Tatsächlich sieht er eher aus, als hätte er die *Surf* abonniert.

»Tu ich nicht, eine Kollegin hat kürzlich darüber gesprochen.«

»Zumindest haben Sie zugehört.«

Gerade will er zu einer zweifellos spöttischen Erwiderung ansetzen, als hinter ihm jemand meinen Namen ruft.

Es ist Leif, offenbar ebenfalls auf dem Weg in die Maske, gut gelaunt, unwiderstehlich und mit einem breiten Lächeln auf dem braun gebrannten Gesicht.

»Bosse.« Leif nickt dem Typen vom Strand kurz zu und dreht sich dann zu mir um. »Ich hatte gehofft, dich hier zu treffen, Anna.«

»Das ist mein Stichwort, zu gehen.« Bosse deutet eine spöttische Verbeugung an. »Es war mir ein Vergnügen, Anja.«

»Boris.«

»Und grüßen Sie Ihre beiden Kälber von mir.« Er wendet sich zum Gehen, kommt aber nicht weit, weil er von einer ganz in Weiß gekleideten älteren Frau mit einem Skript in der Hand aufgehalten wird, die mit verhaltener Stimme auf ihn einredet.

Leif kommt direkt zur Sache. »Morgen Abend feiern einige vom Cast und aus der Technik in der Hotelbar der ›Küstenperle‹ ein kleines Auftaktfest.« Sein schwarzes T-Shirt spannt sich über seinen Brustmuskeln. »Das machen wir am Anfang jeden Drehs. Nichts Großes, Albert ist kein Freund davon, wenn seine Knechte verkatert zur Arbeit kommen. Ich dachte, du hast vielleicht Lust, dich einzuklinken. Du kannst die Kinder doch sicher mal ein, zwei Stunden aus den Augen lassen?«

»Wird Albert Strauss auch da sein?«, frage ich, ehe ich mir auf die Zunge beißen kann.

»Albert versucht, Arbeit und Privates nicht allzu häufig miteinander zu mischen. Seine älteste Tochter lebt mit ihrer Familie auf Langeoog und ich glaube, bei ihnen verbringt er häufig seine Feierabende.«

Ich weiß nicht, ob mich Leifs Antwort erleichtert oder enttäuscht. »Ich werde Elsa fragen, ob sie ein Auge darauf haben kann, dass die Kinder rechtzeitig ins Bett kommen und sich nicht nachts im Watt verirren.«

»Die Party beginnt um neun. Aber ich dachte, nun, vielleicht ... Ich könnte dich schon etwas früher abholen und wir trinken noch gemeinsam einen Kaffee. Oder falls du Hunger hast ... Im ›Fischerhus‹ soll es das beste Schollenfilet der gesamten Nordsee geben. Und ich könnte dir mehr darüber erzählen, wie ein Filmdreh abläuft.«

Überrascht halte ich die Luft an. Will er etwa ein Date mit mir? Leif Andersson? Ich spiele doch gar nicht in seiner Liga. Alles an mir ist durchschnittlich, während an ihm alles überwältigend ist. Aus den Augenwinkeln erkenne ich, dass Bosse belustigt zu uns hinüberblickt. Ich werde das Gefühl nicht los, dass er jedes Wort mitbekommt.

»Natürlich nur, wenn du Lust hast.«

Selbstverständlich habe ich Lust! »Tut mir leid, um diese Zeit muss ich noch ein bisschen Geige üben«, entgegne ich und kann nichts dagegen tun, dass sich der Satz wie eine Frage anhört. Aber selbstverständlich ist es besser, seine Einladung nicht zu akzeptieren, als für einen Abend mit ihm auszugehen, nur weil ihm auf dieser abgeschiedenen Insel nichts Besseres einfällt. Ich bin ja nicht naiv. Seine Verlegenheitslösung will ich bestimmt nicht sein.

»Bist du sicher?« Wenn ich es nicht besser wüsste, würde ich sagen, dass er ehrlich enttäuscht klingt. Trübselig geradezu. Dabei sollte es für ihn nicht schwer sein, kurzfristig willigen Ersatz zu finden.

»Tut mit wirklich leid«, wiederhole ich lahm. Mein Blick bleibt an seinen ellenlangen Wimpern hängen, die seine großen, kieselsteingrauen Augen umrahmen.

Will man den Klatschzeitungen Glauben schenken, bricht er die Frauenherzen reihenweise. Regelmäßig tauchen auf irgendeinem Magazincover Hochglanzfotos von Leif Andersson beim Verlassen einer Bar, eines Restaurants oder eines Nachtclubs auf und jedes Mal hängt ein anderes Unterwäschemodel an seinem Arm und schmachtet ihn aus perfekt geschminkten Smokey Eyes an. Und ich kann mir gerade beim besten Willen nicht erlauben, meinen Gefühlshaushalt in Unordnung bringen zu lassen. Jonah wäre stolz auf mich. Von wegen, ich kann nicht Nein sagen.

Vor allem aber würde er sich in seiner Ansicht bestätigt sehen, ich würde aus Angst, zurückgewiesen zu werden, niemanden an mich heranlassen, aber darüber denke ich jetzt nicht weiter nach.

»Dann sehen wir uns morgen um neun auf der Feier.« Ich schenke Leif mein souveränstes Lächeln und trete ein paar Schritte zurück, als der rotgesichtige, schmerbäuchige Aufnahmeleiter neben ihm auftaucht und nervös auf ihn einredet.

Auf dem Weg zur Maske werfe ich einen letzten Blick in Bosses Richtung und recke das Kinn auf eine, wie ich hoffe, lässige und unnahbare Weise in die Luft. Die Hand schon am Türgriff, taucht wie aus dem Nichts der Goliath mit dem Meerjungfrauentattoo neben mir auf und mustert mich herausfordernd. »›Wenn du morgen nicht mehr aufwachst, wenn sich rausstellen sollte, dass heute dein letzter Tag auf der Erde war, wärst du dann stolz auf das, was du geleistet hast?‹« Obwohl er aussieht wie ein aus dem Leim gegangener Schwergewichtsboxer, der nach seinem Karriereende einen Job als Türsteher einer zwielichtigen Hafenspelunke angenommen hat, hat er eine unerwartet weiche, hohe Stimme.

»Wie bitte?« Verblüfft, dass ein Wildfremder mir eine derart persönliche Frage stellt, halte ich mitten in der Bewegung inne.

Wortlos kneift er die Augen zusammen, während sein forschender Blick an meinem Gesicht haften bleibt. Ich komme nicht umhin zu meinen, ihn irgendwie enttäuscht zu haben.

»Nun, ich denke –«

»Es ist ein Filmzitat.« Unvermittelt steht Miguel neben mir. Wie kommt er hierher? Die Kinder sind im Maskenraum und Goliath und ich versperren die Tür. »Hauke hat mich vorhin auch schon auf die Probe gestellt. Bei mir war es *Tschick,* ich habe es sofort erkannt. Hauke ist übrigens unser Kameramann.«

»›Denn falls nicht, dann solltest du alles ins Reine bringen‹«, beendet Hauke schließlich breit grinsend sein Zitat, weil ich offensichtlich keine Ahnung habe, wovon er redet. »Charles S. Dutton, *Legion*, 2010.«

Verdattert blicke ich ihm nach. Warum hat er von allen Filmzitaten dieser Welt ausgerechnet diese Textstelle ausgewählt? Kann man mir etwa aus meilenweiter Entfernung ansehen, dass ich dringend etwas ins Reine zu bringen habe?

Die durchdringende Stimme des Aufnahmeleiters unterbricht meine Gedanken. »Ich bitte um Ruhe. Regisseur und Schauspieler möchten eine Probe machen.«

»Das bin ich. Die anderen sind schon auf Position, aber ich brauchte noch einen kurzen Moment zum Durchatmen.« Miguels Aufregung so kurz vor dem Dreh ist förmlich mit den Händen greifbar. »Das ist richtige Schauspielkunst, Anna. Mit richtigen Schauspielern.«

»*Ihr* seid jetzt richtige Schauspieler, Miguel.« Ich drücke seine beiden Hände. »Denk daran, du hast großes Talent. Sonst stündest du jetzt nicht hier.«

Langsam folge ich ihm in den Raum, der als Wohnzimmer hergerichtet ist, und suche mir einen Platz am äußersten Rand, an dem ich nicht allzu sehr im Weg herumstehe. Meine Schützlinge sehen phantastisch aus, täuschend echte Nachkriegskinder vom Land.

»Denk daran, die Rückwand ist nur aus Pappe. Nicht anlehnen!« Eine junge Frau im grasgrünen Tüllrock, wahrscheinlich eine Szenenbildnerin, hebt warnend den Zeigefinger und entschuldigend rücke ich einige Zentimeter von dem ab, was ich für eine stabile, unverkleidete Bretterwand hielt.

Und dann geht es los.

Auch wenn Albert Strauss, wie ich gerade hautnah mitbekommen habe, im Beisein Erwachsener offensichtlich äußerst energisch auftreten kann, hat er zweifellos ein Händchen für Kinder. Ich beobachte, wie er den aufgeregten Dreikäsehochs geduldig, humorvoll und mit einem freundlichen Lächeln auf dem Gesicht gegenübertritt, während er ihnen zuerst in der kalten Probe und anschließend in der heißen Probe mitsamt aller technischen Abteilungen abverlangt, was seine Assistentin schon einige Tage vor Ferienbeginn mit ihnen in Leipzig einstudiert hat. Und tatsächlich können alle ihren Text und sehen aus, als wären sie blutige Musik-Anfänger. Genau, wie es im Drehbuch steht. Ich platze beinahe vor Stolz und frage mich zugleich, was ich im Hinblick auf meinen Vater als Nächstes unternehmen soll. Bosse, dessen Funktion am Set mir noch immer nicht klar ist, lehnt neben Joris im Türrahmen und verfolgt die Szene mit gerunzelter Stirn, während Leif aller Wahrscheinlichkeit nach in der Maske gerade in Hans, einen, wie ich mittlerweile in Erfahrung gebracht habe, verführerischen Waisenhausvorsteher verwandelt wird.

Ich lasse meinen Vater keine Sekunde aus den Augen. Gierig sauge ich alles auf. Wie er seinen Kopf bewegt, ob er anderen aufmerksam zuhört, was er mit seinen Händen macht. Doch sosehr ich mich auch ins Zeug lege, eine Gemeinsamkeit zwischen ihm und mir festzustellen, es ist, als wäre er ein komplett Fremder.

Mein Puls beschleunigt sich, als der Aufnahmeleiter schließlich erneut um absolute Ruhe bittet und die rotwangige Kamera-Assistentin die Klappe hochhält. Miguel sucht meinen Blick und lächelt mich zaghaft an. Ich strecke ihm meinen erhobenen Daumen entgegen.

»Kamera?«

»Läuft!«

»Ton?«

»Läuft!«

»Szene 1.4, Take 1.«

Und dann ruft mein Vater: »Und Action!«

Die Regentropfen, die das angekündigte Gewitter im Gras hinterlassen hat, glitzern nun, da die Sonne sich wieder blicken lässt, wie Diamanten. Die Hundetrainerin scheint noch immer unpässlich zu sein, denn Voltaire und Schopenhauer kommen uns ganz auf sich gestellt schon vor der Einfahrt wie zwei Hofhunde schwanzwedelnd entgegengelaufen und zumindest Schopenhauer hüpft vor Freude wie ein Flummi auf und ab, während der alte Leonberger sich mit einem Begrüßungsbellen begnügt.

Mit steifen Gliedern klettere ich nach den zufriedenen, aber erschöpften Kindern von Herrn Bekensens Kutsche und weiche ein paar Pfützen aus, die sich auf der Auffahrt gesammelt haben. Meine Gummistiefel stecken noch immer ganz unten in meinem Koffer. Zuvorkommend schnappt sich Herr Bekensen Miguels und Nereas Geigenkästen und Felix' Saxophon und will gerade nach Lisas Gitarrenkoffer greifen, doch Miguel ist schneller.

Auf dem Weg zu ihren Boxen dreht Felix sich noch mal um. »Wann gibt es Abendessen, Anna? Nach der ganzen Arbeit bin ich total ausgehungert.«

»In einer halben Stunde«, antwortet Elsa, die unvermittelt neben mir auftaucht, und setzt dann an mich gewandt hinzu: »Trinken wir vorher noch ein Gläschen? Ich will alles über euren ersten Tag hören.«

Eigentlich würde ich nichts lieber tun, als mir gründlich die Hände zu waschen und mich anschließend bis zum Essen auf meinem weichen Bett auszustrecken und Jonah die skandalösen Ereignisse des Tages aufzubürden, doch natürlich bringe ich es nicht übers Herz abzulehnen.

»Ein Glas kann ja nicht schaden«, lächle ich also und helfe ihr, die beiden Hunde auf die umzäunte Streuobstwiese neben dem Haus zu eskortieren und ihnen eine Zinkwanne mit reichlich Wasser aus dem Gartenschlauch vollzufüllen.

»Wir wollen ja nicht, dass die beiden auf Vogeljagd gehen. Leslie, ihre Trainerin, meint, das sei ihre Lieblingsbeschäftigung.«

»Was du nicht sagst.« Kurz sehe ich Bosses Gesicht vor mir, verdränge es aber schnell wieder aus meinen Gedanken und folge Elsa stattdessen auf die weitläufige, gemütliche Veranda.

»Du siehst aus, als hättest du einen Geist gesehen, mien Deern.« Mit entschlossenen Schritten verschwindet Elsa in der Küche, zieht zwei Schnapsgläser aus dem alten Bauernschrank hervor und treibt auch noch eine kühle Flasche Sanddornlikör auf, allem Anschein nach selbst gemacht, bevor sie sich neben mich auf die bunten Kissen der hölzernen Hollywoodschaukel gleiten lässt.

»Leif Andersson hat mich nach einem Date gefragt«, falle ich mit der Tür ins Haus, obwohl ich eigentlich etwas ganz anderes sagen wollte. Aber von meinem verlorenen Vater sollte ich vor meiner Vermieterin, die ich erst seit gestern kenne, vielleicht nicht gleich anfangen. Meine Stimme zittert leicht.

»Leif Andersson?« Elsa zieht vergnügt die dünnen, silbrigen Augenbrauen hoch. »De arig mooi Schauspöler?«

Ich habe zwar keinen Schimmer, was ›arig mooi‹ bedeutet, nicke aber trotzdem. »Genau der.«

»Und was hast du ihm geantwortet?«

»Ich habe abgelehnt«, gebe ich zu und beobachte abwesend, wie Elsa die leuchtend orangene Flüssigkeit in die kleinen Gläser rinnen lässt.

Natürlich findet sie es eigenartig, dass ich einen der begehrtesten Junggesellen des Landes abblitzen ließ, doch sie lässt sich nichts anmerken. Stattdessen lacht sie und für einen Moment sieht sie wieder aus wie ein junges Mädchen. »Da war er bestimmt verblüfft.«

Sie reicht mir mein schmales, randvolles Glas und ich nippe vorsichtig daran. Eigentlich bin ich nicht der Likörtyp, aber dieses Zeug schmeckt köstlich. Elsa tut es mir gleich und ihr Grinsen wird noch breiter. »Machst du dir Sorgen, dass ihr nicht zueinanderpasst? Oder bist du schon vergeben, eine so bildhübsche junge Frau wie du?«

»Weder noch. Aber hast du eine Ahnung, wie gefragt jemand wie Leif bei meinen Geschlechtsgenossinnen ist? Und wenn man sich die Paparazzibilder so ansieht, ist er kein Kind von Traurigkeit.«

»Büst du etwa en Bangbüx, Anna?« Der Schalk in ihren Augen und das Mitleid, das ihre Stimme plötzlich weich klingen lässt, sind beinahe unerträglich. »Wie willst du herausfinden, ob jemand zu dir passt, wenn du dich scheust, zu einem einfachen Rendezvous zuzusagen? Und es ist ja nicht so, als hättest du momentan ein hektisches Sozialleben.«

Betroffen nehme ich einen weiteren Schluck von meinem Likör. Genau das Gleiche hätte auch Jonah geäußert, auch wenn er vermutlich auf das Wort ›Rendezvous‹ verzichtet hätte.

Wie soll ich es ihr erklären? Dass Leif zwar nicht so wirkt, aber dass er vielleicht auch nur einer dieser Schaumschläger ist, die andere Menschen ohne Rücksicht auf Verluste den Wölfen zum Fraß vorwerfen, um ihre narzisstische Eitelkeit zu befriedigen? Dass ich mich nicht verlieben will, denn das wird womöglich dazu führen, dass mein Herz gebrochen wird? Weil es schon einen Sprung hat? Erhitzt kippe ich das ganze Glas mit dem säuerlichen Fruchtlikör hinunter.

Mir wird bewusst, dass ich diese Art von Unterhaltung – über Gefühle –, die ich nun mit einer Fremden habe, kaum jemals mit meiner eigenen Mutter führen konnte, auch wenn ich es mir oft gewünscht hätte. Jolana Novotna hat mit derartigem Firlefanz nur ungern ihre Zeit vergeudet.

»Anna, hast du dich mal gefragt –«

»Elsie?« Wie aus dem Nichts ist Herr Bekensen auf der Veranda aufgetaucht und lehnt sich mit seinen schlammverkrusteten Gummistiefeln und der mit Grasflecken und Ölspuren übersäten Jeans an einen der schweren, nicht mehr ganz weißen Holzbalken der Überdachung.

»Wat gifft dat, Tommie?« Elsas Ton ist streng, beinahe barsch.

»Die Hühner sind schon wieder ausgebüxt. Diesmal alle. Ich schlage vor, ihr fangt das Federvieh wieder ein und ich repariere in der Zwischenzeit endlich den Zaun.«

Froh über die willkommene Unterbrechung, lasse ich die Likörflasche sinken und springe auf. »Ich wasche mir nur schnell die Hände, dann kann es losgehen.«

Auch Elsa erhebt sich ein wenig schwerfällig und greift nach einer dünnen Jacke, die über der Schaukellehne hängt. »Wenn es auf der Insel Füchse gäbe, würden sie das nicht ständig machen.«

»Hände waschen vor der Hühnerjagd?« Mit seinem ölverschmierten Handrücken wischt Herr Bekensen sich den Schweiß von der Stirn und hinterlässt einen dunklen Fleck. Ohne eine Antwort abzuwarten, setzt er hinzu: »Ach, und der Rasenmäher braucht ein paar neue Teile, auf die wir bestimmt drei Wochen warten müssen, Elsie. Ich hole nachher meinen Mäher rüber.«

»*Elsie*? *Tommie*?«, frage ich fünf Minuten später betont munter, als meine Vermieterin und ich, jede ein großes Stück Pflaumenkuchen in der Hand – ich habe mich entschlossen, in den nächsten sechseinhalb Wochen keinen Gedanken mehr an eine gesündere Ernährung zu vergeuden –, auf der Suche nach fünfzehn Hennen und einem Hahn in der Heidelandschaft herumstreunen. Lisa, Nerea, Felix und Miguel, ebenfalls mit Pflaumenkuchen ausgestattet, der eigentlich als Nachtisch herhalten sollte, nehmen sich derweil die Nachbargrundstücke vor, während Herr Bekensen mit der Unterstützung von Mikka, Leo und Julius den Zaun des Hühnerauslaufs flickt. »So vertraut, obwohl Herr Bekensen erst seit Kurzem dein Nachbar ist?«

Wenn ich es nicht besser wüsste, würde ich meinen, ihre Mundwinkel würden verräterisch zucken. »Tomte und ich kannten uns früher schon«, entgegnet Elsa schließlich zögerlich.

Etwas in ihrer Stimme lässt mich aufhorchen. »Früher?«

»In einem anderen Leben.«

»Wie *gut* kanntet ihr euch denn?« Nie hätte ich einer praktisch Wildfremden diese persönlichen Fragen gestellt, wenn wir nicht vorher schon über meinen eigenen Gefühlshaushalt diskutiert hätten. Die Sonne steht nach dem Regenguss am Nachmittag mittlerweile hoch am Himmel und es ist kaum mehr ein Wölkchen zu sehen. Ich lecke mir die letzten Krümel von den Fingern und streife meinen gepunkteten Pullover über den Kopf, um ihn um meine Hüfte zu schlingen.

»Zumindest so gut, dass er mir den Hof gemacht hat.«

»Ihr wart zusammen?«

»Wir wollten heiraten.«

Überrascht bleibe ich stehen. »Hast du nicht gestern gesagt, die Zeitung sei nur erfunden worden, um beim Frühstück nicht den Kopf des Ehemannes sehen zu müssen?« Als sie keine Anstalten macht, etwas zu erwidern, frage ich: »Was ist dann passiert?«

»Er hat stattdessen Wilma geheiratet und ist mit ihr weggezogen.«

»Mein Gott, er hat dich sitzenlassen? Einfach so? Vor dem Traualtar?« Ich bin so fassungslos, dass Elsas Bekenntnis sogar die deprimierende, wenig erfolgreiche Begegnung mit meinem Vater in den Hintergrund drängt. Wenn ich von meiner großen

Liebe so bitter enttäuscht worden wäre, wäre ich wahrscheinlich ebenfalls der Meinung, die Ehe wäre schlimmer als fünf Jahre russische Kriegsgefangenschaft.

»Nicht direkt vor dem Traualtar, aber so ähnlich. Guck, da vorne ist Greta.«

»Und warum ist er zurück?«, will ich wissen, nachdem Elsa das Huhn mit ein paar Weizenkörnern hinter einem Strauch hervorgelockt und an den Flügeln gepackt hat. Das Tier hält erstaunlich still, als wir uns auf den Rückweg Richtung Haus machen. In der Ferne stapft ein verirrter, zartgelber Löffler durch die Heide, während irgendwo über uns die typischen dumpfen, kehligen Rufe der dunkelbäuchigen Ringelgänse ertönen.

»Wilma ist vor einiger Zeit gestorben und er wollte ohnehin irgendwann wieder zurück nach Ostfriesland.«

»Und dann zieht er ausgerechnet in die Rosenkate? Und unterstützt dich bereitwillig beim Gärtnern, Hühnerstallreparieren und Abholen der Gäste vom Anleger?«

»Die Kate stand zum Verkauf. Und er war schon immer hilfsbereit. Immer mit Herz und immer verlässlich.«

»Oder er hat dich nie vergessen und will alte Fehler ausbügeln.«

»Du bist ja eine unverbesserliche Romantikerin, Anna.« Schnaubend schüttelt sie den Kopf.

»Eigentlich nicht –«

»Aber das hätte Tommie sich vor fünfzig Jahren überlegen müssen. Nu is dat to laat.« Dabei klingt sie so seltsam, dass ich mich unweigerlich frage, ob es wirklich zu spät ist.

»Wer ist jetzt hier die Bangbüx, Elsa?«, frage ich und setze nach einer kurzen Pause hinzu: »Hast du etwa wegen Herrn Bekensen nie geheiratet?«

Elsa entgeht einer Antwort, weil sie in diesem Moment ein weiteres ihrer braunen Hühner, anscheinend Ilse, auch wenn ich die im Leben nicht auseinanderhalten kann, hinter einem großen Stein ausmacht. Irgendwie bringe ich es fertig, ein Huhn einzufangen, das nicht gefangen werden will, und es so festzuhalten, dass es nicht mit den Flügeln schlagen und sofort wieder entkommen kann. Dabei denke ich die ganze Zeit: Was ist denn *mein* triftiger Grund, dass ich bisher jeder ernsthaften Beziehung aus dem Weg gegangen bin? Liegt Jonah richtig, wenn er behauptet, dass ich einfach zu viel Angst habe?

Wir sind schon beinahe wieder an Elsas Grundstück angelangt, als Lisa aus Nachbars Garten vor uns auf den sandigen Weg springt, im Schlepptau Miguel und Joris, der jetzt weder einen Esel führt noch eine Kamera im Blick hat, sondern routiniert eine braune Henne umklammert.

»Auch wenn es gerade vielleicht ruhig scheint, dürft ihr nicht vergessen: Abenteuer warten an jeder Ecke! Manchmal fallen sie einem einfach vor die Füße und da kann man sie ja unmöglich liegen lassen. Also Augen auf! Joris, Nase direkt auf den Boden. Und Miguel, Ohren in Windrichtung. Ruhe ist oft nur ein Trick. Vielleicht werde ich doch keine Schauspielerin, wenn ich mal groß bin, sondern eine weltberühmte Plattfischforscherin.« Lisa ist nicht zu bremsen. Erstaunlicherweise scheint Joris von ihrem unaufhörlichem Geschnatter aber keine Notiz zu nehmen. Entwaffnend grinst er sie an.

»Hallo, Joris«, begrüßt ihn Elsa so langsam und deutlich, dass ich mich verdutzt zu ihr umdrehe. Der Junge erwidert Elsas freundliches Lächeln und formt mit seinen Lippen ebenfalls einen Gruß. Dabei gibt er keinen Ton von sich.

»Joris ist gehörlos«, erklärt Elsa, während wir hinter den Kindern den Gartenweg entlang Richtung Hühnerstall einschlagen, Lisa mit forschen Schritten voraus, Miguel in gemäßigterem Tempo in der Mitte, Joris langsam hinterher. »Ich habe ein paar Brocken Zeichensprache gelernt, um mich mit ihm verständigen zu können, aber mit einer Henne auf dem Arm wird das schwierig. Tommie hat sogar einen Fernkurs in der Volkshochschule belegt, weil er Joris an den Wochenenden das Segeln beibringt.«

Wenn mich nicht alles täuscht, hat Ilse mir gerade auf den Unterarm gekackt. Ich bin todmüde, immer noch hungrig, habe Kopfschmerzen und rieche nach Huhn und Schlimmerem. Die Begegnung mit Bosse, Leif und vor allem meinem Vater heute Mittag hat definitiv meinen inneren Frieden gefährdet, anstatt mich der Auflösung meiner Ängste auch nur einen winzigen Schritt näher zu bringen.

Aber über uns kreisen die Möwen, die Luft ist erfüllt von dem Duft nach Lagerfeuer, nasser Erde, frisch gemähtem Gras und vor allem nach Sommer. In einiger Entfernung wiehert ein Pferd, vielleicht Merlin oder Blacky, und vor uns brechen die Kinder scheinbar grundlos in übermütiges Gelächter aus, ansonsten herrscht absolute Ruhe.

»Ik bün blied, dat ji hier sünd, Anna«, bemerkt Elsa beiläufig. »Kinder im Haus zu haben, ist immer ein Geschenk.«

Und auch ich bin froh, hier zu sein. Was kümmert es mich, was morgen sein wird? Es gibt kaum einen Ort, an dem ich jetzt lieber wäre. Ich werde die nächsten Wochen die Kinder bei einem echten Filmdreh in Schach halten, die Füße ins Meer tauchen, Vögel beobachten, mit meiner Vermieterin Sanddornlikör trinken, versuchen, mich zu erholen, und mir vor allem darüber klar werden, was ich in Bezug auf meinen Vater unternehmen will. Ohne mich dabei von einem Mann ablenken zu lassen, erst recht nicht von einem heißbegehrten Schauspieler.

Kapitel 5

Es gibt Tage, an denen ich morgens kommunikativ, ausgeschlafen und gut gelaunt bin. Das kommt nicht sehr häufig vor. Wahrscheinlicher ist, dass ich schweige wie ein Grab, bis ich meine erste Tasse pechschwarzen Kaffee geschlürft habe. Das ist vor allem der Fall, wenn mich der Hahn, den ich gestern Abend noch hinter einem Wacholderbusch hervorgelockt und eigenhändig nach Hause getragen habe, mitten in der Nacht mit seinem ohrenbetäubenden Imponiergehabe aus dem Schlaf reißt. Hätte ich ihn mal gelassen, wo der Pfeffer wächst.

Obwohl ich beim Frühstück gleich zwei Becher von Elsas extrastarkem Bohnenkaffee hinuntergestürzt habe, hat mir das meine innere Balance nicht zurückgebracht. Es gelingt mir nur mit Mühe und Not, Geduld zu bewahren, als bei unserer Probe für die heutigen Szenen alles schiefgeht. Niemand außer Miguel ist imstande, seinen Text fehlerfrei wiederzugeben, Nerea weiß alles besser, Felix lässt sich von dem Duft von Elsas selbst gebackenen Brötchen ablenken, der durch die weit geöffneten Flügeltüren in die Scheune, unseren behelfsmäßigen Probenraum, weht, und zu guter Letzt reißt mal wieder eine von Lisas Gitarrensaiten.

»Lisa, ich habe dir schon so häufig gesagt, dass du die Saite zu hoch gestimmt hast. So wird sie immer wieder entzweigehen«, brumme ich und weiß, dass meine Anspannung weder mit Elsas Hahn noch mit Lisas gerissener Saite zu tun hat. Vergessen ist das leichte, unbekümmerte Gefühl von gestern Abend.

»Die D-Saite reißt einfach schneller, weil sie am dünnsten ist und die stärkste Zuglast aushalten muss«, steht Miguel Lisa bei und nimmt ihr die Gitarre aus der Hand, damit sie ein neues Saitenset aus ihrem und Leos Zimmer holen kann.

»Miguel ist in Lisa verknallt«, stichelt Nerea maliziös.

»So ein Quatsch!«, ächzt Miguel und setzt Lisas Gitarre ein wenig unsanft auf dem unebenen Betonboden ab.

»Aber wie jeder weiß, ist Nerea in Miguel verknallt«, kann sich Leo offenbar nicht verkneifen.

Beschwichtigend hebe ich die Hände. »Niemand ist hier in irgendwen verknallt. Sammelt lieber eure Sachen zusammen, wir müssen los. Und vergiss diesmal nicht wieder dein Skript, Julius.«

Auf dem Weg zum Set gebe ich mir zur Abwechslung mal keine Mühe, Lisas unversiegbaren Redefluss über Filmrequisiten, Panini-Alben und aussterbende Fledermausarten auszublenden. Auf diese Weise muss ich mich zumindest noch nicht damit beschäftigen, was dieser Tag mir bringen wird. Ich lehne mich auf meinem harten Sitz zurück, schließe die Augen und atme den mittlerweile vertrauten Meeresduft ein, während Herr Bekensen sich vergeblich bemüht, mit der Kutsche den schlimmsten Schlaglöchern auszuweichen.

Bei unserer Ankunft herrscht am heutigen Drehort, einem schneeweißen, ellenlangen Strandabschnitt in der Nähe der postkartentauglichen Melkhörndüne im Norden der Insel, schon ein ziemliches Gewusel. Eine ganze Meute hartnäckiger Filmfans harrt mit gezückten Smartphones hinter dem rot-weißen Flatterband aus und erweckt den Eindruck, als würden nur die Sicherheitskräfte mit ihren grellen Warnwesten sie davon abhalten, die Absperrungen zu durchbrechen und sich auf ihre Idole zu stürzen. Kurz frage ich mich, wie diese Leute nur immer Wind davon bekommen, wo auf der Insel gerade gefilmt wird. Und wie Leif und die anderen prominenten Gesichter es durch dieses Getümmel schaffen, wenn ein paar der hemmungslosesten Fans sogar versuchen, sich der Kutsche mit den namenlosen Kindern in den Weg zu stellen. Mit einer oscarreifen Geste schiebt Nerea sich ihre Sonnenbrille im Leopardenmuster auf die schmale Nase, während selbst Lisa die Worte fehlen.

Nachdem ich die Kinder in der Maske, heute ein überraschend geräumiger, hell ausgeleuchteter Wohnwagen, abgegeben habe, folge ich dem Gewimmel aus Tonleuten, Lichttechnikern und Maskenbildnern mit Puderquasten in der Hand zum Mittelpunkt des Geschehens. Die Wolken von gestern haben sich mittlerweile vollständig verzogen und ein Schwarm tief fliegender Lachmöwen kreist am azurblauen Himmel. In einer kleinen Senke zwischen zwei mit Strandhafer überwucherten Dünen stellen Jezabel und Hans alias Britta Freudenreich und Leif Andersson gerade fest, dass ihre Zuneigung auf Gegenseitigkeit beruht, während Amon und Ben alias Schopenhauer und Voltaire versuchen, ihrem Frauchen durch Bellen und Knurren zu verstehen zu geben, dass der verzweifelte und offensichtlich angetrunkene Jonathan alias Lutz Gmeiner immer näher kommt. Hinter der Kamera gibt die immer noch etwas blasswangige Hundetrainerin ihren Schützlingen durch Handzeichen genaue Anweisungen, was zu tun ist, und die beiden reagieren auf Anhieb. Keiner von ihnen scheint auf die Idee zu kommen, Jagd auf einen Kiebitzregenpfeifer zu machen.

»Wir dürfen das nicht. Es ist nicht richtig«, ächzt Jezabel und befreit sich aus Hans' festem Griff.

»Die Kinder brauchen dich. *Ich* brauche dich«, lamentiert Hans, legt ihr seinen Zeigefinger unter das Kinn und zwingt sie, ihn anzusehen.

»Jezabel?«, ruft Jonathan, dessen abgenutzter Hut hinter einer Düne zum Vorschein kommt. »Jezabel? Schnell, es ist was mit Mikka!« Jezabel und Hans springen auseinander, als hätte man ihnen einen Stromschlag verpasst.

»Und Cut!«, brüllt Albert Strauss und lässt endlich den kleinen schwarzen Monitor vor seiner Nase aus den Augen. In Anbetracht der heutigen Temperaturen, die zum ersten Mal seit unserer Ankunft an Sommer erinnern, verzichtet er heute auf seinen Wollpulli und trägt stattdessen ein ausgewaschenes, ausgeleiertes T-Shirt und, ich muss zweimal hinsehen, vollkommen uneitel einen verblichenen pinken Fischerhut mit Nackenschutz. Er sieht unzufrieden aus. »Die Szene war perfekt, aber wir müssen sie gleich noch mal drehen. Diese Möwen waren viel zu laut.«

Ein muskelbepackter Rotschopf mit meterlanger Tonangel in den Händen rauft sich verzweifelt die Haare. »Kann mal irgendjemand diese verdammten Viecher weglocken? Himmel, das werden ja immer mehr.«

»Es ist wegen der Blesshühner«, höre ich mich sagen. Mindestens dreißig Augenpaare drehen sich zu mir um. Leifs volle Lippen verziehen sich zu einem strahlenden Lächeln, sobald er mich erspäht.

Ich streiche mir die wirren Locken aus dem Gesicht, die der Wind direkt wieder zurückpustet, und zeige Richtung Wasser, das in gleichmäßigen dunkelblauen Wellen ans seichte Ufer schwappt. »Möwen sind zwar gute Flieger, aber schlechte Taucher. Dafür verstehen sie sich meisterhaft auf Mundraub. Sie wissen, dass die Blessrallen Muscheln und Schnecken an die Oberfläche holen, und versuchen, ihnen die Beute abzujagen.«

Und tatsächlich, in diesem Moment unterbricht wieder ein durchdringendes Gekreische, Gerangel und Gespritze die kurze Ruhe und eine fangfrische Muschel wechselt den Besitzer.

Ein zweiter Tonmann verengt seine dunklen Augen zu schmalen Schlitzen. »Und warum kreischen die so verflucht laut?«

»Die Natur hat es so eingerichtet, damit sie sich auch bei stürmischem Wetter auf See verständigen können.«

Albert Strauss ist der Erste, der reagiert. Er nickt mir zu und wendet sich dann an die Kamera-Assistentin. »Roxana, dann scheuch doch bitte mal diese Blesshühner weg. Muscheln wird es doch wohl auch ein paar Meter weiter noch geben.«

Leif zwinkert mir vergnügt zu und eine Viertelstunde später ist die Szene ohne Störung im Kasten. Eine weißhaarige Maskenbildnerin hetzt mit Puderpinseln zwischen den Schauspielern herum, um ihnen für die nächste Szene einen sommerlichen Glow zu verpassen, die Lichttechniker stellen Reflektoren auf und die Skriptleute vergleichen hektisch ihre Aufzeichnungen, um Achsensprünge oder Anschlussfehler zu vermeiden.

Ich entschließe mich, mich auf den Rückweg zum Maskenwagen zu machen, um nach den Kindern zu schauen. Miguel ist seit Nereas Behauptung, er hätte Interesse an Lisa, noch schweigsamer als sonst und Felix hat sich als kleine Zwischenmahlzeit so viele Croissants mit Elsas selbst gemachter Himbeermarmelade einverleibt, dass er sich die gesamte Kutschfahrt über den Bauch gehalten hat.

»Anna, richtig?«

Mein Herz setzt für einen Schlag aus.

»Richtig«, stottere ich.

Albert Strauss legt den Kopf schief. Genau wie ich es immer mache, wenn ich interessiert zuhöre. Dabei dachte ich nach dem letzten Mal, es gäbe nicht die geringste Gemeinsamkeit zwischen uns. Hinter ihm kommt Schopenhauer angetrabt und lehnt sich vertrauensvoll an meine Seite, um sich ein paar Streicheleinheiten abzuholen. Voltaire schlabbert einige Meter von uns entfernt einen großen Napf mit Wasser leer. »Du hast uns gerade viel Zeit erspart, Anna. Wenn Roxana die Möwen und nicht die Blesshühner verjagt hätte, wären sie einfach immer wieder zurückgekommen. Mit Vögeln scheinst du dich gut auszukennen.«

»Ich habe mal überlegt, Ornithologin zu werden.« Mit vierzehn, als mir die Obsession meiner Mutter für die Musik in meiner wahrscheinlich einzigen rebellischen Phase so massiv die Luft abschnürte, dass mir so gut wie jedes andere Berufsziel recht war. Tag und Nacht studierte ich Lexika, Internetseiten und Bücher über Vögel und wünschte mir sogar einen Beo zum Geburtstag, um Jolana klarzumachen, dass es mir ernst damit war, niemals wieder eine Geige in die Hand zu nehmen. Nie werde ich den Ausdruck in ihren Augen vergessen, als sie mir zum Geburtstag neues Kolophonium und ein Metronom schenkte.

»Schön, dass du dich doch für die Musik entschieden hast. Die Kinder spielen alle auf einem sehr hohen Niveau«, bemerkt Albert Strauss gerade mit seiner rauen Stimme. »Lisa könnte beim Dreh vielleicht noch eine Spur weniger Enthusiasmus an den Tag legen und Miguel ein bisschen mehr aus sich herauskommen, aber ansonsten bin ich wunschlos glücklich.«

»Das freut mich zu hören«, erwidere ich und ringe mir ein Lächeln ab. Als er es erwidert, bilden sich in seinen Wangen tiefe Grübchen. Genau wie bei mir. Ich hole tief Luft. »Ich werde mit Lisa und Miguel reden«, verspreche ich, obwohl ich eigentlich etwas ganz anderes sagen will.

Aber er hat sich schon wieder seiner Assistentin Wanda zugekehrt, die unvermittelt neben ihm aufgetaucht ist und ihm eine Tasse irgendeines gelblichen, dampfenden Gebräus in die Hand drückt, das gleichzeitig nach Lavendel und Maracuja riecht.

Ich fahre ein letztes Mal über Schopenhauers weiche Ohren, winke kurz Leif zu, der sich ein bisschen widerwillig die Haare glatt streichen lässt, und wende mich zum Gehen, als mein Blick auf Bosse fällt, heute in einem ausgewaschenen grauen Shirt mit einem The-Hirsch-Effekt-Schriftzug auf der Brust und in Begleitung seines wohlerzogenen Hündchens, das reglos wie eine Statue neben ihm sitzt und wie immer treuergeben zu ihm aufblickt. Er steht mit ausdruckslosem Gesicht, die Haare halb vor den Augen, beinahe ebenso unbeweglich wie sein Hund neben einer hübschen, etwas zu braun gebrannten Blondine, die, wie ich gestern mitbekommen habe, für die Kostüme zuständig ist und gerade kichernd auf ihn einredet, sich über die kirschrot geschminkten Lippen leckt, mit der Hand durch ihre Mähne fährt und immer wieder wie zufällig seinen Unterarm berührt. Nur hin und wieder lässt er sich zu einem Kommentar hinreißen, der die Kostümbildnerin allem Anschein nach nicht ganz zufriedenstellt, während er gleichzeitig über sein Handy wischt.

»Sie kann es einfach nicht lassen«, höre ich plötzlich Wanda sagen, die noch immer neben mir steht und offensichtlich meinem Blick gefolgt ist. Albert Strauss ist nirgends zu sehen. »Aber an Mister Chaste beißt sich jede Frau die Zähne aus.« Sie klingt ganz so, als spräche sie aus Erfahrung.

»Bosse Chaste? *Chaste* wie *keusch*?« Ich lege den Kopf schief und beobachte, wie die Blondine noch einen Gang zulegt und Bosse jetzt ganz unverhohlen ein Zettelchen in die Tasche seiner schwarzen Jeans steckt. Nun blickt er endlich von seinem Smartphone auf, streicht über seinen Bart und scheint etwas von sich zu geben, das sie nach Luft schnappen lässt. Mit einem letzten finsteren Blick in seine Richtung marschiert sie aufgebracht davon.

»Eigentlich heißt er Bergmann. Chaste ist sein Spitzname. Weil er so züchtig ist wie der Papst und jede Frau abblitzen lässt«, erklärt Wanda grinsend. »Ein paar von uns nennen ihn auch Mister Plaudertasche, weil er mit niemandem wirklich redet. Bosse haben wir das Drehbuch zu verdanken und gleichzeitig ist er einer der Produzenten. Albert hat schon mehrmals mit ihm zusammengearbeitet und hält große Stücke auf ihn.«

»Vielleicht ist er schwul«, biete ich an.

Doch Wanda winkt ab. »Schwul ist er nicht, sagt Leif. Und der muss es wissen, die beiden kennen sich schon seit der Grundschule.«

»Wirklich?« Überrascht kneife ich die Augen zusammen. »Möglicherweise hat er aber auch irgendetwas zu verbergen.«

»Oder er ist einfach nur sehr anspruchsvoll und wählerisch.«

Ich ziehe die Nase kraus und beobachte Bosse verstohlen dabei, wie er einen weißhaarigen Winzling, der Doc Brown aus *Zurück in die Zukunft* zum Verwechseln ähnlich sieht, begrüßt. Mit einem zweifellos festen Händedruck. Bosse Bergmann ist ein Alphamännchen, das eindeutig Darwin auf seiner Seite hat, so viel ist auf den ersten Blick ersichtlich. Und natürlich ist mir bewusst, dass viele Frauen so ein Typ anmacht, einer, der derart männlich ist, dass er auch beim Wettbewerb im Baumstämmerollen nicht fehl am Platz wäre, der T-Shirts von Bands trägt, von denen normale Menschen noch nie etwas gehört haben, der desinteressiert und unnahbar wirkt. Dennoch, und ich weiß nicht warum, wirkt er auf mich manchmal verloren, wie ein kleiner Junge, der im Wald vergessen wurde.

Nachdem ich mich von Wanda verabschiedet und Schopenhauer, dessen feuchte Nase sich in meine Handfläche gräbt, ein allerletztes Mal unterm Kinn gekrault habe, fische ich mein Handy aus der Tasche und wähle auf dem Weg zum Maskenwagen Jonahs Nummer. Er hebt schon wieder nicht ab.

Bevor ich dazu komme, mir Sorgen zu machen, stellt sich mir

Hauke, der fleischige Kameramann, in den Weg. Herausfordernd grinsend setzt er mit seiner weichen, hohen Stimme an: »›Du bist nicht da, wo du sein möchtest. Du hast das Gefühl, du müsstest woanders sein. Nehmen wir an, du müsstest nur mit den Fingern schnippen und wärst überall, wo du sein möchtest. Ich wette, du hättest immer noch dieses Gefühl, fehl am Platz zu sein.‹«

Welcher Film ist das? Konzentriert starre ich auf sein gewaltiges Meerjungfrauentattoo, doch ich komme einfach nicht darauf. Für Jonah wäre es ein Kinderspiel.

»›Denk nicht so verbissen daran, wo du lieber wärst. Mach das Beste aus dem, wo du gerade bist‹«, beendet Hauke sein Zitat schließlich wieder selbst und ich komme nicht umhin, zu mutmaßen, dass ich ihn erneut enttäuscht habe. »Michael Sheen, *Passengers,* 2016.«

Und ich frage mich unwillkürlich, ob Hauke irgendwelche übersinnlichen Fähigkeiten besitzt oder ob man mir einfach an der Nasenspitze ansieht, was ich fühle, denn warum sonst hätte er, wie schon beim letzten Mal, ein derart treffendes Zitat gewählt?

Kapitel 6

Ich bin eine von den Frauen, die sich in weniger als zehn Minuten für eine Party oder ein Date fertig machen. Allein der Gedanke daran, eine kleine Ewigkeit vor dem Spiegel zuzubringen, Lippenstift, Eyeliner und Rouge aufzulegen und die Haare mit Spray und Schaum zu bändigen, lässt mich vor Langeweile beinahe umkommen.

So bin ich also nur zehn Minuten zu spät dran und verfluche schon meine beinahe pathologische Neigung, immer und überall pünktlich zu erscheinen, selbst zu einer Feier, bei der es aller Wahrscheinlichkeit nach zum guten Ton gehört, mindestens zweieinhalb Stunden zu spät aufzukreuzen, sturzbetrunken und in illustrer Gesellschaft, als ich das Foyer des Hotels »Küstenperle« betrete. Doch laute Musik, Gejohle, Gelächter und Gläserklirren verraten mir, dass die Bar im Keller bereits rappelvoll ist.

In dem halbrunden, mit viel hellem Stoff und dunklem Holz ausgestatteten Raum tummeln sich schon mindestens achtzig Leute. Viele der Gesichter kommen mir bekannt vor, andere habe ich noch nie gesehen.

Aber obwohl die Bar aus allen Nähten platzt, entdecke ich ihn sofort am Fuß der Treppe. Und auch Leif hat mich im Nu ausgemacht. Er hält ein halbleeres Bier in der Hand und scheint in ein Gespräch mit Charlotte versunken, doch lässt er mich nicht aus den Augen, während ich betont gelassen die Stufen hinabsteige und dabei denke: Bitte, lieber Gott, lass mich jetzt nicht stolpern.

»Anna! Wie schön, dass du da bist. Ich habe Charlotte gerade erzählt, wie bemerkenswert, nun … Ich meine, dass du die Tontechniker heute vor den Möwen gerettet hast. Das war, also, das war brillant.«

Hätte er noch süßer sein können? Wie er über seine eigenen Worte stolpert, fast so, als wäre er nervös. Er trägt ein hellgraues T-Shirt, das genau den Ton seiner Augen widerspiegelt, und sieht einfach umwerfend aus.

Charlotte kann nur schwer ein Grinsen unterdrücken, als sie mich zur Begrüßung kurz an sich drückt, als würden wir uns schon länger kennen. »Können wir dann jetzt den Belagerungsplatz an der Treppe aufgeben, Leif?«

Leif bedenkt sie mit einem finsteren Blick, bevor er sich wieder mir zuwendet. »Möchtest du etwas trinken, Anna?«

Aus den Boxen dröhnt gerade *London Calling* von The Clash und ich muss fast schreien, um die Musik zu übertönen. »Gern. Irgendwas mit Alkohol darin, bitte.«

»Und für mich irgendwas ohne Alkohol darin, bitte«, grinst Charlotte und legt schützend eine Hand auf ihren flachen Bauch. Leif leert sein Bierglas in einem Zug und bahnt sich einen Weg durch die Menschenmenge zur dunkel getäfelten Bar, vor der sich schon eine mittelgroße Menschentraube drängt.

»Soll das etwa heißen, du bekommst ein Kind?« Albert Strauss wird schon wieder Großvater? Und ich werde bald *fünffache Tante* sein?

Ich kann nicht mit Sicherheit sagen, ob ihr Lächeln freudig oder gequält aussieht. »Herzlichen Glückwunsch, das ist phantastisch!«, gratuliere ich dennoch. Wie von allein geht meine Stimme am Ende des Satzes nach oben, so dass er wie eine Frage klingt.

»Ich habe ein Ultraschallbild. Willst du es sehen?« Und ohne meine Antwort abzuwarten, kramt sie in ihrer winzigen Crossbody-Bag herum und fischt ein kleines Schwarz-Weiß-Foto heraus. Ich will sie wirklich nicht kränken, aber ich kann beim besten Willen nicht sehen, wo in dieser grauschwarzen Masse das Baby ist.

»Wie hübsch«, bekräftige ich trotzdem und setze ohne nachzudenken hinzu: »Ist der Vater des Babys auch hier?«

Kurz huscht ein Schatten über Charlottes Gesicht, doch sie hat sich sofort wieder im Griff. »Die Erkenntnis, dass er Vater wird, hat ihn völlig aus der Bahn geworfen. Was ist das nur heutzutage mit den dreißigjährigen Typen, die meinen, zu jung für jede Art von Verantwortung zu sein? Mein Vater war mit dreißig längst verheiratet und hatte drei Kinder. Aber Jakub muss ja unbedingt –« Kopfschüttelnd bricht sie ab.

»Vier!«, will ich schreien. »Er hat *vier* Kinder!« Stattdessen murmele ich aber: »Du musst nicht darüber reden, wenn du nicht willst.« Schließlich kennen wir uns noch nicht lange und ich will ihre Privatsphäre respektieren.

Doch Charlotte scheint keinerlei Bedenken zu haben, einer

nahezu Fremden ihr Herz auszuschütten. »Tagelang war er unerreichbar für mich. Er kam erst mitten in der Nacht nach Hause, meistens betrunken, und ist schon eingeschlafen, bevor er überhaupt seine Schuhe ausgezogen hat. Ich kam nicht mehr an ihn ran. Trotzdem gab ich die Hoffnung nicht auf, ich übte mich in Geduld und wollte ihm Zeit geben. Mein Gott, ich war so naiv.«

»Was ist passiert?«, will ich wissen und erwidere das Winken von Hauke und Wanda, die in einer kleinen Nische einige Meter von uns entfernt auf irgendetwas anzustoßen scheinen.

»Eines Nachmittags sah ich ihn zu Hause in Berlin auf der Straße. Er saß mit einer anderen Frau vor einem kleinen Café in der Sonne und aß Marzipantorte. Meine Lieblingstorte. Den Blick, den er ihr zuwarf, werde ich nie vergessen.«

Ich ächze empört.

»Sie war hübsch. Und sie hatte schöne Haare und eine schwarze Birkin Bag mit goldenen Applikationen. Das ist der Heilige Gral unter den Taschen«, fährt Charlotte mit gerunzelter Stirn fort.

»Vielleicht war sie seine Cousine«, biete ich an.

Sie stößt einen Seufzer aus. »Er hat keine Cousine. Außerdem hielt er sein Gesicht an ihres.«

»Vielleicht hatte sie Reste von der Marzipantorte im Gesicht.«

»Und die hat er ihr von den Lippen geleckt?«

»Vielleicht blieb ihr eine Mandel im Hals stecken und er leistete ihr Erste Hilfe.«

»Gib dir keine Mühe, Anna. Jakub ist ein Versager. Er hat es nie für nötig befunden, im Sitzen zu pinkeln, und darauf gewartet, dass seine dreckigen Socken ganz allein den Weg in die Waschmaschine finden. Gespielt hat er lieber World of Warcraft als mit mir. Und wenn er mal eine Nachricht schrieb, war es so etwas wie ›Die Zahnpasta ist leer‹ statt ›Ich kann es kaum erwarten, dich zu sehen‹.«

»Mein letzter Freund hat die Batterien aus meinem Epilierer geklaut, weil die in seinem Switch Controller leer waren.«

Charlotte lacht ihr kehliges Lachen. »Das sähe auch Jakub ähnlich. Und genau darum und wegen der Birkin-Bag-Tante – Herrgott, ich stehe schon seit drei Jahren auf der Warteliste für diese Tasche – bin ich jetzt hier.«

»Um bei deinen Eltern wieder Kraft zu tanken.« Trotz der lauten Musik – mittlerweile steht Hardrock der Neunziger auf dem Programm, Leo hätte ihre helle Freude daran – klingt meine Stimme selbst für meine eigenen Ohren brüchig.

Sie schnaubt geräuschvoll. »Es ist fast unmöglich, sich bei den eigenen Eltern zu erholen. Ich bin immer unendlich gestresst, wenn ich über einen längeren Zeitraum meinen Vater und meine Mutter um mich habe. Keine Privatsphäre, ständiges Genörgel, dass ich lieber Blumenkohl statt Schokolade essen soll, dass Turnschuhe nicht für Regenwetter geeignet sind, dass ich nicht ausreichend Schlaf bekomme. Manchmal geben sie mir das Gefühl, sieben Jahre alt zu sein. Oder nicht in meine eigene Familie zu passen. Und nun kommt auch noch das Aufheben um meine Schwangerschaft hinzu. Da habe ich mich doch lieber gleich bei meiner Schwester und meinem Schwager einquartiert. Zum Glück sind gerade Semesterferien, ich habe also eine Menge Zeit.«

Ich muss ein bisschen betreten dreingeblickt haben, denn Charlotte schlägt sich entsetzt die Hand vor den Mund. »Es tut mir leid, Anna. Manchmal bin ich so ein Holzklotz. Da jammere ich dir von meiner Familie vor und du hast noch nicht mal eine und wünschtest bestimmt, deine Eltern würden dir wegen deiner Essgewohnheiten auf die Nerven fallen. Hast du denn zumindest Geschwister?«

Zum Glück wählt Leif genau diesen Moment, um mit einem Ipanema für Charlotte, einem pinken, grellen Cocktail für mich und Wanda und Hauke im Schlepptau wieder neben uns aufzutauchen.

»Eine Spezialität des Hauses, du wirst ihn mögen.« Er drückt mir das Glas mit der fluoreszierenden Flüssigkeit in die Hand.

»Vielen Dank.« Lächelnd proste ich ihm zu und nehme einen vorsichtigen Schluck. Das Zeug schmeckt scheußlich, viel zu süß und klebrig, doch natürlich lasse ich mir nichts anmerken.

»Wir sprachen gerade darüber, dass Albert ein Kontrollfreak ist«, erklärt Leif und zwinkert Charlotte zu. »Aber mit einem besseren Regisseur habe ich noch nie zusammengearbeitet.«

»Meine Ex-Chefin war eine despotische Fuchtel. Sie hatte nicht die geringsten Skrupel, meine Bereitschaft zur Ausbeutung bis zum Äußersten auszureizen. Das führte bei mir zu einem furchtbaren Fall von schlechter Einstellung. Und Albert bedankt sich schon, wenn wir fünfzehn Minuten länger bleiben, als vertraglich vorgesehen.« Hauke setzt ein breites Grinsen auf, bevor er sich daranmacht, sein ganzes Bier in einem Zug zu leeren.

»Also, mich kommandiert er herum wie einen geliehenen Esel«, widerspricht Wanda. Doch dabei lächelt sie schelmisch.

»Dich auch?«, fragt Charlotte.

»Von morgens bis abends. Aber dich? Du bist doch ein Teil von ihm.«

»Wenn auch bestimmt nicht sein Lieblingsteil.« An mich gewandt fügt Charlotte lachend hinzu: »Aber eigentlich ist meine Familie schon ein ganz okayer Haufen. Zumindest meistens.«

Ich nippe schweigend an meinem überzuckerten Getränk und muss mich davon abhalten, angewidert das Gesicht zu verziehen.

»›Ich beneide Sie um Ihre Familie. Sie sehen alle gut aus. Und glücklich. Mensch, und alle haben phantastische Zähne.‹« Hauke breitet die muskelbepackten Arme aus und wirft Charlotte einen treuherzigen Blick zu.

»*Bin ich schön?*, 1998«, ruft Leif wie aus der Pistole geschossen, ehe ich überhaupt begriffen habe, dass Hauke wieder eines seiner Filmzitate zum Besten gegeben hat.

»Bei mir hingegen war es ganz anders: ›Mein Vater hat von Pferdediebstahl gelebt, bis sie ihn gehängt haben‹«, setzt Hauke noch einen drauf.

»*Auch ein Sheriff braucht mal Hilfe*, 1969.« Diesmal ist es Charlotte, die Leif zuvorkommt.

»›Meine Pflegefamilie war so arm, da mussten wir den Kitt aus dem Fenster futtern.‹«

»*Bad Company*, 2002«, schreien Leif und Charlotte gleichzeitig.

Ungläubig schüttele ich den Kopf.

»›Als mein Pflegevater erschossen wurde, kaltblütig hingerichtet -‹«

»Keine Filmzitate mehr heute Abend, Hauke. Dir ist doch wohl klar, dass der Großteil dessen, was du von dir gibst, die Leute zu Tode erschrecken würde, wenn sie nicht wüssten, dass es Zitate sind.« Wanda rümpft ihr knubbeliges Näschen.

In diesem Moment fällt mein Blick auf Bosse, der, eingekesselt von Lutz Gmeiner, einer Kostümbildnerin – einer anderen, trotz des verwunderlichen Großmutter-Buns erheblich hübscheren als heute Nachmittag; ich glaube, ihr Name ist Maren – und dem ausführenden Produzenten, in schwarzer Jeans und schwarzem The-Intersphere-Hoodie lässig die Treppenstufen hinunterschlendert. Ich weiß nicht, ob ich enttäuscht oder erleichtert bin, dass er im Vorbeigehen lediglich Leif auf den Oberarm boxt und uns ansonsten keinerlei Beachtung schenkt.

»Das ist mein Lied!«, brüllt Charlotte plötzlich, als die ersten Takte von Mando Diaos *Dance With Somebody* erklingen. »Los, lasst uns tanzen.«

Wanda und ich brauchen keine zweite Aufforderung. Aber an Leif und Hauke rüttelt sie wie an einer verschlossenen Tür. Beide klammern sich an ihren Jever-Flaschen fest wie an einer Boje auf stürmischer See. Typisch Männer, wenn sie das T-Wort hören. Selbst Jonah, der normalerweise für jeden Spaß zu haben ist, fühlt sich auf der Tanzfläche wie bei einer Live-Tanzshow im Fernsehen, unter die Lupe genommen von einer übermäßig kritischen Jury, die Minusziffern hochhält.

»Man muss sich auch einfach mal eingestehen, wenn man etwas nicht kann«, stellt Hauke lapidar fest.

»Operationen am offenen Herzen durchführen, einen A380 landen, tanzen«, fügt Leif hinzu und wippt zaghaft mit dem Fuß. Grinsend drücke ich ihm mein rosarotes Gesöff in die Hand und spüre seinen Blick in meinem Rücken, bis ich mit Charlotte und Wanda in der Menge aus zappelnden Gliedmaßen verschwunden bin.

Die Tanzfläche ist einer der wenigen Orte auf der Welt, an denen ich mich wirklich fallenlassen und alles um mich herum ausblenden kann. Ich schließe meine Augen, spüre die Musik und lasse meinen Bewegungen freien Lauf. Als ob mir niemand zusähe.

»Seid ihr sicher, dass ihr euch vorher nicht kanntet? Ihr tanzt ja genau gleich!«, brüllt Wanda kurze Zeit später in mein Ohr.

Perplex öffne ich meine Augen. Alle anderen Tanzwütigen sind ein paar Schritte zurückgewichen, um uns Platz zu machen. Charlotte ist die geborene Tänzerin. Sie lässt sich gerade hemmungslos zu einem Song von The Cure gehen, dreht mit einem ständigen Wechsel der Tanzhaltungen richtig auf, verbindet zickzackartige Tap-Schritte mit Fließbewegungen des ganzen Körpers, schleudert die Arme unkontrolliert durch die Luft und stampft mit dem Fuß auf. *Genau wie ich*. Sogar die Art, wie sie das Knie beugt und schnelle, scharfe Kicks nach vorne vollführt, ist die gleiche.

Verblüfft bleibe ich mitten auf der Tanzfläche stehen. Zwar wird das Rhythmusempfinden zumindest teilweise genetisch bestimmt, aber bestimmt nicht, wie kurvig die Tanzschritte ausfallen.

Als der Song endet und für eine Sekunde Ruhe herrscht, bevor es mit Aerosmith weitergeht, verkünde ich hastig: »Ich hole mir ein Wasser. Wollt ihr auch etwas?«

»Wasser.« Charlotte drückt dankbar meine Hand.

»Whisky-Cola«, bestellt Wanda.

Mit Nachdruck schiebe ich den Typen mit dem gruseligen Bürstenhaarschnitt hinter mir zur Seite, den ich am Set noch nie gesehen habe und der mit den Armen fuchtelt, als wolle er Mücken vertreiben, und bahne mir mit angehaltenem Atem einen Weg durch die schwitzenden Leiber hindurch Richtung Bar. Mit gerümpfter Nase denke ich an das kleine Fläschchen Desinfektionsspray in meiner Jeanstasche.

Ich will gerade das Fläschchen hevorkramen, als am Rand der Tanzfläche unvermittelt Bosse vor mir auftaucht. Schnell senke ich den Kopf, damit er mich nicht erkennt, aber natürlich ist es, als wäre ich in Neon gekleidet.

»Anita, die Geige spielende Babysitterin mit dem Händchen für Möwen.«

»Bob, der Drehbuch schreibende Produzent mit dem Händchen für Hundeerziehung.«

Kurz huscht ein Lächeln über sein Gesicht. Seine blonden Haare hängen ihm in verstrubbelten Strähnen in die Stirn, unter seinen viel zu grünen Augen liegen dunkle Schatten. Seine Gefolgsleute von vorhin sind nirgendwo zu sehen.

Ich weiß nicht, warum ich nicht einfach weitergehe. Vielleicht liegt es daran, dass er mir ein Glas mit einer vielversprechenden goldbraunen Flüssigkeit unter die Nase hält, oder daran, dass er sagt: »Erklären Sie mir doch mal, welcher von Ihren vorlauten

Dreikäsehochs dem Executive Producer heute ein *Umarme-mich*-Post-it aufs Sakko geklebt, einer der Requisiteurinnen durch eine täuschend echte Gummi-Kreuzotter in der Damentoilette einen Herzanfall beschert oder die Cola durch ein Mineralwasser-Sojasoßen-Gemisch ersetzt hat?«

Das können nur Julius und Leo gewesen sein. Erst gestern Abend habe ich sie dabei erwischt, wie sie eine Reihe von Weckern in meinem Zimmer versteckt haben, die im Abstand von fünfzehn Minuten klingeln sollten, beginnend um drei Uhr morgens. Als wäre der Hahn nicht Plage genug. Die beiden werde ich mir morgen früh vorknöpfen! Entschlossen schiebe ich das Desinfektionsspray in die Hosentasche zurück und greife nach dem Glas. »Das sieht keinem von ihnen ähnlich. Aber möglicherweise hat sich ja einer der Erwachsenen durch den Kontakt zu den Kindern an seine eigene Jugend erinnert und wollte sie für einen kurzen Moment wieder aufleben lassen.«

Natürlich kauft er mir das nicht ab. Mit undurchdringlicher Miene mustert er mich, bis ich den Blick abwende.

»Nun, Bohdan, wir werden es wohl nie herausfinden«, setze ich hinzu und nehme einen großen Schluck von meinem goldbraunen Drink. Es ist Whisky und er schmeckt würzig und pfeffrig und gleichzeitig nach Karamell und Vanille. Kurz kommt mir das pinke, klebrige Gebräu in den Sinn und unwillkürlich lasse ich meinen Blick durch den Raum schweifen, kann Leif aber nicht entdecken. Stattdessen stelle ich fest, dass Charlotte sich gerade hemmungslos zu *Move* von den H-Blockx gehen lässt. Die Menschenmenge um sie herum ist noch ein Stück weiter zurückgewichen.

»Seit Neuestem befindet sich am Set auch Salz im Zuckerstreuer und umgekehrt, die –«

»Warum spielt Ihre Geschichte überhaupt im Jahr 1948 und nicht 1925, als Kleider und Make-up so viel interessanter waren?«, schneide ich ihm ein wenig brüsk das Wort ab, obwohl mich weder Mode- noch Schminkfragen sonderlich interessieren. Gut, dass ich meinen Kaffee schwarz trinke. Julius und Leo können was erleben!

»1948 ist musikalisch ein spannendes Jahr. Der Musikgeschmack änderte sich, aus Rhythm and Blues wurde Rock 'n' Roll. Die erste Vinyl-Schallplatte wurde erfunden, das erste Transistorradio vorgeführt, die erste in Serie produzierte E-Gitarre herausgebracht. Aber auch geschichtlich ging es ziemlich zur Sache mit den alliierten Gegensätzen in Deutschland, der Währungsreform, der Berlin-Blockade und der Luftbrücke.«

Ich genehmige mir noch einen Schluck Whisky. Charlotte zieht die Sache derweil weiter durch. Nach einer ruhigeren Darbietung zu Billy Idols *Sweet Sixteen* gibt sie bei den ersten Klängen von *Mr. Brightside* von The Killers noch einmal alles. »1925 wurde die NSDAP neu gegründet«, verkünde ich und versuche, nicht allzu selbstgefällig zu klingen.

»Meine Geschichte sollte nicht vom Nationalsozialismus überschattet werden.«

»Jazz und Swing revolutionierten die Musik.«

»Nicht hinter den sieben Bergen in der deutschen Einöde.«

»Brechts und Weills *Dreigroschenoper* wurde uraufgeführt.«

»Das war 1928.«

Himmel, woher will er das so genau wissen? Gereizt ziehe ich meine Augenbrauen hoch. »Wenn man alles besser weiß, kann man darauf auch ruhig mal hinweisen, nicht wahr, Bolle?« Anscheinend habe ich einen unkontrollierbaren Hang zum Sarkasmus, wann immer er in meiner Nähe auftaucht.

»Entschuldigen Sie vielmals, wenn ich Sie mit meinem gesunden Menschenverstand beleidigt habe, Andrea.« Er verzieht den Mund zu einem schmalen Lächeln und entblößt dabei neben seiner kleinen Zahnlücke eine perlweiße, gerade Zahnreihe.

Der Anblick reizt mich nur noch mehr. Am liebsten hätte ich ihm eine Kopfnuss verpasst. »Welche Meisterwerke sind denn stattdessen 1925 erschienen, Mister Neunmalklug?«

»F. Scott Fitzgeralds Glanzstück *Der große Gatsby, A Vision* von William Butler Yeats und posthum Kafkas Romanfragment *Der Prozess.*« Die Antwort kommt wie aus der Pistole geschossen.

Ich muss zugeben, ich bin beeindruckt. Er kann einfach drei Bücher aus dem Ärmel schütteln, die in irgendeinem beliebigen Jahr geschrieben wurden. Aber natürlich würde ich mir lieber die Zunge abbeißen, als ihm ein Kompliment zu machen. Und ich habe ihm tatsächlich geglaubt, dass er weder Nietzsche noch die *Zeit* liest. Ist das wirklich erst einen Tag her?

»Nun, Sie sind Autor. Sie sollten so etwas wissen. Schließlich sind Sie nicht gerade ein Kunstbanause.« Ich verenge meine Augen zu schmalen Schlitzen. »Aber sosehr ich meine anregende Unterhaltung mit Ihnen auch genossen habe, muss ich mich jetzt unglücklicherweise verabschieden, um mich zu übergeben.«

»Von Ihnen ist wohl mehr als eine Voodoopuppe im Umlauf, Anne.« Er mustert mich herausfordernd.

Doch ehe mir eine geeignete Erwiderung einfällt, greift er in die Kängurutasche seines Hoodies und zieht etwas hervor. Es ist die Sonnenbrille, die ich von Jonah geschenkt bekommen und an meinem ersten Tag bei der Hunde-Verfolgungsjagd am Strand verloren und trotz all meiner Bemühungen nicht wiedergefunden habe.

»Danke«, murmele ich verblüfft.

»Es werden sicher auch irgendwann mal Zeiten kommen, in denen Sie das Chaos regieren und nicht umgekehrt.«

»Wenn es so weit ist, werde ich es Sie wissen lassen.« Schnaubend wende ich mich ab, ohne mich noch einmal umzublicken. Auf dem Weg zur Bar stelle ich mein Whiskyglas auf irgendeinem Tisch ab, während ich, mal wieder viel zu spät, einige angemessenere Retourkutschen vor mich hinmurmele.

Ich trinke mein Wasser direkt an der Bar, um die Getränke für Charlotte und Wanda sicher durch die Menge bugsieren zu können. Gerade setze ich mein Glas ab, als plötzlich Leif, in der einen Hand eine Bierflasche, in der anderen meinen pinken Cocktail, neben mir steht. Und zwar so dicht, dass unsere nackten Arme sich berühren.

Sein Blick drückt Resignation und gleichzeitig Hoffnung aus. »Anna, wir müssen noch mal über unseren Kaffee reden. Oder das ›Fischerhus‹.«

Ich nehme ihm mein Glas ab und trinke einen gierigen Schluck. »Ich esse keinen Fisch. Die Ozeane sind schon beinahe leergeplündert, im Fischfleisch reichern sich Quecksilber und Mikroplastik an –«

»Bist du vergeben? Ist es das? In dem Fall würden meine

Prinzipien es mir nicht erlauben, dazwischenzufunken, obwohl ich guter Dinge wäre, dich davon überzeugen zu können, dass ich die bessere Wahl für dich bin.« Er ist eindeutig nicht mehr ganz nüchtern.

»Leif –«

»Dann sag mir, dass ich es falsch interpretiert habe.«

»Was meinst du?«

»Diese Verbindung zwischen uns.«

Ich habe Mühe, meinen rosaroten Cocktail nicht über die Theke zu prusten. Der fraglos attraktivste, berühmteste Mann, den ich jemals getroffen habe, gibt nicht auf, mich nach einem Date zu fragen. Es ist absurd, aber auch irgendwie romantisch. Und auch wenn ich tausend gute Gründe habe, abzulehnen, auch wenn er meine Nervenenden – noch – nicht in Schwingung versetzt, höre ich mich entgegnen, ohne wie sonst gründlich darüber nachzudenken: »Morgen Nachmittag haben wir drehfrei und die Kinder gehen mit Herrn Bekensen in den Segelclub.« Elsa und Jonah wären stolz auf mich.

Leif sieht aus wie ein Siebenjähriger an Heiligabend. Und auch wenn ich noch nicht voraussagen kann, was das Ganze zu bedeuten hat, schenke ich ihm mein schönstes Lächeln.

Ich weiß nicht, warum ich mich noch mal zu Bosse umdrehe. Und ich weiß auch nicht, warum er mich mit seinen Blicken verfolgt wie ein Adler eine Maus. Was ich aber weiß, ist, dass, als sich unsere Augen verhaken, durch meinen Magen ein Ruck geht.

Kapitel 7

Jedes einzelne »Kikeriki« dieses vermaledeiten Hahns dröhnt in meinem Schädel wie ein Vorschlaghammer. Die viel zu hellen Sonnenstrahlen, die sich in den letzten Tagen so zurückgehalten haben, sich ausgerechnet heute aber schon um diese unchristliche Zeit einen Weg an den Vorhängen vorbei zum Kopfende meines Bettes bahnen, tun ihr Übriges. Es fühlt sich an wie ein unerbittlicher Kampf ums Überleben.

Meine Mutter hat Alkohol verteufelt. Und auch mein Vater rührt keinen Tropfen an, wenn man den Medien Glauben schenken will. Während ich mich nach dem vergeblichen Versuch, wieder einzuschlafen, mit geschlossenen Augen und wild hämmerndem Kopf aus dem Bett quäle und Richtung Badezimmerchen vortaste, damit eine eiskalte Dusche mein Leiden mindern kann, nehme ich mir nicht zum ersten Mal fest vor, es ihnen fortan gleichzutun.

Das ohrenzerreißende Klingeln meines Handys unterbricht meine Anstrengungen, unbeschadet das Bad zu erreichen. Zuerst will ich es ignorieren, aber weil wahrscheinlich wieder irgendwelche überengagierten Eltern Fragen wegen ihres ersten Besuchs am kommenden Wochenende haben, gebe ich mich doch geschlagen. Widerstrebend öffne ich meine schmerzenden Augen und fische das Telefon aus meiner Hose vom Vorabend.

»Du klingst beschissen. Was ist passiert?« Jonah ist wie immer sehr direkt.

»Ich bin nicht sicher. Vielleicht habe ich gestern einen widerwärtigen rosaroten Cocktail zu viel getrunken. Vielleicht bin ich auf dem Weg nach Hause aber auch von hinten niedergeschlagen worden.« Kraftlos lasse ich mich auf den einzigen Sessel im Raum sinken. Vage dringt mir ins Bewusstsein, dass ich heute Nacht weder die Tür abgeschlossen noch nach lauernden Schwerverbrechern unter dem Bett gesucht habe. Und habe ich mir überhaupt gründlich die Hände gewaschen? Ein bisschen angewidert wische ich sie am Sesselbezug ab.

»Seit wann trinkst du rosarote Cocktails?«

»Seit Leif Andersson sich gestern Abend auf unserer Willkommensparty darum gekümmert hat, dass mein Glas nie leer wurde.«

Ich sehe förmlich vor mir, wie er ungläubig die perfekt geschwungenen Augenbrauen hochzieht. »*Der* Leif Andersson? Spielt er in eurem Film mit? Das hast du ja gar nicht erwähnt.«

»Weil ich selbst keine Ahnung hatte.«

»Da hört man drei Tage nichts von dir, und schon bist du per du mit den berühmtesten Persönlichkeiten unserer Gesellschaft. Ich bin stolz auf dich, Annie, wenn auch ein klitzekleines bisschen eifersüchtig.«

Langsam rutscht mein Kopf über den blau-weiß gestreiften Sesselbezug nach unten. »Heute Nachmittag holt er mich zum späten Mittagessen ab.« Nicht im »Fischerhus«, dafür habe ich gesorgt, sondern im vegetarischen »Treibholz«.

»Mein Gott, eigentlich rufe ich an, um nach deinem Vater zu fragen, und jetzt erzählst du mir, dass du mit dem heißesten Goldener-Bär-Preisträger aller Zeiten ausgehst. Ein *Date*?«

»Ich weiß nicht. Möglicherweise schon.« Ich bringe gerade nicht die nötige Energie auf, ihn über meine Bedenken aufzuklären, Leif überhaupt zu treffen. Ich ziehe meine Knie an die Brust und lehne mein Kinn darauf. »Aber es hat nichts zu bedeuten. Ich meine, er ist Leif Andersson. Warum sollte er sich in mich verlieben?«

»Dafür gäbe es hundert hervorragende Gründe. Du hast wirklich immer noch keine Ahnung, welche Wirkung du auf andere Menschen hast. Aber Annie, wer redet denn gleich von Liebe? Selbst wenn du nur eine nette Abwechslung für ihn bist, er kann doch dasselbe für dich sein. Gut, du hast nicht allzu viele Erfahrungen mit unverbindlichen Beziehungen, aber das kann sich ja ändern. Und wie sagte schon van Gogh? ›Ich würde lieber vor Leidenschaft als vor Langeweile sterben.‹«

Ich atme ein paarmal tief durch, doch die hämmernden Kopfschmerzen lassen nicht nach. Zumindest gibt dieser übereifrige Hahn endlich Ruhe. Dafür verrät mir das Rumpeln und Poltern und Lachen aus den benachbarten Räumen, dass die Kinder mittlerweile ebenfalls auf den Beinen sind. Aus Lisas und Leos Zimmer ertönen leise Gitarrenklänge. Ein wenig schuldbewusst schweift mein Blick zu meinem Geigenkasten hinüber, den ich seit unserer Ankunft geflissentlich ignoriert habe, obwohl ich mir fest vorgenommen habe, regelmäßig zu üben. Aber heute ist kein guter Tag, um damit anzufangen.

»Annie? Bist du wieder eingeschlafen? Du denkst zu viel an die Vergangenheit und die Zukunft, um dich einfach mal in der Gegenwart zu entspannen.«

»Ich will mich ja entspannen. Aber ich bin wirklich nicht der Typ für oberflächliche Flirts mit weltberühmten Megastars«, schnaube ich. Genau genommen bin ich auch nicht der Typ für ernstzunehmende Liebesbeziehungen mit weltberühmten Megastars. Oder für ernstzunehmende Liebesbeziehungen mit *irgendwem*. Vielleicht sollte ich mich zu Elsa ins Haupthaus schleppen und sie um eine Kopfschmerztablette bitten. Wenn der Weg nur nicht so weit wäre. Und wie soll ich es in meinem erbärmlichen Zustand schaffen, mir Julius und Leo wegen der Sojasoßen-Cola vorzuknöpfen? Zumindest habe ich gestern Nacht nicht wie sonst seit meiner Ankunft auf Langeoog eine halbe Ewigkeit damit zugebracht, reglos im Bett zu liegen und den beruhigenden Lärm von vorbeifahrenden Bussen, heimkehrenden Nachteulen und Sirenen zu vermissen. In Leipzig war es nie so ruhig. Die Stille der Nacht auf dieser Insel bringt mich aus der Fassung. Die Stille, die nur unterbrochen wird von dem Krähen eines übereifrigen Hahns.

»Alles, was du tun musst, ist du selbst sein, Annie. Nicht auf Teufel komm raus seine Interessen teilen, auf keinen Fall dein Aussehen oder deine Persönlichkeit seinem Idealbild anpassen, nicht übermäßig flirten, das deprimiert nur.«

»Das würde ich ohnehin nie tun, Jonah, das weißt du. Außerdem nehme ich doch keine Beziehungsratschläge von jemandem an, der noch nie länger als eine Woche eine Freundin hatte.«

Er gibt einen erstickten Laut von sich.

»Was denn? Habe ich einen Nerv getroffen? Oder machst du etwa gerade eine Durststrecke durch?«

»Es ist eher so, dass ich dieses Bäumchen-wechsel-dich-Spiel langsam leid bin. Vielleicht bin ich inzwischen einfach zu alt dafür.«

Ungläubig runzele ich die Stirn. »Also machst du dich nun auf die Suche nach der Einen? Und ich bin nicht da, um dich zu unterstützen.«

»Ich glaube, ich habe sie schon gefunden.« Jonah klingt beinahe ein bisschen schüchtern.

»Und das erzählst du erst jetzt?« Ich presse das Telefon fester ans Ohr, um kein Wort zu verpassen. Leo ist inzwischen mit ihrer Querflöte in Lisas Gitarrenspiel eingestiegen. »Wer ist sie? Wie seid ihr euch begegnet? Ich will alles wissen.«

»Deine News waren definitiv überwältigender. Dabei hast du noch nicht mal damit angefangen, von deinem Vater zu erzählen. Oder vom Filmdreh.« Er legt eine kurze Spannungspause ein. »Ihr Name ist Amba, wir kennen uns vom Zirkeltraining und sie ist einfach wunderschön.«

Ich stoße ein hysterisches Quietschen aus und presse mir schnell die Hand auf den Mund. Angewidert lasse ich sie wieder sinken, als ich mich erinnere, dass ich sie aller Wahrscheinlichkeit nach seit dem Abendessen nicht gewaschen habe. »Mein Gott, du bist zum ersten Mal verliebt. Wie wundervoll.«

»Nicht zum ersten Mal. Wie du weißt, war ich in dich verliebt, in der Neunten. Tut mir übrigens leid, dass ich nicht vorher zurückgerufen habe, aber ich hatte mein Handy im Handschuhfach vergessen.«

»Und ich will gar nicht so genau wissen, warum du es drei Tage lang nicht herausgeholt hast.« Ich fasse den Entschluss, mir die Hände zu desinfizieren und ein großes Glas Wasser aus dem angrenzenden Badezimmer zu holen, und versuche ein paar Sekunden lang, mich zu sammeln, bevor ich mich schwerfällig aus dem weich gepolsterten Sessel hochstemme. Dabei gebe ich mir Mühe, Jonahs enthusiastischer Lobpreisung der wunderschönen Amba zu folgen. Er scheint wirklich hingerissen und ich freue mich so sehr für ihn, dass sogar das Dilemma mit Albert Strauss in den Hintergrund rückt.

Bis Jonah unvermittelt fragt: »Was ist jetzt mit deinem Vater? Ist er so, wie deine Mutter ihn beschrieben hat? Was sagt er zu seiner wiedergewonnenen Tochter?«

»Ich bin noch nicht dazu gekommen, mich vorzustellen«, gebe ich ein bisschen kleinlaut zu. Ich habe mittlerweile die fünf Schritte ins Bad gemeistert und lege mein Telefon auf dem schmalen Waschbeckenrand ab, bevor ich mir großzügig Sterillium auf die Hände schütte. Als ich anschließend meine Zahnbürste aus dem Becher nehme und stattdessen kaltes Wasser hineinlaufen lasse, kann ich Jonahs aufgebrachte Stimme kaum verstehen.

»Warum? Mensch, Annie, traust du dich etwa nicht?« Normalerweise ist er ein perfekter Mix aus Loyalität, Verständnis, Fürsorge und beinahe schon krimineller Zwielichtigkeit, die als engster Verbündeter unabdingbar sind, doch jetzt klingt er irritiert und vollkommen verständnislos. »Erzähl mir nicht, der große Regisseur schottet sich in den Drehpausen vom gemeinen Fußvolk ab. Ich habe in einem Interview mit einem seiner Schauspieler gelesen, dass Albert Strauss absolut nahbar und zugänglich ist und seinen Mitarbeitern während eines Projekts praktisch permanent zur Verfügung steht. Er hat sogar ein Handyverbot am Set eingeführt, damit die Leute mehr Zeit haben, miteinander zu reden.«

Ich schweige einen Moment, während ich mein Zahnputzglas ein zweites Mal mit Wasser fülle. »Er kapselt sich nicht ab. Es ist eher so, dass er schon ein paar Kinder in meinem Alter hat.« Ich nehme einige tiefe Schlucke. »Und ich fürchte, seine gesamte Familie wäre nicht sonderlich erpicht darauf, zu erfahren, dass alles, woran sie glaubt, eine Lüge ist. Dass er auf Reisen irgendwelche Violinistinnen flachgelegt und Kinder gezeugt hat, während seine ahnungslose, Marmelade kochende Frau die eheliche Kinderschar und das Haus hütete.«

»Wie bitte? Dann war deine Mutter nur eine Affäre für ihn?« Als ich keine Antwort gebe, setzt er leise hinzu: »Aber du bist auch Teil seiner Familie, Annie.«

»Wenn auch bestimmt nicht sein Lieblingsteil«, wiederhole ich Charlottes Worte und muss unwillkürlich grinsen, während ich wieder nach meinem Handy greife und mich mit der freien Hand am Waschbecken abstütze. »Aber ich werde mir eine Lösung überlegen, Jonah, versprochen. Ich brauche nur noch etwas Zeit.« Ehe er die Möglichkeit hat, zu reagieren, lenke ich ab: »Aber heute konzentriere ich mich erst mal auf mein Date.«

»Folg ihm nur nicht in irgendwelche dunklen Seitengassen.« Jonah scheint sein inneres Gleichgewicht schnell wiedergefunden zu haben. »Auch wenn er Leif Andersson ist.«

»Was du nicht sagst.«

»Nun, du bist nicht nur meine Frau, sondern auch das Mädchen, auf das ich seit meinem sechsten Lebensjahr aufpasse.«

»Mehr oder weniger erfolgreich.« Ich muss lachen, höre aber sofort wieder damit auf, weil mein Kopf zu explodieren droht. Seufzend füge ich hinzu: »Vielleicht könnte ich ihn wirklich mögen.« Irgendwann, wenn wir uns besser kennen.

»Klingt fast so, als würdest du es schon tun.«

Ich weiß nicht, warum genau in diesem Augenblick Bosses bärtiges, abweisendes Gesicht vor mir auftaucht. »Ich hole mir eine Kopfschmerztablette, Jonah. Wir müssen gleich zum Set. Ich ruf dich dann später vom Klo aus an!«

Nie hätte ich für möglich gehalten, dass ich mal mit einem Typen ausgehen würde, der Sachen von sich gibt wie: »Als Schauspieler kann man vorgeben, jemand anderer zu sein. Man kann sich vor der Welt und sich selbst verstecken und in eine Rolle flüchten. Das liebe ich.« Aber ich gebe mir redliche Mühe, das positiv zu bewerten. Denn Leif mit seinem atemberaubenden, jungenhaften Aussehen und dem legendären Charme ist der Typ Mann, nach dem sich jedes Mädchen umdreht.

Wir haben eines dieser annähernd vollkommenen ersten Dates, von denen man meint, dass es sie nur in kitschigen Filmen, nicht aber im echten Leben gibt. Er holt mich, getarnt mit Basecap und dunkler Sonnenbrille, pünktlich auf die Minute mit einem grellgrünen Tandem zu Hause ab, ohne sich an dem schonungslosen Gejohle der Kinder zu stören, die gerade mit Schwimmwesten bewaffnet Herrn Bekensens Kutsche erklimmen. Er nimmt mir die dünne Strickjacke ab, zieht vor dem Bistro im Schatten einer blühenden Linde den Stuhl für mich zurück, ist höflich, entgegenkommend und aufmerksam. Er stellt Fragen, macht Komplimente, besorgt rechtzeitig Drinks und hat einen großartigen Hintern. Wir reden über miese Filme, die besten Superheldenkräfte und darüber, welchen unserer Sinne wir am ehesten aufgeben würden – er Schmecken, ich Riechen. Wir lassen uns gegenseitig von unseren Gemüse-Bowls probieren und schütten uns immer wieder aus vor Lachen. Ich denke keine Sekunde an Albert Strauss oder an meine versemmelte Prüfung oder daran, dass ich heute schon wieder nicht meine Geige ausgepackt habe. Es ist fast ein wenig unheimlich.

Als er dann auch noch in den strahlend blauen Himmel zeigt, um mich voll aufrichtiger Begeisterung auf zwei vom Aussterben bedrohte Brandseeschwalben aufmerksam zu machen, glaube ich, Leif ist zu perfekt. Wahrscheinlich wird er sich als Psychopath entpuppen, der mich in einer mondlosen Nacht im Watt vergräbt.

»Was wärst du, wenn du alles sein könntest, was du willst?«, frage ich, als der aufgeregte Kellner das Dessert gebracht und sich angesichts seines berühmten Gastes, den er trotz seiner Tarnung offensichtlich mühelos erkannt hat, zum tausendsten Mal vergewissert hat, dass alles zu unserer Zufriedenheit ist. Natürlich bin ich mir sicher, dass Leifs Antwort lauten wird, dass er nicht das Geringste an seinem beispiellosen, beneidenswerten Leben als superreicher, berühmter, gefeierter und mehr oder weniger skandalfreier Filmstar ändern würde.

»Ich wäre Biologe«, entgegnet er schlicht und spießt eine Erdbeere auf seine Gabel.

Verblüfft lasse ich meinen Löffel mit der weißen Schokomousse sinken. »Biologe?«

»Botaniker, genauer gesagt. Schon als kleiner Junge habe ich lieber Pflanzenlabyrinthe gestaltet, Sellerie mit Tinte eingefärbt und Blätter zum Schwitzen gebracht, anstatt mit den Nachbarskindern Klingelstreiche zu machen oder Fußball zu spielen.« Fast wirkt er verlegen, als er sich ungeduldig eine schwarze Haarsträhne aus der Stirn und unter die Kappe schiebt. Er hat schmale, feingliedrige Finger. Pianistenhände, die locker eine Dezime greifen können, hätte meine Mutter bewundernd festgestellt.

»Aber wenn es das ist, was du wirklich willst, warum bist du dann Schauspieler geworden?«

Für einen kurzen Augenblick sieht er trotz der Sonnenbrille aus wie ein kleiner verlorener Junge, dann setzt er schnell sein übliches charmantes Lächeln auf. »Das war Zufall. Ich wurde von der Straße weg für einen Film gecastet. Eigentlich hatte ich davor gar keinen Bezug zur Schauspielerei, außer dass ich als Neunjähriger bei der Schulaufführung mal den Frosch beim *Froschkönig* spielen durfte, aber die Aussicht auf einen Riesenhaufen Geld hat mir als permanent abgebranntem Studenten die Entscheidung nicht schwer gemacht. Und dann bin ich einfach irgendwie an dieser ganzen Sache hängengeblieben.«

Entgeistert ziehe ich eine Augenbraue hoch. »Soll das etwa heißen, du bist mehr oder weniger unabsichtlich einer der größten Filmstars unseres Landes geworden? Du erweckst nur den Eindruck, als wärst du mit Feuereifer bei der Sache, aber machst den ganzen Kram eigentlich bloß, weil er lukrativer ist, als pflanzliche Verwandtschaftskreise zu untersuchen? Himmel, dann bist du wirklich ein herausragender Schauspieler, Leif.«

Er lacht schnaubend. »Die halbe Zeit habe ich keine Ahnung, was ich tue. Aber verrate es keinem.«

Plötzlich sieht er aus, als hätte er zu viel preisgegeben, also beeile ich mich, ihm zu versichern: »Auch ich hatte eine Zeit lang vor, Biologin zu werden, genauer gesagt Zoologin oder Ornithologin. Ich habe mich schon immer für Vögel interessiert. Aber das hätte meine Mutter wohl nicht zugelassen.«

»Warum nicht?« Er klingt ehrlich interessiert. Wie in Zeitlupe lässt er seine Gabel mit dem Erdbeertiramisu sinken. Er schiebt seine Sonnenbrille aufs Cap und unsere Blicke verhaken sich.

»Sie war eine extrem ehrgeizige, erfolgreiche Musikerin, die sich mit Leib und Seele gewünscht hat, dass ich in ihre gewaltigen Fußstapfen trete. Und was meine Mutter sich wünschte, das bekam sie in der Regel auch. Wir waren nur zu zweit und sie hat sich sehr darauf konzentriert, mich nach ihren Vorstellungen zu prägen.« Ich bin überrascht, dass ich einem praktisch Fremden gegenüber all diese privaten Details ausplaudere. Aber Leif macht es einem leicht, mit ihm zu reden. Ihm zu vertrauen. »Es hat eine Weile gedauert, doch mittlerweile bin ich froh, dass sie mich gedrängt hat. Etwas anderes als Geige spielen kann ich gar nicht. Und ich will es auch nicht. Ich weiß, dass meine Mutter nur mein Bestes wollte.«

»Ich glaube, du kannst viel mehr, als du meinst.« Seine kieselsteingrauen Augen haften etwas zu lange an meinem Gesicht. Verlegen wendet er sich wieder seinem Nachtisch zu. »Stimmt es eigentlich, dass Violinisten ihre Geigen in Bratschenkästen aufbewahren, damit sie nicht gestohlen werden? Oder dass man einen zweiten Geiger an der verrosteten E-Saite erkennt?«

Ich lache ein bisschen zu laut über seine zugegebenermaßen nicht sonderlich originellen Witze.

»Hast du dein Studium beendet?«, will ich nach einer kurzen Pause wissen, in der wir beide in Gedanken versunken auf unsere Teller starrten.

»Mit Auszeichnung.«

»Warum änderst du dann nicht etwas an deinem Leben? Warum versuchst du nicht, als Botaniker Fuß zu fassen? Wenn es das ist, was du wirklich willst. Du hast doch sicherlich genug verdient, dass es für drei Leben reicht.«

Leif rührt so lange in seinem Espresso herum, dass ich schon annehme, keine Antwort zu bekommen. Schließlich beginnt er mit gesenkter Stimme: »Wahrscheinlich will ich niemanden vor den Kopf stoßen. Meine Familie, meine Freunde, meine Fans – alle wären niedergeschmettert. Mein Cousin Erik hat seinen Job als Werber aufgegeben, um mein Agent und Manager zu sein. Die Lieblingsbeschäftigung meiner Mutter ist es, meine Fanpost zu beantworten. Mein Vater platzt vor Stolz, wenn er Verwandten und Nachbarn von meinem Beruf erzählt. Wildfremde Leute auf der Straße fallen mir heulend vor Rührung um den

Hals und stiften mich an, noch mehr Filme zu drehen.« Er stößt einen Seufzer aus. »Es ist immer der einfache Weg, alles beim Alten zu lassen.«

Natürlich weiß ich genau, was er meint. Niemand will einen anderen wissentlich enttäuschen. Und Veränderungen herbeizuführen, ist stets mühsamer, als die Dinge so zu belassen, wie sie sind.

»Aber es geht um dein Leben, Leif. Nicht um die Leben deiner Eltern, deines Cousins und deiner Jüngerinnen.« Genau die gleichen Worte hat Jonah zu mir gesagt, als er mich überzeugen wollte, nach Langeoog zu fahren: *Aber es geht um dein Leben, Annie.*

Leif legt den Kopf schief. Seine Wangenknochen sehen aus wie in Stein gemeißelt. »Du bist wirklich charakterfest und furchtlos, Anna Novotna. Noch nie hat mich jemand dazu ermutigt, einen Job, mit dem ich Millionen mache, aufzugeben, um meinen Träumen zu folgen.«

Und noch nie hat *mich* jemand für charakterfest und furchtlos gehalten. Jonah ist der Meinung, ich habe viel zu viel Angst davor, irgendwo anzuecken, um wirklich unbeugsam und kühn zu sein.

»Es ist immer leichter, einem anderen zu etwas zu raten, als es selbst umzusetzen«, gebe ich ein bisschen bedröppelt zu.

Ich weiß nicht, ob Leif mich gehört hat. Sein Blick ist zur anderen Straßenseite geschweift, wo ein paar Teenager in bauchfreien Tops stehen geblieben sind und mit gezückten Handys aufgeregt kichernd in unsere Richtung zeigen. Schnell schiebt er die dunkle Sonnenbrille zurück auf seine Nase und winkt dem Kellner, der binnen Sekunden neben unserem Tisch steht.

»Das ist wohl unser Stichwort, zu gehen. Ich drehe heute ohnehin meine nächsten Nachtszenen, und so gelassen Albert auch meistens ist, bei Unpünktlichkeit hört für ihn der Spaß auf.« Leif steckt seine Kreditkarte zurück in die Tasche und legt mir sacht seine Hand auf den Rücken, um mich zu unserem Tandem zu schieben, das an der alten Linde lehnt.

Wir drehen uns nicht noch mal zu Leifs Fans um, aber ich spüre, wie sie jede unserer Bewegungen mit ihren Blicken und ihren Handykameras verfolgen. Ich kann nur hoffen, dass sie ihre Fotos und Videos, die sie fraglos von unserem überstürzten Abgang schießen, nicht online stellen. Und das werden sie nur nicht tun, wenn Leif auf dem Bildmaterial nicht zu erkennen ist.

»Ich könnte so nicht leben«, rutscht es mir heraus. Leif runzelt die Stirn, während er in einer fließenden Bewegung auf den vorderen Sitz unseres Gefährts steigt. »Tut mir leid, ich wollte das nicht sagen. Wahrscheinlich gewöhnt man sich nach einer Weile an diese permanente Aufmerksamkeit.«

»Nicht wirklich«, gibt er zu. Ich kann sein Gesicht nicht sehen, doch ich stelle mir vor, dass er wieder wie ein kleiner verlorener Junge wirkt.

Den Rest der Fahrt erwähnen wir das Thema nicht mehr und sprechen stattdessen über das Mausohrhabichtskraut, Mauswiesel und andere untypische Pflanzen- und Tierarten der Insel. Es dauert eine Weile, ehe wir es über die buckelige Breite Straße bis zu Elsas Ferienhof geschafft haben. Kaum sind wir durch das weit geöffnete Tor gerollt, kommt uns auch schon Lisa entgegengeeilt. Ihre haselnussbraunen Augen wandern von mir zu Leif und wieder zurück.

»Warum bist du nicht mit Herrn Bekensen und den anderen zum Segeln gefahren?«, frage ich schnell, ehe sie eine nanosekundenlange Pause nutzen und einen ihrer endlosen Redeschwalle loswerden kann.

Doch anstatt uns wie erwartet detailliert und wortreich über den Grund ihrer offensichtlich äußerst spontanen Planänderung zu informieren, murmelt sie nur: »Ich war mit Joris ein Eis essen.« Dabei blickt sie mich nicht an, sondern starrt auf ihre orangenen Flipflops.

»Ist etwas passiert?« Ein wenig umständlich klettere ich vom Fahrrad und beuge mich zu Lisa herunter. Sie guckt noch immer auf ihre braun gebrannten Füße.

»Ich glaube, wer Jungs versteht, der kann auch durch null teilen«, stellt sie so trocken fest, dass ich mir ein Lachen verkneifen muss.

Ein wenig hilflos schaue ich zu Leif, während ich gleichzeitig den Arm um ihre schmalen Schultern lege. »Es geht mich natürlich nichts an, aber möchtest du darüber reden?«

»Nicht wirklich. Können wir einfach ein bisschen Tischtennis spielen?«

»Natürlich. Ich verabschiede mich nur noch kurz von Leif.«

»Tschüs, Leif!«, ruft Lisa und macht keine Anstalten, sich vom Fleck zu bewegen.

Jetzt, da wir unter Beobachtung stehen, treten wir ein bisschen verlegen auf der Stelle. »Dann sehen wir uns morgen am Set«, murmele ich schließlich, obwohl ich eigentlich etwas ganz anderes sagen wollte.

Und auch Leif sieht aus, als würde er sich unter Lisas Argusaugen etwas unbehaglich fühlen. »Bis morgen«, gibt er zurück und ehe ich noch etwas hinzusetzen kann, hat er schon das Tandem gewendet und ist durch das Tor verschwunden.

Kapitel 8

»Ich gebe mein Handy nicht ab. Ich brauche es! Ist mir doch egal, was dieser spießige Regisseur für rückständige Regeln aufstellt.« Nerea krallt sich an ihrem pinken Smartphone fest, als ginge es um ihr Leben.

»Und was, wenn mir der Blaswiderstand zu hoch ist und ich nicht mit Dämpfer üben will? Vielleicht werde ich einfach Hells Angel statt Trompeter, dann brauche ich den ganzen Mist sowieso nicht«, unterbricht Julius die Auseinandersetzung, während Leo lautstark vor sich hin brummt: »Du kannst mich so oft ermahnen, wie du willst, Anna. Ich werde die Sonnencreme trotzdem nicht benutzen. Die ist voll mit Parabenen und Titanoxid.«

»Es heißt Titandioxid«, korrigiert Miguel gewohnt sachlich und hüpft mit seinen ausgelatschten Film-Ledersandalen leichtfüßig über eine Welle hinweg, die jetzt, bei Flut, ans Ufer spült. Felix zieht unbeeindruckt ein Schokocroissant von Elsas Frühstücksbüfett aus einer der ausgebeulten Taschen seiner kurzen Film-Hose und beißt herzhaft hinein.

»Du rüttelst ziemlich stark am Ohrfeigenbaum, Miguel«, motzt Leo überraschend heftig und reckt ihr mageres Ärmchen in die Luft, während sie mit der anderen Hand ihre kinnlangen

Haare festhält, die ihr der Nordseewind ins Gesicht weht. Miguel sieht aus, als würde er aus allen Wolken fallen.

Selbst Lisa dreht sich kurz um, um Miguel, von ihm unbemerkt, einen missbilligenden Blick zuzuwerfen, wendet sich aber schnell wieder Nerea zu, die unseren kleinen Gänsemarsch am Watt entlang Richtung Seehundbänke im Südosten von Langeoog anführt. »Quentin Tarantino erlaubt auch keine Handys am Set«, informiert sie uns. »Ich habe gelesen, dass er die Leute sogar feuert, wenn sie sich über sein Verbot hinwegsetzen. Er will, dass die Schauspieler und der Rest der Crew sich nicht jede Pause hinter ihren Smartphones verstecken. Und ich finde, er hat recht. Ihr seht doch im Schulbus, dass sich niemand mehr mit seinen Mitschülern unterhält, sondern jeder auf sein Telefon glotzt.«

Auch wenn sie ein bisschen abgelenkt wirkt, registriere ich erleichtert, dass sie im Vergleich zu Freitag wieder mehr Worte findet. Und wer hätte gedacht, dass ich mir jemals wünschen würde, dass Lisa mal nicht den Mund hält?

Nerea rümpft ihre kleine Stupsnase und kontert schnippisch, während sie ein paar entgegenkommenden Tonleuten ausweicht: »Quentin Tarantino wird sowieso total überbewertet.«

»Du d-durftest doch noch g-gar keinen Fi-Film von ihm sehen«, behauptet Mikka, das Schlusslicht unserer Truppe, und setzt kämpferisch hinzu: »Du t-t-tust ja immer bloß s-so erwachsen.«

Äußerlich gefasst massiere ich meine Schläfen. Was ist nur heute mit den Kindern los? Liegt es daran, dass sie das Wochenende mit ihren Familien verbracht haben und am liebsten mit ihnen zurück nach Hause gefahren wären? Um ihre Sommerferien so zu verbringen wie andere Kinder in ihrem Alter?

»In zwei Wochen kommen eure Eltern wieder. Und bis dahin könnt ihr telefonieren – nein, nicht am Set, Nerea –, und ihnen eine Postkarte schreiben.« Nerea und Julius verdrehen die Augen, aber das ignoriere ich geflissentlich. »Und wenn dir die Inhaltsstoffe deiner Sonnencreme zu giftig sind, Leo, dann nimm einfach meine mineralische.«

Nun verdreht auch Leo die Augen. »Damit sieht man aus wie ein Geist.«

»In der Maske wird deine gesunde Sonnenbräune ohnehin immer übergeschminkt, damit du etwas mehr nach ausgezehrtem Waisenkind aussiehst«, erklärt Miguel in neutralem Tonfall.

»Über so etwas musst du dir ja keine Sorgen machen. Obwohl du Spanier bist, siehst du aus wie eine Leiche.« Leo dreht sich Beifall heischend zu Lisa um.

»Weil du deine Nase immer nur in Bücher steckst oder dir irgendwelche blöden Filme ansiehst«, setzt Lisa unnötig scharfzüngig hinzu.

»Halbspanier«, entgegne ich automatisch. Irritiert fahre ich mir mit der Hand über das Gesicht. Miguel, Lisa und Leo waren doch immer die besten Freunde.

»Und ich stecke meine Nase nicht permanent in Bücher und die Filme, die ich sehe, sind nicht blöd«, kontert Miguel und sucht meinen Blick. Er zuckt mit den Achseln. Offenbar weiß er ebenso wenig wie ich, was ihm von den beiden Mädchen zur

Last gelegt wird. »Mädchen sind eindeutig die komplizierteren Jungs«, fügt er seufzend hinzu.

»Jungs sind genauso kompliziert wie Mädchen. Sie halten nur öfter mal den Mund, damit es nicht so auffällt«, hält Leo dagegen.

Und Lisa ergänzt: »Manchmal sollten sie aber einfach mal den Mund halten, tun es allerdings nicht.«

Auch wenn ich nicht das ganze Wochenende über vergeblich versucht hätte, den ersten Satz aus Kabalewskis Violinkonzert C-Dur zu perfektionieren, oder schlaflos im Bett gelegen und mir darüber den Kopf zerbrochen hätte, wie ich in der Sache mit meinem Vater weiter vorgehen soll, fände ich das Tauziehen der Kinder zermürbend. So aber muss ich ein paarmal tief durchatmen, um nicht aus der Haut zu fahren. »Wisst ihr, was ein Ensemble ist?«, frage ich schließlich betont gelassen und hindere Miguel damit an einer zweifellos wenig diplomatischen Antwort.

»Wir sind ein Ensemble.« Miguel weiß sofort, worauf ich hinauswill.

»Genau. Und als solches müssen wir keine Freunde sein, selbst wenn ich immer den Eindruck hatte, wir wären welche. Aber wir müssen alle an einem Strang ziehen. Als Team. Denn ein wirklich gutes Ensemble ist mehr als bloß die Summe seiner Mitglieder.«

Für einen Moment hört man nur das Kreischen der Silbermöwen, die Wellen, die ans Ufer spülen, und das beständige Gemurmel der Filmcrew. Zum Glück sind wir mittlerweile bei unserem heutigen Drehort, einer schneeweißen Landzunge mitten im Watt, angekommen. Eine Assistentin verteilt im Getümmel die Filminstrumente an die Kinder. Betroffen nehmen sie ihre scheinbar abgenutzten Gitarren, Geigen und Saxophone in Empfang, während ich Nereas rosarotes Handy bei den anderen in meiner übergroßen Tasche verstaue.

Nachdem sich der größte Tumult gelegt hat und sich die Kinder dem Aufnahmeleiter zuwenden, lasse ich meinen sehnsuchtsvollen Blick über die flachen, sonnenüberfluteten Wogen schweifen, in denen ein paar glänzende Austernfischer nach leichter Beute suchen. Ich habe Albert Strauss noch nicht entdeckt, obwohl hier am Morgen laut Plan schon eine kurze Szene mit Jezabel und Hans gedreht wurde, und bin auch immer noch nicht weitergekommen mit meinen Überlegungen, wie ich mich ihm annähern und damit mein laut Jonah lebenslanges Trauma, abgelehnt zu werden, aufarbeiten kann.

»Albert wird gleich zurück sein. Er musste kurzzeitig weg, um seiner Tochter zu helfen. Irgendetwas mit ihrem ungeborenen Kind.« Die sonore Stimme des rotgesichtigen, verschwitzten Aufnahmeleiters holt mich an den Strand zurück. Mein Pulsschlag beschleunigt sich. Hoffentlich ist nichts mit Charlottes Baby, schießt es mir durch den Kopf und mein Mund wird staubtrocken. Ich mache mir eine mentale Notiz, sie so bald wie möglich anzurufen. Gleichzeitig dringt wie durch einen Nebel in mein Bewusstsein, dass Albert Strauss, der Familienmensch, alles stehen und liegen lässt, um seinem Kind bei was auch immer die Hand zu halten – obwohl jeder Mensch weiß, welche Unsummen ein einziger Drehtag verschlingt.

Ich höre nur noch mit halbem Ohr zu, als Wanda neben unserer kleinen Gruppe auftaucht, mir vergnügt zuwinkert und an die Kinder gewandt gewohnt detailliert ausführt: »Wie ihr wisst, soll heute eine Szene gedreht werden, in der ihr klammheimlich mit Jezabel für den Musikwettbewerb in Hamburg übt. Ihr seid euch bewusst, dass Jonathan euch auf keinen Fall entdecken darf, also blickt ihr euch anfangs immer wieder verstohlen um, versinkt aber schließlich so sehr in eurer Melodie, dass ihr euch auf nichts anderes mehr konzentriert. Nathan und Levi, also Mikka und Felix, ihr fühlt euch zum ersten Mal in eurem Leben akzeptiert und einer Gruppe zugehörig. Ihr hadert, weil ihr weder eure neuen Freunde noch euren Onkel Jonathan verraten wollt. Man muss euch eure innere Zerrissenheit ansehen.«

Die Kinder hängen gespannt an Wandas Lippen, und als hätte meine kleine Ansprache Früchte getragen, scheint unter jede Meinungsverschiedenheit zumindest vorübergehend ein Strich gesetzt. Selbst Felix hört auf, auf seinem Croissant herumzukauen. Erleichtert schiebe ich mir meine wiedergewonnene Sonnenbrille auf die Nase, schultere meine Tasche und nehme meine Jan Kulík in die andere Hand, um in einiger Entfernung inmitten der Dünen weiter an meiner Interpretation von Kabalewski zu arbeiten, während die Kinder drehen.

»Es muss heute wieder nicht chronologisch gefilmt werden. Wir machen uns die Gezeiten im Hintergrund zunutze, um zu verdeutlichen, wie lange und ausdauernd ihr übt. Eine Second Unit hat schon einige Aufnahmen von einsetzender Flut und Ebbe im Kasten, das schneiden wir am Schluss so zurecht, dass es aussieht, als hättet ihr hier viele Stunden gesessen, ohne an Essen oder Schlafen zu denken«, erklärt Wanda gerade, als ich mich zum Gehen wende und mitten in der Bewegung verharre.

Albert Strauss steigt soeben ein paar Meter von mir entfernt mit einem der Produzenten aus einem Golfwägelchen. Er sieht müde aus mit seinen geröteten Augen und der fahlen Haut. Und mitgenommen.

»Und wo bekommen wir jetzt bis heute Nachmittag passendes Geschirr her?«, blafft Albert niemand Bestimmten an. Der Produzent scrollt mit finsterer Miene auf seinem Handy herum.

»Was ist passiert?« Wanda lässt die Kinder stehen, doch die folgen ihr voller Neugier. Und auch ich sperre die Ohren auf, um bloß kein Wort zu verpassen.

»Unsere smarten Requisiteure haben die Frühstücksausstattung für Jezabels und Jonathans Haus offensichtlich nach Sylt statt nach Langeoog geschickt.« Albert Strauss runzelt schnaubend die Stirn. Auf Sylt sollen nächste Woche in einer umgestalteten Jugendherberge die Waisenhausszenen gedreht werden, aber die Kulisse für Jezabels und Jonathans Haus ist hier auf Langeoog.

Ich bin so erleichtert, dass seine Laune augenscheinlich nichts mit Charlottes Kind, sondern nur mit ein paar alten Tellern zu tun hat, dass ich, ohne darüber nachzudenken, herausplatze: »Elsa Janssen, meine Vermieterin, hat das ganze Haus voll antikem Geschirr. Ich bin sicher, sie kann uns helfen. Ich könnte sie gleich anrufen.«

Ich weiß nicht, was mich mehr freut: das dankbare Lächeln, das sich auf Albert Strauss' Gesicht ausbreitet, oder die Inbrunst in seiner Stimme, als er sagt: »Erst die Blesshühner, nun das Porzellan. Von dem Kenntnisstand der Kinder, den wir ebenfalls nicht zuletzt dir zu verdanken haben, mal ganz abgesehen. Anna, dich schickt der Himmel!«

Verlegen ziehe ich unter all den Smartphones der Kinder mein eigenes Handy aus der Tasche hervor und tippe Elsas Nummer ein. Es dauert nur fünf Minuten, dann sind alle Einzelheiten geklärt. Elsa wird die benötigten Küchenutensilien bruchsicher verpacken und sie einem Kurier mitgeben, der sie zu Jezabels und Jonathans Haus bringt.

Noch immer beschwingt nicke ich den anderen zum Abschied zu und hebe meinen Geigenkasten auf, der an meinem Bein lehnte.

»Was ist das für eine Violine?«, fragt Albert Strauss zu meinem Schreck und starrt neugierig auf den uralten, abgenutzten schwarzen Lederkoffer in meiner Hand.

Ich bin zu fassungslos, um zu antworten. Wie konnte ich nur so unvorsichtig sein? Eine solche Geige findet man nur noch sehr selten.

»Das ist eine echte Jan Kulík«, gibt Lisa bereitwillig Auskunft, nachdem ich in ihren Augen anscheinend zu lange gezögert habe. »Gebaut nach einem Modell von Stradivari. Die ist schon über hundertfünfzig Jahre alt und sehr wertvoll. Du musst dir mal die Schnecke ansehen, die ist unglaublich schön. Anna hat die Geige von ihrer berühmten –«

»Man teilt nicht einfach jedem mit, welche Werte man mit sich herumträgt«, schneide ich ihr ein wenig brüsk das Wort ab. Lisa blickt perplex zu mir auf und sofort tut es mir leid, dass ich sie so angefahren habe. Aber ich kann auf keinen Fall riskieren, dass Albert Strauss eins und eins zusammenzählt und hier und jetzt herausfindet, dass ich Jolana Novotnas Tochter bin. Und damit mit hoher Wahrscheinlichkeit auch seine Tochter. Auf diesen Moment bin ich noch ganz und gar nicht vorbereitet.

Gerade will ich vom Thema ablenken und eine unverfängliche Bemerkung darüber fallen lassen, dass die Bratsche nur erfunden wurde, weil jemand versehentlich Saiten über einen Geigenkasten spannte, als er fragt: »Aus Leipzig kommt ihr, nicht wahr? Ich kannte mal eine Violinistin aus Leipzig.« Mir bleibt das Herz stehen. »Sehr talentiert. Sehr ehrgeizig. Am liebsten spielte sie Saint-Saëns oder Spohr, wenn ich mich richtig erinnere.«

»Was ist aus ihr geworden?«, höre ich mich zu meiner großen Verblüffung fragen und kann nicht verhindern, dass meine Stimme gepresst klingt. Ängstlich.

Aber Albert Strauss scheint nichts Merkwürdiges an meiner Neugier zu finden. »Das Letzte, das ich von ihr hörte, war, dass sie nach Österreich gezogen ist, weil sie ein Engagement bei den Wiener Philharmonikern ergattert hatte.«

Nach Wien? Ich habe als Kind hin und wieder einige Zeit bei meinen Großeltern in Prag zugebracht, wenn meine Mutter mit ihren Orchestern auf Konzerttournee ging und es besonders stressig zuging, doch sie stand auch vor meiner Geburt nie bei den Wiener Philharmonikern unter Vertrag.

Täuscht ihn seine Erinnerung? Denn welchen Grund hätte Albert Strauss, über Jolana Novotna zu lügen?

Nicht den geringsten, beschließe ich, presse die Violine meiner Mutter an mich und verabschiede mich mit wild pochendem Herzen, um mir ein schattiges Plätzchen inmitten der Dünen zu suchen und dort auf die Kinder zu warten. Bevor ich mich zum Gehen wende, scanne ich aber noch ein letztes Mal verstohlen die bunte Menschenansammlung auf unserer Seite der Absperrung.

Natürlich kenne ich den Drehplan und wusste bereits, dass Leif um diese Zeit nicht mehr hier sein würde. Daher kann ich mir den Anflug von Enttäuschung nicht erklären, als ich ihn nirgends ausmachen kann. Noch weniger kann ich mir erklären, dass ich für einen winzigen Augenblick das Gefühl habe, nicht nach Leifs, sondern nach Bosses Gesicht Ausschau gehalten zu haben.

Ich habe Leif seit unserem Date vor drei Tagen nicht mehr gesehen, weil ich am Wochenende mit den Familien der Kinder mehr als ausgelastet war, doch er hat mir einen ganzen Haufen äußerst zugetaner Nachrichten geschrieben. Ich habe keinen Schimmer, was er in mir sieht, doch wenn Jonah am Telefon nicht gerade seine unnachahmliche Amba preist, reimt er sich zusammen, dass Leif auf eine Frau wie mich nur gewartet habe. Dass er mich brauche, weil ich nicht nur »höchst vorzeigbar«, sondern auch ruhig, geerdet und vernünftig und zur Abwechslung mal nicht auf sein Geld und seinen Ruhm scharf sei. Weil ich seine abgehobenen Multimillionär- und A-Promi-Ideen in die richtigen Bahnen lenken könne. Und weil ich seinen sicherlich hin und wieder auftretenden Ausbrüchen mit Geduld und Besonnenheit entgegentreten würde. Jonah geht sogar so weit, zu behaupten, dass Leif sich gerade von meinem mangelnden Glamour-Faktor – diplomatisch, wie er mitunter sein kann, nennt er es »natürlichen Charme und fehlendes Geltungsbedürfnis« – angezogen fühlt. Aber natürlich bin ich nicht so naiv, dass mir nicht bewusst wäre, dass ich mit all seinen Topmodel-Freundinnen und Affären, die ihm seit Beginn seiner steilen Karriere nachgesagt werden, nicht mithalten kann.

Es ist drückend heiß heute, erheblich schwüler als an all den Tagen zuvor, und ich muss eine Weile suchen, bis ich einen geeigneten Sanddornbusch gefunden habe, der außer Hörweite zum Set ist und gerade genug Schatten bietet, dass ich es mir im Schneidersitz im weichen, sonnenwarmen Sand bequem machen kann. Schon bevor ich meine Geige ans Kinn setze, läuft mir der Schweiß in Sturzbächen über die Schläfen.

Es ist keine bewusste Entscheidung, dass ich darauf verzichte, meine Interpretation von Kabalewski zu perfektionieren, die ich immerhin bei meiner Nachprüfung, falls ich mich denn dazu durchringen kann, vorzustellen gedenke, und stattdessen die *Havanaise* von Saint-Saëns anstimme. Aber anstatt mich auf den weichen Ansatz und die schwingenden Töne mit Nachklang zu konzentrieren, schweifen meine Gedanken immer wieder zurück zu meinem Vater und zu dem, was er über meine Mutter gesagt hat. Hat er sich weisgemacht, Jolana wäre vor vielen Jahren fortgezogen, um sein Gewissen zu beruhigen, dass er sein uneheliches Kind nicht besucht hat? Aber auch wenn Wien weiter von Berlin entfernt liegt als Leipzig, hätte er den Weg sicherlich hin und wieder bewerkstelligen können, schließlich leben wir nicht mehr im Jahr 1948. Sogar heimlich, wenn seine Ehefrau keinen Wind davon bekommen sollte. Und die Post bringt Geburtstagskarten auch nach Österreich.

Und wenn er an Jolana denkt, denkt er dann auch gelegentlich an sein viertes Kind? Sollte ich ihm endlich reinen Wein einschenken, so, wie Jonah es beinahe täglich von mir verlangt, oder mache ich damit zu viel kaputt? Könnte ich es ertragen, zurückgewiesen zu werden? Oder für das Unglück einer ganzen Familie verantwortlich zu sein?

Wie ich es auch drehe und wende, ich komme nicht weiter. Ich wünschte, irgendjemand könnte mir die Entscheidung abnehmen. Momentan kann ich mich nicht mal festlegen, ob ich morgens Flipflops oder Sneaker anziehe. Wie könnte ich mir da auch nur ansatzweise im Klaren darüber sein, was ich in der Sache mit meinem Vater unternehmen soll?

»Ich dachte immer, Musikmachen bedeutet mehr, als nur Noten zu spielen.« Die dunkle Stimme, die mich aus meinen Gedanken hochschrecken lässt, jagt mir einen Schauer über den Rücken.

Gereizt und getroffen setze ich meine Geige ab. »Und ich dachte immer, sich unbemerkt von hinten anzuschleichen, tun nur die Bösewichte. Vorsicht, das war beinahe ein Lächeln.«

Bosse, der ein paar Meter von mir entfernt stehen geblieben ist, verzieht seine Lippen zu einem angedeuteten Grinsen. Neben ihm reihen sich unangeleint und fügsam sein eigenes schwarz-weißes Hündchen, Voltaire und sogar Schopenhauer brav nebeneinander auf.

Mein Herz setzt einen Schlag aus, als ich direkt in seine smaragdgrünen Augen blicke. Ich weiß nicht, warum mein Herz das tun sollte, und bemerke spitz: »Ich habe kürzlich gehört, Hunde sollten um diese Jahreszeit nicht frei am Strand herumrennen.«

»Nur die außer Rand und Band nicht. Meine drei hier hingegen gehorchen aufs Wort. Kiebitzregenpfeifer interessieren die nicht die Bohne«, behauptet er ernst.

Ich streiche mir eine verschwitzte Locke aus der Stirn. Tatsächlich haben die beiden Verräter nichts Besseres zu tun, als sanftmütig und wohlgesinnt zu ihm aufzublicken und sich nicht von der Stelle zu rühren.

»Verfolgen Sie mich etwa, Bo?«, lenke ich ab.

»Um mich von hinten anzuschleichen wie ein Bösewicht oder um Sie mithilfe meiner drei Musketiere vor den Bösewichten zu beschützen? Ich glaube, weder das eine noch das andere wäre sinnvoll, denn ich halte Sie für ziemlich wehrhaft, Anke.«

Ein wenig unschlüssig tritt er auf der Stelle herum. Er scheint sich nicht entscheiden zu können, ob er weitergehen oder sich im Schatten eines zweiten Sanddornbusches niederlassen soll, um den unterhaltsamen Schlagabtausch fortzuführen. Wie gut er aussieht, wenn er ausnahmsweise mal keine spöttische Bemerkung fallen lässt oder die Stirn runzelt, registriere ich unvermittelt. Nicht makellos und ebenmäßig wie Leif und auch nicht jungenhaft wie Jonah, aber stattlich und wild und irgendwie einnehmend.

Mein Mund fühlt sich plötzlich an wie die Wüste Gobi nach einer langen Trockenzeit und ich habe einen zentnerschweren Kloß im Hals. Schnell schiebe ich den Gedanken beiseite. »Das war ja beinahe nett von Ihnen.«

»Vielleicht haben wir Vollmond.«

»Das wird es sein. Vielleicht sind Sie aber auch einfach weniger griesgrämig, als Sie alle glauben machen wollen.«

»Halten Sie mich etwa für einen Griesgram, Alena?« Er setzt eine gespielt betretene Miene auf. Das ist immerhin besser als sein üblicher gelangweilter Gesichtsausdruck. Noch immer steht er unentschlossen auf dem Weg herum, doch ich spüre, dass sein Interesse an unserem Wortgefecht langsam abebbt.

»Halten Sie sich etwa für eine Frohnatur, Bonifatius?« So langsam gehen mir die passenden Männernamen aus.

Er zögert nur einen kurzen Moment. »Sie scheinen mir aber auch nicht gerade eine übertriebene Optimistin zu sein.«

»Das liegt daran, dass mich diese übermäßige Weite und diese Ruhe ganz kopfscheu machen.« Ich wedele mit dem Arm vage in Richtung der Dünen. »Ich bin es gewohnt, Autos, Häuserblocks, Lärm und viele Menschen um mich herum zu haben. Was ist Ihre Entschuldigung? Eine emotional betrachtet eher halbgare Erziehung? Eine zerbrochene Liebe? Oder sieht Ihr Gesicht einfach immer so aus?«

Ich wünschte, ich hätte nichts gesagt. Der Ausdruck in seinen merkwürdig grünen Augen lässt mich trotz der tropischen Temperaturen frösteln. Natürlich bin ich ihm, einem praktisch Wildfremden, mit meinem losen Mundwerk viel zu nahe getreten. Meine Wangen brennen wie Feuer.

Unbewegt starrt er mich an, während er bedächtig über seinen Bart streicht, als würde er ernsthaft über meine Frage nachdenken. Sein Hündchen stützt sich mit den Vorderpfoten gegen seine Beine und beginnt, über seine Hand zu schlecken.

Die unbehagliche Stille dehnt sich ins Unermessliche.

»Mein Freund Jonah kann schlechte Laune in leere Weinflaschen verwandeln. Vielleicht probieren Sie das mal aus.« Ich bemerke, dass ich fasele, wie immer, wenn ich unsicher bin. Und dass er noch immer über seinen Bart streicht.

Ausgerechnet Schopenhauer erlöst uns aus dieser kläglichen Situation, als direkt vor seiner Nase ein junges Kaninchen aus dem Strandhafer springt. Für den riesigen Setter gibt es kein Halten mehr.

»Ich trete höflich zur Seite und lasse das Leben Ihr Lehrer sein«, murmele ich, greife aber hastig nach Voltaires Halsband, damit er es seinem Kumpel nicht gleichtut. Bosses schwarz-weißes Hündchen bleibt auf seinen Befehl hin unbegreiflicherweise wie festgenagelt sitzen.

»Es war kein verdammter Kiebitzregenpfeifer«, schnaubt Bosse wütend und eilt, abwechselnd auf zwei Fingern pfeifend und lauthals fluchend, hinter Schopenhauer her.

»Das macht einen Euro für die Fluchdose!«, rufe ich ihm hinterher.

Irgendwie bringe ich es fertig, mit meiner freien Hand den Kinnhalter abzunehmen, vorsichtig die Violine zu verstauen und sogar den Koffer mit seinen seit Jahren klemmenden Riegeln zu schließen. Langsam wandere ich, rechts und links flankiert von den beiden Hunden, den Weg entlang zurück zum Set.

Ich stoße einen theatralischen Seufzer aus, als mir klar wird, dass mir heute Nacht nicht nur die Nachprüfung und die scheinbar ausweglose Situation mit meinem Vater den Schlaf rauben werden, sondern auch die Frage, was Bosse gerade so aus der Fassung gebracht hat. Und warum mich das überhaupt dermaßen beschäftigt.

Ich habe keine Ahnung, was er über mich denkt. Aber ich weiß, dass es mir nicht egal ist. Denn auch wenn ich mit allem, was er in meine Richtung wirft, umgehen und dabei sogar vorgeben kann, es würde mir nichts ausmachen, will ich aus unerfindlichen Gründen doch, dass er mich mag. Dass er dieselbe Energie und Elektrizität zwischen uns spürt wie ich.

Langsam atme ich aus. Manchmal fühlt es sich an, als hätte ich mein Leben nicht mehr unter Kontrolle. Und dann wünsche ich mir, ich hätte noch eine Mutter. Eine, die mir zuhört, mir Ratschläge gibt, mich akzeptiert und liebt so, wie ich bin.

Kapitel 9

Als kleines Kind wollte ich genau wie meine Mutter sein. Erst, als ich älter wurde, fing ihre Besessenheit für klassische Musik an, mich zu stören. Plötzlich wünschte ich, ich würde nicht in einem Haus leben, in dem ich über einen Notenständer fiel, sobald ich die Tür öffnete, und in dem mich jeden Morgen zum Frühstück Vivaldi oder Händel statt der neuesten Hits aus dem Radio empfingen. Ich wollte keine endlosen Diskussionen über Partiturordnungen, Spieltechniken und Feinstimmer führen, sondern über die Schule, meinen entfremdeten Vater und meine Freunde sprechen.

Meine Tage waren damit ausgefüllt, Geige zu üben, für die Schule zu lernen und meiner Mutter keinen Anlass zu liefern, ihren Blick aufzusetzen. Den Blick, der gleichermaßen Frust, Unzufriedenheit und Enttäuschung ausdrückte und der mir eisige Schauer über den Rücken jagte. Dieser Blick war tausendmal schlimmer als jedes Schimpfen, jede Zurechtweisung, jedes Zetern.

Erst in der Dunkelheit, wenn es ruhig war und ich in meinem Bett lag, ließ ich es zu, dass die Sorgen wie ein Meteoritenschauer in meinem Kopf herumschwirrten und mich wach hielten. Ich sorgte mich um die Erfolge meiner Mutter, um ihre zerbrechliche Gesundheit, und um meinen Vater, den ich um jeden Preis treffen wollte, der die Nachfragen meiner Mutter aber gnadenlos zurückwies. Nicht selten wünschte ich mir, ich hätte jemanden, den ich um Rat fragen konnte. Nicht Jonah, sondern einen Erwachsenen.

Ich weiß selbst nicht, warum ich Leif die ganze Geschichte haarklein erzähle. Auch wenn ich bei unserem letzten Treffen schon ein paar Andeutungen über das Wesen meiner Mutter gemacht habe, hüte ich die Geschichte meiner Familie normalerweise wie ein Geheimnis. Nur Jonah weiß Bescheid.

Aber hier, bei unserer zweiten Verabredung, mit der Nase im Wind und den Füßen im warmen Sand südlich von Hörnum auf Sylt, sprudeln die Worte plötzlich nur so aus mir heraus. Leif, versteckt hinter seiner üblichen Maskerade aus Sonnenbrille, Basecap und hochgestelltem Kragen, spaziert mit gerunzelter Stirn dicht neben mir her und schiebt nur hin und wieder eine kurze Zwischenfrage ein.

»Warum hast du deine Meinung geändert?«

»Was meinst du?« Ich werfe ihm einen Seitenblick zu und meine Augen bleiben an dem Grübchen an seinem glatt rasierten Kinn hängen.

»Warum nimmt die Violine jetzt wieder diesen gewaltigen Raum in deinem Leben ein? Ist es immer noch, weil du deine Mutter beeindrucken willst und glaubst, es ihr schuldig zu sein?«

»Meine Mutter hat mich nicht auf der Schaukel angeschubst, sondern mir stattdessen als Trostpreis eine Eiswaffel in die Hand gedrückt. Ich glaube, ich bin ihr nicht besonders viel schuldig«, beeile ich mich zu versichern. Auch wenn ich insgeheim weiß, dass ich nie damit aufhören werde, zu versuchen, meine Mutter zu beeindrucken. Wie von selbst steuern wir auf ein kleines Strandcafé zu, das hinter dem postkartentauglichen rot-weißen Leuchtturm auftaucht. »Mir ist erst später klar geworden, dass ich eine Zeit lang etwas Eigenes brauchte. Ich habe mir von meinem Taschengeld Bücher über Ornithologie und sogar eine Gitarre gekauft, nur, um mich gegen meine Mutter aufzulehnen. Ihren Blick konnte ich kaum ertragen. So, wie sie es kaum ertragen konnte, dass ich ihren Traum für mich einfach aufgeben wollte. Aber meine Geige ging mir nie aus dem Kopf. Als ich dann eines Abends, während meine Mutter auf einem Konzert war, das erste Mal seit Monaten wieder spielte, ohne dass jemand zuhörte, fühlte ich mich so frei und losgelöst. Es war fast wie ein Rausch.«

»Was hast du gespielt?«

»Debussys *Clair de lune*. Bis heute einer meiner Favoriten.«

Wir haben das Café mittlerweile erreicht. Ganz automatisch zieht Leif das Cap tiefer in die Stirn, doch zu meiner Erleichterung scheint uns keiner der Gäste besondere Beachtung zu schenken. Vielleicht liegt es daran, dass Sylt Promi-erfahrener ist als Langeoog.

»Seither versuche ich, Unsauberkeiten zuzulassen und mich ganz meinem Gefühl hinzugeben«, fahre ich fort, während er mich zu einem freien Tisch am Rand der Holzterrasse lotst. »Leider gelingt mir das nicht immer. Vor allem bei besonders anspruchsvollen Stücken konzentriere ich mich mitunter sehr auf die Technik.« Bei meiner Nachprüfung in einigen Wochen darf ich weder das eine noch das andere aus den Augen verlieren. Ich muss sauber spielen und trotzdem reichlich Ausdruck und Gefühl zeigen. Wenn ich überhaupt einen Ton hervorbringe. Und wenn ich überhaupt hingehe. Ich schlucke schwer, während Leif den Stuhl für mich zurechtrückt und ich mich auf das weiche Polster sinken lasse.

Ich entdecke ihn sofort. Er ist mit seinen knapp zwei Metern, die den Stuhl unter ihm wie ein Puppenstühlchen wirken lassen, den hellblonden Strähnen, dem struppigen Bart und dem orangenen Atmosonic-Shirt nicht zu übersehen. Ihm gegenüber sitzt Maren, die hübsche Kostümbildnerin, die ihn schon zu der Party im Hotel begleitet hat, in einem hautengen Top, das sie kurzerhand zum Kleid erklärt hat, und hängt an seinen Lippen.

»Ich beneide dich«, stellt Leif fest.

Ich zwinge mich, den Blick von Bosse abzuwenden. Er scheint uns nicht bemerkt zu haben. »*Du* beneidest *mich*? Worum könnte ein weltberühmter Schauspieler die Wärterin einer pubertierenden Musicaltruppe und im besten Fall zukünftige bitterarme Studentin wohl beneiden können?«

»Um ihre Leidenschaft. Ich wünschte, ich könnte ebenso viel Begeisterung für meine Arbeit aufbringen wie du für deine.«

Verlegen nehme ich die Getränkekarte zur Hand. Ich gebe mir alle Mühe, nicht zu der kleinen Nische am anderen Ende der Terrasse hinüberzuschauen, in der Bosse mit seiner Begleitung Kaffee trinkt, und frage mich doch, in welcher Beziehung sie zueinander stehen.

»Dir bleibt immer ein Ausweg, Leif. Du bist erst dreißig, du hast noch massenhaft Zeit, einen anderen Weg einzuschlagen. Und im Gegensatz zu vielen anderen weißt du sogar ziemlich genau, was du mit dem Rest deines Lebens anfangen würdest.«

Er senkt den Kopf, als die bunt gekleidete Kellnerin neben uns aufkreuzt, und ich gebe unsere Bestellung auf. Erst, als sie sich dem nächsten Tisch zuwendet, blickt er mir wieder in die Augen. »Das Aufreibendste am Berühmtsein ist, dass man sich nicht frei bewegen kann. Wohin man auch geht, man muss immer befürchten, am nächsten Tag ein Bild davon in der Zeitung zu entdecken.«

Ich nicke verständnisvoll. Ich hätte nicht erleichterter sein können, dass diejenigen seiner Fans, die uns bei unserem ersten Date mit ihren Handykameras verfolgt haben, allem Anschein nach keine Beweisfotos ins Internet gestellt haben.

»Fast genauso anstrengend ist, dass die Leute immer nett zu einem sind. Alle stimmen einem zu, selbst, wenn man kompletten Irrsinn von sich gibt.« Leif fährt sich mit seinen Pianistenhänden über die Augen und setzt dann grinsend hinzu: »Ich brauche jemanden, der mir sagen kann, was ich nicht hören will. So wie du.«

»Dir kommen doch jeden Tag Dinge über dich zu Ohren, die du nicht hören willst«, kontere ich und muss ebenfalls grinsen.

»Oder Dinge, die ich selbst noch nicht wusste.«

»Aber zumindest sind ein paar selbstlose Journalisten so freundlich, sie dir zu verraten.« Gegen meinen Willen schweift mein Blick erneut zu Bosse hinüber. In diesem Augenblick hebt auch er seine Augen und unsere Blicke treffen sich. Und diesmal fühle ich mehr als nur einen ausgedörrten Mund und einen Kloß im Hals. Diesmal spüre ich einen Stromschlag, der durch meinen Körper fährt, von den Haarspitzen bis zu den Zehen.

Mein Unterbewusstsein registriert, dass Leif weiterredet, als wäre nichts passiert, und dass um uns herum Stimmengewirr die Luft erfüllt, Wellen ans Ufer schlagen und eine Gruppe Möwen mit lautem Gekreische versucht, die Brandung zu übertönen, aber ich höre von alldem nichts. Mein Herz beginnt, schmerzhaft schneller zu schlagen. Wie gebannt starren Bosse und ich uns an, unfähig, uns zu bewegen.

Und dann wird der Bann gebrochen.

Wie aus dem Nichts ist die Kellnerin an unseren Tisch getreten, in der Hand ein schweres Tablett balancierend, und versperrt mir die Sicht.

»Anna? Ist alles in Ordnung?« Leif legt seine Hand auf meinen Unterarm.

»Natürlich. Ich frage mich nur gerade, warum ich keinen Kuchen bestellt habe, der sieht köstlich aus.« Ich bin überrascht, wie normal meine Stimme klingt. Und dass meine Worte Sinn ergeben.

»Das lässt sich schnell nachholen. Ich finde, die Haselnuss-Marzipan-Torte sieht am verlockendsten aus. Leider bin ich gegen Nüsse allergisch. Sogar mein letzter Versuch, Nutella zu probieren, wäre um ein Haar in die Hose gegangen.«

Ich versuche, Leifs Geschichte zu folgen, und denke doch nur die ganze Zeit: Ist er mit ihr zusammen? Es ist allzu offensichtlich, dass Maren auf Bosse abfährt. Aber was hat es dann mit seinem Spitznamen, Mister Chaste, auf sich? Irritiert nehme ich einen großen Schluck von meinem kochend heißen Kaffee und verbrenne mir schmerzhaft die Zunge.

»Vielleicht verzichten wir doch besser auf den Kuchen«, höre ich mich sagen und Leif lässt überrascht die Karte sinken. »Am liebsten würde ich noch ein bisschen am Strand entlangspazieren, bevor wir morgen Abend schon wieder nach Langeoog zurückmüssen. Außerdem fürchte ich, die Leute am Nachbartisch haben dich erkannt.«

Zumindest der letzte Satz stimmt. Die beiden jungen Pärchen werfen Leif immer wieder verstohlene Blicke zu und beginnen, hinter vorgehaltener Hand aufgeregt zu tuscheln. Die Handys liegen einsatzbereit vor ihnen auf dem Tisch. Eigentlich war es nur eine Frage der Zeit.

Ohne zu zögern, winke ich der Kellnerin zu, um zu bezahlen. Die Leute am Nachbartisch versuchen mittlerweile, Augenkontakt mit Leif herzustellen, und die ersten Bilder werden geknipst. Ich senke den Blick. Himmel, sich mit einer berühmten Person in der Öffentlichkeit sehen zu lassen, ist wirklich kräftezehrend. Wie ermüdend muss es dann erst für Leif sein, der praktisch auf Schritt und Tritt verfolgt wird?

Als wir das Café kurz darauf mehr oder weniger fluchtartig verlassen wollen, hoffe ich, dass Leif Bosse und Maren nicht entdeckt und wir einfach unbemerkt an ihnen vorbeischlüpfen können. Aber kaum sind wir aufgestanden, quietscht Maren kurz auf und winkt uns mit dramatischer Geste zu ihrem Tisch herüber, als hätten wir sie nicht erst knapp zwei Stunden zuvor am Set gesehen. Zögernd trödele ich hinter Leif her.

»Ich habe euch gar nicht bemerkt«, stellt Leif gerade fest.

»Wir waren schon da, als ihr ankamt.« Bosses Stimme klingt noch ein bisschen rauer als sonst. Er blickt mich nicht an.

»Du hast uns gesehen? Warum hast du nichts gesagt? Oder wolltet ihr ein bisschen Privatsphäre?«

»Ich habe Anna gesehen.« Mir entgeht nicht, dass er meinen richtigen Namen sagt, vielleicht zum ersten Mal überhaupt. Meine Hände sind schweißnass.

»Ich glaube, wir sollten jetzt besser gehen, Leif.« Immer mehr Gäste drehen sich zu uns um und scheinen Leifs Verkleidung genau unter die Lupe zu nehmen. Es fühlt sich an wie eine Hetzjagd.

»Du hast recht.« Leif nickt Bosse und Maren noch mal freundlich zu und legt dann wie selbstverständlich seinen Arm um meine Schulter, während wir mit forschen Schritten auf den Strand zusteuern. Ich drehe mich nicht noch mal um, spüre aber, wie sich Bosses Blick wie tausend Nadeln in meinen Rücken bohrt. Mein Herz scheint sich gar nicht mehr wieder beruhigen zu können.

Ich will Leif fragen, warum Bosse so schwermütig ist. Was geschehen ist, dass er oft so wirkt, als würde er eine große Bürde mit sich herumtragen. Schließlich kennen sie sich schon seit der Grundschulzeit, da werden sie sicherlich etliche Geheimnisse teilen. Doch ich bringe nicht den nötigen Mumm auf.

Stattdessen schlendere ich schweigend neben Leif her, noch immer mit seinem Arm um meine Schulter, und versuche mit aller Kraft, den überwältigenden Stromschlag abzuschütteln, der mich durchfuhr, als Bosses und meine Blicke sich verhakten. Was ist nur los mit mir? Diese Gefühle sind irrational und komplett idiotisch. Ich bin nicht die Art von Frau, die vollkommen unvermittelt von Lust oder Begehren überrollt wird. Und seit wann stehe ich auf diese Art von Mann?

Schnaubend schüttele ich den Kopf. Unbeugsame, eine Spur machohafte Typen, die ohne Aufwand im Mittelpunkt der Aufmerksamkeit stehen, scheinen bedauerlicherweise ziemlich attraktiv zu sein. Möglicherweise hat das mit der Evolution zu tun, schließlich ist auch der größte, kräftigste Wolf im Rudel bei der Fortpflanzung immer zuerst am Zug.

Aber ich weiß, dass Bosse viel mehr ist als nur der stärkste Wolf. Noch nie hatte ein Mann diesen Effekt auf mich. Niemals zuvor hatte ich das beunruhigende Gefühl, jemand hätte auf diese Weise nach meinem Herzen und meiner Seele gegriffen.

Kapitel 10

Siebzehn Tage sitze ich nun schon auf dieser Insel fest. Zwar neuerdings mit ziemlich viel Sonnenschein, kurzweiliger Unterhaltung, neuen Einblicken in einen Filmset und einem erheblich regeren Sozialleben als bei meiner Ankunft, doch ohne die geringste Aussicht darauf, meinem Vater, dem eigentlichen Grund dieses kleinen Nordsee-Intermezzos, irgendwie näherzukommen.

»Leg dich ins Zeug, Annie. Du musst deine Vergangenheit aufarbeiten, wenn du deine Zukunft frei gestalten willst. Und dir läuft die Zeit davon.« Jonah gibt sich unerbittlich, wenn es darum geht, mich anzustacheln.

Mein Telefon fest ans Ohr gepresst, halte ich einen Fuß aus der Hängematte, die Herr Bekensen mir auf Elsas Streuobstwiese zwischen zwei Apfelbäumen aufgehängt hat. Elsas mittlerweile vertrautes Geträllere – heute gibt sie Aretha Franklin zum Besten – klingt aus den weit geöffneten Verandatüren zu mir herüber.

»Du hast ja recht. Vielleicht sollte ich mir bald mal überlegen –«

»›Wie schnell sich ›nicht jetzt‹ in ›niemals‹ verwandelt‹, wusste schon Martin Luther. Annie, wenn du zu lange über diese

Sache nachdenkst, wird sie viel größer, als sie ist, und am Ende unmöglich, zu bewältigen.«

Zerstreut beobachte ich eine winzige Blaumeise, die wenige Meter von mir entfernt an einem heruntergefallenen Apfel herumpickt. »Es ist mittlerweile viel zu spät, um ihm einfach so reinen Wein einzuschenken. Ich muss das Ganze anders angehen. Aber ich habe keine Ahnung wie.«

»Ruf Charlotte an.«

»Das wollte ich sowieso längst tun, seit Albert so fluchtartig den Set verlassen hat, um ihr bei was auch immer beizustehen.« Doch weil Wanda versicherte, Charlottes Baby gehe es prächtig, habe ich es wieder vergessen. »Aber Jonah, wie sollte sie Licht in meine Vergangenheit bringen? Ich bezweifle, dass irgendjemand aus der Familie einen blassen Schimmer von der Affäre meines Vaters hat.«

»Auch wenn sie nichts von den außerehelichen Aktivitäten ihres Seniors weiß, kannst du doch zumindest in Erfahrung bringen, wie er tickt, was ihn als Vater ausmacht, was du von ihm geerbt haben könntest, welche Leichen er im Keller hat. Und wer weiß, vielleicht bringt dich das schon ein kleines Stückchen weiter.«

»Ich wüsste nicht, wie es mich weiterbringen soll, wenn ich höre, dass er seine ehelichen Kinder auf Händen trägt und sein viertes, ungeliebtes Kind verleugnet. Nicht mal, wenn er meinen Namen hört oder dass ich aus Leipzig komme, löst das irgendeine klitzekleine Reaktion bei ihm aus. Beinahe so, als hätte er vergessen, dass es mich überhaupt gibt. Oder vielmehr verdrängt.«

Für einen Augenblick herrscht Schweigen am anderen Ende der Leitung. Bis Jonah sagt: »Und was, wenn er gar nichts von dir weiß? Wenn Jolana ihm verschwiegen hat, dass sie ein Kind von ihm erwartet und ihm deswegen dieses Märchen von Wien aufgetischt hat? Was, wenn er sein viertes Kind keineswegs abgelehnt hätte?«

Ich setze mich so ruckartig auf, dass die Blaumeise neben mir erschrocken davonflattert. »Jonah, erzähl keinen Quatsch! Meine Mutter hat mir immer wieder versichert, dass mein Vater keinen Kontakt zu mir will. Warum sollte sie das nur erfinden?«

»Stolz? Verletzte Eitelkeit, weil sie herausfand, dass sie nur die Mätresse war? Angst, dass er Ansprüche erheben und dich ihr wegnehmen könnte? Du kennst deine Mutter besser als jeder andere und weißt, sie war kein besonders einfacher Mensch.«

»So weit würde meine Mutter niemals gehen«, behaupte ich mit fester Stimme. Aber plötzlich bin ich mir da nicht mehr so sicher. »Und selbst wenn, würde das den Kontaktaufbau zu meinem Vater nur noch erschweren. Der Schock würde ihn glatt umhauen.«

Während ich mich mit pochender Schläfe und staubtrockener Kehle wieder in die Hängematte sinken lasse, höre ich, wie Jonah im Hintergrund leise mit jemandem flüstert. Ich fühle einen Anflug von Irritation. Hat er die schöne Amba etwa in meine Geschichte eingeweiht, obwohl er sie erst seit ein paar Tagen kennt?

»Amba kommt gerade erst zur Tür herein«, erklärt er, als hätte er meine Gedanken erraten.

»Ich habe gar keine Klingel gehört.«

»Nun, sie hat einen Schlüssel.« Er räuspert sich verlegen.

Geräuschvoll schnappe ich nach Luft. Doch ehe ich unbequeme Fragen zu dem beachtlichen Tempo ihrer Liaison stellen kann – bisher war ich die einzige Frau in seinem Leben, der er einen Schlüssel zu seiner Junggesellenbude anvertraut hat; nicht mal seine Mutter durfte ohne sein Beisein einen Fuß über die Schwelle seines Allerheiligsten setzen –, höre ich Lisa, die, schluchzend und immer wieder meinen Namen rufend, über die Wiese auf mich zustolpert.

Hastig verabschiede ich mich von Jonah und stürze ihr beklommen entgegen. »Was ist passiert, Lisa? Hast du dich verletzt?«

Mit hängendem Kopf und tränenverschmierten Wangen bleibt sie direkt vor mir stehen. Auf den ersten Blick sieht sie unversehrt aus, aber ihre bebenden Schultern verraten, dass etwas Furchtbares vorgefallen sein muss.

»Ist was mit Leo? Oder einem der anderen?« Ich lege beide Hände auf ihre mageren Oberarme, während sie noch immer um Fassung ringt. Am liebsten würde ich sie schütteln. »Lisa, braucht irgendeins der Kinder Hilfe? Oder Herr Bekensen?«

»Anna! Ich habe meine Kette verloren. Vorhin beim Dreh im Watt. Die, die meine Mutter mir zum Abschied geschenkt hat.« Sie bringt die Worte kaum hervor.

»Deine *Kette*?« Ich kann mir ein ungläubiges Schnauben kaum verkneifen, bin aber gleichzeitig derart erleichtert, dass nicht eines der Kinder blutüberströmt unter der Kutsche liegt oder gleich ganz vermisst wird, dass ich Lisa ungestüm in meine Arme ziehe. Ich presse die Lippen fest aufeinander und atme ein paarmal tief durch. »Ihr sollt beim Dreh doch allen Schmuck ablegen.«

»Ich brauche die Kette immer bei mir«, erklärt sie schlicht in mein ärmelloses Shirt hinein. »Ich nehme sie ab, wenn wir drehen, und verstecke sie in meiner Rocktasche.«

»Wir besorgen dir im Dorf eine neue Kette und bitten deine Mutter, dir ein anderes passendes Bild von eurer Familie zu schicken.« Besänftigend streiche ich ihr über die feuerroten Locken, doch sie macht sich energisch von mir los und funkelt mich mit ihren haselnussbraunen Augen hitzig an.

»Das geht nicht! Ich brauche genau diese Kette wieder zurück. Sie ist ein Erbstück meiner Urgroßmutter.«

»Aber wenn sie dir vorhin aus der Tasche gefallen ist, hat die Flut sie längst fortgespült oder im Watt vergraben.«

Mittlerweile sind auch die anderen Kinder auf der Streuobstwiese eingetrudelt, angelockt von dem Spektakel, das Lisa veranstaltet. Selbst Joris ist dabei, in der Hand noch einen Tischtennisschläger, und lässt sich von Felix mit Händen und Füßen und überdeutlichen Lippenbewegungen erklären, worum es bei dem Tumult geht. Miguel steht stocksteif neben ihm, den Blick unbeweglich vor sich auf den Boden gerichtet.

»Du bist eine Realistin, Anna«, stellt Lisa mit bebender Stimme fest und es klingt wie eine Beleidigung. »Vielleicht ist die Kette noch da. Wir müssen sie unbedingt so schnell wie möglich suchen.«

»Wa-was ist eine R-R-Realistin?«, will Mikka wissen.

»Das ist jemand, der, wenn er ein heruntergefallenes Blütenblatt sieht, nichts anderes erkennt als dieses Blütenblatt, nicht aber den Umhang, den ein winziger Außerirdischer verloren hat«, erklärt Miguel geduldig.

»Versprich mir, dass du auf keinen Fall ins Watt gehen und auf eigene Faust nach der Kette suchen wirst, Lisa«, ermahne ich das aufgebrachte Mädchen. »Das ist viel zu gefährlich. Wenn überhaupt irgendjemand auf dem Meeresboden herumwühlt, dann bin ich das.«

Es dauert noch eine ganze Weile, bis sich alle so weit beruhigt haben, dass sie zurück in den Proben- oder Tischtennisraum marschieren können, und ich zu Elsa in die Küche gehen kann, um ein Stück warmen Pflaumenkuchen abzustauben.

Wir säbeln uns gerade zwei großzügige Stücke ab, als Herr Bekensen seinen Kopf durch die Terrassentür steckt.

»Elsie, ich fahre zum Markt. Soll ich dir eine Tüte mit den süßen Mirabellen mitbringen, die du so gerne hast?«

»Geern, Tommie«, erwidert sie mit tonloser Stimme. Mein breites Grinsen quittiert sie mit einem strafenden Blick.

»Hat dir eigentlich schon mal jemand gesagt, dass du aussiehst wie Marlene Dietrich?«, setzt Herr Bekensen mit etwas leiserer Stimme hinzu. Ich bin plötzlich sehr vertieft in das komplizierte Blumenmuster von Elsas gesprungener Kuchenplatte.

»Die ist doch schon tot.« Aus den Augenwinkeln erkenne ich allerdings, dass Elsa hocherfreut aussieht, als sie sich mit ihren feisten Fingern durch die grauen Haare streicht. Und werden ihre Wangen rot?

»Aber sie war eine grandiose Sängerin und Schauspielerin. Und eine wahre Naturschönheit.«

»Sag nichts«, murmelt Elsa in meine Richtung, sobald Herr Bekensen außer Hörweite ist. Ihre Wangen glühen noch immer.

»Ich sage nichts.« Ich kaue genüsslich auf meinem Gebäck herum, bevor ich nach einer kurzen Pause grinsend einschiebe: »Aber ist es nicht wundervoll, dass in diesen Zeiten noch so ein zartes romantisches Pflänzchen gedeihen kann?«

Es ist schon fast Nachmittag, als ich endlich Charlottes Nummer wähle. Sie klingt aufrichtig erfreut, von mir zu hören, und wir verabreden uns für den frühen Abend. Die übrige spärliche freie Zeit am Nachmittag muss ich unbedingt mit Dmitri Borissowitsch Kabalewski verbringen.

»Was hältst du von einer kleinen Wattwanderung südlich des Vogelwärterhauses?«, frage ich.

»Ebbe ist erst wieder am späten Abend.«

»Umso besser, dann bleibt vorher noch Zeit für ein paar Cocktails, für dich alkoholfrei, und einen Tofuburger im ›Treibholz‹.«

Die Sonne steht schon tief am Himmel und Charlotte und ich werfen lange Schatten, als wir von unseren geliehenen Fahrrädern klettern und die Flipflops abstreifen. Der feuchte Meeresboden ist kalt unter unseren Füßen und samtiger Schlick quillt bei jedem Schritt zwischen den Zehen hindurch. Die Stille wird nur hin und wieder von dem Schrei einer Möwe oder eines Austernfischers durchbrochen und wir lassen uns die Haare vom Wind zerzausen, während wir Muschelfeldern, scharfkantigen Austern und spaghettiartigen Wattwurm-Häufchen ausweichen und gleichzeitig Strandkrabben in allen Größen dabei beobachten, wie sie sich fluchtartig mit den Hinterbeinen im Watt eingraben, sobald wir zu nahe kommen. Das Niedrigwasser ist beinahe erreicht, uns bleibt also noch massenhaft Zeit, den heutigen Drehort sicher zu erreichen.

»Sind das nicht Joris und einer deiner Jungs?«, will Charlotte wissen, nachdem wir das Ufer schon weit hinter uns gelassen haben, und zeigt zu zwei kleinen Gestalten hinüber, die vom Strand aus jeden unserer Schritte aufmerksam zu verfolgen scheinen. Und tatsächlich, ich erkenne Miguels schmale Statur sowie sein orangegelbes Batikshirt und Joris' lange schwarze Haare sofort.

»Miguel sollte doch schon längst im Bett liegen!« Ich winke den beiden zu, doch bevor ich etwas herüberrufen kann, das sie fraglos ohnehin nicht verstanden hätten, steigen sie auf ihre Fahrräder und jagen Richtung Ferienhof davon, Joris dicht hinter Miguel.

Ich schicke eine kurze Nachricht an Elsa, damit sie gleich nachsieht, ob Miguel heil in seiner und Julius' Pferdebox angekommen ist, und beschließe, mich ansonsten nicht von meiner Mission abbringen zu lassen, Charlotte nach ihrer Familiengeschichte auszuhorchen. Und Lisas Kette zu suchen.

»Was ist eigentlich letzte Woche passiert, als Albert Hals über Kopf den Set verlassen hat, um dir zur Seite zu stehen?«, frage ich also ganz unverblümt. Im »Treibholz« waren wir zu sehr damit beschäftigt, Lebensgeschichten über wahllose Passanten zu erfinden, Virgin Sunrises für Charlotte und Negroni Sbagliatos für mich nachzubestellen und uns über Leute zu echauffieren, die arglosen Schwangeren ohne Gewissensbisse Schilderungen zu Horrorgeburten, irgendwelchen Notkaiserschnitten, Inkontinenz und sechzig Stunden andauernden Wehen aufdrängen.

Charlotte stößt einen tiefen Seufzer aus. »Ich habe einen Brief von Jakubs Anwalt erhalten. Jakub hat gedroht, das alleinige Sorgerecht für unser Baby einzuklagen. Dabei wollte er das Kind noch nicht mal. Ich habe mich so aufgeregt, dass ich furchtbare Schmerzen im Unterleib bekam. Helen hat unsere Eltern angerufen und beide haben alles stehen und liegen gelassen und sind sofort gekommen. Und das auf einer autofreien Insel.« Sie verdreht kurz die Augen, als wäre es mühevoll, anteilnehmende Eltern zu haben, deren Priorität ihre Kinder sind. »Papa hat jetzt unseren eigenen Anwalt auf die Sache angesetzt. Und wie es aussieht, hat Jakub keine Chance.«

»Albert scheint ein äußerst fürsorglicher Vater zu sein. Obwohl du und deine Geschwister schon längst erwachsen seid.«

»Eltern sein hört niemals auf, sagt er immer. Aber wollen wir nicht lieber das Thema wechseln?«, fragt sie vorsichtig, offensichtlich in der Annahme, dass ich mir Besseres vorstellen kann, als über liebevolle Eltern zu sprechen, wenn ich doch angeblich Vollwaise bin.

»Ich würde gern mehr über den privaten Albert Strauss erfahren. Wann werden einem schon mal Einblicke in das zurückgezogene Leben des weltberühmten Regisseurs gewährt?« Ich bin überrascht, wie neutral meine Stimme klingt. Beinahe unbeteiligt.

Charlotte wirft mir einen kurzen Seitenblick zu und fährt dann fort: »Er war in meiner Kindheit einer der Väter, die gleichzeitig Held, Abenteurer, Monsterjäger und Geschichtenerzähler sind. Er konnte alles reparieren, hat nie auf den Tisch gehauen und wenn meine Mutter Nein sagte, konnten wir immer ihn fragen.« Breit grinsend hebt sie einen bläulich schimmernden Stein auf.

»Aber während der Dreharbeiten war er doch sicherlich häufig längere Zeit am Stück weg?« Und hat womöglich mit attraktiven Musikerinnen, die er auf irgendwelchen Konzerten kennenlernte, Nachwuchs gezeugt? Was, wenn ich gar nicht das einzige uneheliche Kind war?

»Wir haben ihn besucht, wann immer es möglich war. Und zwischen zwei Filmprojekten hat er immer mindestens drei Monate Pause eingelegt, um wie ein normaler Papa für uns da sein zu können.«

Wie ein normaler Papa.

»Das klingt nach einer perfekten Kindheit.« In meinem Hals steckt ein dicker Kloß. Ich schlucke ein paarmal, doch er will einfach nicht verschwinden. Seitdem ich nach dem Tod meiner Mutter auf diesen Brief stieß und herausfand, wer mein Vater ist, habe ich mich damit getröstet, dass ich mich, wenn meine Eltern mich gemeinsam großgezogen hätten, zwischen diesen Kalibern wie eine Außenseiterin gefühlt hätte, weil ich nicht regelmäßig Preise und Auszeichnungen mit nach Hause brachte. Aber wie es scheint, ist Albert viel eher so, wie ich ihn mir als Kind manchmal in meinen kühnsten Träumen vorgestellt habe. Ich malte mir aus, dass er einer dieser Väter wäre, die einem zuhören und bei denen man hin und wieder etwas wirklich Unerlaubtes tun darf – zum Beispiel Klingelstreiche oder im Sommer eine Wasserbombe vom Fenstersims schmeißen, wenn unten gerade der Nachbar vorbeiläuft. Oder ein Schimpfwort von sich geben, eines der richtig guten, nicht nur »Scheibenkleister« oder »Nervensäge«.

»Was ist schon perfekt? Heute wünsche ich mir manchmal, er würde mir etwas mehr Eigenständigkeit zutrauen und sich nicht immer und überall einmischen. Aber ich werde wohl immer seine kleine Tochter bleiben. Und eine finanzielle Belastung.« Charlotte lacht ihr tiefes, kehliges Lachen, während sie den Stein in die Tasche ihrer bernsteinfarbenen Shorts gleiten lässt.

»Und deine Mutter? Sind sie und Albert glücklich miteinander?«

Auch wenn die Frage vermutlich ziemlich sonderbar klingt, verzieht sie keine Miene. »Wie in jeder Ehe haben sie ihre Höhen und Tiefen, aber alles in allem sind sie perfekt füreinander, schätze ich. Sie unterstützen sich gegenseitig bei allem, was sie tun. Mein Vater geht sogar mit meiner Mutter zum Tango, obwohl er zwei linke Füße hat. Dafür begleitet sie ihn zu seinen klassischen Konzerten, die er so liebt.«

Meine Handflächen werden feucht und mein Puls beginnt zu rasen. Zu dem Konzert, auf dem er meine Mutter traf, hat seine Tango tanzende Frau ihn bestimmt nicht begleitet.

»Also keine schmutzigen Affären oder bitterbösen Auseinandersetzungen am Frühstückstisch?« Die Frage ist draußen, bevor ich mir auf die Zunge beißen kann.

Doch Charlotte lacht, diesmal noch lauter. Eine aufgeschreckte, riesige grün gemusterte Strandkrabbe buddelt sich hastig im Schlick ein. »Bist du sicher, dass du keine Journalistin bist und klammheimlich eine Enthüllungsstory über Albert Strauss' Privatleben schreibst?«

»Tut mir leid, ich wollte nicht übers Ziel hinausschießen. Manchmal bin ich einfach ein bisschen zu neugierig. Und die Negroni Sbagliatos tun sicher ihr Übriges.« Ich hoffe, dass mein Gesicht nicht tomatenrot angelaufen ist.

»Genau wie Helen. Ihr scheint euch ziemlich ähnlich zu sein. Sie hat sogar Haare wie du. Unser Bruder Linus hat früher immer gesagt, sie sehen aus wie Fusilli-Nudeln.«

Ich ringe mir ein unverbindliches Lächeln ab, doch meine Wangen glühen mittlerweile so heiß, dass ich mich vornüberbeuge und meine dünne Leinenhose ein bisschen weiter hochkrempele, um ihrem forschenden Blick zu entgehen.

Noch immer überlege ich fieberhaft, ob ich es riskieren kann, das Thema möglichst unverfänglich wieder auf ihren Vater zu bringen, als das iPhone an Charlottes Handykette beginnt zu vibrieren. Ihre Miene verfinstert sich sichtlich, als sie das Display überprüft.

»Es ist Jakub. Dieser verdammte Idiot. Will er mir jetzt etwa noch mitteilen, dass er meine Möbel bei Ebay reingestellt hat?« Sie schnaubt geräuschvoll. »Das ist seine Art, seine Muskeln spielen zu lassen. Sobald er in seine Schranken gewiesen wird, fängt er an, sich aufzuplustern.«

Wir sind inzwischen bei dem Fleckchen angekommen, das ich für den heutigen Drehort halte, und ich mache mich daran, mit den Zehen im Watt herumzuwühlen. Charlotte tut es mir gleich.

»Er war ja aller Wahrscheinlichkeit nach nicht immer so ein verdammter Idiot«, beginne ich gedehnt.

»Du hast recht. In den ersten fünf Monaten war ich der glücklichste Mensch auf der Welt. Er überhäufte mich mit Aufmerksamkeit, er hielt meine Hand, wenn wir durch die Straßen von Berlin schlenderten, er servierte mir gnadenlos verbrannte Spiegeleier zum Frühstück, er wollte definitiv nichts von dem Geld und Ruhm meines Vaters wissen.« Sie zögert einen Moment, bevor sie kaum hörbar hinzufügt: »Die Liebe zu ihm trug mich später durch die Zeiten, in denen er nachts nicht nach Hause kam oder seine Fußballkumpels zu unseren Dates miteinlud, in der Hoffnung, wir würden irgendwann zueinander zurückfinden. Beinahe ein ganzes Jahr befanden wir uns in so einer Art Warteschleife: Wir waren bei Weitem nicht mehr das, was man als glücklich bezeichnen könnte, aber auch nicht wirklich unglücklich miteinander. Bis zu dem Tag, an dem ich feststellte, dass ich schwanger bin, und er hinter meinem Rücken Marzipantorte aus dem angemalten Gesicht des Birkin-Bag-Biestes leckte.«

»Mochten deine Eltern ihn?«, frage ich, um das Gespräch wieder zurück zu Albert Strauss zu lenken. Ich grabe inzwischen knöcheltief, aber von Lisas filigraner Silberkette fehlt wie erwartet jede Spur. Ich hoffe, sie nimmt es nicht so schwer.

»Die haben Jakub gehasst, sobald er anfing, mich zu behandeln wie ein Hund einen Hydranten. Aber ich war fest entschlossen, bei ihm zu bleiben und zu versuchen, unsere Beziehung wieder auf die richtige Spur zu bringen.«

Die Sonne steht mittlerweile so tief, dass sie den feuchten

Boden wie flüssiges Gold aussehen lässt. Am Himmel fließen die kitschigsten Farben ineinander.

»Und wer will sich in Liebesdingen schon von seinen Eltern reinreden lassen?«, murmele ich und denke an meine Mutter, die meine Liebesangelegenheiten stets mit knappen Worten abzutun versucht hat, damit ich mich auf dem Weg an die Spitze nicht ablenken ließe. Ich hatte keinen Schimmer, wo die Spitze war.

»Es wird bald dunkel. Ich fürchte, wir werden ohne Lisas Kette zurückkehren müssen, wenn wir die Nacht nicht in einer Rettungsbake verbringen wollen«, reißt mich Charlotte aus meinen Gedanken.

»Was ist das?«

»Ein Metallmast mit einem geschlossenen Käfig darauf, der verirrten Wattwanderern, die von der Flut überrascht werden, einen Zufluchtsort bietet. Eine Reihe von Markierungen, die Pricken, führen zur Bake. Aber mein eigenes Bett ist mir erheblich lieber.«

Das Wasser fängt an, schon wieder langsam zu steigen, als wir uns kurz darauf auf den Rückweg machen. Nachdem wir eine kurze Weile in einvernehmlichem Schweigen nebeneinanderher gewandert sind und dem schmatzenden Geräusch unserer Schritte im Schlick gelauscht haben, beginnt Charlotte ein wenig unvermittelt: »Wir haben die ganze Zeit nur über mich geredet. Dabei habe ich gehört, dass der schöne Leif Andersson dir den Hof macht und du alles andere als abgeneigt bist.«

»Wer erzählt denn so etwas?« Meine Stimme klingt unbeschwert, aber ich bin aufrichtig irritiert. Ich wollte beim besten

Willen nicht, dass irgendwelche Liebesgerüchte über Leif und mich in die Welt gesetzt werden, auch wenn ich natürlich hätte vorausahnen müssen, dass etwas Derartiges passieren würde, wenn wir uns irgendwo zu zweit blicken ließen. Schließlich ist so ein Filmset wie ein kleines Dorf, inklusive klassischem Klatsch und Tratsch. Und dass wir womöglich einfach nur Freunde sind, ist die erheblich weniger explosive Story.

»Nun, ich weiß es von Bosse, obwohl er sich aus solchen Geschichten normalerweise heraushält.« Charlotte zuckt mit den Achseln und nimmt Anlauf, um über einen schmalen Priel zu springen. Zwei Silbermöwen flattern erschrocken davon. »Wenn ich es nicht besser wüsste, würde ich meinen, er fand die Idee, dass du mit Leif anbändeln könntest, irgendwie unerfreulich.«

Mit einem großen Satz bin ich wieder neben ihr. »Wahrscheinlich bin ich nicht fotogen genug für seinen berühmten, bildwirksamen Grundschulfreund.« Ich schlucke ein paarmal und gebe mir alle Mühe, die Vorstellung abzuschütteln, Bosse würde mich als Leifs potenzielle Auserwählte für unzulänglich erachten.

Natürlich weiß Charlotte sofort, worauf ich anspiele. »Erzähl keinen Unfug, Anna, du musst dich hinter keinem dieser selbst ernannten Topmodels verstecken. Du siehst toll aus und bist viel natürlicher als diese Plutonium-Bomben.« Ihr Kompliment kann meine Irritation nicht vertreiben, doch ich lasse mir nichts anmerken, während Charlotte mit einem breiten Grinsen fortfährt: »Wie du sicher weißt, hatte Leif es bislang ein bisschen schwer, sich festzulegen –«

»Nun, das war kaum zu übersehen. Man muss ja nur in drei Metern Entfernung an einem Zeitungskiosk vorbeigehen, um auf die neuesten Gerüchte aufmerksam gemacht zu werden.«

»Umso mehr würde ich mich freuen, wenn er mit dir vielleicht nun endlich jemanden gefunden hätte, der ihm wirklich am Herzen liegt. Jemanden, der nicht nur auf das Rampenlicht aus ist, sondern dem er ebenfalls viel bedeutet. Mein Vater dreht gerade den dritten Film hintereinander mit Leif und hält große Stücke auf ihn.«

»Leif und ich haben uns gerade erst kennengelernt. Wir sind nur Freunde –«

»Komm schon, Anna, binde mir keinen Bären auf. Ich bin niemand von der Zeitung. Leif hat Bosse anvertraut, er wäre drauf und dran, sich in dich zu verlieben.«

Ich bleibe wie angewurzelt mitten in einem flachen Priel stehen.

»Anna?«

Betroffen weiche ich ihrem Blick aus. Sollte ich nicht unbändige Freude verspüren, dass ich eventuell doch mehr für Leif Andersson sein könnte als eine kurzweilige Zerstreuung? Wie vielen Frauen würde der Gedanke, dass ein berühmter, verdammt gut aussehender Schauspieler sie verehrt, wie die magische Welt Narnia erscheinen? Und warum will ausgerechnet ich zurück durch den Wandschrank schlüpfen und vergessen, was war? Bin ich überfordert? Konfus? Verzagt? Habe ich, wie Jonah immer behauptet, Angst, verletzt zu werden? Oder ist es, weil ich seit unserem Date auf Sylt weiß, dass ich nicht das Gleiche für ihn empfinde?

»Anna?«, fragt Charlotte noch mal. »Du siehst aus, als hättest du einen Geist gesehen. Hätte ich nicht sagen sollen, dass Leif sich in dich verliebt hat?«

Langsam und steifbeinig setze ich mich wieder in Bewegung. »Was ist nur los mit mir, dass ich nicht will, was alle anderen sich wünschen?«, murmele ich, sobald ich neben ihr stehe. »Oder will ich es vielleicht doch und lasse es nur nicht zu?«

Sie kneift die Augen zusammen und mustert mein Gesicht. »Die wichtigere Frage ist doch: Wie kommst du auf die Idee, dass du dir wünschen solltest, was alle anderen wollen? Das, was andere glücklich macht, macht doch nicht zwangsläufig auch dich glücklich. Du musst dein ganz eigenes Glück finden.«

»Wenn das so einfach wäre.«

Charlotte drückt mitfühlend meine Hand. Die Sonne ist mittlerweile hinterm Horizont verschwunden und es wird schlagartig kühler. Entschlossen beschleunigen wir unsere Schritte. »Dein Traummann ist vielleicht nicht der Traum der anderen. Umso besser.«

»Mein Traummann ist eine Mischung aus einem Drittel Gitarrist in einer Rockband, einem Drittel Profisurfer und einem Drittel Philosophieprofessor.« Wir klettern ans grasige Ufer und sind jetzt beinahe bei den Fahrrädern angekommen.

»Das klingt eher nach Bosse als nach Leif. Und wer kann es dir verdenken? Bosse ist ein toller Typ.« Charlottes kehliges Lachen lässt ein Kaninchen, das im Halbdunkeln direkt vor unseren Füßen auftaucht, in eine Angststarre verfallen. Unbewegt glotzt es uns an, in der Hoffnung, dass wir es übersehen. Mit zugeschnürter Kehle starre ich auf meine Hände, während wir unseren Weg eilig fortsetzen. »Mein Traummann hingegen muss erst noch geboren werden. Helen und ich sagen uns immer: Der ideale Mann bringt dich zum Lachen, zum Schwitzen, um den Verstand und nach Hause.«

Schweigend wische ich meine widerspenstigen, verschwitzten Locken aus der Stirn. Ich kann mich nicht verlieben. Erst recht nicht jetzt. Es gibt zu viele wichtigere Dinge, auf die ich meinen Fokus legen muss. Mir ist bewusst, was Jonah dazu zu sagen hätte: Ich ziehe Bosse Leif vor, weil ich bei ihm nicht befürchten muss, dass er sich ebenfalls in mich verlieben könnte. Und ich so keine Angst haben muss, dass mein Herz gebrochen wird.

Ich bin selbst überrascht, als ich mich plötzlich mit stockender Stimme fragen höre: »Was läuft eigentlich zwischen Bosse und Maren? So ein Filmset ist ja offenbar die reinste Partnerbörse.«

»Ist dir mal zu Ohren gekommen, wie man Bosse hinter vorgehaltener Hand nennt?«, erkundigt Charlotte sich lachend, während wir in der Dämmerung nach unseren schwarzen Flipflops suchen.

»Meinst du Mister Plaudertasche oder Mister Chaste?« Ich versuche, meiner Stimme einen betont gleichgültigen Klang zu verleihen, obwohl ich genau weiß, worauf sie hinauswill.

»Ich meine Mister Chaste. Denn Bosse Bergmann ist keuscher als der Papst. Du wirst es mir nicht glauben –« Sie hält mitten in der Bewegung inne und legt eine theatralische Pause ein. »Er hat seit drei Jahren keine Frau mehr geküsst. Mit Maren wird ihn also aller Wahrscheinlichkeit nach nicht viel mehr als eine Freundschaft verbinden. Obwohl sie scharf auf ihn ist, das sieht ein Blinder.«

Ich lasse meinen Schuh sinken, den ich gerade halb verborgen unter Charlottes Hinterrad aufgestöbert habe. »Seit *drei Jahren*? Aber … warum? Was bewegt ihn, enthaltsam zu leben? Ist es was Religiöses? Oder hat ihm jemand das Herz gebrochen?«

»Du stellst aber viele Fragen«, lacht Charlotte und greift nach ihrer rechten Sandale, die sie hinter einem Grasbüschel entdeckt. »Das klingt ja wirklich beinahe, als hätte Bosse dein Interesse geweckt.«

Ich ignoriere ihre Bemerkung. »Woher weißt du davon?«, stammle ich mit einer Stimme, die nicht zu mir zu gehören scheint.

»Bosse war betrunken, als er es mir zu Ostern bei einer Filmpremiere erzählte. Er hat sein loses Mundwerk sofort verflucht und wollte nicht weiter darüber sprechen. Ich weiß also nicht, was seine Triebfeder ist, bin mir aber sicher, dass es nichts Religiöses ist.« Sie zwinkert mir konspirativ zu. »Vielleicht lohnt es sich, am Ball zu bleiben, denn irgendwann muss seine abstinente Phase ja mal vorüber sein.«

Mein Magen zieht sich zusammen. Langsam schiebe ich mein Fahrrad auf den sandigen Weg zurück.

»Zuerst musst du aber mal mit Leif reden. Bosse meint, er scheint guter Dinge zu sein, dass aus euch etwas werden könnte, wenn ihr euch erst besser kennt«, bekräftigt Charlotte, als sie ihre rote Strickjacke, die auf dem Gepäckträger klemmte, überstreift und neben mir auf ihr Rad steigt.

Natürlich weiß ich, dass sie recht hat. Aber den gesamten Heimweg über denke ich kein einziges Mal daran, wie ich Leif am besten begreiflich machen könnte, dass bei mir der Funke nicht übergesprungen ist. Stattdessen zerbreche ich mir den Kopf darüber, warum Mister Chaste seit drei Jahren keine Frau mehr geküsst hat. Und warum er mir einfach nicht aus dem Sinn geht.

Es ist schon nach dreiundzwanzig Uhr und in den umliegenden Zimmern herrscht angenehme Ruhe, als ich in meiner gemütlichen Pferdebox ankomme. Ich denke noch nicht mal daran, mir die Hände zu waschen, sondern greife hastig nach meinem Laptop und lasse mich auf den einzigen Sessel im Raum sinken. Ich verabscheue mich für das, was ich im Begriff bin, zu tun.

Erst nach drei Anläufen bringe ich es fertig, mit zitternden Händen ohne Tippfehler *Bosse Bergmann* ins Suchfeld einzugeben. Schwer atmend lehne ich mich zurück. Natürlich habe ich erwartet, auf einen Haufen Einträge für seine Bücher zu stoßen, aber auch darauf gesetzt, persönliche Informationen und Bilder aufzutun, die Rückschlüsse auf sein Privatleben und seine Persönlichkeit zulassen.

Ich arbeite mich bis zur zehnten Trefferseite durch und stoße einen frustrierten Seufzer aus. Keine inoffiziellen Aufnahmen, kein öffentlich zugängliches Social-Media-Profil, keine Interviews, keine Lesungen. Allem Anschein nach ist Bosse Bergmann seine Privatsphäre ungeheuer wichtig. Stattdessen stelle ich fest, dass er erst vor drei Jahren sein erstes Buch veröffentlicht zu haben scheint. Zu dem Zeitpunkt, als er aufgehört haben soll, sich mit Frauen abzugeben. Kann das ein Zufall sein?

Resigniert klappe ich meinen Laptop zu und wanke ins Badezimmer. Was ich jetzt brauche, ist eine eiskalte Dusche.

Kapitel 11

»Warum sehe ich so alt aus? Ich bin erst zweiunddreißig.«

Lisa und ich bleiben abrupt stehen und werfen uns einen verdutzten Blick zu. Ich registriere, dass Lisa sich das Lachen kaum verkneifen kann, und wende mich schnell ab.

Wie gebannt starrt die alte, streichholzdünne Frau mit ihren wässrigen, hellblauen Augen auf ihr gebeugtes Spiegelbild im Schaufenster des Juweliers und legt die ohnehin schon runzelige Stirn in verzweifelte Falten. Lisas Feixen macht einer erschrockenen Miene Platz.

Ich habe die Frau mit ihrem schlohweißen Lockenkopf und der transparenten Haut direkt erkannt, auch wenn sie heute keinen durchweichten, braun gemusterten Herren-Strickpullover trägt wie am Tag unserer Ankunft, sondern ein kurzärmeliges kariertes Hemd, das ihr ebenfalls mehrere Nummern zu groß ist.

»Guten Tag«, setze ich vorsichtig an, als die Frau, noch immer konzentriert ihr Spiegelbild begutachtend, sich ungläubig mit ihrer zerfurchten, mit Altersflecken übersäten Hand über die schlaffe Wange fährt. »Können wir Ihnen behilflich sein? Sollen wir Sie irgendwo hinbringen oder jemanden für Sie anrufen?«

Weil sie nicht reagiert, lege ich ihr sanft eine Hand auf den ledrigen Unterarm. Als würde sie aus einer Trance erwachen, dreht sich die Frau zu uns um. Ihre Augen verengen sich, als sie mich, wie schon beim letzten Mal, ganz ungeniert mustert.

»Helen«, bringt sie schließlich mit brüchiger Stimme, aber überraschender Lautstärke, hervor. »Du bist so groß geworden.«

Ungewöhnlich wortkarg fischt Lisa neben mir ihr Handy aus der Hosentasche und blickt mich fragend an. Ich setze mein vertrauenswürdigstes Lächeln auf und starte einen erneuten Versuch: »Brauchen Sie Hilfe? Können wir jemanden anrufen? Helen vielleicht? Oder möchten Sie einen Schluck Wasser?«

»Wie bitte? Warum sprichst du so leise, Helen?«, ruft sie und dreht an ihrem winzigen Hörgerät herum, das ich erst jetzt registriere.

»Wir wollten hören, ob Sie zurechtkommen«, bekräftige ich nun ziemlich laut. »Oder ob Sie unsere Unterstützung benötigen.«

»Schrei doch nicht so, mir fallen ja fast die Ohren ab«, stöhnt sie. »Warum meint ihr jungen Leute nur immer, die Älteren wären schwerhörig?«

»Ich dachte, Sie wären erst zweiunddreißig«, entfährt es Lisa, ehe sie sich auf die Zunge beißen kann.

»Hol doch der Dame bitte mal ein Glas Wasser, Lisa.« Ich deute Richtung Juwelier, zu dem ich sie ursprünglich schleifen wollte, um gemeinsam nach einem geeigneten Ersatz für ihre nach wie vor verschwundene Kette zu suchen. Zumindest hatte ich diese Absicht – Lisa hat mir aber ziemlich unmissverständlich zu verstehen gegeben, dass das Schmuckstück für sie unersetzlich ist.

»Wie ist Ihr Name?«, frage ich die alte Frau, nun wieder in gemäßigterer Lautstärke, während wir auf das Wasser warten. Vergeblich sehe ich mich nach einer schattigen Bank um. »Mein Name ist Anna.«

»Du und deine Späße, Helen. Soll ich dir eine Kugel Eis kaufen? Vanille, das magst du doch so gern.«

Ein wenig beklommen suche nun auch ich in meiner übergroßen Tasche nach meinem Telefon. Am besten, ich rufe schleunigst einen Arzt.

»Isst du wieder Eis, Helen? Oder hast du immer noch Angst, dass Zucker deiner Figur schadet? Dabei ist Alkohol genauso ein Dickmacher, und auf den verzichtest du auch nicht. Sonst hättest du doch neulich nachts nicht die Baustellenbeleuchtung mitgehen lassen.«

»Immer das Gleiche mit unserer Helen.« Hinter uns ertönt ein schnaubendes Geräusch, das mir nur allzu bekannt vorkommt. Mein Herz setzt für einige Schläge aus, während ich mich wie in Zeitlupe umdrehe, und beginnt dann, wie wild gegen meine Rippen zu hämmern, als ich Bosse erspähe, der ein paar Meter von uns entfernt mit verschränkten Armen, zerzausten Haaren und gelbem Blackmail-Bandshirt an einer Straßenlaterne lehnt.

Na klar. Er muss ausgerechnet jetzt aufkreuzen, in dieser aberwitzigen Situation, nachdem er sich vier Tage lang nicht am Set blicken lassen hat und ich schon davon ausgehen musste, dass er es seinen Produzentenkollegen überlassen wollte, nach dem

Rechten zu sehen. Mein Herz will sich gar nicht mehr beruhigen.

»Frau Strauss, kommen Sie, ich bringe Sie nach Hause«, verkündet er nun mit ruhiger, fester Stimme. In diesem Moment kündigt das Läuten einer altmodischen Ladenglocke die Rückkehr von Lisa an, die mit einem Glas Wasser in der Hand und in Begleitung eines grauhaarigen Herren, der sich trotz der Hitze in einen adretten Dreiteiler gezwängt hat, wieder neben uns auftaucht.

»Frau *Strauss*?« Verwirrt sehe ich dabei zu, wie Lisa versucht, der alten Dame das Wasser in die Hand zu drücken, doch die schüttelt energisch den Kopf.

»Sie kommen zurecht? Wissen Sie, wohin Sie Frau Strauss bringen müssen? Oder soll ich ihre Enkeltochter informieren?« Der Juwelier ist schon fast wieder in seinem Laden verschwunden, offensichtlich heilfroh, dass jemand anders bereit ist, das Ruder in die Hand zu nehmen.

»Ich werde sie heil bei Helen abliefern«, versichert Bosse und wirft mir dabei einen seiner typischen undurchdringlichen Blicke zu.

»Helen, kennst du diesen Mann?«, will Frau Strauss von mir wissen und verengt die wässrigen Augen zu schmalen Schlitzen.

»Nun, ich glaube, Herr Bergmann weiß zumindest, wohin Sie gehören.«

»Machst du meiner Enkeltochter den Hof? Welche Absichten verfolgst du?«, fragt sie nun an Bosse gewandt. Ihr skeptischer Blick ruht auf seinem Gesicht. Meine Hände beginnen zu zittern. Wenn Helen, meine Halbschwester, Frau Strauss' Enkelin ist, dann ist mit hoher Wahrscheinlichkeit Albert Strauss ihr Sohn und sie damit auch meine Großmutter. Mir war nicht mal bewusst, dass ich überhaupt noch eine Oma habe. Und wenn meine Großmutter mich augenscheinlich mit Helen verwechselt, ist dann nicht auch die Chance groß, dass zwischen uns eine gewisse Ähnlichkeit besteht? Oder ist es nur die Fusilli-Frisur, von der auch schon Charlotte sprach? Angespannt presse ich die Lippen aufeinander.

»Keine Sorge, ich interessiere mich nicht im Geringsten für Ihre Enkeltochter«, behauptet Bosse gerade. Seine Worte treffen mich wie Pfeile. »Ich will Ihnen nur helfen, Frau Strauss.«

»Ich gehe nirgends mit dir hin. Ich gehe nur mit Helen.« Ihre brüchige Stimme klingt verzweifelt. Mit runden Augen starrt sie mich flehentlich an.

»Ich begleite Sie gern nach Hause, Frau Strauss.« Alberts älteste Tochter wohnt angeblich irgendwo schräg gegenüber unseres Ferienhofs. Den werden Lisa und ich schon finden, schließlich haben wir Joris samt Esel am ersten Tag in einer dieser zugewucherten Einfahrten verschwinden sehen. Und viel weiter als achthundert Meter wird es auch nicht sein. Höchstens ein Kilometer.

»Hast du nicht ein paar Halbwüchsige zu hüten, Alma?« Bosses Stimme hat wieder ihren üblichen spöttischen Tonfall angenommen. Er wäre nicht Bosse Bergmann, wenn er sich nicht hervorragend darauf verstünde, sich selbst in den irrwitzigsten Situationen gänzlich unbeeindruckt zu geben.

»Seit wann duzen wir uns, Bobby?« Ich setze eine finstere Miene auf. »Komm, Lisa, nimm ihren linken Arm, ich nehme den rechten.«

Im Schneckentempo setzen wir uns in Bewegung. Nie im Leben hätte ich damit gerechnet, dass eine derart zerbrechlich wirkende Person so schwer sein könnte. Ächzend versucht Lisa, Frau Strauss' Gewicht zu stützen, während die alte Dame auf unsicheren Schritten zwischen uns herschlurft.

»So kommen wir nie rechtzeitig zur Probe«, stöhnt Lisa, noch ehe wir das Ende der Fußgängerzone erreicht haben. Über die Anstrengung vergisst sie sogar, mich weitschweifend an jedem ihrer Gedanken teilhaben zu lassen.

Ich spitze die Lippen, als sie sich suchend umdreht. Gerade tritt Bosse, eine braune Papiertüte in der Hand, aus einem Buchladen und hält mit hochgezogenen Augenbrauen direkt auf uns zu. Ehe ich sie davon abhalten kann, hat Lisa, die Verräterin, ihn auch schon mit tellergroßen Augen und gequälter Miene gefragt: »Kannst du bitte mit anfassen, Bosse?«

»Aber selbstverständlich.« Er drückt Lisa die Tüte mit den Büchern in die Hand, greift nach Frau Strauss' Ellenbogen und plötzlich spüre auch ich kaum mehr etwas von ihrem Gewicht. Frau Strauss runzelt misstrauisch die Stirn, lässt es aber mit sich geschehen.

Es dauert dennoch eine ganze Weile, bis wir in der Breiten Straße anlangen. Die Sonne brennt mittlerweile erbarmungslos von einem ultramarinblauen Himmel. Wortlos, die Augen starr geradeaus gerichtet, legen wir einen vorsichtigen, mühsamen Schritt nach dem anderen zurück, während Lisa, die sich offensichtlich von der Anstrengung erholt und zu ihrer alten Form zurückgefunden hat, wie ein Flummi neben uns herhüpft und uns mit Geschichten aus ihrer Schule unterhält. »In der Klasse nennen mich alle Zahnstocher, weil ich so klein und mager bin und spitze Ellenbogen habe. Manchmal wünschte ich, ich würde ein bisschen schneller wachsen. Wenn ich zumindest nicht Lisa heißen würde, sondern Penthesilea, wie die Tochter der Amazonenkönigin. Vor einer Penthesilea hat jeder Respekt.«

»Wer vor einem klugen, mitfühlenden Mädchen wie dir keinen Respekt hat, ist selbst schuld«, wirft Bosse ein. »Wen interessiert die Körpergröße?«

Ich werfe ihm einen überraschten Seitenblick zu. Seit wann zeigt der höhnische Bosse Bergmann denn einen Anflug von Empathie? Meine Augen bleiben an seinen ellenlangen Wimpern hängen. Als hätte er meinen Blick gespürt, hebt er seinen Kopf. Ich vergesse zu atmen, als unsere Augen sich über Frau Strauss' Scheitel hinweg treffen. Sekundenlang starren wir uns an. Erst, als Lisa einen kurzen, spitzen Schrei ausstößt, gelingt es mir, den Blick abzuwenden.

Sie ist gerade dabei, sichtlich angewidert und mit zwei kleinen Stöcken bewaffnet, ein ausgespucktes, noch nicht ganz festgetretenes Kaugummi vom Asphalt zu kratzen. »Wissen die Leute denn nicht, dass die Schnäbel und Mägen von Vögeln durch Kaugummi verkleben können?«

»Klug und mitfühlend und engagiert«, lobe ich sie und lasse Frau Strauss' Arm für einen Moment los, um Lisa mithilfe eines Blattes Küsten-Meerkohl dabei zu unterstützen, das Kaugummi in einem nahegelegenen Mülleimer zu versenken.

»Miguel sieht das ein bisschen anders«, murmelt sie träge, als wir langsam weitergehen.

»Was meinst du damit? Hat Miguel etwas gesagt?« Ich mustere sie unauffällig von der Seite, ihre kraus gezogene Nase, die geballten Fäuste. Natürlich ist mir nicht entgangen, dass sich der Austausch zwischen den beiden Kindern seit einigen Tagen auf das Notwendigste beschränkt. Jeden meiner vorsichtigen Versuche, den Grund für ihren unversehens so frostigen Umgang miteinander in Erfahrung zu bringen, haben sie vehement abgeblockt. Und da ihr Verhalten keine spürbaren Auswirkungen auf die Dynamik in der Gruppe und ihre Arbeit als Schauspieler hatte, habe ich schließlich aufgegeben, auch wenn mir durchaus klar war, dass nicht nur pubertäre Stimmungsschwankungen dahintersteckten.

Jetzt stößt Lisa einen theatralischen Seufzer aus. »Hat über dich schon mal jemand gesagt, dass du grottenhässlich und eine ungeheure Zicke bist?«

Ich schnappe nach Luft. »So etwas soll Miguel über dich geäußert haben?« Der ruhige, hilfsbereite, zu jedermann freundliche Miguel? »Das kann nur ein Missverständnis sein, Lisa.«

Wir haben mittlerweile die Kreuzung zu unserer Straße erreicht und ich kann durch das saftig grüne Blätterdach der hohen Linden bereits ein bemoostes Fachwerkhaus erahnen, das mit großer Wahrscheinlichkeit Charlottes Schwester Helen gehört.

»Nicht direkt zu mir. Aber zu Joris. Sehr klar und sehr deutlich. Sie hatten keine Ahnung, dass Leo und ich sie belauscht haben«, beginnt Lisa gedehnt. »Er hat auch gesagt, wenn Joris mein Gitarrenspiel hören könnte, wüsste er, dass ich nicht besonders viel Talent habe.«

Verblüfft schüttele ich den Kopf. Gerade will ich etwas erwidern, irgendwas Tröstendes, Abschwächendes, als Bosse mir ins Wort fällt: »Manchmal, wenn einem Jungen ein Mädchen gefällt, schafft er es einfach nicht, für zwanzig Sekunden unglaublich mutig zu sein. Und dann tut er wirklich absonderliche Dinge.«

Lisa verengt die Augen zu schmalen Schlitzen. »Wie meinst du das?«

»Leute, die der Meinung sind, dass Waffen töten, glauben auch, dass Bleistifte Rechtschreibfehler machen«, wirft Frau Strauss zusammenhanglos ein, bevor Bosse etwas erwidern kann. Sie hat nur wenig gesagt, seit wir uns in der Fußgängerzone auf den Weg gemacht haben. Anscheinend ist der Fußmarsch Anstrengung genug für sie.

Wir haben inzwischen die kiesbestreute Einfahrt erreicht, in der Joris meiner Ansicht nach am Tag unserer Ankunft mitsamt seinem kleinen Esel verschwunden ist. Ehe Lisa noch mal nachhaken kann, worauf Bosse hinauswollte, kommt eine junge Frau im gelb geblümten Minikleid mit wedelnden Armen aus dem Haus geeilt. Ihre Haare sehen aus wie rohe Fusilli-Nudeln und ihre Nase ist übersät mit Sommersprossen.

»Oma, was machst du denn wieder für Sachen?«, ruft sie uns schon von Weitem entgegen. »Jorge und Charlotte suchen dich schon überall. Ich wollte gerade Papa anrufen. Der schraubt heute ohnehin nur wieder an seinem Rasenmähertrecker herum.«

Ihre Augen sind ebenso hellblau wie meine. Und wie die ihrer Großmutter. Die Vermutung liegt nahe, dass Frau Strauss' weißer Lockenkopf in grauer Vorzeit ebenfalls mal blond war. Ein wenig beklommen weiche ich ihrem Blick aus. Ich dachte immer, ich hätte meine Augen von meiner Mutter geerbt.

»Jorge? Was ist denn das für ein grässlicher Name? Und seit wann gibt es dich doppelt, Helen? Wollt ihr mir einen Streich spielen?«, meint Frau Strauss ein wenig brüsk.

Ich spüre, wie sich mir die Kehle zuschnürt. Gleich wird alles ans Licht kommen. Verdammte Geheimniskrämerei! Doch stattdessen greift Helen nach Frau Strauss' zerfurchten Händen und drückt sie einen Moment lang ganz fest, ehe sie sich Bosse, Lisa und mir zuwendet. »Ich bin euch so dankbar. Wo habt ihr sie aufgelesen? Himmel, ich darf mir gar nicht vorstellen, was alles hätte passieren können. Heute war mein Tag, ich hätte besser auf sie aufpassen sollen.«

»Wir sind auf einer Insel, hier geht niemand so schnell verloren.« Ich bin überrascht, wie souverän meine Stimme klingt. Beinahe normal.

»Außer im Watt«, kann Bosse sich offensichtlich nicht verkneifen.

Doch Helen hat ihn nicht gehört. »Du musst Anna sein. Charlotte hat mir schon so viel von dir erzählt. Ich dachte, ich bin die Einzige mit solchen Haaren.« Ihr Lachen klingt genau wie Charlottes, tief und rau und kehlig. Und ansteckend. »Ihr müsst unbedingt auf einen Drink bleiben. Charlotte wird auch gleich zurück sein. Ich habe sie und Jorge angerufen, sobald ich euch um die Ecke biegen sah.«

Ohne ein Wort von sich zu geben, setzt sich Frau Strauss hinkend in Bewegung und schlurft entschlossen Richtung weit geöffneter Haustür davon. Die offensichtlich aufwendig restaurierte, reetgedeckte Villa bietet einen Anblick wie aus einer uralten Erzählung.

»Es gibt immer einen Anlass, einen guten Tropfen aufzumachen, nicht wahr, Helen? Oder willst du deine Leber heute mal mit Wasser überraschen?« Bosses Grinsen jagt mir einen höchst unerwünschten Schauer über den Rücken.

Ehe Helen reagieren kann, dringt von der Ecke zum Nachbargrundstück ein lautes Bellen zu uns herüber. Schopenhauer ist gerade dabei, sein Bein an dem Apfelbaum zu heben, in dessen Rinde offenbar vor Generationen ein Herz mit den Initialen *E* und *T* eingeritzt wurde, das sich aber mittlerweile beinahe bis zur Unkenntlichkeit verschoben hat und von dem ich zu gern wüsste, welcher liebestolle Heißsporn es dort eingekerbt hat.

»Danke für die Einladung, aber ich fürchte, ich muss einen Hund einfangen, bevor er sich auf Vogeljagd begibt. Das ist nämlich eine seiner Lieblingsbeschäftigungen«, murmele ich insgeheim erleichtert darüber, nicht in die Verlegenheit zu geraten, mit meinen beiden Halbschwestern und Bosse Smalltalk treiben zu müssen. Und dabei gezwungen zu sein, aufzupassen wie ein Schießhund, dass ich mich nicht verplappere und niemandem diese allzu offensichtliche Ähnlichkeit zwischen Helen und mir ins Auge sticht, wenn wir nebeneinander an einem Tisch sitzen.

Ich werfe einen verstohlenen Blick in Bosses Richtung. Nicht weniger herausfordernd wäre die Aufgabe, mir nicht anmerken zu lassen, dass ich mehr für ihn empfinde als er für mich.

»Bleib ruhig hier, Anna. Ich kümmere mich um Schopenhauer und bringe ihn nach Hause. Leo wird sich eh schon wundern, wo ich so lange stecke. Wir beginnen dann schon mal ohne dich mit der Probe.«

Lisa will Bosse seine Tüte in die Hand drücken, doch der wehrt ab. »Gib sie Miguel. Für ihn habe ich die Bücher besorgt.«

Ich bin noch immer dabei, mir eine geeignete Ausflucht einfallen zu lassen, warum ich Lisa unbedingt folgen sollte, als Charlotte und Jorge, ein freundlich aussehender, kräftig gebauter Hüne mit tiefschwarzen Locken, dem Joris wie aus dem Gesicht geschnitten ist, ihre Räder die Auffahrt hinaufschieben. Und sobald Charlotte mich einmal entdeckt hat, ist es zu spät, um mich aus dem Staub zu machen. Ehe ich es mich versehe, sitzen wir zu fünft im Schatten einer gewaltigen Platane und trinken eisgekühltes Alsterwasser, für Charlotte alkoholfrei.

Nicht nur das Haus, sondern auch der wildromantische, abfallende Garten scheint direkt aus einem Märchen entsprungen. Überall verteilen sich prächtige Obstbäume, Pflanzeninseln, Wildblumen, Lauben, schmiedeeiserne Bänke und sogar ein mit Natursteinen eingefasster Pool, in dem gerade Joris' drei jüngere Geschwister ihr Bestes geben, mithilfe kühner Sprünge das gesamte Wasser auf den umliegenden Rasen zu spritzen. Der kleine Esel, Fritz, wie ich inzwischen weiß, schlendert grasend zwischen den Kindern hindurch und holt sich immer wieder mit schiefgelegtem Kopf ein paar Streicheleinheiten ab.

Doch ich habe nicht allzu viel Gelegenheit, reichlich von der

Umgebung aufzusaugen, denn während ich mit Charlotte und Jorge halbherzig über den Sinn und Unsinn von Sport parliere, höre ich gleichzeitig mit einem Ohr zu, wie Helen und Bosse eine lebhafte Diskussion über Filme und Bücher führen.

»Jorges Jogging-Gesicht ist zum Schießen«, offenbart Charlotte. »Diese Miene grimmiger Entschlossenheit und die strikte Beharrlichkeit, den Augenkontakt mit anderen Menschen zu meiden –«

»Ich bin nicht grimmig, nur entschlossen, nicht so faul zu werden wie du und deine Schwester«, fällt Jorge ihr lachend ins Wort und wendet sich dann mir zu. »Aber du treibst doch bestimmt Sport, Anna.«

Kurz denke ich an das Zirkeltraining, zu dem Jonah mich hin und wieder geschleift hat, und schüttele den Kopf. Mein Halbschwager, falls es diesen Begriff gibt, zieht verblüfft die Augenbrauen hoch. »Warum seid ihr dann alle so schlank?«

»Dein erstes Buch soll nach ewigem Hin und Her nun doch auf die Leinwand gebracht werden«, behauptet Helen gerade und greift nach ihrem Glas. »Herzlichen Glückwunsch, Bosse!«

Verdutzt halte ich mitten in der Bewegung inne, so dass mein Alster auf halbem Weg zwischen Tisch und Mund in der Luft hängen bleibt. Bosses allererster Roman, *Endstation Amsterdam*, wurde schon im vergangenen Jahr verfilmt, wie mir meine umfassende Google-Stalking-Aktion zweifelsfrei verraten hat.

Bosse sieht aus, als hätte er in eine Zitrone gebissen. »Woher weißt du davon?«, fragt er mit gesenkter Stimme. Ich muss mich anstrengen, um ihn überhaupt zu verstehen.

»Ich habe vor ein paar Tagen zufällig eins von Papas Telefonaten belauscht«, gibt Helen ein wenig kleinlaut zu. »Er meinte, es sei kein leichtes Unterfangen bei dem Thema, doch er freue sich sehr auf das Vorhaben.«

Stirnrunzelnd stelle ich mein Glas ab. Ich habe *Endstation Amsterdam* vor einiger Zeit zusammen mit Jonah im Kino gesehen, ohne zu wissen, wer die Romanvorlage und das Drehbuch geliefert hatte, und auch wenn das Thema komplex war, ließ es sich dennoch filmisch gut umsetzen, so viel konnte selbst ich als Laie erkennen. Doch natürlich halte ich den Mund. Schließlich habe ich kein sonderliches Interesse daran zuzugeben, dass ich Hintergrundinformationen über Bosse Bergmann eingeholt habe.

Verstohlen lässt Bosse seinen Blick in Jorges, Charlottes und meine Richtung schweifen. »Eigentlich möchte ich bei dem Projekt komplett aus der Öffentlichkeit herausgehalten werden. Ich werde auch nicht als Produzent mitwirken. Mit niemand anderem als mit Albert hätte ich mich überhaupt darauf eingelassen.« Seine Stimme ist kaum mehr als ein Flüstern.

»Keine Sorge, ich kann schweigen wie ein Grab«, erwidert Helen sichtlich verwirrt.

»Lotti und Helen sind auch erklärte Gegner von zu viel schweißtreibender Bewegung. Aber spätestens, wenn ihr nicht mehr esst, ohne zuzunehmen, sondern zunehmt, ohne zu essen, werdet ihr eure Meinung ändern«, holt mich Jorges fröhliche Stimme in mein eigenes Gespräch zurück. Ich habe keine Ahnung, worüber er und Charlotte in den letzten zwei Minuten geredet haben.

»Nie im Leben«, entgegnen Charlotte und ich nun gleichzeitig. Ich bin noch immer verwundert über Bosses seltsame Geheimniskrämerei.

»Diese unästhetische Funktionskleidung –«, beginnt Charlotte und macht eine Geste, als müsse sie sich übergeben.

»Und dieser beschämende Auf-der-Stelle-Tanz, den alle Läufer für unabdingbar halten, wenn sie darauf warten, die Straße überqueren zu können«, setze ich hinzu.

»Und die unerfreuliche Nebenwirkung, dass sich die Lunge anschließend anfühlt wie ein zerstochener Reifen.« Unsere Blicke treffen sich und wir prusten los.

»Jesper, hör auf, deine Brüder mit vergammelten Pflaumen zu bewerfen!«, ruft Helen. Ihre Augen haben nicht nur exakt meine Farbe, sondern auch die gleiche Form. Ich nehme ein paar große Schlucke von meinem Radler.

An Bosse gewandt fügt Helen hinzu: »Papa meinte am Telefon, du hättest auch das Drehbuch geschrieben und Julie Aaron hat die Hauptrolle ergattert. Ich liebe diese Frau.«

»Ja, sie ist toll. Eine wirklich außergewöhnliche Frau.« Für einen kurzen Moment blickt er mir genau in die Augen. Ich starre ihn an, bevor ich, schlagartig verlegen, den Blick senke. Verlegen und verwirrt.

»Möchte noch jemand etwas Kaltes mit Alkohol drin? Außer die arme Lotti natürlich. Die bekommt einen Eiswürfel in Herzform.« Jorge blickt seine Frau herausfordernd an. »Ich hätte liebend gern einen Gin Tonic.«

»Mach es selbst. Als ich das letzte Mal nachgesehen habe, hattest du noch zwei Hände«, lacht Helen schallend und setzt an mich gewandt hinzu: »Fünf Männer im Haus, die gern so tun, als wäre das hier die letzte Bastion männlichen Chauvinismus.«

Noch immer grinsend und voller Enthusiasmus springt Jorge auf. Charlotte richtet sich nicht ganz so leichtfüßig auf wie ihr Schwager. »Warte, ich komme mit. Wer hätte gedacht, dass man schon ständig auf die Toilette rennt, sobald man nur den zweiten Streifen auf dem Schwangerschaftstest sieht?«

Helen legt den Kopf schief und fährt fort, als hätte es keine Unterbrechung gegeben: »Leif wurde bestimmt für die männliche Hauptrolle gecastet, richtig?« Es ist mehr eine Feststellung als eine Frage. »Es geht doch nichts über alte Grundschulfreundschaften.«

Aber Bosse schüttelt den Kopf. »Ich will, dass Jesse Luft die Rolle übernimmt. Ich habe das schon mit Albert besprochen.«

»Aber allein Leifs Name lockt Millionen devote Zuschauerinnen in die Kinos.«

»Leif ist zu glatt und weich und gut aussehend für die Rolle. Sein faltenfreies Gesicht passt nicht zu der Figur und zum aggressiven Unterton der Geschichte.« Seine smaragdgrünen Augen blitzen auf, als unsere Blicke sich treffen. »Manchmal braucht es einfach ein paar Ecken und Kanten.«

»Jesper! Man wirft genauso wenig mit Matsch wie mit Pflaumen!« Helen verdreht die Augen und stemmt sich nun ebenfalls aus dem gemütlichen Stuhl hoch, um ihrem, der Größe nach zu urteilen, jüngsten Sohn Einhalt zu gebieten. Sobald sie Jorge auf halbem Weg zum Pool eingeholt hat, zwickt er ihr in den Po und beide kichern wie Teenager, die Klebstoff geschnüffelt haben.

Charlotte schlägt demonstrativ die Hände über dem Kopf zusammen.

»Was hast du für ein Problem mit Leif?«, zische ich schärfer als beabsichtigt, sobald Helen außer Hörweite ist. »Wer sieht denn bitte heutzutage zu gut aus zum Schauspielern?«

»Was sollte ich für ein Problem haben?« Bosses Miene gibt nichts preis. »Leif ist herausragend. Ich habe kein Problem. Und selbst wenn ich eins hätte: Ich vermische Privates und Berufliches grundsätzlich nicht.«

Ich atme tief durch und schalte meine abweisende Stimme ein. »Wahrscheinlich hätte er ohnehin kein gesteigertes Interesse, in diesem Film mitzuwirken. Wenn nicht so viele Menschen von ihm abhängig wären, würde er den ganzen Schauspieljob an den Nagel hängen und Titanwurz züchten.«

»Das hat er dir erzählt?« Bosse mustert mich ungeniert. Er wirkt ehrlich verblüfft.

Ich gebe keine Antwort. Ich habe Angst, zu viel verraten zu haben. Doch natürlich weiß Bosse längst Bescheid und hat seinen Grundschulfreund deshalb nicht als Hauptdarsteller in Betracht gezogen.

»Leif scheint dir ziemlich viel Vertrauen entgegenzubringen. Mehr, als ich dachte.« Den letzten Satz sagt Bosse mehr zu sich selbst als zu mir. Er sieht aus, als würde er mit sich ringen. »Leif hat in der Vergangenheit schon ein, zwei Frauenherzen gebrochen«, setzt er nach einer kurzen, unbehaglichen Pause völlig unvermittelt und zusammenhanglos hinzu.

»Das tun alle Männer.«

Er starrt schweigend auf seine Hände.

»Willst du mich etwa vor ihm warnen?«

»Nein«, beeilt er sich zu beteuern. »Ich bin sicher, du kannst sehr gut auf dich allein achtgeben.«

»Wo steckt eigentlich Joris?« Wie aus dem Nichts ist Helen wieder neben uns aufgetaucht. Ich hoffe, sie hat nichts von unserem Wortgefecht mitbekommen. Die Kinder liegen jetzt friedlich nebeneinander auf einer gewaltigen Luftmatratze und versuchen, mit den Händen paddelnd, den Pool zu durchqueren. »Ist er wieder mit Miguel zusammen? Am Anfang schien mir, die beiden wären sich nicht besonders zugetan, aber in den letzten Tagen hängen sie nach den Dreharbeiten ständig zusammen. Vorgestern waren sie bis ganz schön spät am Abend unterwegs.«

Charlotte, die Helens Bemerkung offenbar gehört hat, schüttelt ihre noch nassen Hände aus und lässt sich neben ihrer Schwester in die Stuhlkissen sinken, bevor sie breit grinsend verkündet: »Ich bin so froh, dass Joris ein paar neue Freunde gefunden hat. Wenn er mich das nächste Mal in Berlin besucht, muss ich ihn unbedingt zu euch nach Leipzig bringen. Und während die Kinder im Zoo oder Belantis irgendwelche zwielichtigen Aktionen planen, gehen wir Strampler shoppen und Tofuburger essen und sehen uns *Vielleicht morgen* im Kino an. Falls mein Bauch das noch zulässt. Vielleicht kommt Helen ja auch mit.« Sie streicht sich abwesend über die immer noch flache Körpermitte.

Ich nicke. Und schlucke. Alle in dieser Familie sind so entspannt und glücklich miteinander. Das kann ich doch nicht einfach alles zerstören, indem ich mit der Wahrheit herausrücke?

»Ich gehe besser mal nach den Kindern sehen, sonst veranstalten sie am Ende noch im Probenraum eine Schaumparty. Außerdem muss ich dringend mal wieder die Geige auspacken«, murmele ich, gerade als Jorge, ein randvolles Tablett balancierend, aus der Terrassentür tritt und sich an Fritz vorbei zwischen Kettcars, Blumenkübeln und Luftmatratzen hindurch einen Weg in unsere Richtung bahnt.

»Käthe schläft wie ein Baby. Der Ausflug in die Stadt war wohl ein bisschen zu viel für sie.« Er stellt das hölzerne Tablett ab. »Du willst schon gehen, Anna? Kannst du vielleicht Tomtes Motorsäge mit rübernehmen zu Elsa? Ich habe sie mir für unser Brennholz ausgeliehen, weil meine hinüber ist, aber jetzt braucht er sie zurück, um das Geländer von Elsas Veranda zu reparieren.«

»Natürlich.«

Binnen weniger Minuten kehrt er mit einer riesigen schwarzen Kettensäge zurück und drückt sie mir in die Hand, als wäre es eine Kinderlaubsäge.

»Das Teil wiegt mindestens eine Tonne«, schnaubt Charlotte. »Bosse, du kannst doch Anna sicher helfen?« Ich kann nicht glauben, dass sie mir verschwörerisch zuzwinkert. Dabei war sie es doch, die mir von seiner dreijährigen Abstinenz erzählt hat.

Wenn Bosse sich über Charlottes Anliegen wundert, lässt er es sich nicht anmerken. Für ein paar Sekunden scheint er mit sich zu ringen, dann siegen offensichtlich seine guten Manieren über seinen Widerwillen.

»Sicher«, murmelt er gequält. Wortlos nimmt er mir die Kettensäge aus der Hand.

Eine Minute später gehen wir schweigend nebeneinander die lange Auffahrt hinunter. Irritiert kaue ich auf meiner Unterlippe herum. Wie viel leichter es ist, mit Leif zu reden als mit Bosse. Weil Leif nicht meinen Magen in eine Achterbahn und meine Beine in Wackelpudding verwandelt. Mit Leif kann ich einfach ich selbst sein und Spaß haben.

»Holzspäne sind Männerglitzer, sagt Herr Bekensen immer«, bemerke ich mit Blick auf die Säge auf Bosses Arm, nur um etwas zu sagen. Wir sind schon beinahe an Elsas Tor angelangt.

»Herr Bekensen klingt nach dem geborenen Heimwerker.«

Ich möchte mit ihm durchbrennen. Und wir reden über den Nachbarn meiner Vermieterin.

Wenn Jonah über Amba spricht, dann ist immer von diesem besonderen Schauer die Rede, diesem Funken, der einen trifft wie ein Stromschlag. Nie habe ich bei einem meiner wenigen Ex-Freunde diese Elektrizität verspürt. Noch nie habe ich einen Mann getroffen, den ich wie verrückt wollte, der jeden meiner wachen Gedanken bestimmte, von dem ich phantasierte, wie es wäre, mit ihm zusammen zu sein. Noch nie lag ich nachts wach und hoffte inständig, dieser jemand würde anrufen, hatte Angst, dass ich ihn nie wiedersehen würde, dachte, dass jeder Augenblick, den ich nicht mit ihm verbrachte, verschwendet sei.

So war ich nie.

So bin ich nicht.

Das einzige Mal, dass ich diesen Schauer verspürte, war, als ich Bosse in diesem Café auf Sylt sah. Nur, dass es kein Schauer war, sondern ein Blitzschlag.

Ich frage mich, warum jemand, mit dem ich kaum jemals ein freundliches Wort gewechselt habe, eine derartige Wirkung auf mich hat. Es ist befremdlich und beunruhigend. Und auf eine seltsame Art angenehm.

Natürlich bin ich nicht verliebt. Ich muss es mir nur hin und wieder ins Gedächtnis rufen. Es ist nur so eine verwirrende körperliche Sache, vermutlich Dopamin oder etwas anderes Biochemisches. Denn wie sollte ich jemanden lieben, mit dem ich kaum mehr als zehn Wörter gewechselt habe, davon neun schnippische, spöttische oder zynische. Ausgerechnet ich, die sich nicht verlieben wollte, um sich nicht das Herz brechen zu lassen? Und wie kommt es, dass ausgerechnet ich, wenn ich mal ansatzweise fühle, worüber jeder spricht, mir jemanden aussuche, der seit drei Jahren keine Frau mehr geküsst hat? Warum nicht den attraktiven Singletyp, der mich auf Händen trägt? Jemanden, der mir das Gefühl gibt, bedeutender als jede andere auf der Welt zu sein? Warum muss es einer sein, der unerreichbar für mich ist?

Wir haben mittlerweile Elsas Hofeinfahrt erreicht. Schweigend stehen wir voreinander, unsicher, was wir sagen sollen.

»Es ist gut, wenn Männer heimwerken können«, murmelt er schließlich und drückt mir ein wenig unbeholfen die Säge in den Arm.

»Überhaupt ist es gut, wenn Männer irgendetwas können«, kontere ich, ehe ich mich bremsen kann.

Das Grinsen, das sich auf seinem bärtigen Gesicht ausbreitet, raubt mir beinahe den Atem. Seine Zähne sind trotz der kleinen Lücke ebenmäßig und weiß wie Schnee. »Männer haben auch Gefühle, weißt du.«

»Du meinst Hunger, Durst –«

Sein Lächeln wird noch breiter. Gleichzeitig ist da aber noch etwas anderes, Tieferes. Er sieht mich an und mein Gesicht wird heiß. Ich versuche, mich selbst davon zu überzeugen, dass diese Hitze von außen nicht als krebsrote Farbe zu erkennen ist.

Erst, als er mir noch einmal zunickt und sich umdreht, lässt die Hitze langsam nach. Ich stehe stocksteif da, unfähig, mich zu bewegen, und blicke ihm nach. Ich will nach ihm rufen, damit er zu mir zurückkommt, ich will meine Wange an seine Brust legen. Ich bin schockiert über meine Gefühle und habe doch das Bedürfnis, es trotzdem zu tun.

Ich kann nicht glauben, dass ich zittere. Ich kann nicht glauben, dass ich diese Empfindungen habe. In meinem Bauch fängt es an zu ziehen und mir wird so schwindelig, dass ich mich, die Motorsäge noch immer fest umklammert, auf Elsas Grenzstein setzen muss.

Aufgewühlt wende ich den Blick von seinem breiten Rücken ab. Ich verliere aus den Augen, warum ich hier bin. Ich bin hier, um meine Vergangenheit aufzuarbeiten und meine Ängste zu besiegen, nicht, um mich ablenken zu lassen, erst recht nicht von irgendwelchen dahergelaufenen Fremden.

Ich hoffe, ich kann das Intermezzo auf Langeoog schnell beenden und komme unbeschadet zurück nach Leipzig.

»Wir reden immer nur von Albert Strauss. Aber wie läuft es eigentlich mit dem talentierten Mister Andersson?«, erkundigt sich Jonah zehn Minuten später, als ich mit schwirrendem Kopf und Voltaire und Schopenhauer im Schlepptau durch die duftende Heidelandschaft stapfe. »Du weißt ja, Annie, das dritte

Date nimmt in einer angehenden Beziehung einen besonderen Stellenwert ein.«

Ich klemme mir das Handy zwischen Ohr und Schulter und fasse die Leinen kürzer, als vor uns auf dem schmalen Weg eine kleine Entenfamilie auftaucht. »Nun, wenn man Bosse Glauben schenken mag, ist Leif zumindest nicht desinteressiert. Aber Bosse –« Ich breche ab.

»Bosse? Der widerspenstige Soziopath? Was ist mit ihm?«

»Es ist keine große Sache«, wiegele ich ab und habe damit Jonahs Interesse geweckt.

»Du hast Geheimnisse vor mir. Das ist eine riesige Sache. Bei jedem unserer Telefongespräche erzählst du von Albert Strauss' modischen Entgleisungen, Elsas Hingabe, Lisas Kette, Blesshühnern und antiken Tellern und gerissenen B-Saiten. Nicht von spröden Autoren. Ist er es, der dein Herz gestohlen hat? Nicht Leif Andersson?«

»Es sind D-Saiten. Und Bosse hat mein Herz nicht gestohlen. Nicht richtig. Ich finde ihn nur unerklärlicherweise irgendwie anziehend. Nicht nur körperlich, sondern er ist faszinierend und rätselhaft. Es gibt eine Menge über ihn herauszufinden. Aber du weißt, ich verliebe mich nicht.«

»Manchmal kann man nichts gegen die Liebe ausrichten, auch wenn man Angst hat. Vielleicht ist dir vorher einfach noch nicht der Richtige über den Weg gelaufen.«

»Red keinen Unsinn, Jonah! Du interpretierst zu viel in die Sache hinein. Okay, er hat unglaubliche Augen, aber das liegt nur daran, dass hier absolut tote Hose ist. Ich bin sicher, zu Hause wäre er mir nicht mal aufgefallen.«

»Du bist verliebt, Annie! Ich habe noch nie gehört, dass du so verzückt von irgendeinem Typen geredet hast.«

»Ich weiß nicht, was es ist, aber ich bin nicht verliebt. Ich habe weder Zeit noch Energie für all diesen Stress, diesen Zwei-Schritte-vor-und-einen-zurück-Zirkus, den die Liebe mit sich bringt. Mal ganz abgesehen davon, dass Bosse mir die kalte Schulter zeigt.«

Ich kann sein rechthaberisches Grinsen praktisch hören, als Jonah sagt: »Nun, wir werden ja sehen, wohin das führt.«

»Du wirst es sehen, Jonah: Es führt nirgendwohin.« Weil ich es nämlich fertiggebracht habe, mich gefühlsmäßig in eine Sackgasse zu manövrieren. Und das zum denkbar ungünstigsten Zeitpunkt.

Kapitel 12

»Sie sind weg!« Lisa sieht aus, als hätte sie ihr Gesicht mit weißer Kreide angemalt.

»Wer ist weg? Schon wieder diese vermaledeiten Hühner? Den Hahn lassen wir, wo der Pfeffer wächst.«

»Nein, nicht die Hühner –«

»Die Hunde etwa?« Ich stoße einen Seufzer aus und stemme mich widerwillig aus Elsas gemütlicher Hollywoodschaukel hoch. »Wie kommt es eigentlich, dass die beiden sich vor der Kamera als lammfromme Teddybären geben, während sie im wahren Leben die reinsten Quälgeister sind? Oder sind sie einfach in der Lage, zufällig immer dann, wenn die Hundetrainerin durch Abwesenheit glänzt, genau das Gegenteil von dem zu tun, was man von ihnen verlangt?«

Elsa neben mir gönnt sich einen großen Schluck ihres süßen selbst gemachten Pflaumenlikörs und lässt sich wohlig seufzend zurück in die Kissen sinken.

»Miguel und Joris«, schnauft Lisa und stürmt die Treppe zur Veranda hinauf. Ich kneife die Augen zusammen. Erst jetzt erkenne ich, dass ihr blasses Gesicht mit hektischen roten Flecken übersät ist.

Verwundert lege ich ihr eine Hand auf die schmale Schulter.

»Das ist doch kein Grund zur Panik. Sie werden im Probenraum, am Strand oder bei Joris im Pool sein. Es ist gleich acht, Miguel wird sicher jeden Moment nach Hause kommen. Du weißt doch, wie zuverlässig er ist.«

»Sie sind im Watt.«

»Wie bitte?« Nun ist auch Elsa, mit der ich vor einer halben Stunde eine Partie Schach begonnen habe, die aber nach unseren Eröffnungszügen mehr und mehr in eine Likörverkostung übergegangen ist, hellwach.

Lisa sieht aus, als würde sie jeden Moment in Tränen ausbrechen. »Julius durfte eigentlich nichts verraten. Aber die beiden hätten schon vor mehr als einer Stunde zurück sein müssen und die Flut ist beinahe da. Sie gehen auch nicht an ihre Handys. Es muss etwas Furchtbares passiert sein.«

Wie betäubt stehe ich da und starre Lisa an, als müsse ich erst begreifen, was sie soeben gesagt hat. Eine eisige Faust legt sich um mein Herz und drückt erbarmungslos zu. Es ist Elsa, die mich zurück in die Gegenwart holt.

»Tommie!«, brüllt sie so laut, dass Lisa und ich einen erschrockenen Satz zur Seite machen. Herr Bekensen, der auf der Streuobstwiese gerade die neuen, bereits zurechtgesägten Streben für das Verandageländer abschleift, steckt seinen zerzausten Kopf um die Hausecke. Auf seiner Stirn kleben Sägespäne.

»Wat gifft dat, Elsie?«

»Wi mutten ins Wadd. Twee van de Kinner sünd verswunnen.«

In den nächsten Minuten regiert das Chaos. Während Herr Bekensen sich mit Jorge beim Anleger verabredet, um sein Boot startklar zu machen, und Elsa die Seenotretter alarmiert, versuche ich händeringend, weitere Informationen aus den Kindern herauszuquetschen. Wie sich herausstellt, haben sich Miguel und Joris heute nicht zum ersten Mal ins Watt davongestohlen. Ich erinnere mich an den Abend, als Charlotte und ich die beiden Jungs aus der Entfernung gesehen haben, und mir läuft ein eisiger Schauer über den Rücken.

»Sie wollen Lisas Kette finden.« Julius klingt niedergeschlagen. »Ich habe Miguel gesagt, dass das Irrsinn ist. Aber er wollte unbedingt –« Er bricht ab.

Ich dränge nicht weiter. Ich weiß auch so, was Miguel unbedingt wollte.

»Sie sind südlich des Vogelwärterhauses«, rufe ich mit schriller Stimme ins Telefon und höre im Hintergrund, wie der Motorlärm des kleinen Schiffes anschwillt.

Es wird ein langer Abend. Abwechselnd rede ich den Kindern gut zu, finde Ausflüchte, warum es noch nicht nötig ist, Miguels Eltern zu informieren, und gehe zu Helen und Charlotte hinüber, die mit rot geränderten Augen am Küchentisch sitzen, während sich Joris' jüngere Brüder im Nebenraum alberne Cartoons angucken. Nebenbei kontrolliere ich alle paar Minuten den Wetterbericht und werde angesichts des Gewitters, das für die Nacht angekündigt wurde und nun viel zu schnell heranrollt, nur noch nervöser.

Meine Hände sind schweißnass, als um kurz vor neun Elsas Telefon schrillt. »In der Rettungsbake sind sie nicht. Und sie waren auch nicht dort, die Decken und Vorräte sind unangetastet«, übersetzt sie für mich. Ich höre, dass Herr Bekensen im

Hintergrund weiterredet, mit erhobener Stimme, um den Lärm des Bootes und der Wellen zu übertönen, doch mich hält nichts mehr im Haus.

Ich könnte eins der Leihfahrräder nehmen, aber ich laufe einfach weiter, durch die Heidelandschaft hinter Elsas Hof, durch die Dünen, über die Salzwiesen und am Ufersaum entlang. Am Rande bekomme ich mit, wie Schopenhauer sich an meine Fersen heftet, doch ich kümmere mich nicht darum. Ich renne den ganzen Weg bis zum Vogelwärterhaus. Ich spüre meine Beine nicht mehr, meine Lunge brennt wie Feuer und ich schnappe verzweifelt nach Luft, als ich die Stelle erreiche, an der Charlotte und ich zwei Tage zuvor unsere Räder abgestellt haben. Es ist mittlerweile halb zehn und die Wolken hängen tiefschwarz am Himmel. Es kann sich nur noch um Minuten handeln, bis die ersten Donner grollen.

»Miguel!«, brülle ich. »Joris!« Schopenhauer springt aufgeregt bellend um mich herum.

Ich weiß, ich kann es nicht mehr länger hinauszögern. Mit zitternden Fingern fische ich mein Handy aus der Tasche und tippe die Nummer von Miguels Eltern ein. Wie soll ich ihnen nur erklären, dass ich nicht ausreichend auf ihr Kind achtgegeben habe? Wie soll ich jemals wieder in den Spiegel gucken, wenn den beiden Jungs etwas zugestoßen ist?

»Schopenhauer, sei leise. Ich kann ja mein eigenes Wort nicht verstehen.«

Doch Schopenhauer ist nicht leise. Er bellt und jault und winselt und bellt wieder, diesmal noch lauter als zuvor. Er springt auf und ab und um mich herum. Er ist völlig außer sich.

Den Tränen nahe krame ich in meiner Jeanstasche nach einem Leckerli, das ich neuerdings immer bei mir zu haben scheine, und halte es ihm direkt vor die Nase, wie ich es mir von Leslie, der Hundetrainerin, abgeguckt habe. Schlagartig ist Schopenhauer mucksmäuschenstill, denn beim Bellen kann er die kleine Kaustange nicht riechen.

Und nun höre ich auch, was der Hund natürlich schon lange vor mir wahrgenommen hat: Leises Gemurmel, ein Husten, eine raue, tiefe und zwei helle Stimmen. Eindeutig Kinderstimmen.

»Miguel? Joris?«, rufe ich wieder und lasse das Telefon sinken. Ich spüre meinen Puls im Hals und sogar in den Ohren.

»Anna?« Das kam eindeutig von Miguel. »Anna?«

Im Dämmerlicht kann ich kaum etwas erkennen. Ich stolpere hinter Schopenhauer her über die von Kaninchen umgegrabene Wiese, zurück auf den sandigen Weg, und biege um eine schmale, mit Strandhafer bewachsene Düne.

Endlich sehe ich sie. Klitschnass, barfuß, mit hochgezogenen Schultern und erschöpften Gesichtern, aber zumindest auf den ersten Blick unversehrt. Hinter ihnen – ich muss zweimal hinsehen – läuft, groß und breitschultrig und in einem durchweichten hellblauen Firehose-T-Shirt, das jeden einzelnen seiner beachtlichen Oberkörpermuskeln hervorhebt, Bosse. Alle drei starren mich an wie einen Geist, während mir Tränen der Erleichterung über die Wange rinnen.

Ich falle erst Miguel um den Hals, dann Joris. Und dann, ehe ich mich davon abhalten kann, auch Bosse. Nie hätte ich damit gerechnet, dass er mich an sich pressen würde wie ein Ertrinkender. Ich schließe unwillkürlich die Augen und sauge seinen

Duft nach Kräutern, Zitrone, Schlick und Salzwasser ein. Doch schon nach wenigen Sekunden spüre ich, wie er von mir ablässt und sein Körper sich versteift. In diesem Moment zerreißt der erste Donner die Stille der Nacht.

»Tut uns leid, dass ihr euch solche Sorgen gemacht habt. Aber wir haben die Kette gefunden«, murmelt Miguel und besitzt zumindest den Anstand, neben offensichtlichem Stolz auch eine Prise Schuldbewusstsein zur Schau zu stellen. Abwesend krault er Schopenhauer hinter den weichen Schlappohren. »Nun, eigentlich war es Joris. Sie hatte sich an einer kleinen Austernbank verfangen, deswegen wurde sie nicht weggespült. Mensch, haben wir lange gesucht.«

»Da wird Lisa aber glücklich sein«, schluchze ich. Jetzt, da ich einmal damit angefangen habe, scheine ich gar nicht mehr wieder aufhören zu können mit der Heulerei. »Was ist denn passiert? Wie hat Bosse euch gefunden? Warum habt ihr keinen Notruf mit euren Handys abgesetzt?« Zeit zu schimpfen und ihnen das Versprechen abzunehmen, nie wieder eine solche Dummheit anzustellen, ist später immer noch.

Wie sich herausstellt, wurden Miguel und Joris in ihren langwierigen Bemühungen, die Kette unbeschadet auszugraben, von der Flut überrascht. So weit draußen hatten sie keinen Empfang und als die Handys erst mal nass waren, konnten die Jungs sie nicht mehr gebrauchen. Nur dank Joris, der das Watt und seine Strömungen und Tücken kennt wie seine Westentasche, und der Tatsache, dass das Wasser um diese Jahreszeit verhältnismäßig warm ist und beide Kinder schwimmen können wie die Fische, haben sie es beinahe bis ans Ufer geschafft.

»Wir befanden uns genau zwischen Rettungsbake und Strand. Da haben wir den Strand genommen«, erklärt Miguel. »Aber irgendwann konnten wir einfach nicht mehr weiterschwimmen. Wir haben uns flach ausgestreckt auf den Rücken gelegt und uns aneinander festgehalten. Wenn Bosse nicht rechtzeitig gekommen wäre, wären wir jetzt schon in Dänemark. Oder noch weiter.« Er stößt einen Seufzer aus.

Was müssen die Kinder für eine unermessliche Angst ausgestanden haben. Ich wische mir die Tränen aus den Augen und greife nach Miguels eiskalter Hand. »Und nun, da ihr nicht ertrunken seid, werdet ihr wahrscheinlich an einer Lungenentzündung sterben.«

»Oder an einem Blitzschlag.«

Inzwischen reihen sich Blitze und Donner in immer kürzerer Abfolge aneinander und die ersten Tropfen fallen vom Himmel.

»Ein Rettungswagen ist unterwegs zum Vogelwärterhaus. Und Jorge und Helen sind schon auf dem Weg ins Krankenhaus«, erklärt Bosse und fährt sich mit der Hand über die smaragdgrünen Augen. Offenbar hat er sich nicht nur waghalsig in die Fluten gestürzt und die Jungs herausgefischt, sondern im Gegensatz zu mir auch die Geistesgegenwart besessen, einen Rundruf zu starten. Eine Welle der Dankbarkeit spült über mich hinweg.

Es ist mittlerweile so dunkel, dass wir das Blaulicht schon von Weitem sehen. So schnell es die müden Kinderbeine zulassen, setzen wir uns auf dem schmalen Dünenpfad in Bewegung Richtung Straße. Schopenhauer, der laut Leslie nichts mehr liebt als

Gewitter, hüpft vor uns wie ein Frosch auf und ab und versucht, möglichst viele Regentropfen aufzufangen. Wir haben kaum den halben Weg zum Vogelwärterhaus geschafft, als sich uns plötzlich Schritte und undeutliche Stimmen nähern. Zwei Sanitäter und ein Notarzt, ausgerüstet mit Rettungsdecken und einem riesigen schwarzen Arztkoffer, stürzen uns entgegen.

Geduldig lassen Miguel und Joris eine erste Untersuchung über sich ergehen. Augenscheinlich ist der Notarzt nicht allzu alarmiert, so dass ich mich etwas entspannen kann.

»Ich bin okay«, brummt Bosse und weicht einen Schritt zurück, als der erste Sanitäter schließlich Anstalten macht, auch ihn unter die Lupe zu nehmen. An die in wärmende Goldfolie gewickelten Jungs gewandt fügt er hinzu: »Macht euch keine Sorgen. Helen und Jorge warten im Krankenhaus auf euch und morgen seid ihr wieder zu Hause.«

Und dann bin ich in der inzwischen stockfinsteren Dünenlandschaft plötzlich allein mit Bosse. Schopenhauer hat es aufgegeben, Regentropfen aufzufangen, denn mittlerweile ist das heitere Nieseln in ein ungemütliches Prasseln übergegangen, und blickt mich auffordernd an. Offensichtlich will er den Rückweg antreten. Ich bin jetzt ebenso durchweicht wie Bosse und dank der steifen Brise, die mir mein nasses Trägershirt gegen den Körper drückt, bibbere ich vor Kälte.

Ein bisschen unschlüssig stehen wir voreinander.

»Danke«, flüstere ich schließlich. »Ich will mir gar nicht vorstellen, wie das Ganze ohne dich ausgegangen wäre.« Verlegen streiche ich mir eine nasse Strähne aus dem Gesicht. Mir dringt schmerzlich ins Bewusstsein, dass meine Haare bei Regen aussehen wie Albert Einstein an einem besonders üblen Bad-Hair-Day und dass meine Wimperntusche mich mal wieder in einen Panda verwandelt haben muss. Maren hätte jetzt sicherlich nicht nur ein Serum dabei, um die verhedderten Locken in den Griff zu bekommen, sondern in weiser Voraussicht auch wasserfeste Foundation und Mascara aufgelegt.

»Ich wusste nicht einmal, dass du dich mit auf die Suche gemacht hast«, ergänze ich und versuche möglichst unauffällig, die schwarze Schmiere von meinen Wangen zu wischen. Ich rufe mir ins Gedächtnis, dass nicht das Äußere, sondern die Persönlichkeit die entscheidende Rolle spielt. Und dass Mister Chaste ohnehin kein gesteigertes Interesse an Frauen im Allgemeinen und mir im Besonderen hat.

»Zwei Kinder waren verschwunden. Jeder hier hat mitgeholfen«, murmelt Bosse und setzt dann mit rauer Stimme hinzu: »Komm, ich bringe dich nach Hause. Sonst bist du am Ende die mit der Lungenentzündung.«

»Das musst du nicht. Schopenhauer und ich finden den Weg.« Dabei kommen mir Charlottes Worte in den Sinn: *Der ideale Mann bringt dich zum Lachen, zum Schwitzen, um den Verstand und nach Hause.*

»Und am Ende muss ich noch mal in den Regen hinaus und eine vermisste Person suchen«, schnaubt Bosse und schlägt, ohne mich anzusehen und mögliche weitere Einsprüche abzuwarten, den Weg Richtung Elsas Ferienhof ein.

Und ich bin froh, dass er sich nicht abschütteln ließ, und das nicht nur wegen der Blitze und Donner, die immer näher zu kommen scheinen.

Lange Zeit sagt niemand ein Wort. Nur hin und wieder ruft einer von uns nach Schopenhauer, wenn er allzu weit vorwegläuft. »Hättest du für deine Rettungsaktion mal einen Regenschirm mitgenommen«, moniere ich schließlich, als wir schon beinahe am Ende der Salzwiesen angelangt sind, obwohl ich eigentlich etwas ganz anderes sagen will. Ich zittere inzwischen am ganzen Körper.

Er schüttelt seine Haare aus wie ein Hund. »Männer nehmen keinen Regenschirm. Sie verfluchen das Scheißwetter.«

»Und dann bekommen sie einen Schnupfen und sterben.«

Er lacht leise und das ungewohnte Geräusch schnürt mir die Kehle zu.

»So wie Jezabel«, fahre ich ohne erkennbaren Zusammenhang fort. »Warum musste sie unbedingt sterben? Hättest du ihr nicht einfach ein Happy End mit Hans gönnen können?«

Er blickt starr geradeaus, so dass ich seinen Gesichtsausdruck nicht erkennen kann. »Ich gönne Jezabel ein Ende wie im Märchen. Sie ist grandios, ihrer Zeit weit voraus, eine Feministin, wie sie im Buche steht. Zwar ist sie auch eigensinnig und voller Widersprüche, doch wo bliebe ihr Charme, wenn sie es einem leicht machen würde, sie gleich zu durchschauen?« Er blickt mir jetzt geradewegs in die Augen. »Aber für manche Geschichten kann es einfach kein Happy End geben.«

»Weil du die Zuschauer mit diesem tragischen Ende leiden lassen willst? Warum kann nicht das Gute siegen, die Liebe sich durchsetzen, die Hoffnung bleiben –« Ich beiße mir auf die Zunge.

Ich warte auf den unvermeidlichen Ausdruck des Hohns in

seinen Augen, kann aber nichts dergleichen erkennen. Seine Antwort geht in einem ohrenbetäubenden Donnerschlag unter, der geradewegs aus der Hölle zu kommen scheint. Erschrocken bleibe ich wie angewurzelt stehen. Es schüttet jetzt wie aus Eimern und von Schopenhauer ist nichts mehr zu sehen. Ich hoffe inständig, er findet auch allein den Weg zurück.

Ohne mich anzusehen, greift Bosse nach meiner nassen Hand und zieht mich weiter. »Komm schon, Alba, oder willst du dich vom Blitz erschlagen lassen?«

Während Blitze und Donner mittlerweile gleichzeitig von einem pechschwarzen Himmel herunterkrachen und aus der Brise ein handfester Sturm geworden ist, stolpern wir zwischen den Dünen umher. Ich habe vollständig die Orientierung verloren und folge Bosse blindlings. Er hält noch immer meine Hand fest, als unvermittelt vor uns die flache Heidelandschaft auftaucht, hinter der verheißungsvoll Elsas gemütliches, warmes und trockenes Haus wartet.

»Das Gewitter ist jetzt genau über uns. Da können wir nicht rüber, es ist zu gefährlich«, ruft Bosse in mein Ohr. Ich bilde mir ein, seinen warmen Atem auf meiner Haut zu spüren.

»Was sollen wir tun?« Auch wenn mir viele Dinge Angst einjagen, gehören Gewitter normalerweise nicht dazu. Doch heute mache ich eine Ausnahme. Es ist, als würde die Welt untergehen.

»Wir warten, bis es ein Stückchen weitergezogen ist. Bei dem Wind wird das nicht lange dauern.« In diesem Moment dröhnt unmittelbar über uns ein besonders lauter Donner durch die Nacht und Bosse zieht mich neben einer Düne unsanft mit sich auf den durchweichten Boden.

Meine Hand liegt immer noch fest in seiner und jeder Zentimeter meines Körpers ist sich seiner Nähe bewusst. Am liebsten wäre ich davongelaufen, aber gleichzeitig wünschte ich, dieser Moment würde nie vorübergehen. Mein Herz hämmert hart gegen meine Rippen – bis sein Blick auf unsere verflochtenen Finger fällt und er mich loslässt, als stünde ich in Flammen.

Die Blitze erhellen sein Gesicht nur für den Bruchteil einer Sekunde, seine Miene ist schwer zu erkennen. Verlegen nestele ich an meinen Locken herum. Bevor mir der Kloß im Hals die Sprache verschlägt, fasele ich zwischen zwei Donnerschlägen, um einen souveränen Tonfall bemüht: »Sobald wir in Sicherheit sind, werde ich im Krankenhaus anrufen und anschließend die Nerven der übrigen Kinder beruhigen, die vor Aufregung wahrscheinlich allesamt noch wach sind. Danach werde ich mit einem Glas von Elsas Sanddornlikör in die heiße Badewanne steigen und das Buch lesen, das ich schon so lange anfangen wollte, aber nie dazu gekommen bin.«

»Ich werde mich einfach schlafen legen«, entgegnet er schlicht.

»Mehr nicht?«

»Es heißt doch immer, Männer seien simpel gestrickt.«

Da ist er wieder, sein spöttischer Ton.

»Simpel gestrickt? Das ist doch nur ein Irrglaube.«

»Wie kommst du darauf?«

»Ist dir in diesem Leben schon mal ein Mann begegnet, der wirklich macht, was er angekündigt hat, und ausspricht, was er fühlt? Mir jedenfalls noch nicht. Außer Jonah natürlich.« Und vielleicht Leif. Aber das sage ich lieber nicht.

»Wer ist Jonah?«, flüstert er heiser, ohne mich dabei aus den Augen zu lassen.

Der nächste ohrenzerreißende Donnerschlag erspart mir die Antwort. Muss er unbedingt so dicht neben mir sitzen, dass unsere Knie sich berühren? Muss er diese breiten Schultern, diese markanten Wangenknochen, diese langgliedrigen Finger haben? Allein seine Gegenwart reicht aus, damit meine Eingeweide sich zusammenziehen. Beklommen streiche ich mir eine pitschnasse Strähne aus der Stirn. Ich scheine nicht imstande zu sein, einfach den Blick abzuwenden.

Wir starren uns an und es ist, als würde die Temperatur um mehrere Grade ansteigen. Ein beinahe überwältigendes Verlangen überkommt mich, ihn einfach zu küssen. Mister Chaste, der seit drei Jahren keine Frau mehr geküsst hat.

Irgendwo im Hinterkopf registriere ich, dass der Regen nachlässt und auch die Abstände zwischen Blitz und Donner immer länger werden. Doch ich kann meine Augen nicht von seinem Gesicht abwenden, von seinen regenfeuchten Lippen, die immer näher zu kommen scheinen. Und ich glaube, auch ich beginne, mich langsam, wie in Zeitlupe, vorzubeugen. Sein leicht geöffneter Mund ist jetzt so dicht vor mir, dass ich kaum wage zu atmen.

Und dann heult das wahrscheinlich ohrenbetäubendste Nebelhorn der Nordseeküste los. Markerschütternd, durchschlagend, gehörzerreißend. Mir entfährt ein Keuchen und auch Bosse fährt erschrocken zusammen.

Habe ich mir diesen spannungsgeladenen Moment nur eingebildet? Waren wir gerade wirklich drauf und dran –

»Ich schätze, es ist jetzt sicher genug, um weiterzugehen«, brummt Bosse so unbeteiligt, dass ich nun überzeugt bin, dass sich unser Beinahe-Kuss ausschließlich in meiner Phantasie abgespielt hat.

Das Blut rast durch meine Adern. Um ihm nicht zu zeigen, wie sehr er mich aus der Fassung gebracht hat, bemühe ich mich um einen lässigen Tonfall, als ich erkläre: »Es ist ohnehin denkbar unwahrscheinlich, bei einem Gewitter draufzugehen. Jedes Jahr ertrinken doppelt so viele Menschen in einem Abwassertank, wie vom Blitz getroffen werden.« Natürlich habe ich diese Zahl gerade frei erfunden, doch er scheint mir gar nicht zuzuhören. »Von im Lauf verklemmten Pistolenkugelattrappen bei Filmdrehs und herabfallenden Kokosnüssen ganz zu schweigen. Und erst die Verkehrstoten. Das sind jedes Jahr Tausende.«

Er steht so abrupt auf, dass ich betroffen zurückweiche. Den gesamten Weg zu Elsas Ferienhof marschieren wir in vollkommenem Stillschweigen nebeneinanderher. Bosse blickt starr nach vorn und hat seine Hände tief in den Hosentaschen vergraben, als wolle er sichergehen, dass wir uns nicht noch einmal berühren.

Das Gewitter hat tatsächlich merklich nachgelassen, als wir Elsas Gartenmauer erreichen. Mit hochgezogenen Schultern und mittlerweile zitternd vor Kälte bleibe ich stehen und auch er hält für einen kurzen Moment inne, um sich zu verabschieden.

»Noch mal vielen Dank für alles, Bosse. Dafür, dass du die Jungs gerettet und dass du mich nach Hause begleitet hast. Ohne dich –« Ich breche ab. Meine Kopfhaut beginnt zu kribbeln. »Wer hat dir das Herz gebrochen? Wer ist die Frau, wegen der du allen anderen Frauen abgeschworen hast?«, will ich eigentlich fragen, beiße mir aber gerade noch rechtzeitig auf die Zunge.

»Gern geschehen, Anna.« Er wirft mir mit seinen beinahe unnatürlich leuchtenden smaragdgrünen Augen einen undurchdringlichen Blick zu.

»Willst du noch auf einen Kaffee mit reinkommen?«, bringe ich nach einem schier endlosen Schweigen hervor, ehe ich mich bremsen kann. Ich habe offensichtlich eine masochistische Ader. Wir stehen zwar direkt unter einer Straßenlaterne, aber ich habe die Hoffnung, dass er die Hitze, die in meine Wangen steigt, nicht erkennen kann. »Elsa findet sicherlich auch noch irgendwo ein Handtuch für dich.« Verärgert über die Unsicherheit, die Bedürftigkeit in meiner Stimme, wage ich es kaum, in seine Richtung zu sehen.

»Besser nicht«, antwortet er schlicht. Sonst nichts. Doch der Blick, den er mir zuwirft, spricht Bände.

Langsam weichen wir voneinander zurück. Ich balle meine Hände zu Fäusten, um das Zittern zu verbergen, schenke ihm ein letztes, möglichst unverfängliches Lächeln und wende mich dem hell erleuchteten Haus zu. Ich habe keinen blassen Schimmer, was zum Teufel gerade passiert ist.

Kapitel 13

»Wir hätten Bosse mit herbringen müssen. Männer brauchen Frauen, um bei einem Schnupfen nicht zu sterben«, erklärt Lisa gut aufgelegt und zieht ihr kirschrotes Glitzertop über den Kopf, um es gegen eine Art Kittelschürze aus beigem Leinenstoff einzutauschen. Wir holen in den nächsten Tagen einige Waisenhausszenen auf Sylt nach, die nach Miguels und Joris' unüberlegter Aktion kurzzeitig auf Eis gelegt werden mussten. Die Vorstellung, dass Bosse mutterseelenallein in seinem Hotel auf Langeoog zurückbleiben musste, weil er sich bei seiner selbstlosen Rettungsaktion eine heftige Erkältung eingefangen hat, sorgt dafür, dass meine Laune heute nicht die allerbeste ist.

»Und Frauen brauchen Männer, um nicht von einer Spinne getötet zu werden«, kontert Miguel trocken. Seitdem er und Joris Lisa ihre Kette zurückgebracht haben, scheint die Beziehung zwischen den Kindern wieder einigermaßen wolkenlos. Nur hin und wieder schimmert durch, dass Lisa Miguels Abtrünnigkeit, als er vor Joris diese verletzenden Hirngespinste von sich gab, noch nicht vollständig überwunden hat.

Schnaubend schüttele ich den Kopf. »Und Regisseure brauchen ihre Schauspieler ohne Verspätung vor der Kamera, um nicht um weitere kostspielige Drehtage gebracht zu werden.«

Lisas Mundwinkel zucken schelmisch, als sie Miguel seine schmuddelige gestreifte Bermudahose samt Hosenträger in die Arme wirft.

Die Sonne brennt erbarmungslos vom Himmel, als ich die Kinder vom Maskenraum im ersten Stock der ehemaligen Jugendherberge in die separate Turnhalle scheuche, wo gleich die dramatische Szene gedreht werden soll, in der Hans zwei Nazijägern vom Verfassungsschutz weiszumachen versucht, dass er nur ein einfaches Waisenhaus leitet und keine Kriegsverbrecher versteckt hält. Leif erwartet uns bereits mit einem breiten Grinsen auf dem Gesicht, während eine Maskenbildnerin ein letztes Mal seine wohlgeformte Nase abpudert.

Ich habe ihn seit einigen Tagen nicht mehr gesehen und fast scheint es, als sei er in dieser Zeit noch attraktiver geworden. Dennoch spüre ich bei seinem Anblick nichts als freundschaftliche Verbundenheit. Kein Knistern, keinen Schauer und erst recht keinen Blitzschlag. Wie lange scheint es her, dass ich mich auf kein Date mit ihm einlassen wollte aus Angst, mich in ihn zu verlieben, während ich nur eine Verlegenheitslösung für ihn wäre.

Doch der Blick, den er mir zuwirft, sagt mehr als tausend Worte.

Ich werde schnellstmöglich mit ihm reden müssen. Am besten noch heute. Keine Ausreden mehr, dass zwei der Kinder beinahe ertrunken wären oder ich an einer Strategie arbeite, meinen Vater zu durchschauen. Meine Laune sinkt noch weiter in den Keller. Irritiert von mir selbst streiche ich mir eine besonders störrische Locke hinters Ohr und erwidere Leifs Lächeln auf eine, wie ich hoffe, fröhliche, aber unverfängliche Weise. Erst jetzt registriere ich Albert Strauss, der neben Wanda steht und jede meiner Bewegungen mit zusammengekniffenen Augen und schief gelegtem Kopf zu beobachten scheint. Sobald er sieht, dass ich seinen Blick bemerkt habe, wendet er sich mit nachdenklicher Miene Wanda zu.

Damit niemand meine Verwirrung erkennt, beuge ich mich über meine große Tasche und fische zwischen den mehr oder weniger freiwillig abgegebenen Handys der Kinder meine Sonnenbrille hervor. Die Sonnenbrille, die Jonah mir geschenkt und Bosse mir zurückgebracht hat. Rasch schiebe ich sie mir auf die Nase, winke den Kindern noch mal kurz zu und mache mich auf den Weg in den stark vernachlässigten Garten, in dem wie immer während der Dreharbeiten reger Betrieb herrscht. Seufzend lasse ich mich im Halbschatten eines kargen, knorrigen Kiefernbäumchens auf eine Holzbank sinken und schließe für einen kurzen Moment die Augen.

Und wie schon in den letzten Tagen schweifen meine Gedanken umgehend zu der ereignisreichen Gewitternacht, in der Bosse die beiden Kinder rettete. Bis heute bin ich mir nicht sicher, ob dieser Augenblick, in dem die Zeit stillstand und ich diese Spannung zwischen uns spürte, lediglich in meiner Phantasie stattgefunden hat. Sicher bin ich mir nur, dass ich mir seither beinahe rund um die Uhr den Kopf zerbreche, was geschehen wäre, wenn dieses verdammte Nebelhorn nicht ausgerechnet diesen Moment gewählt hätte, um loszuposaunen. Seitdem spukt Bosse pausenlos in meinen Gedanken herum, ohne dass ich etwas dagegen ausrichten könnte. Selbst meine angestrengten Versuche, mich einzig und allein auf seine Widerspenstigkeit zu konzentrieren, auf seinen Eigensinn, der mir so oft den letzten Nerv raubt, und auf seine strikte Weigerung, die Mundwinkel auch nur zu dem winzigsten Lächeln zu verziehen, scheitern kläglich.

Seit diesem Blitzschlag in dem Sylter Strandcafé ist alles anders. Seitdem ist Bosse in meinem Kopf und in meinem Bauch.

Das Klingeln meines Telefons lässt mich aus meinen Gedanken hochschrecken. Es dauert einen Augenblick, bis ich das Richtige aus meiner ausgebeulten Tasche hervorgekramt habe.

»Jonah!« Prüfend blicke ich mich um, ob sich irgendjemand in Hörweite befindet. Meine Gespräche mit Jonah drehen sich schließlich nicht nur um die schöne Amba, sondern immer auch um meinen entfremdeten Vater und neuerdings obendrein um Bosse.

»Sie ist weg.« Jonah klingt panisch.

»Was? Wer? Was ist passiert, Jonah?« Mein Puls beschleunigt sich sofort.

»Amba. Sie hat mich verlassen.« Seine Stimme überschlägt sich beinahe. Ich höre, dass er statt eines Morgenkaffees offensichtlich einen Gin mit wenig Tonic hatte.

»Aber … warum?«

»Sei ein Arschloch und die Frauen verehren den Boden, auf dem du läufst. Sei nett zu ihnen und sie behandeln dich wie Dreck.«

»Du meinst, du warst *zu nett* zu ihr? Jonah, das ist kompletter Irrsinn«, halte ich entgegen, obwohl ich am liebsten gebrüllt hätte: »Ich konnte die Kuh eh nie leiden! Sie hat dich nicht verdient!« Doch weil ich Amba nicht kannte, hätte er mir das ohnehin nicht abgenommen.

»Wie es aussieht, ist es die Realität. Himmel, wenn ich mir vorstelle, dass ich früher das Arschloch war –«

»Aber irgendwas muss doch passiert sein. Oder hat sie eines Morgens einfach ihre Zahnbürste aus deinem Badezimmerschrank geholt und erklärt: ›Ich verschwinde, hier wird mir zu viel Feenstaub verstreut‹?«

»Ich habe ihr gesagt, dass ich sie liebe.« Meine Kehle schnürt sich zu, als seine Stimme bricht.

Ich halte kurz inne. »Nun, was hat sie geglaubt? Du hast ihr deinen verfluchten Wohnungsschlüssel gegeben.« Aber vielleicht ist die perfekte Amba ja eine gut getarnte Psychopathin.

Ich höre einen tiefen Seufzer am anderen Ende der Leitung. »Das macht einen Euro für die Fluchdose.«

»Ich komme zu dir, Jonah.« Schon, als ich die Worte ausspreche, weiß ich, dass ich hier momentan unmöglich wegkomme. Wir hängen im Drehplan hinterher, Elsa hat sich beim Hühnereinfangen das Handgelenk verstaucht und ich wage es nicht mehr, auch nur ein einziges der Kinder länger als nötig aus den Augen zu lassen.

»Danke, Annie. Aber ich muss zu diesem verdammten Kolloquium. ›Trostkultur in der Pestzeit‹. So eine elende Zeitverschwendung. Ich weiß gar nicht, wie ich das alles durchstehen soll. Was für ein verfluchter Mist.«

Normalerweise ist Jonah kein besonders großer Flucher. Ich schlucke schwer, anstatt ihn an die Fluchdose zu erinnern. »Ich komme nach deinem Kolloquium. Oder du kommst zu mir. Bestimmt hat Elsa noch eine hübsche kleine Pferdebox für dich frei. Elsas Kuchen und die frische Meeresbrise werden dir guttun.«

Als wir uns einige Minuten später voneinander verabschieden, hat sich Jonah wieder so weit im Griff, dass er mir verspricht, zur Arbeit zu gehen und sich nicht am helllichten Tag in irgendeiner zwielichtigen Spelunke weiter sinnlos volllaufen zu lassen.

Ich bleibe noch einen Moment sitzen, um den zentnerschweren Kloß in meinem Hals herunterzuschlucken und mein Gedankenkarussell zu sortieren. Die Baustelle mit meinem Vater und seiner Familie, meine Sackgassen-Gefühle für Mister Chaste, Miguel, der mir anvertraut wurde und beinahe draufgegangen wäre, die dräuende Nachprüfung, für die ich in den vergangenen Tagen keinen Finger gerührt habe, das unausweichliche Gespräch mit Leif und nun auch noch mein untröstlicher bester Freund. Es fühlt sich an, als wäre ich der Lösung keiner meiner Probleme auch nur einen einzigen Schritt näher gekommen.

Als ich mich schließlich widerwillig hochstemme, um nach den Kindern zu sehen, blicke ich direkt in das verschwitzte, fleischige Gesicht von Hauke. Ist etwa schon Pause? Wie lange habe ich hier gesessen und vor mich hin gegrübelt?

Ich muss ein schreckliches Bild abgeben, denn Hauke presst die Lippen zusammen und legt die Stirn in Falten. Ohne sich mit langen Begrüßungsfloskeln aufzuhalten, beginnt er mit seiner weichen, hohen Stimme: »›Angst ist nicht real. Der einzige Ort, an dem Angst existieren kann, ist in unserer Vorstellung von der Zukunft. Sie ist ein Produkt unserer eigenen Phantasie und lässt uns Dinge fürchten, die in der Gegenwart nicht existieren und vielleicht niemals existieren werden. Sie grenzt an Wahnsinn.‹«

Meine Hände beginnen zu zittern. Wie macht er das bloß immer wieder, dass er derart treffende Zitate wählt?

Als offensichtlich wird, dass von mir schon wieder keine Lösung zu erwarten ist, setzt er verschwörerisch hinzu: »›Versteh mich nicht falsch, Gefahr ist sehr wohl real. Aber Angst ist eine Entscheidung.‹ *After Earth*, 2013.«

Ich schenke ihm ein, wie ich hoffe, natürliches Lächeln. »Ich schaue besser mal nach, was die Kinder treiben.«

»Die sind mit Wanda beim Foodtruck. Es gibt kalte Sandwiches und Eis«, entgegnet er leichthin, legt mir kurz seine suppentellergroße Pranke auf den Unterarm und verschwindet Richtung Toiletten.

Noch immer verwirrt, entschließe ich mich, Elsa auf Langeoog anzurufen, um in Erfahrung zu bringen, ob sie in den nächsten Tagen irgendwo ein Plätzchen für Jonah freiräumen kann. Auch wenn der Anlass alles andere als erfreulich ist, kann ich es kaum erwarten, ihn für einige Zeit um mich zu haben.

Das Handy fest ans Ohr gepresst, versuche ich, das allgegenwärtige Gekreische der Möwen auszublenden und dem Freizeichen zu lauschen, während ich träge über ausgedörrtes Gras um das weitläufige, leicht verwahrlost wirkende Backsteingebäude herumschlendere, das vor über hundert Jahren inmitten der Dünen erbaut wurde und im Anschluss an unsere Dreharbeiten abgerissen und durch einen luxuriösen Hotelkomplex ersetzt werden soll. Auf der Rückseite, hinter einem grob gezimmerten, ausgedienten Holzschuppen, entdecke ich einen kleinen, verlassenen Spielplatz. Nach dem zehnten Klingeln lasse ich das Telefon matt zurück in meine Tasche gleiten und nehme auf einer der beiden schwarzen Plastikschaukeln Platz, die an völlig verrosteten Ketten baumeln. Ich streife meine Flipflops ab und lasse abwesend den staubigen Sand durch meine Zehen rieseln, während ich mir alle Mühe gebe, die Gedanken an Bosse und Jonah aus meinem Kopf zu verdrängen und mich stattdessen voll und ganz auf meine leidige Familiengeschichte zu konzentrieren.

Denn mir läuft die Zeit davon. Mir bleiben nur noch zwei Wochen, um meine Ängste beim Schopf zu packen. Soll ich meinem Vater offenbaren, wer ich bin? Kann ich nur auf diese Weise enträtseln, warum er mich so gnadenlos zurückwies? Aber was würde das mit der Familie machen? Mit Charlotte und Helen?

Und was würde passieren –

»Du siehst grauenhaft aus«, reißt mich eine raue Stimme schonungslos aus meinen Gedanken.

Ich blicke auf. Und plötzlich steht die Zeit still. Ein paar Meter von mir entfernt tritt Bosse ein wenig unschlüssig auf der Stelle und mustert mich durchdringend. Er ist vielleicht etwas blass um die Nase, doch ansonsten sieht er vollkommen gesund aus. Seit wann ist er auf Sylt?

»Ganz der alte Charmeur«, kommentiere ich leise.

»Was ist los? Schlagen die Dreikäsehochs wieder quer?« Er hält kurz inne. »Oder hat Leif sich etwa nicht wie ein perfekter Gentleman aufgeführt?«

Möglicherweise ist es der beißende Sarkasmus in seiner Stimme, der das Fass zum Überlaufen bringt. Zu meinem Entsetzen steigen mir Tränen in die Augen. »Es ist nur –«, beginne ich stockend. Meine Kehle ist wie zugeschnürt und mir will beim besten Willen keine passende bissige Entgegnung einfallen. Es ist, als würden sich der gesamte Stress, die Angst, die Strapazen der vergangenen Tage ausgerechnet jetzt entladen, an diesem denkbar ungeeigneten Ort, zu dieser denkbar ungeeigneten Zeit und in dieser denkbar ungeeigneten Gesellschaft.

»Es ist –«, setze ich noch einmal an. Ich halte die Luft an, als mir eine einzelne Träne über die Wange rollt.

Bosse steht vor mir wie vom Donner gerührt. »Mensch, Anna.« Seine Stimme ist kaum mehr als ein Flüstern.

»Ich bin ein bisschen –«, schluchze ich. Ich gebe mir alle Mühe, mich zusammenzureißen, doch es ist fast so, als hätte sich tief in meinem Inneren etwas gelöst, das sich jetzt nicht mehr in Schach halten lässt. Meine Schultern fangen an zu beben.

Noch immer steht Bosse wie erstarrt vor mir und scheint zu überlegen, wie er sich am besten aus der Situation befreien kann. Ich kann nicht sagen, wer von uns beiden sich unwohler fühlt. Schließlich gibt er seinem Herzen einen Stoß, denn er legt mit unnötig hölzernen Bewegungen die paar Schritte zur zweiten Schaukel unmittelbar neben meiner zurück und lässt sich auf den schmalen Plastiksitz sinken. Die Ketten knarzen bedrohlich. Sein Gesicht spiegelt aufrichtige Sorge wider, was mich nur noch stärker schluchzen lässt. Nach ein paar qualvollen Sekunden kramt er in seiner Jeanstasche nach einem Taschentuch und reicht es mir ein wenig unbeholfen.

»Was ist passiert, Anna?«, fragt er wieder.

Was soll ich sagen? Es ist so vieles passiert und nichts davon ist für seine Ohren bestimmt. Ich atme ein paarmal tief durch.

»Tut mir leid«, stammele ich schließlich lahm und wische mir ungeduldig die Tränen samt verlaufener Wimperntusche aus dem Gesicht. Ich starre auf den staubigen Boden vor mir. »Jonah ist … Er hat …«

»Was hat Jonah?« Bosse streckt die Hand aus und legt sie vorsichtig auf meine nackte Schulter. Ich spüre, dass meine Haut unter der ungewohnten Berührung anfängt zu glühen.

»Seine Freundin hat ihn verlassen«, bringe ich hervor.

»Seine Freundin? Er hat eine Freundin?«

Ich hebe den Blick und sehe ihm direkt in die Augen. Und für einen flüchtigen Moment, kurz wie ein Wimpernschlag, ist plötzlich alles wieder da. Das Gewitter, der Schauer, der Stromschlag. Für den Bruchteil einer Sekunde kann ich sie wieder spüren, diese Spannung, diesen knisternden Moment zwischen uns. Und fast scheint es, als könne ich in seinen Augen ablesen, dass es ihm genauso geht. Ruckartig zieht er seine Hand zurück.

»Ich dachte … Leif glaubt, es könnte mit Jonah zusammenhängen, dass du und er –« Er bricht ab und streicht sich verlegen über seinen Bart, als hätte er zu viel verraten.

»Ihr habt über mich gesprochen?«

»Leif hat letzte Woche mal etwas erwähnt«, schwächt er sofort ab.

Ich stoße einen Seufzer aus. »Die Sache mit Leif hat nichts mit Jonah zu tun.«

»Womit dann?«, fragt er geradeheraus und sieht aus, als würde er sich am liebsten auf die Zunge beißen. »Vergiss es, natürlich geht mich das nichts an.«

Ich habe keine Antwort für ihn. Schweigend starren wir uns an. Wir sind beide sowohl das Reh als auch das Scheinwerferlicht.

»Was tust du überhaupt hier? Wir dachten, du bist krank und stirbst«, lenke ich schließlich wenig dezent ab. »Aber anscheinend hast du die Männergrippe auf wundersame Weise überlebt.«

Die Andeutung eines winziges Lächelns umspielt seine Mundwinkel. »Bei manchen Männern folgt nach dem Grippetod die Wiederauferstehung.«

Mir wird bewusst, dass ich auf seinen muskulösen Unterarm starre, der unter seinem aufgerollten Ärmel zum Vorschein kommt und die Vermutung nahelegt, dass er sich doch nicht darauf beschränkt, den ganzen Tag am Schreibtisch zu sitzen oder spöttische Bemerkungen von sich zu geben. Schnell wende ich den Blick ab. Ich kann ihm nicht zeigen, dass er mir mehr bedeutet als ich ihm.

In meiner Schulzeit war ich nie eine von denen, die sich an den atemlosen Gesprächen über die coolsten Jungs beteiligten. Immer wieder habe ich mich gefragt, ob ich jemals jemanden treffen würde, der jeden meiner wachen Gedanken bestimmen oder meine Knie in Wackelpudding verwandeln würde. Der mich veranlassen würde, Stunden im Bad zuzubringen, um ein Ganzkörper-Salzpeeling aufzutragen oder meine Beine zu wachsen.

Und ausgerechnet jetzt, wenn ich tausend dringlichere Dinge im Kopf haben sollte, wenn ich alles daransetzen muss, mein Leben so schnell wie möglich wieder auf die Reihe zu bekommen, begegne ich ihm. Dabei gibt es eine Million gute Gründe, warum ich nicht auf Bosse Bergmann hereinfallen darf. Dass er seit drei Jahren keine Frau mehr geküsst und ganz offensichtlich nicht das geringste Interesse an einer Beziehung hat, ist nur einer davon.

Ich schüttele den Kopf. Warum bin ich so versessen darauf, ausgerechnet von Mister Chaste begehrt zu werden? Unauffällig mustere ich Bosses von Sonne und Salz ausgeblichenen Haare, die weiße Narbe, die seine Augenbraue teilt, die zerschlissenen Jeans, die hünenhafte Gestalt, und gebe mir alle Mühe, Skepsis oder zumindest Gleichgültigkeit heraufzubeschwören.

Vergebens.

Unsere Blicke verhaken sich und wieder durchfährt mich dieser Blitz – und wieder muss ich gegen das irritierende Verlangen ankämpfen, mich in seine braun gebrannten Arme zu werfen.

Gleichzeitig springen wir auf. Und stehen unvermittelt so dicht voreinander, dass sich unsere nackten Arme berühren und ich sein Aftershave riechen kann. Keiner von uns bewegt sich von der Stelle.

Ich muss meinen Kopf weit in den Nacken legen, um in sein Gesicht blicken zu können. »Heute Abend nach der Arbeit trifft sich ein Teil der Truppe am Hotelpool«, platze ich heraus, auch wenn eigentlich nur Hauke, Wanda, Leif, Roxana, die Kamera-Assistentin, Olaf, einer der Tontechniker, und ich vage einen Cocktail auf der Poolliege ins Auge gefasst haben. Hoffentlich bekommt Maren keinen Wind von der Sache, schießt mir durch den Kopf, schließlich wurde die gesamte Crew diesmal in demselben Hotel untergebracht. »Du bist natürlich herzlich eingeladen.«

»Ich habe nur mit Mühe eine handfeste Männergrippe überlebt. Außerdem bin ich eher der Salz- als der Chlorwassertyp«, murmelt er und tritt unwillkürlich einen Schritt zurück.

»Mitternachtsbaden im Meer klingt für die meisten sicherlich auch ziemlich gut«, erwidere ich, ehe ich mich bremsen kann. *Herrgott, Anna! Bleib cool!*

Ich balle meine Hände zu Fäusten – und stöhne im nächsten Moment erschrocken auf. Allem Anschein nach hat sich eine Wespe in meiner Faust verfangen und mir in den Zeigefinger gestochen. Ohne nachzudenken, greift Bosse nach meiner Hand und nimmt den Finger in den Mund, um das Gift herauszusaugen. Ich spüre seine Zunge an meiner Haut. Wie erstarrt sehe ich ihm dabei zu und kann mich nur mit Mühe davon abhalten, mich an seine breite Brust zu pressen.

Dies ist einer der Momente, in denen ich wünschte, die Zeit würde in Zeitlupe vergehen. Stattdessen verrinnt sie wie im Zeitraffer. Viel zu schnell lässt er meine Hand sinken und starrt über meinen Kopf hinweg Richtung Turnhalle. Abrupt weicht er von mir zurück.

»Anna?« Es ist Leif, der gerade den sandigen Weg Richtung Spielplatz entlanggeschlendert kommt. »Nerea sucht dich. Sie braucht für einen Moment ihr Handy zurück, um ihre große Schwester anzurufen. Anscheinend hat sie heute Geburtstag.« Quälend langsam wandert sein Blick von mir zu Bosse und wieder zurück. Mein Zeigefinger fühlt sich an, als würde er glühen.

»Hätte sie daran nicht heute Morgen oder nach Feierabend denken können?«, liegt mir auf der Zunge. Stattdessen versetze ich lahm: »Gut, ich komme.«

»Du solltest den Stich kühlen«, murmelt Bosse kaum hörbar und verschwindet mit undurchdringlicher Miene, ohne ein weiteres Wort zu verlieren, auf dem schmalen Dünenpfad, der zum offenen Meer führt.

Falls Leif sich wundert, dass Bosse in einem abgelegenen Winkel des Grundstücks an meinem Zeigefinger saugt, so lässt er es sich nicht anmerken. Wahrscheinlicher ist, dass er nichts davon mitbekommen hat. Schweigend marschiere ich an seiner Seite zurück zum Haupteingang. Doch anstatt auf seine betont zwanglose Schilderung zu hören, wie Felix bei der letzten Szene immer wieder seinen Text vergaß, weil jemand vor der weit geöffneten Tür Blaubeermuffins auf einem kleinen Tisch übereinandertürmte, reibe ich meinen zerstochenen Finger und zerbreche mir den Kopf darüber, warum Bosse seine sensible Seite und sein warmes Herz hinter einer meterdicken Mauer versteckt. Was ist sein dunkles Geheimnis?

»Hör zu, Anna«, setzt Leif an, sobald der Foodtruck in Sichtweite ist, und blickt sich ein wenig verstohlen um. »Ich wollte mit dir über eine Sache reden –«

»Du hast recht, wir müssen reden.« Ich schlucke schwer. Plötzlich komme ich mir ungeheuer schäbig vor, dass ich nicht viel früher den ersten Schritt gemacht und das Gespräch mit ihm gesucht habe. Denn auch wenn er es nicht explizit bekundet hat, so haben doch eine ganze Reihe seiner Blicke, Gesten und Andeutungen deutlich gemacht, dass er mehr in mir sieht als nur eine Verbündete im Durcheinander der Dreharbeiten.

»– aber hier ist kein geeigneter Ort dafür. Treffen wir uns heute Abend am Pool?«, beendet er seinen Satz. Seine kieselsteingrauen Augen funkeln. »Bevor die anderen kommen?«

»Natürlich.« Ich versuche, mein schlechtes Gewissen mit einem besonders strahlenden Lächeln zu überspielen. Nervös wische ich mir den Schweiß aus der Stirn. »Du bist mir sehr wichtig, Leif, das solltest du wissen.«

»Das weiß ich.«

»Ich –«

»Da bist du ja, Anna. Unsere Pause ist gleich vorbei«, schneidet mir in diesem Moment eine ungeduldig herantrabende Nerea das Wort ab, im Schlepptau Julius und Leo, die ebenfalls die Hand ausstrecken. Seufzend taste ich in meiner ausladenden Tasche nach ihren Smartphones. »Fünf Minuten. Und lasst euch nicht erwischen«, ermahne ich sie und komme mir vor wie eine eiserne Schulmeisterin. Als ich wieder aufblicke, ist Leif verschwunden.

Dafür tritt Albert Strauss gerade in die Sonne hinaus, auf dem Kopf wieder ganz ungeniert sein schauderhafter Fischerhut samt Nackenschutz, und streckt sich energisch. Als sein wacher Blick auf mich fällt, verengt er die Augen und es sieht für einen kurzen Moment so aus, als wolle er zu mir herüberkommen, doch dann zieht das helle Hupen eines kleinen mintgrünen Elektrosmarts, der gerade auf den sandigen Parkplatz rollt, seine Aufmerksamkeit auf sich. Als sich die Staubwolke halbwegs gelegt hat, wuchtet sich eine in variierenden Rottönen gekleidete, rundliche Frau zwischen fünfzig und sechzig aus dem winzigen Sitz hoch. Die Frau eilt mit kleinen, schnellen Schritten auf Albert zu, nicht ohne unterwegs jedermann mit lauten, fröhlichen Worten zu begrüßen, drückt ihm zwei aufeinanderfolgende kurze Küsse auf den Mund und eine ausgebeulte Butterbrottüte, offensichtlich ein Lunchpaket, in die Hand. Das muss seine Frau sein, die Mutter seiner drei ehelichen Kinder. Ich kann den Blick nicht abwenden. Allem Anschein nach ist die Frau bestens mit jedem der Crewmitglieder vertraut, plaudert angeregt an Alberts Seite, verteilt gut gelaunt Luftküsschen und lacht schallend über irgendwelche Witze, die ich nicht verstehe.

Sie scheint die genaue Antithese zu meiner Mutter zu sein. Denn im Gegensatz zu der strengen Jolana Novotna mit ihren entschiedenen Ansichten, dem disziplinierten Ernährungsplan und der perfekt gestylten Jane-Fonda-Frisur, wirkt Alberts Ehefrau mit ihren praktischen kirschroten Shorts und dem grau melierten, pflegeleichten Kurzhaarschnitt auf den ersten Blick zwar nicht weniger energisch, dabei aber frohgemut und höchst aufgeschlossen.

Meine Hände werden feucht, als Alberts Frau erst in unsere Richtung zeigt und dann geradewegs auf uns zusteuert. Schon auf halber Strecke fängt sie, elanvoll gestikulierend und über das ganze runde Gesicht strahlend, an zu schwatzen. »Ihr seid die talentierten Kinder, von denen Albert ständig erzählt. Und du bist sicher die begnadete Violinistin. Endlich lerne ich euch mal persönlich kennen. Nur Miguel habe ich schon im Krankenhaus getroffen. Ich bin Senta, Alberts Frau.«

Ihre Stimme klingt tief und voll und quietschvergnügt. Ich stehe bewegungslos da, lasse sie aber nicht aus den Augen, als sie ihre Hände auf Nereas und Leos in schmuddelige Leinenstoffe gehüllte Schultern legt, die Kinder wortreich nach ihren Namen und Instrumenten fragt und danach, ob ihnen irgendetwas fehlt und es heute endlich mal wieder Kirscheis zum Nachtisch gab, für das sie eine besondere Schwäche hat. Die gesamte Zeit über sieht sie aufrichtig interessiert an den Blickwinkeln ihrer jungen Gesprächspartner aus. Es ist nicht zu übersehen, dass sie reichlich Erfahrung mit Kindern und Enkelkindern hat.

»Keine Sorge, ich verpetze euch nicht.« Sie zwinkert den beiden Mädchen und Julius aufgeräumt zu, als sie erkennt, dass sie betreten versuchen, ihre Handys hinter ihren Rücken verschwinden zu lassen.

Mutiger geworden, zieht Julius eine Augenbraue hoch. »Senta Strauss?«

»Gib dir keine Mühe, Julius, ich habe alle Santa-Clause-Witze schon gehört.« Ihr schallendes Gelächter klingt beinahe wie Musik. Sie lacht noch immer, als sie sich schließlich mir zuwendet. »Du als Theatergruppenleiterin hast die Kleinen wirklich erstklassig auf ihre Rollen vorbereitet. Und du bist ja noch hübscher, als Albert erzählt hat. Diese unglaublich blauen Augen –« Sie legt den Kopf schief und ich senke verlegen die Wimpern. »Und diese Mähne!«

Sie erkennt mich!, schießt es mir erschrocken durch den Kopf. Sie erkennt Helens Augen und Haare, Charlottes Sommersprossen – und wer weiß, vielleicht habe ich Linus' Mund oder Nase.

»Ich habe gehört, du spielst auch Geige und musst für eine Prüfung üben?« Sie greift mit beiden Händen nach meiner Hand und drückt sie fest. Als ich wieder aufblicke, stelle ich fest, dass sie auf eine Stelle unterhalb meines Schlüsselbeins starrt. Jetzt kann ich mir denken, was ich vielleicht mit Linus gemeinsam habe: Offensichtlich hat mein auffälliges Muttermal in Form eines winzigen Segelbootes ihre Aufmerksamkeit erregt. Dass atypische Muttermale innerhalb der Familie vererbt werden können, habe ich einmal in einer Doku gesehen. Doch kann es wirklich sein, dass eines meiner Halbgeschwister dasselbe Mal hat wie ich?

»Vielleicht dürfen wir mal zuhören, wenn du probst?«, fährt sie nach einer unmerklichen Pause fort. »Albert liebt klassische Musik fast so sehr wie Filme, vor allem Geigenmusik. Natürlich nur, wenn es dir nichts ausmacht.«

»Liebend gern«, mischt sich in dem Moment Nerea ein. Ich durchbohre sie mit einem strengen Blick, doch sie hat nur Augen für Senta. »Was Anna nämlich wirklich dringend üben muss, ist, vor Publikum zu spielen. Den Rest kann sie im Schlaf. Sie hat wahnsinniges Talent.«

»Ich kann sehr wohl vor Publikum spielen«, halte ich entgegen. »Immerhin bin ich, wenn ich nicht gerade an der Nordsee Filme drehe, Teil eines Orchesters und spiele ständig vor Leuten.« Nur eben nicht vor einer Prüfungskommission. Ich verziehe das Gesicht bei dem Gedanken daran, dass der große Tag der Nachprüfung schon in zweieinhalb Wochen ist, kurz nachdem für die Kinder Drehschluss ist. Zwar hat Jonah mir inzwischen das Versprechen abverlangt, zumindest hinzugehen, aber ich habe nicht das Gefühl, schon in ausreichendem Maße gegen meine Prüfungsangst vorgegangen zu sein.

Sentas Gesicht verzieht sich wieder zu einem breiten, glücklichen Lächeln, das sie allem Anschein nach kaum jemals ablegt. »Dann ist es also abgemacht?«

»Ist Santa Claus wirklich Nordpole?«, wirft Julius ein. Wir anderen ignorieren ihn.

»Nun –«, setze ich an.

»Abgemacht!«, ergreift Leo das Wort und zwinkert mir schelmisch zu.

Julius lässt sich nicht beirren. »Oder ist Santa Claus etwa tot? Nereas Mutter hat ihm nämlich erzählt, dass sie letztes Jahr sehr artig war. Er soll vor Lachen gestorben sein.«

»Zumindest haben Nereas Eltern sie nicht beim Schrottwichteln gewonnen«, ergreift Leo sofort Nereas Partei. Während die Kinder mehr oder weniger im Spaß aufeinander losgehen und sich weiterhin gut gemeinte Beleidigungen an den Kopf werfen, schüttet Senta sich vor Lachen beinahe aus. Nur ich fühle mich komplett überrumpelt und stehe ein bisschen unbeteiligt daneben. Wäre sie auch noch so wahnsinnig gut gelaunt, wenn sie wüsste, wer ich wirklich bin?

Kapitel 14

Bekanntschaften, die an einem Filmset entstehen, sind vielleicht am besten vergleichbar mit Zeltlager-Freundschaften, einschließlich nicht nachvollziehbarer Insiderwitze und unnachahmlicher Handshakes. Zumindest stelle ich es mir so vor – meine Mutter hat es nie dazu kommen lassen, dass ich in ein Ferienlager fuhr.

Und auch jetzt verhaken Leif, Wanda, Hauke, Roxana und Olaf wieder auf schwer erklärliche Weise ihre Hände miteinander und pfeffern sich Sprüche um die Ohren, deren Anspielungen für Außenstehende absolut widersinnig sind.

»›Ich bin hier, um den Pool sauberzumachen‹«, ruft Hauke einer vorbeieilenden Kellnerin hinterher, die ein randvolles Tablett zu einem Diwan im hinteren Teil des Hotelpoolbereichs balanciert, als wir schließlich ein paar dick gepolsterte hölzerne Liegen vor einer Reihe winziger Palmen in viel zu großen Töpfen zusammengerückt haben. Die junge Frau wirft ihm über ihre runde Schulter einen verwirrten Blick zu.

»›Ihr Name?‹«, hilft Wanda aus, als die Kellnerin keine Anstalten macht, zu reagieren.

»›Poolreiniger‹«, brüllen Hauke, Leif, Olaf und Roxana wie aus einem Mund.

»*Beverly Hills Cop II*, 1987«, erklärt Hauke in meine Richtung gewandt, nachdem die Kellnerin sich hastig aus dem Staub gemacht hat und auf unseren Liegen wieder Ruhe eingekehrt ist.

Ich frage mich, wie oft man einen Film gesehen haben muss, bis man ihn stellenweise auswendig kann, während ich in dem überraschend wenig besuchten Schwimmbad gleichzeitig verstohlen nach Bosse Ausschau halte. Doch tatsächlich ist er wohl nicht der Typ für Chlorwasser.

Enttäuscht nippe ich an meinem Campari Spritz und versuche, mich vor den Wasserfontänen in Sicherheit zu bringen, die Olaf, Leif und vor allem Hauke, der weit mehr als nur ein Meerjungfrauentattoo auf der Haut trägt, dank eines gerade eröffneten Arschbomben-Wettbewerbs bis zur weiß getünchten Mauer hinter uns spritzen. Sie freuen sich wie die Teenager, wenn der Bademeister sie ein weiteres Mal nicht auf frischer Tat ertappt hat. Die Kinder hätten hier ihre helle Freude gehabt, doch sie zogen es unbegreiflicherweise vor, sich bei dem herrlichen Wetter im dunklen, hoteleigenen Kino irgendeinen Actionfilm reinzuziehen, den die Hälfte von ihnen schon mindestens einmal gesehen hat.

Ich gebe es auf, ein flauschiges Hotelhandtuch als Spritzschutz vor meinen ohnehin schon nassen Körper zu halten, und lehne mich auf meiner Liege zurück.

»Ich habe heute Senta kennengelernt«, bekunde ich wie nebenbei und blicke wieder zur gläsernen Doppeltür herüber, die weiterhin fest verschlossen bleibt. Wahrscheinlich ist es ein Segen für mich, dass er nicht kommt, versuche ich mir einzureden.

»Eine phantastische Frau«, erklärt Wanda prompt. »Mit dem größten Herz.«

»Dynamisch und interessiert und immer fröhlich«, stimmt auch Roxana mit ein.

»Was macht sie so? Ist sie auch in der Filmbranche?«

»Gott, nein! Senta ist mit Leib und Seele Ehefrau und Mutter und Großmutter«, versetzt Wanda und bewirft Olaf, der gerade wieder Anlauf für einen neuen Paketsprung nimmt, mit einem Eiswürfel aus ihrem Cocktailglas. Als Antwort landet ein Schwall Wasser auf ihrem Bauch. »Sie hat ihre angehende Karriere als Psychotherapeutin damals aufgegeben, um die Familie zusammenzuhalten und Albert bei allem zu unterstützen, was er tut. Er hat mal gesagt, ohne die Loyalität, das Verständnis und die Liebe seiner Frau hätte er es nie so weit gebracht.«

»Das klingt aber sehr rosig«, bemerke ich spitz und nehme einen großen Schluck von meinem Campari. »Allerdings ist Albert wahnsinnig viel unterwegs – da wird es doch sicherlich einige besonders hartnäckige weibliche Fans geben, die es ihm nicht leicht machen, die Loyalität, das Verständnis und die Liebe seiner Frau nicht zu enttäuschen.« Meine Kopfhaut beginnt zu kribbeln. Meine Mutter war nie der Groupie-Typ. Ganz abgesehen davon war Albert Strauss vor sechsundzwanzig Jahren noch ein kleines Licht in der Welt der Regisseure. Wie ist es also damals zu dieser verhängnisvollen Affäre zwischen meinen Eltern gekommen? Waren von beiden Seiten aus echte Gefühle im Spiel?

Wanda fischt einen weiteren Eiswürfel aus ihrem mittlerweile leeren Glas und nimmt diesmal Hauke ins Visier. »Diese

Frauen lungern vor jedem Hotel herum, das hast du ja schon mitbekommen. Ich als seine Assistentin bin seit acht Jahren praktisch rund um die Uhr an seiner Seite, zumindest während der Arbeiten zu einem Film. Ich bewohne in Hotels oft sogar das Zimmer neben ihm. Da wäre es mir kaum entgangen, wenn er sich außerehelichen Vergnügungen hingeben würde. Er ist einfach nicht der Typ dafür. Albert vergöttert seine Familie. Und das zu Recht.«

Ich gebe nicht auf. »John F. Kennedy wird seine Familie auch vergöttert haben und konnte Marilyn Monroes Reizen trotzdem nicht widerstehen. Und was ist mit Bill Clinton und Monica Lewinsky?«

Wanda schüttelt lachend den Kopf und rückt ihr gestreiftes Bikinioberteil zurecht. »Warum bist du eigentlich so versessen darauf, Albert als Seitenspringer zu entlarven? Glaub mir, der hat keine Leichen im Keller.«

Eine Weile beobachten wir schweigend, wie der Bademeister am Beckenrand auf und ab marschiert, ehe er sich wieder in seinen winzigen Glaskasten am anderen Ende des Pools verkrümelt.

»Ich habe da mal ein Gerücht gehört«, setzt Roxana dann plötzlich an. Wanda und ich drehen uns erstaunt zu ihr um.

»Was für ein Gerücht?«, frage ich atemlos. Ich kann nicht verhindern, dass meine Stimme etwas zu eifrig klingt.

»Ihr wisst doch, dass Albert nie etwas trinkt, nicht mal zu Geburtstagen oder an Silvester. Nichts, keinen Tropfen. Und das liegt nicht etwa daran, dass er trockener Alkoholiker ist, wie viele vermuten, sondern …« Sie legt eine kurze Spannungspause ein.

»Nun, angeblich hat er Senta vor vielen Jahren betrogen, als er vollkommen betrunken war. Seither rührt er keinen Alkohol mehr an. Sie haben wohl einige Zeit gebraucht, bis ihr gemeinsames Leben wieder seinen gewohnten Gang gehen konnte. Kurz darauf war sie dann mit ihrem dritten Kind schwanger. So wurde es mir zumindest erzählt.«

Stocksteif sitze ich auf meiner Liege und konzentriere mich darauf, ruhig ein- und auszuatmen, während sich meine Hände wie von allein an meinem Handtuch festkrallen. Mein Herz, das mir bis zum Hals klopft, sagt mir, dass es sich bei Alberts vielleicht einziger Affäre – oder war es sogar nur ein One-Night-Stand? – um meine Mutter handelte. Und plötzlich komme ich mir unendlich dumm vor, dass ich mir überhaupt die Frage gestellt habe, warum er den Zusammenhalt seiner Familie nicht für ein unbekanntes Kind aufzugeben bereit war.

»Und warum weißt du davon und ich nicht?«, wirft Wanda ein. »Ich bin seine Assistentin und dachte, ich kenne all seine Geheimnisse. Zumindest die richtig guten.«

»Ich habe beste Verbindungen in die Welt der Schönen und Reichen, des Klatschs und Tratschs, der glitzernden Film- und düsteren Unterwelt«, lacht Roxana und fügt dann etwas ernster hinzu: »Erinnerst du dich noch an meine stürmische Romanze mit Linus vor einiger Zeit? Er hat es nicht unbedingt als Geheimnis betrachtet, aber offenbar weiß niemand davon und wenn doch, wird zumindest nicht darüber gesprochen. Und ich vertraue darauf, dass auch ihr es nicht herausposaunt.«

»Natürlich«, verspricht Wanda mit runden Augen.

»Ich gehe in den Whirlpool«, murmele ich kaum hörbar und

stemme mich von der Liege hoch, als ich erkenne, dass sich Olaf und Hauke hinter Wandas Rücken anschleichen. Offenbar haben sie eine unreife Racheaktion für die beiden Eiswürfel im Sinn.

Der badewannengroße Whirlpool hat seinen Namen kaum verdient, doch zumindest ist er leer. Ächzend lehne ich mich in dem warmen Wasser zurück und schließe die Augen. Offensichtlich weiß die gesamte Familie über Alberts schwachen Moment vor fünfundzwanzig Jahren Bescheid. Aber wenn er so offen damit umging und ihm Absolution erteilt wurde, frage ich mich, warum er niemandem von den Folgen seiner Untreue erzählt hat. Oder wissen davon ebenfalls alle? Oder – doch die Möglichkeit erscheint mir noch immer sehr unwahrscheinlich – liegt Jonah richtig mit seiner Annahme, dass Albert möglicherweise gar keinen Schimmer hat, dass er ein viertes Kind hat?

Mir bleibt nichts anderes übrig, als es herauszufinden. Vorher werde ich Albert nicht sagen, wer ich bin. Ich kann ja keine ganze Familie in den Abgrund reißen, nur, damit ich am Ende möglicherweise an der Musikakademie angenommen werde.

»Leif, du Spalter! Du kannst uns doch nicht einfach im Stich lassen«, ertönt in diesem Moment Haukes helle Stimme vom Pool herüber. Ich öffne die Augen und sehe, wie er und Olaf gerade mit Feuereifer versuchen, eine neuerliche Eiswürfelattacke abzuwehren – diesmal von Roxana, während Leif auf den Whirlpool zusteuert. Er bewegt sich lautlos und vorsichtig, als er auf mich zukommt, fast so, als hätte er Sorge, ich könnte mich in Luft auflösen. Sein Oberkörper ist die perfekte Mischung aus

Muskeln und gebräuntem Teint. Weil seine letzte Szene als Hans länger dauerte als geplant, konnten wir nicht wie verabredet sprechen, bevor die anderen kamen. Ich schenke ihm ein aufmunterndes Lächeln, auch wenn ich keine Ahnung habe, wie genau ich ihm sagen soll, was ich ihm sagen muss. Wie erkläre ich jemandem den Unterschied zwischen Mister Right und Mister Nice, ohne ihn zu verletzen?

»Ich glaube, ich muss mich bei dir entschuldigen, Leif«, greife ich vorweg, als er langsam neben mir ins Wasser gleitet. Unsere Knie berühren sich in dem winzigen Becken. »Offensichtlich habe ich den Eindruck entstehen lassen, dass ich mehr für dich empfinde als nur Freundschaft. Und Millionen Frauen halten mich sicher für komplett verrückt, aber irgendwie fühle ich zwischen uns nicht das gewisse Etwas. Auch wenn du mir natürlich sehr viel bedeutest«, höre ich mich zu meiner Überraschung rundheraus sagen und suche sein Gesicht nach einer Reaktion ab. Ich schicke ein kurzes Stoßgebet gen Himmel, dass er nicht nach dem Grund fragt, warum der Funke bei mir nicht übergesprungen ist. Denn ich kann es mir nicht einmal selbst erklären. Wer zieht denn einen misanthropischen, zerzausten und abstinenten Autor einem steinreichen, außerordentlich attraktiven und allem Anschein nach sehr interessierten Schauspielstar vor?

Doch ich habe mir umsonst Sorgen gemacht. »Ich weiß«, murmelt er leise. Mehr nicht. Doch der Ausdruck in seinen kieselsteingrauen Augen spricht Bände. Er stößt einen tiefen Seufzer aus, bevor er hinzusetzt: »Ich glaube, ich habe es schon immer geahnt, denn du hast mir nie einen Anlass gegeben, dein

Verhalten mir gegenüber anders zu interpretieren, aber seit heute weiß ich es. Seit ich dich vorhin mit Bosse gesehen habe.«

Meine Eingeweide ziehen sich zusammen. »Zwischen Bosse und mir ist nichts«, entgegne ich automatisch.

»Außer diesem Funken.«

»Welcher Funke? Erzähl keinen Unfug!«

»Ich bin ein Mann, Anna. Und selbst ich habe ihn gespürt. Definitiv ein Funke.« Er ringt sich ein Lächeln ab. »Ihr habt kommuniziert, ohne ein Wort zu verlieren.«

»Wir haben überhaupt nicht kommuniziert. Da war nur diese Wespe –«

»Bau keinen Mist, Anna. Bosse ist einer von den Guten. Und er hatte eine wirklich schwierige Zeit.« Leif reibt sich mit der Handfläche über die Augen. Er sieht müde aus.

»Was soll das heißen?«

Als hätte er mich nicht gehört, ächzt er: »Ich habe mir wirklich Hoffnungen gemacht. Ich dachte, du wärst die Art von Frau, die ich an meiner Seite brauche. Aber das bist du nicht. Du gehörst zu Bosse.«

»Nein, wirklich, das tue ich ganz und gar nicht. Aber von welchen Schwierigkeiten redest du?« Ungeduldig starre ich ihn an, bis er unvermittelt anfängt zu lächeln.

»Ich hoffe, alles findet sich. Und mach dir um mich bitte keine Sorgen, Anna. Ich bin bald weit genug entfernt von alldem, um in Ruhe mein gebrochenes Herz pflegen zu können. Und falls Bosse und du euch irgendwann mal entschließen solltet … Nun, es ist bestimmt nicht leicht mit ihm, aber er ist es wert.«

»Was heißt, du bist weit weg?«, will ich wissen. Ich kann nicht länger über Bosse reden. Eine junge Frau will sich gerade zu uns in den Whirlpool quetschen, macht aber einen Rückzieher, sobald sie Leifs kühlen Blick auffängt.

»Das war die andere Sache, über die ich heute mit dir sprechen wollte.« Unsere Blicke treffen sich. Und plötzlich sieht er gar nicht mehr müde aus, sondern strahlt wie ein kleiner Junge am Weihnachtsabend.

»Welche Sache?«

»Ich hab ihn!«

»Wen?«

»Den Forschungsauftrag.«

»Welchen Forschungsauftrag?«

»Zu Gurken und Paprika.«

»Gurken und Paprika?«

»In der Antarktis.«

»Antarktis?« Langsam komme ich mir vor wie ein begriffsstutziger Papagei. Ratlos klemme ich mir eine feuchte Strähne hinters Ohr.

Leif greift unter der Wasseroberfläche nach meinen Händen. »Du weißt doch, dass ich viel lieber Botaniker geworden wäre als Schauspieler. Und nach unserem Gespräch habe ich mich, ohne weiter nachzudenken, für ein Forschungsprojekt am Südpol beworben, um zu testen, wie Gemüse unter extremen Bedingungen gedeihen kann, wie sie zum Beispiel auf dem Mond oder dem Mars herrschen. Irgendwann ist es sicherlich notwendig, das Überleben der Menschheit fern der Erde zu sichern.«

»Ein Gewächshaus im ewigen Eis?«, frage ich erstaunt und drücke seine Finger vor Aufregung so fest, dass meine Knöchel weiß hervortreten. »Mein Gott, Leif. Das ist unglaublich. So schnell?«

Übermütiges Gekreische, gefolgt von zwei kurz aufeinanderfolgenden lauten Platschern, lässt erahnen, dass das Geplänkel zwischen den anderen in die nächste Runde gegangen ist. Nachdem Leif Hauke und Olaf lauthals angefeuert hat, wendet er sich wieder mir zu. »Natürlich bin ich nicht so naiv, dass mir nicht bewusst wäre, dass mein Name kein unerheblicher Faktor für die eilige Zusage war, schließlich soll das Projekt ein möglichst weltweites Medienecho generieren. Der abtrünnige Schauspieler, der nun Gurken züchtet. Aber das ist mir egal.«

»Leif, ich freue mich so für dich! Das ist eine Riesenchance.« Ich falle ihm um den Hals. »Und solange es nur der Südpol und nicht gleich der Mars ist ...«

Es dauert einen Moment, bis er mich wieder loslässt. »Und das habe ich alles nur dir zu verdanken, Anna. Du hast mir die Augen geöffnet und mir gezeigt, dass ich nur dieses eine Leben habe. Dieses Leben muss ich so gestalten, wie ich es für richtig halte, und nicht so, wie andere es von mir erwarten.«

»Nein, das hast du dir selbst zu verdanken. Deiner Stärke und deinem Mut, deinem Herzen zu folgen.« Ich drücke sein Handgelenk. Ich finde es unheimlich beeindruckend, wenn jemand ohne zu zögern ein neues Leben beginnt, weil ihm sein altes nicht mehr gefällt. Wenn dieser Jemand dann auch noch ein weltberühmter Schauspieler ist, der mit jedem Film Unsummen verdient, ist es geradezu eine Heldentat. »Was halten denn deine Freunde und deine Familie von deinen Plänen? Ihre Reaktionen haben dir doch die größten Sorgen bereitet.«

»Nun, ich habe es bisher nur den engsten meiner Freunde eröffnet, schließlich will ich den Zeitpunkt, wann die Aasgeier von der Presse sich auf diese Sache stürzen, möglichst selbst bestimmen. Die meisten von ihnen waren gelinde gesagt überrascht, aber ein paar hat die Idee sofort mitgerissen. Und auch meine Eltern waren weniger verständnislos, als ich befürchtet habe. Meine Mutter meinte nach einer endlosen Stille, die Flut an Fanpost sei ihr ohnehin langsam zu viel und ein paar Zeilen würden sicherlich auch weiterhin bei uns ankommen. Mein Vater hat noch länger gebraucht, um sich von dem Schreck zu erholen, aber irgendwann hat er sich selbst davon überzeugt, dass er auf einen Sohn, der sich um das Überleben der Menschheit kümmert, erheblich stolzer sein kann als auf einen, der auswendig gelernte Texte vor einer Kamera aufsagt. Mein Cousin Erik hat sich nach dem dritten Bier eingeredet, dass bei ihm als meinem zukünftigen Ex-Manager und -Agenten nun die A-Riege der Hollywoodstars anklopfen wird. Nur die Reaktion meiner Fans steht noch aus.« Er stößt einen tiefen Seufzer aus.

»Aber du bist nicht für die Befindlichkeiten wildfremder Menschen verantwortlich«, versetze ich betont munter. »Wann soll es denn losgehen? Und wie lange wirst du weg sein?«

Er zögert nur den Bruchteil einer Sekunde. »Anscheinend ist der Kollege, der ursprünglich für den Auftrag vorgesehen war, kurzfristig ausgefallen. Ich fliege also schon in zweiunddreißig Tagen nach Ushuaia. In Argentinien treffen das Team und ich letzte Vorbereitungen, bevor es dann für vier Monate ins Eis geht.«

»In zweiunddreißig Tagen!« Verblüfft ziehe ich eine Augenbraue hoch. »Das ist direkt nach dem offiziellen Abschluss der Dreharbeiten! Wann willst du denn alles Notwendige organisieren? Und was ist, wenn noch Szenen nachgedreht werden müssen?«

Ein feines Lächeln umspielt seine Lippen. »Noch bin ich ein gut betuchter Celebrity mit mehreren Angestellten. Erik und eine Assistentin bereiten alles für mich vor. Und eventuelle Pickup Shots stehen ohnehin erst in einigen Monaten an. Bis dahin werde ich vermutlich längst zurück sein.« Wieder greift er nach meiner Hand. »Ich rede mir ein, dass es mit uns beiden ohnehin nicht funktioniert hätte. Ich muss mich in nächster Zeit ganz auf mein Karriereende als Schauspieler konzentrieren und meinem neuen Weg folgen. Dazu brauche ich all meine Kraft und Energie. Aber tief in mir drin weiß ich, dass ich mich wirklich in dich hätte verlieben können.«

Der entrückte Glanz in seinen Augen versetzt meine Nervenenden in Schwingung. Gerade will ich mich ein weiteres Mal bei ihm entschuldigen und ihn zu seinem Mut und seiner Entscheidungskraft beglückwünschen, als Wanda neben uns auftaucht, einen entnervten Ausdruck im Gesicht und zwei große Badehandtücher in den Händen. »Leif, ich fürchte, es ist wieder so weit. Die ersten Leute knipsen Bilder von dir und einer unbekannten blonden Schönheit im Whirlpool.«

Abrupt steige ich aus dem Wasser. »Das hält ja kein Mensch aus. Dein beruflicher Neuanfang war lange überfällig«, brumme ich, wickele mir hastig eines der weißen Hotelhandtücher um den Körper und senke den Blick, um nicht morgen halbnackt auf allen Titelseiten zu stehen.

Als ich mich ein paar Drinks im VIP-Bereich der Hotelbar später schließlich von den anderen verabschiede, ist es schon weit nach Mitternacht. Leif, sturzbetrunken und melancholisch, drückt mich ein bisschen zu lange und zu fest an sich, löst sich dann aber widerwillig aus meinen Armen, um Olaf, der sich gerade in erstaunlicher Lautstärke über die aufwendig angelegten Blumenrabatten übergibt, aufzuhelfen und zu seinem Zimmer zu eskortieren. Roxana hat sich schon vor einer halben Stunde schwankend von uns verabschiedet und Wanda haucht mir einen schnellen Kuss auf die Wange, bevor sie Hauke wortlos mit sich zieht. Ich habe die starke Vermutung, dass die beiden gemeinsam in Wandas Zimmer im zweiten Stock verschwinden.

Nach diesem aufwühlenden Tag bin ich müde und erschöpft, doch ich weiß, dass sich mit so viel Promille im Blut das Karussell im Kopf unermüdlich drehen und mich am Einschlafen hindern wird. Also beschaffe ich mir eine große Flasche Wasser von der Bar und mache mich auf den Weg zum Strand. Denn auch wenn ich in Leipzig aufgewachsen bin und bei meiner Mutter und mir hauptsächlich Städte- und Kulturtrips auf dem Ferienprogramm standen, hatte ich doch immer eine besondere Schwäche für das Meer. Am Strand fühle ich mich nicht so klaustrophobisch wie sonst manchmal. Die Weite lässt mich durchatmen und innerlich zur Ruhe kommen.

Ich sehe ihn schon von Weitem. Obwohl der breite, dunkle Strand nur halbherzig von Mond und tausend Sternen beschienen wird, erkenne ich ihn sofort, als er wie James Bond aus den Fluten steigt. Er hat mich noch nicht entdeckt, also habe ich ausreichend Gelegenheit, sein breites Kreuz zu begutachten, die muskulöse Brust, die im fahlen Mondlicht schimmert, die schmalen Hüften, den flachen Bauch.

Vielleicht ist es nur der Alkohol, aber ich starre ihn immer noch an wie eine Irre, als er unvermittelt in meine Richtung ruft: »Alina! Ich dachte schon, du kommst gar nicht mehr. Was ist, hast du dir das mit dem Mitternachtsbad etwa anders überlegt?« Ich kann seinen Gesichtsausdruck bei der Dunkelheit nicht erkennen, aber er spiegelt fraglos Spott und Sarkasmus wider.

Mein Herz schlägt im Takt mit dem Flügelschlag eines Kolibris.

»Benno!«, bringe ich aus staubtrockener Kehle hervor, dann will mir partout kein lockerer Spruch mehr einfallen. Wenigstens lalle ich nicht.

Er trägt nichts als eine dunkle Badehose und Salzwasser auf der Haut, als er mit seinem Handtuch in der Hand langsam in meine Richtung schlendert. »Du wirst doch wohl keinen Rückzieher machen.«

Viel zu dicht vor mir bleibt er stehen. Mir stockt der Atem. »Ich … Ich war schon schwimmen. Es ist spät … Wenn ich einen Badeanzug dabeihätte …«, stottere ich zusammenhanglos. Der Alkohol muss mein Denkvermögen beeinträchtigt haben.

»Du wirst rot.«

»Werde ich nicht!«

»Wie eine sonnengereifte Tomate.«

»Stimmt nicht!«

»Du wirst immer rot, wenn du verunsichert bist oder dir jemand ein Kompliment macht.«

»Vielen Dank für deine Analyse, Dr. Freud. Soll das etwa bedeuten, du hast mich in den vergangenen Wochen heimlich beobachtet?«, kontere ich.

Er zieht die Nase kraus, schweigt aber. Vielleicht habe ich einen Nerv getroffen.

»Bin ich etwa ein Studienobjekt für eines deiner nächsten Projekte?« Betrachtet er mich nur als eine weitere Akteurin auf seiner Bühne? Schnaubend öffne ich meine Wasserflasche und nehme ein paar tiefe Schlucke. »Spiele ich dann wenigstens die Hauptrolle? Oder bin ich nur Mitglied der Eröffnungstanzgruppe?«

»Auf das Risiko hin, dass es sich anhört wie ein Kompliment: Du bist atemberaubend schön, wenn du dich aufregst. Selbst, wenn du voll bist wie eine Haubitze.«

Ich halte den Atem an. Und obwohl ich gerade erst etwas getrunken habe, ist mein Mund schlagartig so trocken wie die Atacama-Wüste. Bis er schelmisch grinsend hinzufügt: »Ich wollte dich nur noch mal rot werden sehen.«

Gereizt wende ich den Blick ab. »Nun, ich bin froh, wenn ich zu deiner Unterhaltung beitragen konnte, Boris.«

Er lacht leise. »Boris hattest du schon. Damals, am ersten Drehtag der Kinder. Bei unserer zweiten Begegnung.«

Daran kann er sich erinnern? Skeptisch trete ich ein paar Schritte zurück und lasse mich in den kühlen Sand sinken. Der Strand ist um diese Zeit menschenleer, nur ein Hundebesitzer führt in einiger Entfernung seinen Vierbeiner aus.

Bosse breitet direkt neben mir auf dem Boden sein Handtuch aus, bevor er sich setzt. Er trägt noch immer kein Shirt und es ist eine Herausforderung, ihn nicht mit offenem Mund anzuglotzen.

»Ich nehme an, in spätestens zwei Wochen wirst du zurück nach Leipzig fahren?«, fragt er leise, nachdem wir eine Weile schweigend der Melodie der Wellen gelauscht haben.

»Ich denke schon«, flüstere ich. Verärgert stelle ich fest, dass meine Stimme ganz rau klingt. Ich habe eine Zugfahrt für die Kinder, die nicht von ihren Eltern abgeholt werden, und mich für übernächsten Donnerstag gebucht. In dieser Sekunde kann ich mir aber beim besten Willen nicht vorstellen, tatsächlich an Bord zu gehen. Und das liegt nicht nur daran, dass ich mir nicht vorstellen kann, zum ersten Mal seit Wochen ganz allein zu sein, in meiner einsamen kleinen Wohnung, mit nichts als dem Lärm der Stadt als Gesellschaft.

Aus irgendeinem Grund scheint er sich darüber zu freuen, dass ich bald abreise. Deutlicher könnte er mir nicht zeigen, dass von seiner Seite aus null Interesse besteht. Schnippisch setze ich hinzu: »Aber mach dir keine Sorgen, die entsetzliche Lücke, die ich in deinem trostlosen Leben hinterlassen werde, wird sich möglicherweise eines Tages wieder schließen.«

»Vielleicht«, wispert er, plötzlich ernst geworden, und fragt dann: »Wie geht es deinem Finger?«

Sanft berührt er meine Hand. Das habe ich nicht kommen sehen.

Er trifft mich mit voller Wucht, der Funke, von dem Leif geredet hat. Der Blitzschlag, den ich inzwischen so gut kenne. Und auch wenn ich die Farbe seiner Augen in der Dunkelheit nicht erkennen kann, so nehme ich darin doch wahr, dass es ihm genauso geht.

»Es funktioniert nicht«, ächzt er und fährt sich mit der freien Hand über die Augen.

»Was meinst du?«

»Mich von dir fernzuhalten.«

»Dann tu es nicht.« Meine Stimme bricht. Wann hat das Gespräch diese Wendung genommen? Alle Gedanken an meinen Vater, meine Prüfung und Jonahs Herzschmerz rücken in weite Ferne.

Er hält noch immer meine Hand fest. Ich gebe mir Mühe, nicht ununterbrochen auf seine nackten Schultern zu starren, und schaue mich stattdessen nach dem Hundebesitzer um, doch der ist mittlerweile zwischen den Dünen verschwunden.

Sein Oberschenkel streift meinen. Mein Herz rast und stolpert wie verrückt, als ich meinen Blick hebe und sehe, auf welche Weise er mich beobachtet. Intensiv und konzentriert. Durchdringend und versunken. Obwohl ich sitze, erfasst mich ein Schwindel, den ich nicht nur auf den Campari schieben kann.

Ein einziges Wort reicht, um ihn zu beschreiben: *Achtung!* Dieses Wort sollte in großen Lettern vorne auf seinen bunten T-Shirts stehen anstatt der Name all dieser Bands, die niemand kennt.

Ich will ihn nach Maren fragen, bringe es aber nicht über mich. Von Sekunde zu Sekunde wird mir unter seinem stechenden Blick heißer. Es scheinen Minuten zu vergehen, in denen wir uns einfach unverwandt anstarren. Nie zuvor hat jemand eine solche Wirkung auf mich ausgeübt.

»Anna«, flüstert er schließlich rau. Mit leicht geöffneten Lippen senkt er langsam seinen Kopf. Mein Herz hört auf zu schlagen.

Es ist einer dieser Küsse, die Bände sprechen. Die sagen, wofür einem die Worte fehlen. Dieser Kuss fühlt sich an, als wäre er der erste Kuss in meinem Leben.

Viel zu früh löst er sich von mir. »Es gibt ein paar Regeln, Anna«, ächzt er heiser und beugt sich wieder vor, um mich erneut zu küssen. Ich wünschte, er würde niemals damit aufhören.

»Klar«, murmele ich kaum hörbar. In diesem Moment hätte ich allem zugestimmt. *Du möchtest Wingsuit-Fliegen? Ohne Fallschirm? – Unbedingt, ich bin dabei!*

»Ich will keine Beziehung«, stöhnt er und lässt seine Finger in meinen Nacken gleiten.

»Das will ich auch nicht.« Meine Lüge schnürt mir die Kehle zu. »Ich weiß, dass du keine Gefühle für mich hast. Ich stehe nur zufällig zur rechten Zeit vor dir. Kapiert.«

Er lässt mich nicht los, lehnt sich aber einige Zentimeter zurück und blickt mich für einen Moment mit verdunkelten, beinahe schwarzen Augen an. Dieser Ausdruck in seinem Gesicht. So, als würde er sich ebenfalls zu mir hingezogen fühlen. »Ich meine es ernst. Es gibt ein paar Regeln.«

Atemlos hebe ich meine Hand und lege sie an seine bärtige Wange. »Okay«, hauche ich. Selbst wenn ich wollte, ich könnte mich nicht von der Stelle rühren. »Sag mir die Regeln.«

»Keine Dates«, murmelt er drängend gegen meine Lippen. »Keine Zukunft.« Sein Daumen wandert vorsichtig meinen Arm hinauf bis zu meinem Schlüsselbein. »Keine Fragen.« Seine Küsse werden stürmischer, leidenschaftlicher. Hitzig drückt er mich auf sein ausgebreitetes Handtuch.

Dieser Mann soll tatsächlich seit drei Jahren keine Frau mehr geküsst haben?

»Keine Dates, keine Zukunft, keine Fragen«, wiederhole ich schwer atmend, während er ungeduldig mein Top aus dem Bund meiner Shorts zerrt. Meine Haut glüht unter den Berührungen seiner Finger, seiner Lippen, seiner Zunge. *Der perfekte Mann bringt mich zum Lachen, zum Schwitzen, um den Verstand und nach Hause.* »Das alles will ich auch nicht.«

Kurz kommt mir der Gedanke, dass ich mir in Wahrheit nichts sehnlicher wünsche, als ein richtiges Date mit Bosse, eine Zukunft mit ihm, dass ich ihm tausend Fragen stellen will, egal, wie es ausgeht, egal, ob mir am Ende das Herz gebrochen wird, aber ich schiebe den Gedanken hastig beiseite. Nie hätte ich erwartet, dass mir mal so etwas passieren würde.

Und dann schließe ich die Augen und es gibt nur noch ihn und mich.

Kapitel 15

Es ist, als würde ich Elbisch sprechen.

»Auf keinen Fall! Bei der Hitze? Wer ist denn auf diese abstruse Idee gekommen?«

Den ganzen Tag habe ich damit zugebracht, meiner Interpretation von Ernest Blochs Andante aus der *Suite No. 2* den letzten Schliff zu verpassen. Weil ich permanent unterbrochen wurde – von Schopenhauers feuchter Nase, die er hartnäckig in meine Kniebeuge grub, um mich zum Ballspiel aufzufordern, von Elsas Hilferufen, weil die uralte Leiter unter ihr zusammenbrach und sie sich mit ihrer noch immer verstauchten Hand nur mit Mühe in den Zweigen des Pflaumenbaums halten konnte, von Nereas und Julius' unablässigem Gezanke –, musste ich vom Probenraum in meine Hängematte auf der Streuobstwiese und schließlich in die Heidelandschaft auf halbem Weg zu den Dünen ausweichen. Nun steht mir der Sinn eher danach, eine kalte Dusche zu nehmen und früh ins Bett zu gehen, als nach Lagerfeuer mit Stockbrot, Saftschorle und dem Tumult der versammelten Mannschaft.

Doch Lisa lässt nicht locker. »Es war meine Idee. Elsa hat Marshmallows gekauft. Und Felix hat Stockbrotteig vorbereitet. Und wer weiß, wie oft wir hier noch so zusammenkommen können. Und wir könnten Leif anrufen«, lockt sie, offensichtlich nicht auf dem neuesten Stand.

»Leif und Britta drehen heute in St. Peter-Ording die Leuchtturmszenen.«

»Charlotte und Helen sind sicherlich auch dabei«, probiert sie es weiter. »Miguel und Joris laufen gerade rüber und sagen ihnen Bescheid. Jorge und Bosse kommen bestimmt auch mit hierher.«

Abrupt setze ich mich in meiner Hängematte auf. »Bosse ist bei Charlotte und Helen?«, frage ich ein bisschen zu eifrig, ehe ich mir auf die Zunge beißen kann.

»Zumindest haben Leo und ich gerade, als wir mit den Hunden draußen waren, gesehen, wie er schon wieder Joris' Uroma nach Hause gebracht hat. Joris meint, Käthe geht im Moment pausenlos auf Wanderschaft und vergisst dann, wo sie ist und wie sie zurückkommt. Eigentlich bräuchte sie eine Rund-um-die-Uhr-Betreuung, sagt Albert, aber das lehnt sie ab. Und ins Heim soll sie natürlich auch nicht. Meine Oma Dagmar hat mal gesagt –«

Den Rest von Lisas Rede blende ich aus und überlege stattdessen, ob mir noch ausreichend Zeit bleibt, meine widerspenstigen Haare zu bürsten und mein verschwitztes, ausgebeultes Shirt gegen ein etwas ansehnlicheres Top einzutauschen, oder ob es Bosse ohnehin egal ist, was ich trage.

Ich komme zu dem Schluss, dass ich noch einen kurzen Umweg über meine Pferdebox machen und mein Vagabundenoutfit wechseln sollte, und schwinge die Beine über den Rand der Hängematte, gerade als Bosse und Charlotte die Einfahrt heraufkommen. Miguel, Joris, Helen, Jorge und Bosses schwarz-weißes Hündchen, das, wie ich inzwischen in Erfahrung gebracht habe, auf den Namen Alfred hört, folgen ihnen. In den Armen halten sie genügend Holzscheite, dass es für ein mittelgroßes Biikebrennen reichen würde.

Bosses Anblick bringt mein Herz wie immer in den letzten Tagen gehörig aus dem Gleichgewicht. Notdürftig streiche ich mir die Haare aus dem Gesicht und das T-Shirt glatt – in dem schmerzlichen Bewusstsein, dass ich aussehe, als hätte ich gerade einen Landstreicher überfallen – und gehe den Neuankömmlingen mit feuchten Händen und Lisa an meiner Seite entgegen, um ihnen mit dem Holz behilflich zu sein.

Ich spüre Bosses intensive Blicke in meinem Nacken, während ich Joris und Miguel einige Scheite abnehme, und denke unwillkürlich an das Telefonat zurück, das ich an diesem Morgen mit Jonah geführt habe.

»Du musst den Anschein vermitteln, als würden noch andere Männer um deine Aufmerksamkeit buhlen. Das funktioniert jedes Mal, glaub mir, Annie«, erklärte er wie immer sehr direkt.

»Moralisch gesehen ist das nicht wirklich eine Glanznummer. Außerdem bin ich nicht der Typ, der mit Männern jongliert«, habe ich entgegnet und noch ein wenig verschlafen Zahnpasta auf meiner Zahnbürste verteilt.

»Du sollst ja nur so tun. Oder hast du deine Meinung über den wunderbaren Bosse mittlerweile geändert? Wenn ich mich recht erinnere, hast du gestern noch von einer unerklärlichen Anziehungskraft gefaselt, von der sensiblen Seele, die du hinter seiner rauen, bärtigen und hünenhaften Schale entdeckt haben willst, von seinem ausgesprochen klugen Kopf und dem jungen, kreativen Geist, ganz zu schweigen von dem außerordentlich knackigen Hinterteil. Habe ich noch etwas vergessen?«, brummte er ironisch.

»Seinen bemerkenswerten Bizeps vielleicht.« Ich habe mein Gesicht im Badezimmerspiegel betrachtet und mir Bosses bemerkenswerten Bizeps vor Augen geführt, mit dem er mich seit diesem Abend auf Sylt Nacht für Nacht gehalten hat. Immer auf Armlänge, denn er ist von seinen kompromisslosen Regeln keinen Millimeter abgewichen.

»Du hast noch nie zuvor über jemanden so gesprochen wie über Bosse. Und wir kennen uns fast unser ganzes Leben, Annie. Wenn du bei seinem Spiel einfach weiter mitmachst, weißt du, wie das Ganze enden wird.«

Ich legte meine Zahnbürste auf dem Waschbeckenrand ab und rieb mir über das blasse Gesicht. Natürlich wusste ich, wie es enden würde. Das war der Grund, warum ich nie vorhatte, mich zu verlieben. Erst recht nicht in jemanden, bei dem die Verletzung und der Schmerz schon vorprogrammiert sind.

»Du musst nach deinen eigenen Regeln spielen«, fuhr Jonah eifrig fort. »Und wenn das beinhaltet, dass du vorgibst, andere Männer wären hinter dir her, damit er seine Haltung überdenkt –«

»Hast du diese pubertäre Taktik etwa bei Amba angewendet? Nun, sieh dir an, was es dir gebracht hat.«

»Sie ist wieder da.«

»Wie bitte?«

»Sie stand gestern Nacht plötzlich heulend vor meiner Tür. Anscheinend hat sie erkannt, dass sie ohne mich nicht leben kann.« Er klang eine Spur zu selbstgefällig, gleichzeitig überraschenderweise aber auch weniger euphorisch als sonst, wenn er von Amba sprach. »Das ist der andere Grund, weswegen ich anrufe.«

»Aber … einfach so? Meinst du, dass du ihr wieder vertrauen kannst?«

»Ich glaube, diesmal ist es ihr ernst«, erwiderte er nach einer kurzen Pause.

Auch ich zögerte ein paar Augenblicke. »Jonah, das ist phantastisch! Mir fällt ein riesiger Stein vom Herzen.« Dabei hatte ich mich gerade entschlossen, Amba nicht zu mögen, angesichts dessen, wie sie Jonah behandelt hatte. Er ist eine außergewöhnliche Person und verdient auch eine außergewöhnliche Freundin.

»Wirst du trotzdem kommen, Jonah?«

»Natürlich komme ich. Ich kann es kaum erwarten, deinem Bosse zu zeigen, wie populär du bei den Typen bist.«

»Untersteh dich!«

»Mensch, Annie, denk doch auch mal an deine Nachprüfung.«

Ich atmete ein paarmal tief ein und beobachtete abwesend, wie die gestreifte Zahnpasta langsam auf den weißen Waschbeckenrand tropfte. Natürlich wusste ich, wovon er sprach. Anstatt das Loch in meinem Inneren, die vielen Fragezeichen, Befürchtungen und Ängste kleiner zu machen, bin ich sehenden Auges dabei, sie zu vergrößern.

Wir sind mittlerweile am Lagerfeuerplatz hinter der alten Scheune direkt neben dem Hühnerstall angekommen, wo Elsa und Felix schon buttrigen Teig auf Stöcken verteilen und Herr Bekensen mit der tatkräftigen Unterstützung von Leo ein prasselndes Feuer in Gang setzt. Die anderen zerren Stühle, Baumscheiben, Hocker und weitere Sitzgelegenheiten herbei, während Schopenhauer, Voltaire und selbst der geruhsame Alfred aufgeregt kläffend um sie herumspringen. Die Hühner reihen sich, vollkommen unbeeindruckt vom Tohuwabohu, am Zaun aneinander in der unverkennbaren Hoffnung, dass für sie etwas abfällt.

Herr Bekensen zieht ein Taschentuch aus seiner Hosentasche und tupft sich den Schweiß von der Stirn.

»Dir ist etwas aus der Tasche gefallen, Tomte«, stellt Leo fest, als ich gerade das Holz neben der von großen Steinen eingefassten Feuerstelle stapele, und greift entschlossen ins Gras, das von der sengenden Sonne der letzten Wochen ganz ausgedörrt ist.

»Was ist das?«, erkundigt sie sich, doch Herr Bekensen nimmt ihr den kleinen Gegenstand schnell aus der Hand, nicht ohne sich unmerklich in alle Richtungen umzusehen. Bevor er das Objekt wieder in der Tasche seiner weiten Cargohose verschwinden lassen kann, erhasche ich einen kurzen Blick darauf: Es ist ein dunkelblaues, von Samt überzogenes Schmuckkästchen. Wie gemacht für einen Ring.

Verdutzt hebe ich eine Augenbraue und auch Leo sieht aus, als suche sie nach den richtigen Worten, um ein paar allzu neugierige Fragen abzufeuern, doch Herr Bekensen scheint unseren Blick zu meiden. Um ihn nicht in Verlegenheit zu bringen, lenke ich Leo mit einigen stotternd vorgetragenen und zugegebenermaßen nicht sehr originellen Ostfriesenwitzen ab, die mir Miguel heute beim Frühstück erzählt hat und an die ich mich – wie immer bei Witzen – nur bruchstückhaft erinnere. Und habe die Schmuckschatulle selbst schon bald wieder vergessen.

»Miguel hat so einen geisteskranken Humor«, beschwert sich Leo und schüttelt die kinnlange blonde Mähne.

Ich werfe ihr einen kurzen Seitenblick zu. »Ich dachte, ihr hättet euch alle wieder vertragen.«

Ein wenig zögerlich zieht sie das kleine Stupsnäschen kraus. »Eigentlich haben wir das auch. Aber er hat Lisa noch immer nicht verraten, wie er dazu kommt, solche Gemeinheiten von sich zu geben. Von einer Entschuldigung ganz zu schweigen. Keine Ahnung, warum wir überhaupt wieder mit ihm befreundet sind.« Sie nimmt einen langen Stock und fuhrwerkt damit im Feuer herum, während Schopenhauer die Gelegenheit nutzt, um in Windeseile einen gelben Marshmallow herunterzuschlingen, der ihr ins Gras gefallen ist. Die Drei-Sekunden-Regel bringt bei einem 0,5-Sekunden-Setter offensichtlich nicht sehr viel. Nach einer kurzen Pause, in der sie Schopenhauer nachsichtig zwischen den Ohren krault, setzt Leo leise hinzu: »Lisa weiß nicht, was er wirklich über sie denkt, obwohl er und Joris ihr die Kette zurückgebracht haben.«

»Ich glaube, tief drinnen ahnt Lisa, warum Miguel diesen Quatsch verbreitet hat«, mischt sich nun Herr Bekensen ins Gespräch ein. Er ist offensichtlich bestens informiert.

Neugierig schaue ich zu Leos bester Freundin herüber, die unablässig quasselnd zusammen mit Joris, obwohl er keines ihrer Worte versteht, Marshmallows aus einer riesigen Tüte in eine geblümte Porzellanschüssel umfüllt und sich dabei den einen oder anderen in den Mund schiebt. Nicht nur die drei Hunde lassen Lisa nicht aus ihren dunklen, flehenden Augen, offensichtlich in der Hoffnung, dass ihnen ihre Geduld einen Leckerbissen einbringt, sondern auch Miguel sitzt einige Meter weiter auf einem Baumstumpf und blickt immer wieder verstohlen in ihre Richtung, während er mit seinem Taschenmesser die Rinde von einigen Stöcken entfernt. Betont beiläufig schlendere ich zu ihm hinüber und hocke mich neben ihn.

»Sag es ihr einfach, Miguel!«

Verblüfft blickt er von seinem Stock auf. »Was? Wem?«

»Ihr habt euch vielleicht längst wieder vertragen, aber deine Worte stehen noch immer zwischen euch. Und du könntest das Ganze so einfach aus der Welt schaffen.«

»Wie bitte? Welche Worte?« Er lässt das Messer sinken, doch ich erkenne in seinen Augen, dass ihm dämmert, wovon ich rede. Wortlos lässt er seinen Blick wieder zu Lisa und Joris schweifen und seine Miene verfinstert sich, als ihm aufgeht, dass Lisa allem Anschein nach irgendwie dahintergekommen ist, welchen Blödsinn er über sie verzapft hat.

»Wenn ein Junge ein Mädchen gernhat, muss er manchmal nur für ein paar Sekunden wirklich mutig sein«, wiederhole ich mit gesenkter Stimme in etwa die Worte, die Bosse damals, als wir Käthe in der Einkaufsstraße aufgegabelt haben, zu Lisa gesagt hat.

Ermutigend drücke ich seine überraschend große Hand, ehe ich mich ächzend aufrichte, um die wie immer leise vor sich hin trällernde Elsa mit den Getränken zu unterstützen, und er sich schweigend wieder seinen Stöcken zuwendet.

Während ich gemeinsam mit Elsa selbst gemachten Apfelsaft in kleine Einmachgläser fülle, lasse ich meinen Blick immer wieder wie zufällig in Bosses Richtung schweifen. Er sitzt neben Jorge auf einem breiten Baumstamm, jeder von ihnen zwei Stöcke mit schon leicht gebräuntem Teig für irgendwelche Kinder, die die Geduld verloren haben, über das Feuer haltend.

»Dein junger Kavalier lässt dich nicht aus den Augen«, bemerkt Elsa im Plauderton, das leere Tablett in den Händen schwenkend und schon auf halbem Weg zurück zum Haus.

»Redest du von Bosse?«, will ich ihr nachrufen, kann mich aber angesichts der vielen Zuhörer gerade noch zurückhalten. Kavalier! Elsa kann wirklich altmodisch sein. Vielleicht ist sie aber auch einfach romantisch.

»Was summst du da eigentlich die ganze Zeit vor dich hin?« Helen ist von der anderen Seite an den riesigen Baumstumpf herangetreten, der regelmäßig bei Lagerfeuernächten als Tisch herhält, und greift nach einem Einmachglas. Ich blicke in ihr gerötetes, strahlendes Gesicht.

»Ich weiß nicht. Einfach irgendwas«, entgegne ich lachend. Und wie schon in den Tagen zuvor ergreift eine Leichtigkeit von mir Besitz, eine Sorglosigkeit, die mich pausenlos in mich hineinlächeln lässt, die meine Beine mit Energie füllt, die dafür sorgt, dass ich immer wieder Melodien vor mich hin trällere, besonders häufig *Clair de lune*. Ich fühle mich rundum glücklich, vielleicht zum ersten Mal seit der verpatzten Aufnahmeprüfung im Juni. Glitzernd, glücklich und aufgeregt.

»Dasselbe Lied hat Bosse vorhin schon die ganze Zeit gesummt«, stellt Helen feixend fest und mustert mich vollkommen ungeniert aus ihren hellblauen, weit auseinanderstehenden Augen, die meinen so unglaublich ähnlich sind.

Ich beiße mir auf die Lippen. Hat sie Verdacht geschöpft?

Glücklicherweise wählt Voltaire genau diesen Moment, um sich mit seinem massigen Körper zwischen Helen und mich zu drängen. Er schiebt seine weiche Schnauze in meine Handfläche und bedenkt mich mit einem seiner Blicke. Doch ob er nun bettelt oder seine Zuneigung bekundet, vermag ich nicht zu sagen.

Obwohl ich Felix ausbremsen muss, damit er nicht alle Marshmallows allein herunterschlingt, Nerea dafür unaufhörlich am Essen herummäkelt, Bosse nur aus der Entfernung mit mir kommunizieren zu wollen scheint und ich tunlichst darauf achten muss, nicht von Helen oder sonst jemandem dabei ertappt zu werden, Bosse heimlich anzustarren, bin ich heilfroh, dass Lisa mich überredet hat mitzukommen. Die Stimmung ist ausgelassen und ich habe mich lange nicht mehr so gelöst gefühlt.

Irgendwann, die Sonne steht schon tief und in einem beinahe unnatürlichen Orangeton am Himmel, schlägt Bosse mit einem verschmitzten Seitenblick in meine Richtung vor: »Wie wäre es mit ein bisschen Musik? Schließlich haben wir die talentiertesten Musiker mitten unter uns. Es sei denn, es gibt jemanden unter euch, der Angst hat, sein Spiel von anderen Menschen beurteilen zu lassen?«

Natürlich weiß er Bescheid. An einem Filmset scheint es mehr Geheimnisse zu geben, als ich anfangs vermutet habe, aber zumindest dieses eine gehört offensichtlich nicht dazu. Angestrengt denke ich über eine effektvolle Retourkutsche nach, doch die passenden Worte scheinen sich partout nicht formieren zu wollen. Mir ist noch immer nichts Treffendes eingefallen, als ich, mit einem letzten vernichtenden Blick zu Bosse, den Kindern in einigem Abstand Richtung Pferdestall folge.

»Gehst du mit Joris?«, vernehme ich unvermittelt Miguels angespannte Stimme, gerade als ich den alten Walnussbaum erreicht habe.

»Quatsch«, kommt Lisas Antwort, die vielleicht eine Spur zu nachdrücklich ausfällt. »Ich gehe mit niemandem. Joris ist nur ein guter Freund.«

Um ihnen eventuelle Unannehmlichkeiten zu ersparen, ducke ich mich im letzten Moment hinter einigen Zweigen, die beinahe bis zum Boden hängen, und hoffe inständig, dass sie mich nicht bemerken.

Miguel, eindeutig bemüht, unbeschwert und fröhlich und sogar ein wenig gleichmütig zu klingen, entgegnet: »Das kenne ich schon.«

»Es stimmt aber. Ich mag jemand anderen.« Lisas Worte hallen für eine Weile nach und ich komme nicht umhin, sie für ihren Mut zu bewundern.

Ich will mich gerade unbemerkt davonstehlen – ich erinnere mich, dass meine Geige ohnehin nicht in meinem Zimmer liegt, sondern ich sie vorhin in der Hängematte auf der Obstwiese vergessen habe –, als Miguel mit kaum vernehmbarer Stimme murmelt: »Du bist nicht hässlich und du bist nur selten zickig. Und du hast unglaubliches Talent. Ich habe das nur über dich gesagt, damit Joris sich nicht in dich verknallt.«

Damit dreht er sich um und rennt los, den anderen hinterher, um seine Geige zu holen. Lisa folgt ihm in gemäßigterem Tempo und, soweit ich das von meinem Versteck aus erkennen kann, mit einem sehr zufriedenen Lächeln auf den Lippen. Stolz, sowohl auf Miguel als auch auf Lisa, mache ich kehrt, um mein eigenes Instrument zu suchen.

Als wir uns kurze Zeit später mit ausgepackten und gestimmten Instrumenten um das Lagerfeuer herum gruppiert haben, ich gedrängt auf eine schmale Holzbank zwischen Elsa und Charlotte und schräg gegenüber von Bosse, herrscht eine Stimmung wie auf einem Volksfest. Wir wagen uns an ein paar neue Chartstürmer, wer ihn kennt, schmettert den Text dazu, alle anderen schütten sich aus vor Lachen. Die Hühner scheinen im Takt mitzugackern, Elsa und ich stoßen mit Sanddornlikör an, sobald ich kurz meinen Bogen absetze, während Herr Bekensen gut gelaunt immer neue Holzscheite nachlegt.

Erst, als die Sonne schon längst hinterm Horizont verschwunden ist und die Kinder anfangen zu gähnen, machen wir uns langsam daran, nach und nach unsere Instrumente einzupacken.

Ich spüre, wie Bosse mich über das Feuer hinweg mit seinen Blicken fixiert, als ich nach meinem Geigenkasten greife. »Wie wäre es, wenn du uns ein paar der Stücke vorspielst, die bei deiner Nachprüfung anstehen, Anna? Und du dir vorstellst, wir wären die Prüfungskommission, die dich mit Argusaugen unter die Lupe nimmt?«

»Fängst du jetzt auch noch damit an?«, will ich fragen. Doch ich starre nur zurück und sehe wahrscheinlich aus, als hätte mir jemand eine Sahnetorte ins Gesicht gedrückt. Dabei sollte ich eigentlich gerührt sein, denn ich nehme an, dass er mir nur helfen will.

Ohne meine Antwort abzuwarten, beugt sich Elsa keuchend zu meinem Geigenkasten herunter und fischt vorsichtig meine Jan Kulík wieder heraus, als wäre sie ein rohes Ei, und selbst Jorge klatscht aufmunternd in die Hände. Offensichtlich sind alle über meine vermaledeite Prüfungsangst genau im Bilde.

»Mir macht es nicht das Geringste aus, vor Publikum zu spielen«, werfe ich ein bisschen irritiert ein. »Das ist schließlich mein Job im Orchester. Außerdem geht es hier um nichts und ihr seid keine Prüfer.«

Mechanisch nehme ich Geige und Bogen entgegen und blende aus, dass dreizehn Augenpaare mich erwartungsvoll anstarren. Nur, dass Bosse mich ansieht, intensiv und durchdringend, kann ich nicht ignorieren, ebenso wenig wie die Tatsache, dass er darüber urteilen wird, ob das Gefühl stimmt, der Ausdruck, die Technik. Wie beim letzten Mal, in den Dünen im Schatten eines Sanddornbusches, als er mich heimlich belauschte und im Anschluss befand: »Ich dachte immer, Musikmachen bedeutet mehr, als nur Noten zu spielen.«

Doch da war noch alles anders. Vielleicht wusste ich da noch nicht, was Gefühle mit einem machen können. Ich schließe die Augen und sofort kommen mir Bilder von letzter Nacht in den Sinn. Von all den Nächten seit Sylt. Ich denke an Bosses Lippen, die meine suchen, an seine Finger, die sich mit meinen verflechten, an seine Augen, die erst begierig jeden Quadratzentimeter meines Körpers erforschen, um sich im nächsten Moment unvermittelt abzuwenden und in die Ferne zu blicken. Wann immer ich – trotz seiner Regeln – den Mund öffnete, um ihn zu fragen, was er verbirgt, begann mein Herz, so heftig gegen meine Rippen zu schlagen, dass mich im letzten Moment der Mut verließ. Schweigen schien so viel einfacher.

Irgendjemand, vermutlich eines der Kinder, räuspert sich ungeduldig.

»Fang mit *Clair de lune* an, Anna«, raunt Lisa mir für alle hörbar zu. »Auch wenn du das für die Prüfung nicht brauchst.«

Und das tue ich. Ich öffne die Augen und setze den Bogen an. Und ohne weiter darüber nachzudenken, wer mir zuhört, ohne mir Sorgen darüber zu machen, ob die Technik sauber genug ist, entlocke ich meiner Violine die ersten Töne. Zuerst noch zaghaft, suchend, doch dann immer freier, phantasievoller, spielerischer, bis jeder mit dem Fuß mitwippt und Herr Bekensen Elsa sogar zum Tanz auffordert. Als das Stück endet, lasse ich es in das nächste übergehen, eine Solosonate von Bach, langsamer diesmal, melancholischer. Während Charlotte, überschwemmt von Schwangerschaftshormonen offensichtlich rührselig geworden, sich verstohlen eine Träne aus dem Augenwinkel wischt und Elsa und Herr Bekensen weiter ihre Kreise ziehen, nur ein winziges bisschen schwerfällig, lässt Bosse mich die ganze Zeit über keine Sekunde aus seinen smaragdgrünen, funkelnden Augen.

Als ich meine Geige nach dem dritten Stück, dem berüchtigten Kabalewski, schließlich sinken lasse, mit klopfendem Herzen und schweißnassen Händen, hört man für einen Moment nur das Knistern der Flammen und das leise Scharren und Picken der Hühner. Im nächsten Moment brandet dreizehnfacher euphorischer Applaus auf und sogar die Hunde scheinen mit übermütigem Gebell mein Spiel zu kommentieren. Ich verbeuge mich ein bisschen verlegen.

Nur Bosse sitzt noch immer wie erstarrt auf seinem Platz. Doch was ich in seinen Augen lese, lässt unwillkürlich Hoffnung in mir auflodern. Als ob er trotz allem, was er gesagt hat, trotz all seiner Regeln und Einschränkungen, ebenso für mich empfindet wie ich für ihn. Gleichzeitig überkommen mich Zweifel und eine stechende Furcht. Denn auch wenn ich die Nase voll davon habe, immer Angst zu haben – vor Ablehnung, vor Enttäuschung, vor Prüfungen, vor Verlust –, spüre ich tief in mir drin, dass ich mich von Bosse Bergmann fernhalten sollte, wenn mir mein Gefühlsleben lieb ist.

»Du kannst alles tun, was du willst, Anna. Und das ist so viel mehr, als du glaubst«, eröffnet er schließlich heiser, als das Geklatsche der anderen abebbt. »Aber, verdammt noch mal, vor allem kannst du Geige spielen.«

»Das macht einen Euro für die Fluchdose«, erwidere ich mit heißen Wangen, weil mir partout nichts Besseres einfallen will. Ich greife nach dem schmalen Glas mit Sanddornlikör, das Elsa mir hinhält, und leere es in einem Zug, ehe ich mich an meine Pflichten als Theatergruppenleiterin und Hüterin von sieben übermüdeten Nachwuchsschauspielern erinnere. Entschlossen wende ich mich den Kindern zu. »Ihr geht jetzt besser ins Bett, morgen müsst ihr früh raus. Die Streitszene mit den Hunden und den Dorfkindern steht auf dem Programm. Julius und Felix, habt ihr euren Text geübt?«

»Aber ich wollte doch noch mit Schopenhauer und Voltaire

ihre Abendrunde drehen«, wendet Leo ein und reibt sich gähnend die Augen. »Alfred nehme ich natürlich auch gern mit.«

»Das übernehme ich.« Bosse erhebt sich schwungvoll und hält Leo ihren Flötenkoffer hin.

»Wenn du willst, zeige ich dir, wo die Leinen hängen.« Klingt meine Stimme cool und lässig oder verzweifelt und bedürftig? Ich vermag es nicht zu sagen.

»Nicht nötig. Keine Kiebitzregenpfeifer um diese Zeit.«

Ich mime eine ziemlich überzeugende Bestürzung. »Was ist mit Grasmücken? Nachtschwalben? Lerchen? Um diese Jahreszeit sollten keine Hunde frei am Strand herumlaufen«, wiederhole ich in etwa seine Worte von unserer ersten Begegnung. Ist das wirklich erst einen Monat her? »Vor allem keine Hunde, die schlecht hören. Und die groß sind wie Kälber, zumindest zwei von ihnen.«

»Du hast mich überzeugt«, gibt er schließlich mit rauer Stimme zurück und folgt mir in langen Schritten Richtung Haupthaus, wo Elsa seit dem ersten Tag zwei Ersatzleinen aufbewahrt. Leslie ist heute Abend wie so oft im Ort unterwegs, doch keinen stört es, in der Zeit die beiden Hunde umsorgen zu müssen.

Als ich in Elsas geräumiger Diele nach den Leinen lange, die am Garderobenhaken hängen, steht Bosse so dicht hinter mir, dass ich seinen heißen Atem in meinem Nacken fühlen kann.

»In meiner Box ist heute Nacht sicher noch ein bisschen Platz für dich«, kommt es mir unvermittelt über die Lippen. Ich bin selbst ganz verwundert über meinen Vorwitz. Normalerweise dränge ich mich nicht so auf, und auch wenn wir in den vergangenen Nächten jede Gelegenheit genutzt haben, um zusammen zu sein, so hat er mein Zimmer noch nie von innen gesehen und auch mich noch nicht in sein Hotel eingeladen. Stattdessen haben wir uns für ein paar verstohlene Minuten in den Dünen, nach Drehschluss im Maskenraum und sogar in der Damentoilette getroffen – immer mit der Angst im Nacken aufzufliegen.

Mit den Hundeleinen in der Hand drehe ich mich zu ihm um und stelle mich, ohne innezuhalten, auf die Zehenspitzen, um ihn sanft auf die weichen, warmen Lippen zu küssen. Er schmeckt nach Marshmallows und süßem Likör. Ich lasse einen Moment verstreichen, bevor meine Zunge behutsam in seinen Mund gleitet. Schlagartig spannt sich jeder Muskel seines Körpers an – ob vor Verlangen oder Missmut, kann ich nicht sagen.

Sofort weiche ich einen Schritt zurück.

»Carpe diem – nutze den Tag«, keuche ich. »Als Kind hat dieser Spruch für mich nie Sinn ergeben.«

»Und jetzt tut er es?«

»Jetzt tut er es.«

Zaghaft legt er seine Hände um meine Schultern und zieht mich wieder an sich. Wie von allein finden sich unsere Lippen zu einem leidenschaftlichen, stürmischen Kuss.

Als er sich schließlich von mir löst, schwer atmend und viel zu schnell, schaue ich vorsichtig zu ihm auf, halb in der Erwartung, dass er wieder eine seiner spitzen Bemerkungen fallen lassen würde. Nie hätte ich damit gerechnet, dass er einfach über meinen Scheitel hinweg an die Wand starren würde, mit einem Ausdruck in seinen Augen, der mir einen eisigen Schauer über den Rücken jagt.

»Bosse, es tut mir leid. Ich weiß, du willst nicht in aller Öffentlichkeit –«, schnaufe ich und blicke mich in der menschenleeren Diele um. »Ich wollte dich nicht überrumpeln.«

»Keine Sorge, Anna. Es hat nichts mit dir zu tun.«

»Okay«, murmele ich verunsichert. *Womit hat es sonst zu tun? Was verheimlichst du mir? Warum um Himmels willen darf ich dir keine Fragen stellen?*

Als er endlich wieder zu mir herunterblickt, verzieht er seinen Mund zu einem schmalen Lächeln. »Ich wollte, dass du mich küsst. Und jetzt möchte ich, dass du es noch einmal tust. Und wenn ich von meinem Abendspaziergang zurückkomme, hoffe ich, dass deine Zimmertür nicht abgeschlossen ist.«

»Ich werde auf dich warten. Aber es ist kein Date«, stelle ich fest und kann nicht verhindern, dass es wie eine Frage klingt.

»Kein Date.«

Ich lege ein Lächeln auf, das zweifellos ein bisschen gezwungen wirkt. Keine Dates, keine Zukunft, keine Fragen. Aber zumindest heute Nacht gehört er mir.

Kapitel 16

Es ist kaum fünf Uhr morgens, als ich zur Abwechslung nicht durch Elsas übereifrigen Hahn, sondern durch das schleifende Geräusch von etwas, das unter meinem Bett hervorgezogen wird, geweckt werde. Erschrocken richte ich mich kerzengerade auf. Habe ich versäumt, vor dem Einschlafen unter dem Bett nachzusehen?

Im fahlen Morgenlicht, das durch den gestreiften Vorhang hereindringt, mache ich aus, wie Bosse in seine Sneaker schlüpft, die Jeans noch offen und das grüne Tame-Impala-Shirt wie ein Handtuch über seine nackte Schulter geworfen. Wollte er sich etwa davonstehlen wie in einem dieser miserablen Filme?

»Musst du schon los? Ich könnte dir vorher noch schnell einen Kaffee kochen und ein paar Brötchen aufbacken, wenn du willst«, biete ich an und schwinge meine Beine über die Bettkante. Schließlich hat er mal erwähnt, dass er morgens am liebsten Marmeladenbrötchen isst. »Kein anderer wird um diese Zeit wach sein und dich sehen.«

Bosse reißt die Augen auf. Seine Miene spiegelt eindeutig wachsendes Misstrauen wider und etliche Gedanken scheinen ihm durch den Kopf zu rasen. »Du willst Frühstück machen?«

»Reg dich ab, ich erwarte dafür keinen kirschgroßen Diamanten am Finger«, beeile ich mich zu versichern, während ich mir ein übergroßes weißes T-Shirt überstreife. Dennoch hat es beinahe den Anschein, als würden sich seine Pupillen vor Furcht weiten. »Und ein gemeinsames Frühstück führt auch nicht unweigerlich zu gemeinsamen Abendessen mit anderen Pärchen, Samstagnachmittagen in Möbelgeschäften, einem Stelldichein mit den Eltern und spießiger Vorstadtidylle.«

Bosse sieht nicht so aus, als hätten ihn meine Worte überzeugt. Allein die Vorstellung, bis zum nächsten Morgen zu bleiben und mit mir gemeinsam an einem Frühstückstisch zu sitzen, scheint bei ihm schon den Panikschalter umzulegen. Als wäre das Ganze nur eine geschickte List von mir, eine Falle, um ihn zu ködern.

Hastig springt er auf, zieht den Reißverschluss seiner Hose zu, zerrt sich das Shirt über den zerzausten Kopf und greift nach seinem Handy, das irgendwann im Verlauf des letzten Abends aus seiner Hosentasche auf den Boden gefallen ist. Ebenso hastig legt er die wenigen Schritte bis zum Badezimmerchen zurück und drückt die Klinke herunter, um Alfred aufzuscheuchen, der die Nacht auf einem flauschigen Badehandtuch in der Dusche verbracht hat.

»Ich will keine Beziehung«, lüge ich daher mit Nachdruck, ehe er mit seinem Hund kopfüber in der Nacht verschwinden kann. Doch Bosse hört mich schon nicht mehr. Ich habe es tatsächlich fertiggebracht, ihn mit der Aussicht auf Marmeladenbrötchen in die Flucht zu schlagen.

Müde reibe ich mir über die Augen. Obwohl wir erst vor einer Stunde eingedämmert sind, ist an Schlaf nicht mehr zu denken.

Für einen Moment lasse ich meinen Blick durch das winzige Zimmer schweifen und bin plötzlich überrascht, wie unpersönlich es ist. Obwohl ich immerhin für sechs Wochen hier lebe, habe ich mir nicht die Mühe gemacht, außer ein paar Büchern und Badutensilien, irgendwelche persönlichen Gegenstände mitzubringen. Ich quäle mich aus dem Bett und schleppe mich in die von schwarzen und weißen Hundehaaren übersäte Dusche. In einer halben Stunde wird ohnehin mein Wecker klingeln, ich werde eine Tasse pechschwarzen Kaffee hinunterstürzen und anschließend viel zu lange damit zubringen müssen, die Kinder aus den Betten zu scheuchen, so dass wir uns am Ende abhetzen müssen, um noch einigermaßen pünktlich am Set aufzutauchen. Seufzend lasse ich das heiße Wasser an.

Als ich fünf Minuten später den Wasserdampf von dem kleinen runden Spiegel wische, erkenne ich kaum das Gesicht, das mir entgegenblickt. Der Glow auf meinen Wangen war vorher definitiv noch nicht da, ebenso wenig wie der Schimmer in meinen Augen und die angehobenen Mundwinkel. Nicht, bevor ich Bosse Bergmann traf.

Ich habe mich geändert. Wegen ihm. Mir war nicht klar, dass Liebe das bewirken kann. Dass Liebe so intensiv sein kann, so tief, und dass sie einem möglicherweise sogar die Angst nehmen könnte. Und erst recht hätte ich nicht erwartet, dass es mir hier passieren würde, auf Langeoog, wo ich noch nicht einmal sein wollte.

Als ich knapp zwei Stunden später mit sieben schlaftrunkenen Halbwüchsigen von Herrn Bekensens Kutsche klettere, aus der

Ferne beobachtet und fotografiert von einer überraschend großen Fanmeute, die schon um diese Zeit auf den Beinen ist, sind wir wie vorhergesagt spät dran.

»Ich hole euch pünktlich in fünf Stunden wieder ab«, bekräftigt Tomte und lässt, ohne unsere Antwort abzuwarten, die Peitsche knallen.

»Warum hat er es heute so eilig?«, wundert sich Felix, der noch auf einem von Elsas selbst gebackenen Frühstücksdonuts herumkaut.

»Herr Bekensen hat sicher einiges zu erledigen. Und nun kommt schon, ihr müsst in die Maske. Zu spät kommen ist out.«

»Woher weißt du, dass es in Ostfriesland nicht möglicherweise immer noch in ist?« Julius legt den Kopf schief.

Ohne auf seinen Kommentar einzugehen, setze ich mein strenges Gesicht auf und versuche, die Kinder durch das Gewusel von Menschen, Requisiten und technischer Ausrüstung hindurch vorwärtszutreiben, doch Lisa bleibt wie festgewurzelt stehen und hebt einen kleinen Gegenstand aus dem ausgedörrten Gras auf. Es ist das dunkelblaue Samtkästchen, das Herrn Bekensen schon gestern Abend aus der Tasche gefallen ist.

»Das gehört Tomte«, stellt nun auch Leo treffend fest und setzt mit gesenkter Stimme hinzu: »Ich frage mich, was wohl drin ist.«

»Los, mach es auf«, fordert Nerea ohne Umschweife, und ehe ich Lisa davon abhalten kann, hat sie die Schmuckschatulle schon geöffnet. Ein paar der Kinder geben übertriebene Laute der Bewunderung und Überraschung von sich, als sie erkennen, was sich in dem Kästchen befindet: In einem hellgrünen Kissen steckt ein schlichter, schmaler Ring, allem Anschein nach aus Weißgold, der von einem dunkelgrünen Smaragd besetzt ist, welcher wiederum von einem Cluster aus winzigen Diamanten umgeben ist.

»Wa-was w-will er mit einem R-ring?« Mikka runzelt die sonnenverbrannte Stirn.

»Der ist megaschön«, konstatiert Nerea mit aufgerissenen Augen.

»Will er etwa heiraten?«, fragt Miguel in die Runde.

»Wen denn?« Ratlos zuckt Julius mit den Achseln.

»Na, *Elsie*, wen denn sonst, Julius?« Lisa verdreht die Augen.

»Am besten, du überlässt mir den Ring, Lisa, und ich gebe ihn Herrn Bekensen ohne viel Aufhebens zurück. Wenn er uns über seine Pläne, wie auch immer die aussehen mögen, in Kenntnis setzen wollte, würde er das sicher tun.« Ich trete dichter an Lisa heran und mustere das Schmuckstück. Es ist wirklich exquisit und würde hervorragend zu der temperamentvollen Elsa passen.

»Was gibt es denn da zu sehen, Kinder?«, vernehmen wir in diesem Moment eine tiefe, volle und vergnügte Stimme, die ich überall wiedererkennen würde, obwohl ich sie erst einmal gehört habe.

Alle fühlen sich geringfügig ertappt, weil Tomte offensichtlich noch nicht bereit ist, sein Geheimnis mit der Welt zu teilen. Nerea, die Senta Strauss schon auf Sylt kennengelernt hat, ist die Erste, die ihre Sprache wiederfindet. »Den schönsten Ring überhaupt. Willst du ihn sehen?«

Neugierig kommt Senta näher, in den Haaren eine übergroße korallenrote Schleife und auf dem Gesicht ein breites Lächeln.

Doch sobald ihr wacher Blick den Ring in der Schatulle erfasst, legt sie die Stirn in Falten und ihr Lächeln erstirbt.

»Woher habt ihr den?«, will sie wissen und fügt dann, bevor wir Gelegenheit haben, uns über ihre sonderbare Gemütsregung zu wundern, hinzu: »Er sieht aus wie der Ring von Bosses Frau.«

Verständnislos trete ich einen Schritt zurück und verenge die Augen zu schmalen Schlitzen, während Senta aussieht, als würde sie sich am liebsten auf die Zunge beißen.

»Bosse ist verheiratet?« Lisa klingt ebenso ungläubig, wie ich mich fühle.

Felix lässt seinen zweiten Donut sinken. »Das ist nicht Bosses Ring, sondern Tomtes. Er will –«

»Wir wissen nicht, was er damit will«, fällt Leo ihm scharf ins Wort.

»Wieso benutzt Santa Claus eigentlich immer dasselbe Geschenkpapier wie meine Mutter?«, kann Julius sich nicht verkneifen.

Ihre Stimmen dringen wie aus weiter Ferne an mein Ohr. Ich kann nichts sagen, nur dastehen und starren. Die Koordination zwischen meinem Mund und meinem Hirn scheint vollständig unterbrochen zu sein.

»Warum hat Bosse nie von seiner Frau erzählt? Wie ist ihr Name? Warum besucht sie ihn nicht?« Nerea, unverblümt wie immer, klappt entschlossen das Samtkästchen zu und drückt es Leo in die Hand.

»Nun, am besten, ihr vergesst gleich wieder, was ich gesagt habe«, weicht Senta bekümmert aus. Sie ist leichenblass geworden. »Wir wollen hier nicht Bosses Privatangelegenheiten ausbreiten.«

Das Ausmaß des Schmerzes, der mich wie ein Hammerschlag mitten in der Brust trifft, erschüttert mich. Ich kenne diesen Mann seit kaum mehr als einem Monat. *Aber, Herrgott noch mal, Bosse ist tatsächlich verheiratet.* Jeder muss hören können, wie mein Herz bricht. Genau das wollte ich mein ganzes Leben lang vermeiden. Verzweifelt schaue ich mich nach irgendetwas um, an dem ich mich festhalten kann, und erwische Lisas magere Schulter. Sie stellt zur Abwechslung keine Fragen.

Am liebsten hätte ich mich umgedreht und wäre davongerannt. Doch dann gewinnt wie automatisiert meine Selbstdisziplin die Oberhand. »Ihr müsst in die Maske, Kinder«, höre ich mich sagen, mit einer Stimme, die nicht meine eigene ist. Meine Kehle fühlt sich an wie Sandpapier. »Ich werde ein paar Schritte am Strand entlanglaufen, während ich auf euch warte. Auf Wiedersehen, Senta.«

Ohne eine Antwort abzuwarten, wende ich mich ab. Der kürzeste Weg zum Strand würde mich direkt vor die Kameralinsen der wahllos drauflosknipsenden wartenden Filmfans führen, also wähle ich einen Umweg zwischen den nur für diesen Tag errichteten Zelten und Pavillons hindurch zu den weiter östlich gelegenen Dünen. Um unterwegs mit niemandem sprechen zu müssen, presse ich mein Handy ans Ohr und setze eine konzentrierte Miene auf.

Erst, als ich schon eine Weile außer Sichtweite des Sets bin, verlangsame ich meine Schritte, bis ich mich schließlich, sobald die östliche Absperrung vor meinen Augen auftaucht, ausgelaugt und mit wild pochendem Herzen zwischen zwei Dünen in den schon sonnenwarmen Sand sinken lasse und das Gesicht in den Händen vergrabe. Ich weiß nicht, wie lange ich so dasitze, vor- und zurückschaukele und mir die Frage stelle, wie um alles in der Welt ich es fertiggebracht habe, mein Leben innerhalb weniger Wochen noch mehr zu verkorksen, wenn ich doch eigentlich mehr Klarheit und weniger Drama brauche. Irgendwann reißt mich eine wohlbekannte, raue Stimme aus meinen düsteren Gedanken.

»Anna?«, ruft Bosse erneut.

Ich frage nicht, woher er wusste, wo er mich findet. Es spielt keine Rolle. Rasch stehe ich auf und wische mir eine verräterische Träne aus dem Gesicht.

Er sieht besorgt aus, aber auch wachsam. Defensiv.

»Warum hast du nichts gesagt?«, höre ich mich flüstern. Neben dem allgegenwärtigen Rauschen der Wellen und dem Kreischen der Möwen kann ich nicht sicher sein, ob er mich gehört hat, aber ein Blick in seine glänzenden grünen Augen genügt. Er weiß genau, wovon ich rede.

»Anna, hör zu«, setzt er an und bricht dann ab.

Verzweifelt versuche ich, seinen Blick aufzufangen, doch er guckt nur starr aufs Meer hinaus. Die Traurigkeit in seinen Augen ist beinahe mit den Händen greifbar.

Ein stechender Schmerz durchzuckt meinen ganzen Körper. »Bosse, was …«

Ich kann kaum sprechen, meine Kehle ist wie ausgedörrt. Ich versuche, zu atmen und damit das entsetzliche Hämmern in meinen Schläfen zu lindern. Er entgleitet mir und es gibt nichts, das ich dagegen tun kann.

»Warum hast du nichts gesagt?«, frage ich wieder, diesmal lauter.

»Anna! Es ist nicht so, wie du glaubst.« Ich hätte schwören können, dass Angst in seiner Stimme mitschwingt. Tränen springen mir in die Augen.

»Wie ist es dann? Bitte rede mit mir, Bosse. Was verheimlichst du mir?« Meine Beine beginnen, unkontrolliert zu zittern, und ich muss all meine Willenskraft aufbringen, um nicht auf dem Boden zusammenzusacken. Und muss ich ausgerechnet jetzt anfangen zu heulen? Waren all die Lektionen meiner Mutter in Selbstbeherrschung vergebens?

»Es tut mir leid, Anna –« Für einen Moment sieht es so aus, als wolle er nach meinen Händen greifen, doch dann überlegt er es sich anders. Steif bleibt er vor mir stehen. »Es ist nicht so, wie du glaubst«, behauptet er noch einmal.

»Bist du verheiratet, Bosse? Hast du ein beschissenes Gelübde abgelegt? Denn dann ist es verdammt noch mal genauso, wie ich glaube«, platze ich heraus, plötzlich wütender als Furiosa. Wut ist gut. Wut ist besser als Verzweiflung. »Warum weiß kaum jemand von deiner Ehe? Wie kommen die Leute bloß darauf, du würdest seit Jahren enthaltsam leben? Ist das Teil deiner Tarnung? Du vögelst an deinen Filmsets herum, inszenierst dich als einsamer Cowboy, der eine große Bürde mit sich herumschleppt, und zu Hause wartet deine arme, ahnungslose Frau auf deine Rückkehr? Das wird in die Geschichte eingehen als die schäbigste Mistkerl-Aktion, die die Welt je gesehen hat.«

Bosse sieht aus, als hätte ich ihm einen Schlag in die Magengrube verpasst. Vermutlich ist er überrascht, wie schnell aus der gesitteten Göttin eine zornige Xanthippe werden kann. Vielleicht hat er aber auch Angst, dass seine Affären nun ans Tageslicht kommen und seine Frau Konsequenzen zieht. Angestrengt reibt er sich mit den Handflächen über das müde aussehende Gesicht.

Jeder geht anders um mit Wut und Enttäuschung. Seit dem Tod meiner Mutter und nachdem ich diesen Brief fand, setzt in meinem Kopf hin und wieder, wenn auch nur sehr selten, ein Sturm ein, mit Blitzen, Donnern und Hagelschauern. Jonah nennt meine Wut eine Naturgewalt. Er hat versucht, mir beizubringen, diesen Sturm nicht einfach herauszulassen, sondern ihn in eine bestimmte Richtung zu lenken. Ich soll mich ganz auf meine Atmung konzentrieren und dabei langsam bis zehn zählen.

Heute komme ich nur bis drei.

Denn ich bin noch nicht fertig. »Daher diese beschissenen Regeln. Natürlich kannst du keine neugierigen Fragen beantworten, wenn du verflucht noch mal verheiratet bist. Natürlich kannst du niemand anderen daten, von einer gemeinsamen Zukunft ganz zu schweigen!«

Für einen Moment halte ich inne. Seine Ehefrau hat allen Grund, ihm die Hölle heißzumachen, ich nicht. Er hat mir von Anfang an klipp und klar gesagt, wie er sich unsere Bekanntschaft vorstellt. Dass das mit uns nichts Exklusives ist und er keine Beziehung will. Er ist für meine Gefühle nicht verantwortlich. Das weiß ich alles. Und dennoch … Ich schlucke schwer. Welche Frau, die keinen Schimmer hat, dass der Mann schon einer anderen ewige Treue schwor, wäre denn nicht insgeheim und tief in sich drin davon überzeugt, dass er seine Meinung ändern und sich nach monogamer, häuslicher Glückseligkeit verzehren wird, sobald er einmal erkannt hat, dass sie weit mehr zu bieten hat als eine Sanduhrfigur? Ich zumindest habe darauf gehofft, erkenne ich nun. Die Tränen strömen jetzt vollkommen unkontrolliert über meine Wangen.

»Es tut mir wirklich leid, wenn ich falsche Erwartungen geweckt habe.« Ich hasse das Mitleid, das seine Stimme plötzlich weich klingen lässt. »Aber, Anna, ich verstehe dich nicht –«

Mein Atem geht schnell und flach. Es fühlt sich an, als würde der Schmerz in meinen Eingeweiden wühlen. »Sag nichts! Frauen sind nicht dazu da, um verstanden zu werden.«

»Anna, hör mir zu! Du hast in zehn Tagen eine wahnsinnig wichtige Prüfung –«

»Was du nicht sagst.«

»– und von nichts in der Welt darfst du dich davon ablenken lassen, genau so zu spielen, wie du es gestern am Feuer getan hast. Anna, ich bin es nicht wert, dass du wegen mir deinen Traum gefährdest. Ich bin es nicht wert, dass du wegen mir verzweifelst.«

»Nimm dich bitte nicht so wichtig, Bob«, wispere ich und denke kurz an Leif, der alles aufgibt, um für den Rest seines Lebens Blattläuse von Blättern zu zupfen, und der mir so viel Verständnis entgegenbrachte, als ich ihn zurückwies, dass man schon auf den Gedanken kommen konnte, seine Gefühle für mich seien nicht sonderlich tiefschürfend gewesen.

»Jeden Tag bekommt man die Chance, zu entscheiden, wer man sein möchte, Anna. Du willst eine erfolgreiche Violinistin sein, und dazu musst du diese verdammte Prüfung bestehen.«

»Vielen Dank für den weisen Fingerzeig, Yoda. Aber du verstehst sicher, dass ich nur ungern Ratschläge von einem Soziopathen entgegennehme.« Wieder steigt heiße Wut in mir auf. »Wie ist ihr Name?«

Verständnislos starrt er mich an.

»Deine Frau, wie heißt sie?« Wie lange seid ihr zusammen? Was macht sie aus? Warum liebst du sie? Wie sieht sie aus? Ich hoffe, wie eine Mischung aus Gollum und Quasimodo? Es fühlt sich an, als würde mein Leben wie ein zerstörtes Spinnennetz vor mir schwingen.

»Françoise«, murmelt er nach einer viel zu langen Pause. Seine Kiefermuskeln spannen sich an.

Ich schlucke schwer. Selbst wenn ich es mit ihr aufnehmen wollte, ich hätte keine Chance. Sie ist Französin. Und wie jeder weiß, sticht die französische Frau im Beziehungspoker jede andere Karte. Von wegen Quasimodo. Wahrscheinlicher ist, dass sie eine Doppelgängerin von Thylane Blondeau ist, mit Beinen wie ein Fohlen, Smokey Eyes und glatten, langen Haaren, die sich stets einwandfrei benehmen.

»Und ist sie deine große Liebe?«, höre ich mich leise fragen. Ich weiß nicht, warum ich mir das antue. Unbemerkt wische ich mir eine Träne aus dem Augenwinkel. Wahrscheinlich hat sich meine Wimperntusche schon wieder über mein ganzes Gesicht verteilt.

Schweigend starrt er aufs Meer hinaus, als könnten die dunkelblauen Wellen ihm eine Antwort geben. »Ja«, entgegnet er schließlich. Seine Stimme ist kaum mehr als ein Flüstern.

Ich weiß nicht, was ich erwartet habe. Man heiratet niemanden, den man nicht liebt, auch wenn man offensichtlich nicht bereit ist, die große Freiheit für den Partner aufzugeben. Beziehungsweise viele kleine Freiheiten. Dennoch trifft mich seine Antwort wie ein giftiger Pfeil mitten ins Herz.

»Ich glaube nicht, dass diese Freiheit im Alter neben dir auf der Parkbank sitzen wird!«, will ich schreien, flüstere aber stattdessen: »Verpiss dich, Bosse.«

»Anna, bitte warte –«

»Ich hoffe, ich sehe dich nie wieder.«

Ich weiß, ich gebe mit meinen rettungslos zerzausten Haaren und dem mit Tränen und schwarzen Schlieren verschmierten Gesicht kein besonders elegantes Bild ab, doch ich gebe mir alle Mühe, mich zumindest hocherhobenen Hauptes abzuwenden und zwischen den Dünen zu verschwinden, auch wenn ich keine Ahnung habe, wohin ich gehen soll. Aber Bosse soll nicht sehen, wie sehr er mich verletzt hat.

Und ich weiß, ich werde heute Abend wieder damit anfangen, unter dem Bett nach Monstern zu suchen.

Kapitel 17

Als die letzten Töne von *Clair de Lune* verklingen, stellt Albert Strauss seine Teetasse ab und alle scheinen wie gebannt auf das leise Klirren zu lauschen. Eine endlose Stille entsteht.

Ebenso lange dauert es, bis ich registriere, dass Albert Tränen in den Augen hat. Verstohlen wischt er sie mit dem Ärmel seines ausgewaschenen und mit winzigen Hagebutten bestickten lila T-Shirts weg. Warum ausgerechnet Hagebutten?

»So schlimm war es doch nicht«, versuche ich es mit einem Scherz und lasse meine Geige sinken. Ich wollte ihm und Senta nicht vorspielen, aus Angst, dass er meine Jan Kulík, meine Art des Spiels, meine Ähnlichkeit zu meiner Mutter erkennt. Denn wenn ihm vor meiner Abreise doch noch aufgehen sollte, wer ich bin, will ich darauf vorbereitet sein. Doch Senta hat mich nach Drehschluss mitsamt meinem Geigenkoffer mehr oder weniger unverblümt festgenagelt und unter heiter erzählten Anekdoten und fröhlichem Lachen in den hinteren, abgelegenen Teil des leicht vernachlässigten Gartens von Jezabels und Jonathans Häuschen geschleift.

»Ich würde mich so freuen. Und Albert erst, der liebt Geigenmusik«, hat sie gegrinst und sich neben ihrem Mann auf eine niedrige, von wildem Efeu bewachsene Mauer gesetzt. Und mir ist keine hinreichend glaubwürdige Ausrede eingefallen, um das Ganze abzuwenden, so dass ich, in der Hoffnung, dass die Melodie nicht die halbe Filmcrew anlocken würde, ein wenig widerwillig den Bogen angesetzt habe. Vielleicht wollte ein kleiner Teil in mir es insgeheim auch darauf anlegen.

Jetzt fischt Senta gerade in der Tasche ihres weiten, orangeroten Rocks nach einem Taschentuch. »Keine Sorge, Albert kommen bei *Clair de lune* immer die Tränen«, lacht sie gut gelaunt und hält ihm das Schnupftuch unter die Nase. »Obwohl man das Stück auf der Geige nicht besonders häufig zu hören bekommt, nicht wahr?«

Albert winkt ab und faltet bedächtig die Hände im Schoß. »Nur, wenn es gut vorgetragen ist. Und dein Spiel ist wirklich phantastisch, Anna. Man hört sofort, dass du großes Talent besitzt, viel Gefühl in dein Spiel legst und es vielleicht nur noch ein kleines bisschen Feinschliff benötigt.«

»Vielleicht auch ein kleines bisschen mehr, aber danke«, murmele ich bescheiden und verstaue meine Violine im Kasten. Wie kann es sein, dass er mich immer noch nicht erkennt? Obwohl er weiß, dass er eine knapp sechsundzwanzig Jahre alte Tochter namens Anna hat, die aus Leipzig kommt und deren Mutter Geige spielt? Wie viele Zufälle soll es geben?

Ich habe keine Ahnung, ob ich über seine Ignoranz erleichtert oder enttäuscht sein soll. Ich nicke den beiden freundlich zu und wende mich ein bisschen überstürzt zum Gehen, denn ich will nicht riskieren, Bosse, der heute am Set bisher nicht aufgetaucht ist, aber möglicherweise nachher beim Dreh mit Leif, Britta und Lutz dabei sein wird, doch noch über den Weg zu laufen. Während ich die ersten beiden Sätze von Debussys Meisterwerk vortrug, habe ich ununterbrochen an den Ausdruck in seinen Augen gedacht, als er offenbarte, dass Françoise seine große Liebe ist, und mich gefragt, wieso Liebe eigentlich das ultimative Ziel sein soll. Das Endergebnis. Und wieso man nicht allein viel glücklicher und zufriedener sein kann.

In den Stunden nach unserer letzten Begegnung war es, als würde eine Endlosschleife in meinem Kopf abgespielt: Er ist verheiratet, er ist verheiratet, er ist verheiratet. Und ich kann es auch jetzt noch immer nicht wirklich glauben. Dabei hätte ich, als ich ihm damals am Strand zum ersten Mal begegnete, niemals für möglich gehalten, dass ich mich in diesen griesgrämigen Besserwisser verlieben könnte.

»Du erinnerst mich an jemanden«, stellt Albert unvermittelt fest, als ich schon fast das kleine Tor zum Vorplatz erreicht habe, und mir stockt der Atem. Als ich mich umblicke, sind Albert und Senta gerade dabei, sich den Staub der Mauer von der Kleidung zu klopfen.

»An wen?«, frage ich ein bisschen gepresst, als er keine Anstalten macht, seine Bemerkung näher auszuführen. Dabei wäre ein nicht unerheblicher Teil von mir am liebsten einfach weitergegangen.

Er legt den Kopf schief. »Sie hat auch Geige gespielt. Ich habe dir schon von ihr erzählt, bei einer unserer ersten Begegnungen. Die, die ein Engagement bei den Wiener Philharmonikern ergattert hat. Es ist schon Jahrzehnte her, dass ich sie spielen hörte, aber als ich dir gerade zusah, habe ich mich erinnert, dass ihre Körperhaltung, ihre Art, den Bogen zu schwingen und bei langsamen Passagen die Augen zu schließen, dir sehr ähnelten.«

»Wie heißt sie?« Ich weiß nicht, warum ich diese Frage stelle. Ich halte die Luft an.

»Jolana. Der Nachname ist russisch oder polnisch. Nowograd oder so ähnlich.« Er greift nach Sentas Hand und sie wirft ihm einen prüfenden Seitenblick zu. Das weiß er nicht mehr? *Mein Gott, er erinnert sich nicht mal mehr an den vollständigen Namen der Mutter seines unehelichen Kindes*?

»Tschechisch. Ihr Name ist Jolana Novotna«, hilft Senta mit untypisch ernster Miene aus.

»Sie war meine Mutter.« Selbst für meine eigenen Ohren klingt meine Stimme unnatürlich hoch, beinahe schrill. Mir wird übel und ich verstecke meine Hände hinter dem Rücken, um zu verbergen, wie sehr sie beben.

»Deine Mutter? Aber deine Mutter ist doch vor einiger Zeit gestorben, hat Charlotte erzählt«, versetzt Senta mit gerunzelter Stirn.

»Jolana ist tot?« Albert sieht aus wie vom Donner gerührt.

»Das wüsstest du, wenn du dich nicht entschlossen hättest, sie und dein Baby sich selbst zu überlassen«, will ich sagen, entscheide mich aber für: »Sie hatte Krebs.« Und ein gebrochenes Herz.

Albert mustert mich mit immer noch schief gelegtem Kopf und zerstreuter Miene. In seinen braunen Augen spiegelt sich Mitleid.

Stellt er etwa immer noch keine Verbindung her? Himmel, wie viele fünfundzwanzigjährige Töchter namens Anna sollte

Jolana Novotna denn haben? Oder will er nicht riskieren, vor Senta zu viel zu verraten? Kennt sie nicht die ganze Wahrheit?

»Das tut mir sehr leid, Anna«, erklärt Senta mit fester Stimme und Albert murmelt etwas Zustimmendes. »Charlotte erzählte, du hast deinen Vater ebenfalls verloren. Ich weiß, wir sollten deine Privatsphäre respektieren, aber wenn du darüber reden möchtest, haben wir jederzeit ein offenes Ohr für dich.«

Ich setze eine offene Miene auf, aber ihre Worte spülen über mich hinweg. Stattdessen steigen ungebeten Bilder der Vergangenheit vor mir auf. Ich sitze an unserem ersten Schultag neben Jonah auf der Schaukel auf dem Pausenhof, wo er mir eine Hälfte seines Nutellabrotes spendiert. Beklommen schüttelt er den Kopf und murmelt ein wenig verlegen: »Meine Mutter muss endlich damit aufhören, mich immer und überall abzuknutschen. Ich bin jetzt Schulkind, da kann sie mir auch einfach zu Hause sagen, dass sie mich lieb hat.«

Ich habe einen Moment nachgedacht, bevor ich, die Augen tellergroß, gestand: »Ich glaube, meine Mutter liebt mich nicht besonders. Sie küsst mich nicht sehr oft ab.«

»Und dein Vater?«, wollte Jonah wissen, die Stimme sachlich.

»Meinen Vater kenne ich gar nicht. Aber ich glaube, er ist Pilot. Meine Mutter sagt, er ist viel unterwegs und will mich nicht sehen.«

»Fliegt er eine Boeing 747?«, fragte Jonah, plötzlich voller Ehrfurcht.

»Ich denke schon.«

Er gab mir nach dem Brot die Hälfte seines mitgebrachten Kakaos und damit war unsere Freundschaft besiegelt. Wir spielten in den Pausen Fangen, setzten uns im Unterricht nebeneinander und heirateten schließlich einige Wochen später sogar. Und seither löcherte er mich immer wieder mit Fragen über meinen Vater und wie es möglich ist, dass er sich einfach davongestohlen hat.

Erst Jahre danach habe ich zugegeben, dass ich keine Ahnung hatte, wer mein Vater war, und dass ich mir nur vorstellte, dass er Pilot wäre, der die Welt durchkreuzt, weil er einfach davongeflogen und aus unserem Leben verschwunden war.

»Warum sagt deine Mutter es dir nicht einfach? Sie muss doch wissen, wer er ist. Ist das nicht ungesetzlich oder so etwas?«, fragte Jonah an meinem achtzehnten Geburtstag.

»Kann sein. Ich denke, sie schaltet so konsequent auf stur, weil sie nicht will, dass ich ihn finde. Ihrer Meinung nach geht es dabei um ihre Vergangenheit, nicht um meine. Aber ich glaube, dass sie insgeheim Angst hat, dass ich lieber bei ihm bleiben würde als bei ihr. Und dass sich dann meine Prioritäten verschieben und ich aufhöre, Geige zu spielen. Doch keine Sorge, ich finde ihn schon. Irgendwann. Wenn ich bereit bin, nach ihm zu suchen.«

Ich atme ein paarmal tief durch, um die Erinnerungen abzuschütteln. »Ich fürchte, ich muss jetzt los. Die Kinder werden sicher schon fertig umgezogen sein und Herr Bekensen wartet in der Kutsche«, verkünde ich, um einen normalen Tonfall bemüht.

Bevor ich mich abwenden kann, drückt Senta mich zum Abschied für einen kurzen Moment mitfühlend an ihren ausladenden Busen. »Viel Glück bei deiner Prüfung, Anna. Wenn du so spielst wie heute, hast du die Kommission in der Tasche.«

Das ist nicht ganz nach Plan gelaufen. Auch wenn ich eigentlich gar keinen Plan hatte. »Im Leben verläuft nie etwas nach Plan«, höre ich die Worte meiner Mutter im Ohr. Davon kann ich ein Liedchen singen. Einen Evergreen.

Auf dem Weg zum Treffpunkt stolpere ich in Maren. Warum muss sie bloß immer viel zu viel Make-up auftragen? Die Wimpern sind durch unzählige Schichten Mascara zu schwarzen Stacheln verklebt und die Lider unter einer allzu großzügigen braunen Schicht Lidschatten begraben. Sie riecht nach Erdbeersirup und auf ihrem oberen Schneidezahn klebt kirschroter Lippenstift.

Sie hält sich nicht mit langen Vorreden auf. »Weißt du, wo Bosse steckt? Er hat sein Handy ausgeschaltet und Leif hat angedeutet, er komme die ganze Woche nicht mehr zum Set.«

»Vielleicht ist er bei seiner Frau«, rutscht es mir heraus. Sofort werden mein Mund trocken und meine Hände feucht. Ich habe ihn seit zwei Tagen nicht gesehen, doch jedes Mal, wenn ich an ihn denke, was beinahe rund um die Uhr der Fall ist, beginnt mein Herz wieder, sich aufzuführen wie verrückt.

Maren sieht mich an, als wäre ich übergeschnappt. »Wie bitte?«

»Das wusstest du nicht?«

»Er ist *verheiratet*?«

»Das ist anscheinend eines der bestgehüteten Geheimnisse an diesem Filmset.« Ich kann nichts dagegen tun, dass meine Stimme aufgebracht klingt. Verletzt und verdrossen.

Noch immer droht der Schmerz, mich zu zerreißen, und es hat mich viele Stunden wahlweise mit Schopenhauer und Voltaire am Strand, mit Elsa in der Hollywoodschaukel und mit

Jonah am Telefon gekostet, um zu der Erkenntnis zu gelangen, dass ich nicht all das hier auf mich genommen habe, um jetzt aufzugeben. Ich werde mein Ziel erreichen. Ich *muss* es erreichen. Nicht nur, weil es das einzige Ziel ist, das ich habe.

Maren macht ein Gesicht, als wolle sie am liebsten eine ganze Reihe von Fragen abfeuern, doch kurz vor der Absperrung entdecke ich glücklicherweise Herrn Bekensens Kutsche und sehe, wie gerade die letzten Kinder auf die ungepolsterten Sitze klettern. Nerea winkt mir ungeduldig zu. Wahrscheinlich sitzt sie auf heißen Kohlen, weil sie schnellstmöglich ihr beschlagnahmtes Handy zurückhaben will.

Eilig verabschiede ich mich von Maren. Ich kann es kaum erwarten, gemeinsam mit Elsa ihren inzwischen wahrscheinlich nicht mehr sehr üppigen Obstlikörvorrat zu leeren.

Wir liegen mehr auf Elsas Hollywoodschaukel, als dass wir sitzen, Lisa mit ihrer eisgekühlten Apfelschorle in der Mitte und Elsa und ich mit gut gefüllten Likörgläsern rechts und links von ihr. Die letzten goldenen Sonnenstrahlen bahnen sich einen Weg durch die Apfel- und Pflaumenbäume und wärmen unsere Gesichter. Von den Regenschauern, die für die nächsten Tage, unsere letzten auf Langeoog, angekündigt wurden, ist noch nichts zu ahnen.

»Es gibt nichts, auf das ich mich mehr freue als auf meine Mutter«, offenbart Lisa und dreht abwesend ihre Kette ein, die Miguel und Joris so waghalsig aus dem Watt geborgen haben. »Sie war in den sechs Wochen nur zweimal hier und ich vermisse sie schrecklich.«

Spielerisch wuschele ich ihr durch die Haare. Während sie angeregt und gewohnt ausschweifend von dem Zeichenkurs, den sie im Herbst mit ihrer Mutter belegt, und dem Segelboot, das ihre Familie in den nächsten Ferien mieten will, plaudert, betrachte ich sie in Gedanken versunken von der Seite.

Mein ganzes Leben lang habe ich mir so sehr eine Mutter gewünscht, die mir zuhört, mich umarmt und meine Tränen wegwischt. Keine, die schroff und unwirsch ist und die mir sagt, ich soll keine Heulsuse sein und dafür Tag für Tag über mich hinauswachsen. Stirnrunzelnd lasse ich meinen Blick in die Ferne schweifen, als mir unwillkürlich in den Sinn kommt, wie ich als Neunjährige mit einer schweren Lungenentzündung ins Krankenhaus eingeliefert werden musste und ich jedes Mal, wenn ich in den folgenden Tagen aus meinem deliriumartigen Schlaf erwachte, die feucht schimmernden Augen meiner Mutter dicht vor meinem Gesicht erkannte, während ihre schmale Hand meine schweißnasse fest umklammert hielt. Sie las mir aus *Alice im Wunderland* vor und flößte mir schlückchenweise Wasser ein, obwohl sie eigentlich ein Engagement bei den Berliner Philharmonikern wahrnehmen sollte. Als ich schließlich wieder gesund und munter zu Hause war, erklärte sie ohne Umschweife, ich müsste zehn Tage Geigenunterricht nachholen, und ich begann zu glauben, ich hätte mir das Ganze nur eingebildet.

»Hat Tomte dir eigentlich schon den Ring geschenkt?«, wechselt Lisa unvermittelt das Thema.

»Ja, hett he«, entgegnet Elsa schlicht und setzt ihr Glas an.

Abrupt richte ich mich auf und kippe dabei versehentlich einen Großteil meines Sanddornlikörs auf mein nacktes Bein und die Holzdielen der Veranda. »Wie bitte? Und das erzählst du erst jetzt? Hat er dir etwa einen Antrag gemacht?«

»Nu, eets al.«

»Wie bitte?«, fragen Lisa und ich wie aus einem Mund. Im Laufschritt hole ich ein Tuch aus der angrenzenden Küche, um die Likörsauerei wegzuwischen.

»Irgendwie schon.« Elsa zeigt sich ungewöhnlich wortkarg. Ein Blick in ihre Richtung verrät mir sogar, dass ihre Wangen puterrot angelaufen sind.

»Jetzt lass dir doch nicht jedes Wort aus der Nase ziehen! Was hat er gesagt?«

»Dass er jetzt wisse, dass ich die Eine für ihn sei, und er hoffe, dass er auch wieder der Eine für mich sein könne. Dass ich sein Anker sei.«

»O mein Gott! Und hast du Ja gesagt?«

»Ik will mi dat överleggen, heff ik seggt.«

»Überlegen? Aber Tomte ist doch ein echt cooler Typ«, konstatiert Lisa. »Und es ist ja nicht so, als hättet ihr alle Zeit der Welt.«

»Lisa!«, ermahne ich sie streng.

Doch sie lässt sich nicht beirren. »Man kann doch nur enttäuscht werden, wenn man etwas gar nicht erst versucht hat. Nicht, wenn man etwas nicht geschafft hat. Das sagt meine Mutter immer.«

»Nun, ich war schon ziemlich enttäuscht, als ich es versucht, aber meine Prüfung trotzdem nicht geschafft habe«, liegt mir auf der Zunge. Stattdessen entscheide ich mich für: »Ich finde, du solltest Herrn Bekensen noch mal eine Chance geben, Elsa.

Wenn einer dafür sorgt, dass die Sonne scheint, wenn du morgens aufwachst, obwohl es regnet, dann ist er es. Du magst ihn doch!«

Elsa scheint für einen kurzen Moment nachzudenken. »Er ist höflich, hilfsbereit, hat Humor und seine Augen sind von einem außergewöhnlichen Braun, wie die Rinde von Spitzahorn.«

»Wow«, murmele ich gedehnt und drücke ihre knittrige Hand.

»Aber ich bin glücklich und zufrieden mit meinem Leben«, fährt sie in forschem Tonfall fort, ehe irgendjemand zu gefühlsduselig werden kann.

»Aber dein Herz hat sich doch schon längst entschieden. Da kann dein Kopf einpacken!«, kommentiert Lisa und versucht vergeblich, ihr selbstgefälliges Grinsen hinter ihrem Saftglas zu verstecken.

»So, wie sich dein Herz schon von Anfang an für Miguel entschieden hat?«

»Genau«, erwidert sie schlicht. »Liebe ist kein Solo, sondern ein Duett, habe ich mal irgendwo gelesen. Männer brauchen vielleicht nur ab und zu etwas länger, um das zu erkennen. Aber am Ende sind Tomte und Miguel ja doch noch vernünftig geworden.« Sie kichert jetzt fröhlich, während ich ein Seufzen unterdrücke. Bosses Liebe ist auch ein Duett. Nur leider spiele ich dabei keine Rolle. Und hat meine Mutter in dem Liebesduett von Albert eine Rolle gespielt?

»Dann müsste zu unserem generationsübergreifenden Glück ja nur noch Bosse Bergmann Vernunft annehmen«, stellt Elsa feixend fest, als hätte sie meine Gedanken gelesen. Sie stemmt sich ein wenig schwerfällig aus der Hollywoodschaukel hoch und greift nach der schlanken Likörflasche auf dem von Herrn Bekensen erst vor ein paar Tagen so sorgfältig weiß angestrichenen Terrassentisch.

Ohne auf ihre Bemerkung einzugehen, sehe ich mit zusammengepressten Lippen dabei zu, wie Elsa unsere schmalen Gläser bedächtig noch einmal bis zum Rand füllt, ehe sie die nun leere Flasche auf dem Boden abstellt. Ich habe Bosses Namen in meinem Telefonbuch in »Denk noch mal scharf nach!« geändert. Für den unwahrscheinlichen Fall, dass ich jemals vergessen sollte, dass er vergeben ist und wie sehr er mich verletzt hat, und in einem schwachen Moment in Versuchung gerate, ihn noch mal anzurufen. Bisher war die Versuchung allerdings erfreulicherweise alles andere als groß.

»Ich will, dass er glücklich ist«, habe ich am Telefon zu Jonah gesagt.

»Komm schon, Annie, ich bin's. Diesen Schwachsinn kannst du dir sparen.«

»Also gut. Ich hasse ihn. Und ich hasse Françoise. Besser?«

»Morgen komme ich sowieso nach Langeoog. Dann ziehen wir dir ein adrettes Kleid an, tragen dir ein bisschen schmeichelhaftes Make-up auf und crashen die nächstbeste Party. Das ist immer noch die beste Ablenkung.« Jonah klang zuversichtlich. Dabei weiß er genau, dass ich keine adretten Kleider besitze und ohnehin mehr der Typ für Familienpackungen Schokoladenpudding bin.

Ehe ich wieder in Schwermut verfallen kann, leere ich mein Glas, verziehe das Gesicht zu meiner typischen Likörgrimasse und springe ein bisschen zu übermütig auf. Ein wenig schwankend klammere ich mich am mittlerweile meisterhaft von Herrn Bekensen instand gesetzten Verandageländer fest. »Kommt, lasst uns die Hunde von Leslie holen und an den Strand gehen. Ich will jede Sekunde, die ich noch hier mit euch zusammen sein kann, nutzen.«

Ich kann mir kaum vorstellen, in drei Tagen in den Zug zu steigen. Und das nicht nur, weil ich der Lösung meines Familienproblems noch nicht wesentlich näher gekommen bin. Elsa, Leif, Charlotte, Helen, Hauke, Wanda – sie alle sind mir ans Herz gewachsen und werden mir ganz schrecklich fehlen.

Ich mache mich auf den Weg in die Diele, um die beiden Leinen einzusammeln. Ich will auf keinen Fall riskieren, heute Abend allein zu sein. Das würde nur bedeuten, dass ich ins Grübeln gerate, und verschorfte Wunden wieder aufreißen. Und genau genommen sind meine Wunden noch nicht mal verschorft.

Kapitel 18

Seine verdunkelte Brille reflektiert die wenigen Sonnenstrahlen, als er wie ein Impala in einem eleganten Satz von Herrn Bekensens Kutsche ins ausgedörrte, festgetretene Gras springt. Der ersehnte Regen, der schon den gesamten Vormittag von tiefhängenden, dunkelgrauen Wolken angekündigt wird, lässt weiter auf sich warten.

»Jonah!« Ich stürze mich in seine Arme und störe mich zur Abwechslung nicht an den neugierigen Blicken der hartnäckigsten Filmfans, die immer noch Tag für Tag mit ihren gezückten Handykameras hinter der Absperrung ausharren, scharf beobachtet von den dunkelblau gekleideten Security-Leuten. Offensichtlich verbringen einige von ihnen einen nicht unerheblichen Teil ihres Jahresurlaubs hinter einem rot-weißen Flatterband. »Endlich! Ich hätte dich hier wirklich schon früher gebrauchen können.«

Arm in Arm spazieren wir durch das übliche Set-Getümmel Richtung Jezabels und Jonathans kleiner Küche, wo zwei der Kinder gerade auf die letzte Sequenz des Tages vorbereitet werden. In der Szene halten Mikka und Felix alias Nathan und Levi ihren betrunkenen Onkel davon ab, auf ihre Tante einzudreschen, und kassieren dafür selbst eine Tracht Prügel. Beide Jungen waren heute Morgen besonders aufgeregt, doch Albert hat ihnen mühelos mit ein paar zwanglosen Sprüchen die Nervosität genommen.

Natürlich weiß ich, dass Jonah besonders scharf darauf ist, Albert, Bosse und natürlich auch dem berühmten Leif Andersson ›zufällig‹ über den Weg zu laufen. Deswegen ist er extra noch vor Tagesanbruch in Leipzig in den Zug gestiegen.

»Da vorne ist Philippa Bee Woke.« Aufgeregt knufft er mich in die Seite.

»Das ist sie nicht«, bremse ich seinen Enthusiasmus und kann mir ein Grinsen nur schwer verkneifen.

»Aber da drüben, ist das nicht Vanessa Rossi?«

»Auch nicht. Ich dachte, du liest die *Promiflash*.«

»Ich? Quatsch! Aber da bei dem Kaffeetruck, da steht Jabba the Hutt, nur ist er heutzutage großzügig mit Tattoos überzogen.«

»Sei still, du Narr, das ist Hauke.«

Wir bahnen uns gerade einen Weg zwischen ein paar Metallkisten und Kabeltrommeln hindurch zur Eingangstür, als ich eine vertraute Stimme meinen Namen rufen höre.

»Endlich wirklich eine bekannte Person. Jonah, das ist Leif Andersson. Leif, das ist Jonah«, stelle ich die beiden einander vor. Jonah sieht aus wie ein kleiner Junge, der einen Hundewelpen unterm Weihnachtsbaum findet.

»Du bist also der berühmte Jonah. Gekommen, um uns unsere Anna wegzunehmen und sie zurück nach Leipzig in ihr altes Leben zu verfrachten.« Leifs Lächeln wirkt ein wenig gezwungen, als er, schon in seinem Filmoutfit, aber noch ungepudert und mit seiner gekonnt verwuschelten Alltagsfrisur, Jonah die Hand schüttelt und mir einen Kuss auf die Wange drückt.

Jonah bringt vor lauter Ehrfurcht, dem großen Leif Andersson leibhaftig gegenüberzustehen, nur ein ungewöhnlich klägliches »Ich will niemanden niemandem wegnehmen« hervor.

Nachdem ich ihm vor einigen Tagen einen Korb gegeben habe, hat Leif sich als fairer Verlierer und wahrer Freund entpuppt, der augenscheinlich weiterhin sehr an meiner Gesellschaft interessiert ist. Manchmal hat es beinahe den Anschein, als sei er schon über mich hinweg. So wie jetzt.

»Bevor du uns verlässt, solltest du aber noch die Sache mit Bosse bereinigen«, setzt er an mich gewandt aufgeräumt hinzu.

»Bosse kann mir gestohlen bleiben«, zische ich gereizt. Was sollte es auch zu bereinigen geben?

Leif verengt seine kieselsteingrauen Augen zu schmalen Schlitzen. »Ich habe den Kampf um dich nicht aufgenommen. Jetzt zeig mir bitte, dass es die richtige Entscheidung war.«

»Wovon redest du?«

»Bosse ist einer von den Guten«, erklärt er mit Nachdruck, genau wie damals im Whirlpool – in dieser Nacht auf Sylt, die alles veränderte.

»Du meinst, einer von den guten Ehemännern? Nun, das sieht seine Frau sicherlich ein bisschen anders.« Ich versuche, einen sarkastischen Ton anzuschlagen, und ärgere mich, als meine Stimme bricht. »Und warum hast du mich eigentlich nicht vorgewarnt? Du wusstest doch, dass er verheiratet ist. Stattdessen hast du mich noch in seine Arme getrieben. Weiß Françoise, dass du als Bosses Wingman herhältst?«

»Manchmal sind die Dinge nicht, wie sie scheinen, Anna. Bosse –« Mit einem skeptischen Blick in Jonahs Richtung bricht er ab.

»Jonah ist bestens über die sündigen Geheimnisse des Bosse Bergmann informiert«, kläre ich ihn auf. »Zumindest über die, die mich betreffen.«

»Ritter.« Leif zieht ein Gesicht, als hätte er Hochverrat begangen.

»Wie bitte? Bosse ist bestimmt kein Ritter.« Ich kann mich gerade noch davon abhalten, die Augen zu verdrehen. Ein Ritter auf einem weißen Pferd und in schillernder Rüstung hat es nicht nötig, die Menschen um sich herum zum Narren zu halten.

Mit gequälter Miene blickt Leif sich um und murmelt so leise, dass Jonah und ich uns weit nach vorne beugen müssen, um ihn zu verstehen: »Bergmann ist sein Pseudonym. In Wirklichkeit ist sein Name Bosse Ritter. Das weiß nur niemand.«

»Ein Pseudonym?« Daher die Verwirrung über sein angeblich erstes Buch und dessen schlechte Verfilmbarkeit. »Bosse *Ritter*? Er ist der Typ, der *24 Stunden Hunger* geschrieben hat?« Erstaunt lege ich den Kopf schief. Das Buch ist ein weltweiter Bestseller, mutig, herzzerreißend, brillant. Als ich es vor einigen Jahren gelesen habe, habe ich von der ersten bis zur letzten Seite geheult.

»Das und *Endlicher Sommer* und die *Hexenkessel*-Trilogie.« Jonah senkt erst die Stimme, als er Leifs bestürzten Blick auffängt.

»Unglaublich, dass ich das nicht wusste.« Ich ziehe die Nase kraus. Doch was macht das jetzt noch für einen Unterschied?

Das Herz gebrochen hat er mir auch als Bestsellerautor Bosse Ritter. »Aber warum macht er so ein Geheimnis daraus? Hat er urplötzlich die Vorteile erkannt, so etwas wie eine Privatsphäre zu haben? Und weshalb lässt du ihn jetzt auffliegen?«

Leif zögert ein paar Sekunden lang. »Er hat auch früher schon sehr auf seine Privatsphäre geachtet. Und glaub mir, ich wollte ihn nicht auffliegen lassen. Doch wenn du weißt, wer er ist, kannst du dieses elende Missverständnis zwischen euch vielleicht –«

Weiter kommt er nicht, denn in diesem Augenblick taucht Hauke neben uns auf, dicht gefolgt von Charlotte, wie immer strahlend gut gelaunt, und Joris, der wie so häufig kaum aufblickt, sondern mit seiner altmodischen Videokamera herumfuhrwerkt. Leif stößt einen frustrierten Seufzer aus.

Hauke, in der Hand einen halbvollen Becher pechschwarzen Kaffees und auf dem Gesicht ein jungenhaftes Grinsen, wirkt getrieben – offensichtlich ist in der Küche die kalte Probe abgeschlossen, so dass gleich die heiße Probe beginnen kann –, doch als sein Blick auf Jonah fällt, bleibt er wie festgewurzelt stehen. »›Wir überlegen uns genau, wen wir in unsere kleine Welt reinlassen. Auch du bist nicht perfekt.‹« Hauke mustert Jonah einige Sekunden lang eindringlich und herausfordernd und wirft dann einen kurzen Blick in meine Richtung. »›Und um dir eine Unsicherheit zu ersparen, diese Frau, die du da kennst, ist auch nicht perfekt. Die Frage ist, ob ihr füreinander perfekt seid oder nicht.‹«

Ich habe Jonah vorgewarnt, doch das wäre vermutlich nicht nötig gewesen: Seine Antwort kommt wie aus der Pistole geschossen.

»Das ist leicht. *Good Will Hunting,* 1997. Robin Williams ist mein absoluter Captain.« Jonah nimmt wie nebenbei seinen Arm von meiner Schulter und setzt mehr an Charlotte gewandt hinzu: »Nicht, dass das hier der Punkt wäre, aber Anna und ich sind alles andere als perfekt füreinander. Wir haben es ausprobiert, in der Neunten, und festgestellt, dass wir als Freunde weitaus besser funktionieren.«

Hauke klopft Jonah anerkennend auf die Schulter, bevor er Charlotte, schon im Weitergehen, mit einem zufriedenen Lächeln auf dem Gesicht für alle gut sichtbar zuzwinkert. Hastig wendet Charlotte den Blick ab, doch mir entgeht nicht, dass sie gerade tomatenrot anläuft. Hat Hauke dieses seltsame Zitat nur gewählt, um für sie, wenn auch vielleicht nicht mit ihrer Zustimmung, herauszufinden, wie Jonah zu mir steht?

»Wir kommen mit!«, rufe ich Hauke hinterher, doch der ist schon, mit Joris dicht auf den Fersen, im Getümmel des Hauses verschwunden.

»Was ist mit euch beiden?« Jonah bedenkt Leif und Charlotte mit einem, wie ich finde, hoffnungsvollen Dackelblick.

Leif unterdrückt ein Gähnen. »Ich habe schon wieder Pause. Diese endlose Warterei ist der Hauptgrund für die gute Bezahlung von Filmschauspielern. Aber ich muss mir vor meiner Abreise ohnehin noch ein paar Seiten anlesen. Hunderte, um genau zu sein.« Er schüttelt Jonah noch einmal die Hand, bevor er sich zu seinem Wohnwagen am anderen Ende des Vorplatzes aufmacht. Er scheint genau die richtigen Freunde eingeweiht zu haben, denn wie durch ein Wunder sind seine Antarktispläne noch nicht an die Öffentlichkeit durchgesickert.

»Und ich muss zum Arzt. Eigentlich habe ich nur Joris hier abgeliefert, denn er traut sich allein immer noch nicht an dieser impulsiven Fanmeute vorbei.« Charlotte streicht sich über den mittlerweile mit ein bisschen Phantasie zu erahnenden Bauch. Ohne den Blick von Jonah abzuwenden, fährt sie fort: »Aber vielleicht möchtest du Anna morgen Nachmittag zum großen Abschiedsfest für die Kinder begleiten?«

Jonah wischt sich betont lässig eine schwarze Strähne aus der Stirn und ich kann über sein übereifriges Grinsen nur den Kopf schütteln. »Nichts lieber als das. ›Ein Leben ohne Feste ist wie ein langer Weg ohne Einkehr.‹«

»Demokrit!«, rufe ich ein bisschen zu laut, stolz, endlich ein Zitat erkannt zu haben. Wenn auch nur, weil es kein Filmzitat war und Jonah es nicht zum ersten Mal vom Stapel gelassen hat.

»Das ist übrigens Jonah«, setze ich an Charlotte gewandt hinzu und die Wonne, dass es sich bei dem auffallend attraktiven Mann an meiner Seite um meinen rein platonischen Freund handelt, von dem ich ihr schon hundertmal erzählt habe, steht ihr buchstäblich ins Gesicht geschrieben. »Und das ist Charlotte.« Mir entgeht nicht, dass er ihre Hand einen Augenblick zu lange festhält.

»Wie geht es übrigens der schönen Amba?«, erkundige ich mich kurze Zeit später bei Jonah, als wir vor der schweren Haustür einer Kostümbildnerin dabei helfen, eine ganze Box voll heruntergefallener Nadeln zusammenzuklauben, und meine damit: »Würde sie es gutheißen, wenn du der hübschen Tochter eines berühmten Regisseurs schöne Augen machst, die zudem noch ein Kind von einem anderen Mann erwartet?«

»Amba lässt sich heute an den Oberschenkeln Fett absaugen.«

»Welches Fett?«

»Eben. Ich habe ihr gesagt, dass sie sensationell aussieht und Beine wie ein Giraffenbaby hat, aber meine Meinung ist ihr schnuppe.« Er klingt frustriert und sieht aus, als wolle er noch etwas hinzufügen, schweigt dann aber. Ich hake nicht weiter nach.

Eine Minute später quetschen Jonah und ich uns hinter ein paar Leuchtern, dem Aufnahmeleiter und einem der Produzenten in eine kleine Ecke, um ungestört beobachten zu können, wie Mikka und Felix ihr Bestes geben, sich nach einem von Lutz Gmeiners vorgetäuschten Schlägen auf einer blauen, für die Kamera unsichtbaren Matte abzurollen. Beide Kinder müssen immer wieder abgepudert werden, weil ihnen der Schweiß über die Schläfen strömt. Mein Vater, der heute unerklärlicherweise wieder sein sonderbares lila T-Shirt mit den Hagebutten trägt, wird nicht müde, die Jungs abwechselnd zu loben und zu ermutigen, während Jonah offensichtlich nicht damit aufhören kann, ihn anzustarren.

»Lass das!«, zische ich ihm zu. »Du bist viel zu auffällig.«

»Er hat deine Ohren, Annie. Spitz, beinahe teuflisch, und ein kaum zu erkennendes Ohrläppchen.«

»Herzlichen Dank«, mosere ich, nehme aber trotzdem Alberts Lauscher genau unter die Lupe. Und tatsächlich, meine wunderlich geformten Ohren, die ich immer sorgfältig unter meinen Fusilli-Nudeln verberge, habe ich eindeutig von meinem Vater geerbt. Warum ist mir das noch nicht aufgefallen?

»Und obwohl er den ganzen Sommer in glühender Hitze am Meer verbracht hat, ist er blass wie eine Kalkleiste. Genau wie du.«

»Ich hätte jetzt vornehme Schneewittchen-Blässe gesagt.« Aber Jonah hat recht, den Hauttyp hätte ich wirklich lieber von meiner Mutter geerbt.

»Und sieh nur, wie er beim Lächeln den Mund nach rechts verzieht, wenn er mit den Kindern spricht. Das machst du auch immer.«

»Wirklich?«

»Denk an etwas besonders Trauriges, Mikka! Dann kommen die Tränen praktisch von ganz allein«, rät Albert gerade und zeigt Mikka, wo genau er sich hinkauern und wie er die Schultern hochziehen muss, damit Hauke einfach draufhalten kann. Prüfend, mit zusammengekniffenen Augen, schiebt Albert den vergilbten Vorhang etwas zur Seite, um dann zweimal kurz hintereinander in ein besticktes Taschentuch zu niesen, als ihn einer der wenigen Sonnenstrahlen des Tages mitten im Gesicht trifft.

»Selbst den photischen Niesreflex hast du von deinem Vater.« Jonah klingt rundum glücklich und gibt nur ein unterdrücktes Stöhnen von sich, als ich ihm warnend den Ellbogen in die Rippen ramme. Am liebsten hätte ich ihm den Mund zugehalten.

»Hervorragend, Felix, du heulst ja wie ein Baby.« Albert gibt Hauke ein Zeichen und der hält die Kamera genau auf Felix' rundes Gesicht, während sich langsam auch Mikkas Kampf mit seinen Emotionen auszuzahlen beginnt. Erst zucken seine Schultern kaum merklich, dann presst er tief aus seiner Brust ein sich steigerndes Schluchzen hervor. Trotzdem dauert es noch eine ganze Weile, bis die letzte Einstellung im Kasten ist und Albert sich zufrieden die Hände reibt. »Ihr wart heute mal wieder großartig, Kinder. Und nun schnell nach Hause, damit ihr euren letzten freien Nachmittag auf Langeoog genießen könnt.«

»Albert Strauss ist so viel menschlicher, liebenswürdiger und einfühlsamer, als ich ihn mir vorgestellt habe. Ich glaube nicht, dass er ein Kind einfach mir nichts, dir nichts im Stich lassen würde. Erst recht nicht sein eigenes«, stellt Jonah mit gerunzelter Stirn fest, nachdem wir Felix und Mikka einige Minuten später in die Garderobe geschickt haben und langsam durch das Gewirr von geschäftigen Menschen hindurch zum üblichen Treffpunkt mit Herrn Bekensen schlendern. Ein paar der Kinder sitzen schon auf der Bank und vertreiben sich, soweit ich das aus der Distanz erkennen kann, mit müden Gesichtern die Zeit damit, sich gegenseitig Witze zu erzählen. Aller Wahrscheinlichkeit nach Ostfriesenwitze, die unter die Gürtellinie gehen.

»Ich denke das auch nicht länger.« Und es stimmt. Ich weiß nicht, wann ich zu dieser Überzeugung gelangt bin, aber ich bin mir inzwischen sicher, dass mein Vater nichts von mir weiß. Er hat keine Ahnung, dass aus seiner vermutlich stürmischen, aber sehr kurzen Affäre mit Jolana Novotna ein Kind entstanden ist. »Und ich glaube, diese Gewissheit reicht mir.«

»Was wirst du also tun?«

Ich schließe für einen Moment die Augen und stolpere um ein Haar über ein paar dicke Kabel. »Gar nichts. Ich werde übermorgen auf die Fähre steigen, ohne meinem Vater und seiner wunderbaren Familie Kummer und Kopfzerbrechen zu bereiten.«

»Aber Annie –«

»Glaub mir, Jonah, ich spüre, wie das Loch in mir ein Stückchen kleiner geworden ist. Immer nahm ich an, er würde mich nicht sehen wollen, weil ich nicht gut genug bin, wie ich bin. Aber das bin ich. Und ich möchte niemand sein, der eine Ming-Vase in einem Einkaufsnetz herumschwingt.« Aufmunternd greife ich nach seiner Hand.

»Was ist mit deiner Prüfungsangst?«

»Das werde ich erfahren, wenn ich nächste Woche auf der Bühne stehe. Hoffentlich langt Professor Procházka vorher nicht wieder beim Spinat zu.«

Ich kenne ihn gut genug, um zu wissen, dass Jonah diese Aussage alles andere als zufriedenstellt. Doch mittlerweile haben wir die wartenden Kinder erreicht, die sich ohne Rücksicht auf Verluste ausgelassen auf ihn stürzen, um ihn mit Fragen, Anekdoten und Scherzen zu bombardieren, bis Mikka und Felix zu dem Rest der Truppe stoßen und auch Herrn Bekensens Kutsche durch die Absperrung gewinkt wird. Der Himmel ist mittlerweile tiefgrau und verspricht, dass der angekündigte Regen nicht mehr lange auf sich warten lässt.

Erst nachdem wir auf Elsas Hof von der Kutsche geklettert sind, uns von Herrn Bekensen, Blacky und Merlin verabschiedet haben und die Kinder in ihre Boxen gestürmt sind, um wahlweise ihre Tischtennisschläger zu holen, das Skript für den letzten Drehtag zu lesen oder ihre wiedergewonnenen Handys zu zelebrieren, nimmt Jonah unser Gespräch übergangslos wieder auf. Wir stehen noch in der Einfahrt und die ersten Tropfen fallen bereits vom Himmel, als er sich zu mir umdreht und sagt: »Wenn du die Angelegenheit mit deinem Vater nicht entknoten konntest, zumindest nicht so, wie es deine Absicht war, solltest du zumindest das Drama mit Bosse wieder hinbiegen. Du kannst nicht mit Liebeskummer zur Prüfung gehen.«

»Da gibt es nichts hinzubiegen. Möglicherweise war diese ganze Sache mit Bosse auch einfach etwas, das ich unnötig aufgebauscht habe, weil ich einsam war und Angst hatte und jemanden brauchte, der mir ein bisschen Aufmerksamkeit schenkt. Dass sich meine Knie in Wackelpudding verwandelt haben, habe ich mir bestimmt nur eingebildet. Ich habe meinen Gefühlen für ihn viel zu viel Bedeutung beigemessen, weil ich die Fixierung auf einen Mann, den ich kaum kenne, mit Liebe verwechselt habe.«

»Komm schon, erzähl mir keinen Quatsch, Annie!« Jonah greift nach meinem Arm und zieht mich zum Walnussbaum herüber, um dem Nieselregen zu entgehen. »Du musst ihm nachspüren.«

»Wie bitte?« Verständnislos mustere ich sein jungenhaftes Gesicht, das ich in den vergangenen Wochen so sehr vermisst habe.

»Bosse Ritter. ›Wenn du weißt, wer er ist, kannst du das Missverständnis zwischen euch aus dem Weg räumen.‹ So etwas in der Art hat Leif Andersson doch vorhin von sich gegeben. Was meinst du denn, warum er Bosses Geheimnis überhaupt verraten hat, obwohl er es doch offensichtlich gar nicht wollte?«

»Es gibt kein Missverständnis.« Immer wenn ich an Bosse denke, wird mir aufs Neue bewusst, dass er mich angelogen hat. Dass er verheiratet ist. Dass er mir das Herz gebrochen hat. Und ich versuche nach Kräften zu verdrängen, dass ich mich gleichzeitig auch an unseren ersten Kuss erinnere, unter dem Sternenhimmel am Strand, an diesen Blitzschlag und an das Gefühl von seiner Haut auf meiner.

Jonah wirkt wenig überzeugt. »Such ihn im Internet«, sagt er noch einmal, nachdrücklicher diesmal, bevor er seine Tasche schultert und sich Richtung Haupthaus wendet. »Der Hof ist übrigens märchenhaft. Ich sollte Elsa Guten Tag sagen. Vielleicht kann ich ihr helfen, ein paar Hühner einzufangen. Oder irgendeine E-Saite reparieren.«

»Es sind D-Saiten. Und die werden nicht repariert, sondern ausgetauscht.«

Kopfschüttelnd marschiere ich durch den immer stärker werdenden Regen den langen Gartenweg entlang zu meinem Zimmer. Die Kinder veranstalten in den umliegenden Räumen einen Höllenlärm, während ich in aller Gründlichkeit meine Hände wasche, erstaunlicherweise zum ersten Mal an diesem Tag.

Natürlich bin ich neugierig. Neugierig, aber auch resigniert. Was sollte es für einen Unterschied machen, wenn ich »Bergmann« durch »Ritter« ersetze? Verheiratet ist Bosse dann immer noch. Dennoch ziehe ich meinen Laptop aus der Kommodenschublade hervor, lasse mich auf meinen Sessel sinken und tippe angespannt seinen korrekten Namen ins Suchfeld.

»Bitte nicht«, höre ich mich flüstern, als ich die ersten Trefferseiten geöffnet habe. »Oh, bitte nicht!«

Schwer atmend lehne ich mich vor, dichter an den Bildschirm heran, als würden die Worte sich dadurch ändern.

Eigentlich habe ich erwartet, wieder nur eine Menge Informationen zu seinen Büchern – den älteren diesmal – auszugraben, aber diesmal musste ich nicht lange suchen, um genau die persönlichen Informationen zu finden, die er seinen Lesern und den Menschen um sich herum dank seines neuen Namens sorgfältig vorenthalten hat.

Der zweite und zugleich schauderhafteste Treffer, nach seiner alten Verlagsseite, ist ein knapp drei Jahre alter Zeitungsartikel. »Bestsellerautor unter Verdacht: Ist Bosse Ritter für den Tod seiner Frau verantwortlich?« lautet die Überschrift und mein Herz hört für ein paar Augenblicke auf zu schlagen. Der Artikel fasst in unangemessen reißerischem Tonfall die Ereignisse einer stürmischen Oktobernacht zusammen, als der bekannte, aber zurückgezogen lebende Schriftsteller Bosse Ritter mit seiner französischen Frau Françoise, einer jungen Grundschullehrerin, auf dem Beifahrersitz nach einer feuchtfröhlichen Party im Haus eines gemeinsamen Freundes in einen fatalen Autounfall verwickelt wurde. Aus bislang ungeklärter Ursache kam der VW-Bus des Ehepaares von der regennassen Fahrbahn ab und prallte beinahe ungebremst gegen einen Brückenpfeiler. Wie durch ein Wunder überlebte der Autor schwer verletzt, während seine erst siebenundzwanzig Jahre alte Frau ihren Verwundungen noch an der Unfallstelle erlag. Obwohl ein Test keinen erhöhten Alkoholgehalt in Bosse Ritters Blut nachweisen konnte, behaupteten Zeugen, er hätte sich nicht mehr ans Steuer setzen dürfen. Dieselben Zeugen gaben an, dass das Ehepaar kurz vor seinem Aufbruch einen heftigen Streit ausfocht. Die französische Familie des Opfers hat angekündigt, Anklage wegen fahrlässiger Tötung zu erheben.

Ich brauche ein paar Minuten, in denen ich mich mit pochenden Schläfen und ausgedörrter Kehle an der Sessellehne festkralle, bevor ich die nächste Seite aufrufen kann. Der Titel des Artikels, »Bosse Ritter von dem Verdacht der fahrlässigen Tötung freigesprochen«, kann kaum dazu beitragen, meinen Puls zu drosseln. Laut dem Verfasser des Berichts war Françoise Durand Bosses erste große Liebe und wurde schon im zarten Alter von einundzwanzig Jahren seine Ehefrau. Ihren tragischen und viel zu frühen Tod konnte der Schriftsteller augenscheinlich nicht verkraften. Das monatelange Verfahren, das die Schuldfrage klären sollte, hat er teilnahmslos über sich ergehen lassen und auch das rechtskräftige Urteil, seinen Freispruch, beinahe gleichgültig aufgenommen. Zur Begründung erklärte der vorsitzende Richter, die sogenannten Zeugen wären erwiesenermaßen von Françoises am Boden zerstörter Familie gekauft worden und Herr Ritter hätte in besagter Nacht keinen Tropfen Alkohol zu sich genommen. Unabhängige Unfallzeugen hätten beobachtet, wie ein zweites Fahrzeug ins Schleudern geriet und das Unfallauto so von der Straße abdrängte. Bosse Ritter hätte keine Chance gehabt, seinen VW-Bus wieder unter Kontrolle zu bringen.

Aus dem letzten Jahr finde ich nur eine Seite zu diesem Thema. »Wo steckt Bosse Ritter?« lautet der Titel und mir läuft ein eisiger Schauer über den Rücken. Anscheinend wusste er seine Privatsphäre schon immer zu schätzen und lebte abseits des öffentlichen Trubels. Es gab keine Bilder von ihm, er hielt sich von sozialen Medien fern, er veranstaltete keine Lesungen, nach dem Unfall erschienen auch keine neuen Bücher mehr. So fiel es ihm nicht schwer, nach diesem furchtbaren Schicksalsschlag, dem Ableben seiner geliebten Ehefrau, schließlich ganz von der Bildfläche zu verschwinden, ohne Spuren zu hinterlassen. Bis heute wird spekuliert, dass nur eine Handvoll ausgewählter Personen Kenntnis hat, wer Bosse Ritter wirklich ist.

Ich klappe meinen Laptop zu und starre eine ganze Weile aus dem bodentiefen Fenster in den dichten Regen hinaus, bevor ich zum Bett taumele und mich, ohne überhaupt meine Sneaker abzustreifen oder die feuchten Haare zu trocknen, auf der Decke zusammenrolle, fest entschlossen, einzuschlafen und auszublenden, was ich gerade gelesen habe. Wenn ich wieder aufwache, wird es nicht mehr zu früh für einen oder zwei von Elsas Likören sein.

Kapitel 19

Die Seeluft macht aus meiner Frisur eine katastrophalere Angelegenheit als ohnehin schon. Notdürftig streiche ich meinen Strubbelkopf zurecht, auch wenn mir die Aussichtslosigkeit meiner Bemühungen durchaus bewusst ist, während Jonah, die Kinder und ich, aufgeregt und herausgeputzt, durch den schmiedeeisernen Torbogen in den mit einem Haufen bunter Lampions geschmückten Garten des Hotels »Küstenperle« spazieren. Zum Glück hat der Regen pünktlich heute Mittag aufgehört, die letzten Wolken sind dabei, sich zu verziehen, und die Kinder sprühen vor Energie und Unternehmungslust angesichts der Tatsache, dass sie heute mit nur zwei Tagen Verzug ihren letzten Drehtag gemeistert haben und nun ihrer wohlverdienten Abschiedsparty entgegenblicken.

»Das waren die schönsten Sommerferien überhaupt.«

»Hoffentlich dreht Albert nächstes Jahr wieder einen Film mit Kindern.«

»Meinst du etwa, er würde dich noch mal anheuern?«

»Schade, dass wir die Party wegen diesen ganzen Stalkern nicht am Strand veranstalten durften.«

»Habt ihr die Luftballons gesehen? Das sind mindestens tausend. Vielleicht zweitausend.«

»Die hätte man am Strand nicht aufhängen können.«

»Eigentlich hätten wir doch auch abends feiern können. Wir sind doch keine Babys mehr.«

»Felix schon.«

Auf der weitläufigen, aufwändig dekorierten Rasenfläche tummeln sich schon haufenweise Leute, Schauspieler und Crewmitglieder und sogar die Castingagentin mit den Endlosbeinen, die meine Truppe überhaupt erst an den Set geholt hat. Für einen kurzen Schreckmoment meine ich, Bosse in der Menge auszumachen, und kralle mich an Jonahs Unterarm fest. Seit unserer letzten Begegnung sehe ich in jeder Menschenmenge sein Gesicht. Aber er ist es nie. Und auch heute stellt sich heraus, dass der bärtige Hüne, den ich für Bosse hielt, einfach irgendein Fremder ist.

Die Kinder steuern zielstrebig auf Albert und Senta Strauss zu, die in ein inniges Zweiergespräch vertieft scheinen, uns aber fröhlich zuwinken, und Jonah und ich folgen ihnen wie die Lemminge. Unterwegs macht Leo irgendwo in der Menge Joris aus und biegt Richtung Technikpult des DJs ab, während Mikka mit eiligen Schritten dem Schild folgt, das den Weg zur Toilette weist. Julius und Nerea lassen wir zurück, weil sie an der Bar für alle eine Runde alkoholfreien Sekt besorgen wollen, und Felix bleibt an dem üppigen, kindgerechten Kuchenbüfett hängen. Am Ende kommen nur noch Lisa, Miguel, Jonah und ich bei Albert und Senta an. Ich kneife die Augen zusammen, als ich Leif an der extra für diesen Anlass aufgebauten Bar im Arm einer wohlgestalteten Rothaarigen entdecke.

»Wer hätte gedacht, dass es noch mehr Spaß macht, einen Film zu drehen, als mit der Familie im Erzgebirge zu wandern? Du kannst auf uns zählen, Albert: Wenn du noch mal Kinderdarsteller brauchst, musst du nur mit dem Finger schnippen und wir sind zur Stelle. Am liebsten kommen wir wieder nach Langeoog. Aber wir würden auch mitmachen, wenn wir in Paris drehen oder in den Slums von Kalkutta. Ihr werdet uns schrecklich fehlen«, beginnt Lisa das Gespräch gewohnt wortreich.

»Offiziell heißt es Kolkata. Der Name wurde schon lange vor deiner Geburt geändert«, kann sich Miguel nicht verkneifen und fängt sich dafür einen strengen Blick von Lisa ein.

»Ihr alle seid uns auch wahnsinnig ans Herz gewachsen. Nicht wahr, Albert?« Senta, heute in einem weiten ziegelroten Leinenrock, legt ihre Arme um die beiden Kinder und bedenkt mich mit ihrem warmherzigen, offenen Blick.

»Natürlich.« Albert schenkt Lisa und Miguel ein beinahe jungenhaftes Lächeln und legt dann den Kopf schief, als seine Augen auf mich fallen, so als müsse er über etwas nachdenken. Ich nestele verlegen an dem dünnen Träger meines gelben Sommerkleides herum. Lisa hat recht. Auch mir sind Albert und Senta in den vergangenen Wochen, ohne dass ich mir dessen bewusst war, ans Herz gewachsen. Sie sind so sehr zum Teil meines Lebens geworden, dass ich mir nur schwer in Erinnerung rufen kann, wie ich vorher gelebt habe.

Abrupt wendet Albert sich wieder den Kindern zu. »Und ihr sieben seid künftig selbstverständlich meine erste Wahl, wenn ich auf der Suche nach talentierten jugendlichen Schauspielern bin.«

Lisa und Miguel sehen aus, als würden sie vor Stolz beinahe platzen.

»Wann geht das Semester los?«, fragt Senta aufgeräumt und nippt an ihrem farblich zur winzigen Umhängetasche passenden Blutorangensaft.

»Im Oktober. Aber ich weiß ja noch gar nicht, ob ich bei der Nachprüfung –«

»Natürlich wirst du genommen, Anna. Ich habe dich spielen sehen. *Clair de lune* war brillant. Hochprofessionell und gleichzeitig aufwühlend und mit wahnsinnig viel Gefühl, einfach phantastisch. Du scheinst das Talent deiner Mutter geerbt zu haben«, meint Albert und mein Herz macht einen kleinen Sprung. Lisa und Miguel, anscheinend ebenfalls erfreut über dieses überschwängliche Lob für mich, rammen mir die spindeldürren Arme in die Rippen.

Ich ringe mir ein Lächeln ab. »Nun, wenn mich im entscheidenden Moment wieder diese leidige Prüfungsangst lähmt, ist mit meinem Talent leider kein Blumentopf zu gewinnen. Geschweige denn ein Studienplatz.«

Mittlerweile ist die Lautstärke der basslastigen Chartmusik um einige Dezibel gestiegen und ein paar Unerschrockene wagen sich auf die Rasenfläche direkt vor dem DJ-Pult, die heute als Tanzfläche herhält. Unauffällig lasse ich meinen Blick zur Bar hinüberschweifen, doch Leif und seine hübsche Begleitung sind verschwunden.

»Ich habe mal gehört, Prüfungsangst drückt oftmals die Sorge der Betroffenen aus, dass nicht nur ein bestimmtes Fachgebiet, sondern ihre gesamte Person in der Kritik steht und beurteilt wird. Sie wollen sich einer Bewertung nicht aussetzen, weil sie fürchten, als Individuum den Ansprüchen anderer nicht Genüge zu tun«, schaltet sich Senta mit sanfter Stimme ein.

Das Gleiche hat Jonah zu mir gesagt, damals, vor einer halben Ewigkeit in Leipzig. Da haben sich die beiden wohl auf der gleichen Website schlaugemacht. Jonahs Analyse ging noch ein Stück weiter, denn er führte meine Angst darauf zurück, dass mein Vater mich verlassen und sich nie für mich interessiert hat und dass meine Mutter mir nie gesagt hat, dass ich perfekt bin, wie ich bin. Aber vielleicht hätte Albert sich für mich interessiert. Und vielleicht wollte Jolana mir sagen, dass ich perfekt bin, doch es war bereits zu spät. Mit heißen Wangen senke ich den Blick, als, wie so häufig in letzter Zeit, die Vergangenheit in mir hochsteigt.

Der Tag, an dem meine Mutter starb, war ein schneidend kalter Wintertag. Es roch nach Schnee, obwohl in der nächsten Woche der März beginnen würde. Ich erinnere mich genau daran, wie unerträglich lange ich brauchte, mit meinen steifgefrorenen Fingern die Haustür aufzuschließen. Schon auf der Treppe hörte ich das Klingeln des Telefons in meiner kleinen Dachgeschosswohnung. Nur irgendwelche unmotivierten Meinungsforscher riefen auf dem Festnetz an. Oder meine Mutter.

Ich joggte die letzten Stufen nach oben, doch als ich in meiner Diele ankam, war das Klingeln verstummt. Stirnrunzelnd schob ich die Kette vor, kontrollierte noch einmal, ob ich wirklich abgeschlossen hatte, und schrubbte mir anschließend die Hände, konzentriert und gründlich, um all den Schmutz und die Keime aus der Straßenbahn und dem Bus fortzuwaschen, ehe ich zum

Hörer griff und die Mobilnummer meiner Mutter wählte. Sollte ich ihr bei meinem nächsten Besuch diese Biographie von Nikolaus Harnoncourt mitbringen, über die wir am Tag zuvor gesprochen hatten? Oder brauchte sie ein paar Kleidungsstücke aus ihrer Wohnung? Und warum sparte sie eigentlich immer noch fürs Alter und weigerte sich aus Angst vor einer horrenden Telefonrechnung standhaft, mich oder sonst jemanden auf dem Handy anzurufen?

Ihr Mobilgerät war wie so häufig ausgeschaltet, also suchte ich die Nummer der Klinik heraus, die an meiner Kühlschranktür haftete. Doch auf ihrer Station, der Onkologie, ertönte nur das Besetztzeichen. Rückblickend fühlt es sich an, als dauerte es mindestens eine halbe Stunde, bis ich endlich eine Schwester am Apparat hatte, dabei waren es vermutlich nur wenige Minuten.

»Sie sollten sich so schnell wie möglich auf den Weg machen, Frau Novotna. Ihre Mutter hat nach Ihnen gefragt. Es geht ihr seit heute Mittag plötzlich sehr viel schlechter und sie möchte Ihnen etwas sagen, das für sie von sehr großer Bedeutung ist, bevor es zu Ende geht. Beeilen Sie sich bitte.« Ihre Stimme klang zögernd, irgendwie vorsichtig, nicht forsch und zuversichtlich wie üblich.

»Meinen Sie, ich sollte ihr einen anderen Morgenmantel mitbringen? Sie hat sich daran gestört, wie ausgewaschen ihr jetziger ist und Sie wissen ja, wie eitel sie sein kann«, entgegnete ich, ehe sich eine eiskalte Faust um mein Herz schloss. Leute geben die merkwürdigsten Dinge von sich, wenn sie unter Schock stehen.

Ich rief Jonah an, weil der ein Auto hatte und ich seinen Beistand brauchte und die Straßenbahn zum Krankenhaus außerdem ein halbes Leben brauchte, aber ich hielt es kaum aus, untätig herumzusitzen und auf ihn zu warten. Ich suchte eine CD heraus, von der ich wusste, dass meine Mutter sie mochte, und stopfte auch meinen blassblauen Morgenmantel in die Tasche.

Auf der Fahrt versuchte ich, mich auf rein gar nichts zu konzentrieren, aber der Weg war viel länger als sonst. Die Gesamtbevölkerung Leipzigs oder vielleicht auch ganz Sachsens schien mit ihren Autos, Motorrollern, Bussen und Fahrrädern die Straßen zu verstopfen. Jonah fluchte wie ein Rohrspatz.

Seither denke ich immer wieder daran, was gewesen wäre, wenn es nicht so kalt gewesen und ich schneller in meine Wohnung gelangt wäre. Was, wenn ich ausnahmsweise mal darauf verzichtet hätte, mir die Hände zu waschen. Wenn der Verkehr nicht so dicht gewesen wäre. Wenn der Fahrstuhl im Krankenhaus nicht genau vor meiner Nase die Türen geschlossen hätte? Wenn der Lebenswille meiner Mutter etwas größer gewesen wäre, einen Hauch nur. Dann hätte ich mich noch von ihr verabschieden können.

Jonah hatte recht, als er behauptete, ich hätte Angst davor, mich zu fest an jemanden zu binden. Doch paradoxerweise hatte ich auch immer Angst, allein zu sein. Als Siebenjährige hatte ich meine Mutter gefragt: »Können wir bitte zur gleichen Zeit sterben?« Abgelenkt, wie sie von irgendwelchen Notenblättern gewesen war, hatte sie es mir versprochen. Doch nun war ich plötzlich ganz allein. Und so vieles war ungesagt geblieben.

Die ersten Tage nach ihrem Tod vergingen wie in einem bösen Traum. Erst, nachdem ich mit Jonahs Unterstützung und beinahe übermenschlicher Anstrengung ihre Beerdigung organisiert und hinter mich gebracht hatte und ihr Vermieter mir mehrmals drohte, ihre Sachen auf den Sperrmüll zu werfen, wenn ich sie nicht abholte oder von meinem erbärmlichen Verdienst weiter die Miete zahlte, fand ich den Willen, ihre Wohnung zu betreten. Es roch nach Kolophonium und ihrem Parfüm, und ich war überrascht, dass ich nicht aufhören konnte zu heulen.

Ermattet begann ich damit, ihre Schränke und Schubladen zu sortieren. Ich verfluchte die Tatsache, dass ihre Eltern schon vor vielen Jahren gestorben waren und sie keine Geschwister hatte, ich also ganz allein war, als ich den Brief fand, in einer schmalen Hutschachtel, vergraben unter einem Haufen alter Notenbücher in der großen hölzernen Truhe in ihrem Schlafzimmer. Er steckte in einem vergilbten Umschlag, zusammen mit einem dieser vorsintflutlichen Polaroidfotos. Ich zögerte einen kurzen Augenblick, denn meine Mutter hatte immer viel Wert auf ihre Privatsphäre gelegt, doch dann überwog die Neugier.

Ich hasse dich, Albert, stand da und meine Hände begannen zu zittern. *Du hast mich im Stich gelassen, als ich dich am meisten gebraucht hätte. Aber ich werde dich auch für immer lieben. Erinnere dich an unsere Zeit. Erinnere dich an mich. Wir haben etwas Einzigartiges geschaffen. Jolana.*

Mehr nicht. Doch ich erkannte auf den ersten Blick, wie viele aufgestaute Gefühle in die Worte geflossen waren. Sie hatte den Füller hart auf das Papier gepresst und ihre Handschrift war undeutlich, weil sie offensichtlich schneller und unüberlegter als sonst den Stift geführt hatte. Der ganze Brief verriet, dass sie unter akutem Stress gestanden haben muss.

Vollkommen unbeweglich stand ich vor der geöffneten Truhe und las den Brief noch einmal. Und noch mal. Erst dann griff ich nach dem Foto, das meine Mutter im Arm eines fremden Mannes zeigte. Beide waren jung und lachten fröhlich in die Kamera. Sie hatte ihren Kopf vertrauensvoll an seine Schulter gelehnt und wirkte so gelöst, wie ich sie vielleicht nie zuvor zu Gesicht bekommen habe. Glücklich und selig und wie jemand, der voll Zuversicht in die Zukunft blickt.

Ich wusste sofort, wen ich hier vor mir hatte, und das nicht nur wegen des Datums auf dem Brief. Knapp sieben Monate vor meiner Geburt. Dennoch brauchte ich eine Weile, um zu erkennen, wer er war, denn er war jung und trug einen Schnurrbart und lange Haare: Mein Vater war allem Anschein nach der mittlerweile berühmte Regisseur Albert Strauss.

Ich schaltete die kleine Lampe auf dem Frisiertisch ein, um jedes Detail studieren zu können. Ich sog alles in mich auf. Sahen sie glücklich aus? Sah er mir ähnlich? Gab es einen Hinweis darauf, dass er sie und seine Tochter nur kurze Zeit später verraten würde?

Erst dann dachte ich wieder an das, was die Krankenschwester am Telefon gesagt hatte: Meine Mutter hatte mir etwas Bedeutendes mitteilen wollen. War es das?, fragte ich mich damals. Wollte sie mir endlich offenbaren, wer mein Vater war? Ich schluckte und meine Augen brannten bei dem Gedanken daran, dass ich es nie erfahren würde.

Und auch heute, an diesem beschaulichen Spätsommertag mehr als drei Jahre später in einem idyllischen Hotelgarten auf Langeoog, brennen bei der Erinnerung meine Augen und ich muss die Tränen zurückhalten, doch zum ersten Mal halte ich es für ebenso wahrscheinlich, dass sie mir auf ihrem Sterbebett etwas ganz anderes sagen wollte. Nämlich, dass sie mich liebte und stolz auf mich war, obwohl mein Weg bisher weniger geradlinig und makellos war als ihrer. Dass ich perfekt war, wie ich war.

Ich weiß jetzt, dass sie mich geliebt hat. Auf ihre Art. Sie wollte, dass ich erfolgreich bin. Denn für sie war Erfolg gleichbedeutend mit Glück. Und weil sie von meinem Vater und der Liebe bitter enttäuscht wurde, wollte sie mir diese Enttäuschung ersparen.

»Du auch, Anna?« Lisa sieht mich ein wenig ungeduldig an. Verständnislos erwidere ich ihren Blick.

»Tanzen? Wir können nicht länger auf Nereas und Julius' Sekt warten. Wahrscheinlich trinken sie ihn ganz alleine aus. Es läuft gerade Taylor Swift. Wusstest du, dass sie ihren ersten Song schon mit zwölf Jahren schrieb? Wer weiß, vielleicht werden wir auch mal berühmte Musiker.«

»Ich bleibe lieber noch ein bisschen hier stehen.« Und trinke mindestens einen Gin Tonic.

»Dann wirst du wohl mitkommen müssen, Miguel.« Ihre Stimme verrät, dass sie keinen Widerspruch duldet. Miguel sieht aus, als würde er lieber eine Wurzelbehandlung über sich ergehen lassen, doch Lisa hat schon nach seiner Hand gegriffen und zieht ihn mit erstaunlichem Schwung auf die Tanzfläche.

Mit zusammengekniffenen Augen erkenne ich Charlotte, die, in sicherem Abstand umringt von einer Handvoll anderer Tanzwütiger, hemmungslos die Hüften kreisen lässt und ihre Arme durch die Luft wirbelt. Als ob ihr niemand zusähe. Ich muss mir ein Lachen verkneifen und hebe dann überrascht eine Augenbraue, als ich erkenne, mit wem sie sich da so gehen lässt: Es ist der bärtige Hüne, der mir schon bei unserer Ankunft auffiel und den ich zuerst für Bosse gehalten hatte. Ist das etwa dieser Jakub?

Senta tupft sich mit einem Taschentuch den Schweiß von der Stirn und erklärt mit fester Stimme, offenbar immer noch beim Thema Prüfungsangst: »Jedenfalls wollte ich dir sagen, dass du jede Beurteilung deiner Person mit Bestnoten meistern würdest. Damit meine ich nicht nur dein Geigenspiel, sondern auch deinen Umgang mit anderen Menschen, deine Empathie, deine Kreativität und deinen ausgeprägten Teamgeist. Ich bin sehr froh, dass du Teil des Teams warst, Anna.«

Ich lasse zu, dass sie mich für einen Augenblick an sich drückt. Wenn sie wüsste, wer ich wirklich bin, würde sie ganz anders reden.

Albert sieht aus, als wolle er noch etwas hinzufügen, und mein Puls beschleunigt sich. Doch natürlich wählt Hauke ausgerechnet diesen Moment, um sich mit fünf Bierflaschen in den tellergroßen Pranken, allesamt alkoholfrei, zwischen Albert und mich in unsere kleine Runde zu drängen und mich herausfordernd zu mustern. »›Lass dir von niemandem je einreden, dass du was nicht kannst. Auch nicht von mir, okay? Wenn du einen Traum hast, musst du ihn beschützen. Wenn du was willst, dann mach es. Basta!‹«

»Das kenne ich! Es liegt mir auf der Zunge!« Alle blicken mich erwartungsvoll an, während ich meine grauen Zellen anstrenge. Natürlich weiß jeder außer mir längst die Antwort. »Ist es Will Smith? In *Das Streben nach Glück*?«, rate ich schließlich und hoffe, dass mich jetzt nicht noch jemand nach dem Erscheinungsjahr fragt.

Anerkennend boxt Hauke mir erst auf den Oberarm und prostet mir dann zu. »Geht doch, Anna. Nächstes Mal nehme ich ein Zitat aus einer Rom-Com, das wird ein Kinderspiel für dich.«

»Vielleicht bei Alberts nächstem Projekt mit jungen Schauspielern.« Ich schlucke bei dem Gedanken daran, dass ich schon morgen früh Abschied nehmen muss und so viele der Menschen, die mir hier begegnet und ans Herz gewachsen sind, aller Wahrscheinlichkeit nach wieder aus den Augen verlieren werde. Allen voran Albert, Charlotte, Helen und Senta Strauss. Und natürlich Leif und die gute alte Elsa.

Vor allem aber Bosse, nur will ich darüber jetzt nicht weiter nachdenken.

Neben Hauke taucht nun auch Wanda auf, gefolgt von einem der Produzenten und schließlich dem Komponisten, der für all die bemerkenswerten Stücke in *Vielleicht morgen* verantwortlich ist. Mein Blick wandert zum Tanzrasen hinüber, wo Charlotte und ihr Begleiter noch immer alles geben, während sich Lisa und Miguel weiter am Rand ein bisschen schüchtern im Takt der Musik wiegen, offenbar unschlüssig, ob sie sich dabei aneinander festhalten sollen oder nicht. Joris beobachtet die beiden mit Argusaugen, während Leo neben ihm alles daransetzt, mit Händen und Füßen seine Aufmerksamkeit zu erregen. Leif und die erdbeerblonde Unbekannte sind, soweit ich das erkennen kann, noch nicht wieder aufgetaucht.

»Los, wir tanzen!«, fordere ich Jonah auf. Die anderen sind mittlerweile in irgendein Gespräch über Soundeffekte und Setdesigns vertieft.

»Träum weiter!«

»Wir haben nie unseren Hochzeitstanz nachgeholt.«

»Das tun wir auch heute nicht.«

»Komm schon, Jonah!«

»Nie im Leben.«

»Dann lass uns ein paar Dirty Martinis bestellen.« Augenzwinkernd proste ich ihm mit meinem beinahe unangetasteten Bier zu.

Das muss ich ihm nicht zweimal sagen. Jonah ist einer der wenigen Männer, die ich kenne, die einem Bier praktisch jedes andere alkoholische Getränk vorziehen. Erst recht einem Bier ohne Alkohol drin.

»Ich bin froh, dass du mich gezwungen hast, hierherzukommen«, rufe ich über den Lärm der Musik hinweg in sein Ohr, während wir uns im Schneckentempo durch den mittlerweile gut gefüllten Garten Richtung Bar vorarbeiten und ich gleichzeitig zu allen Seiten bekannte Gesichter begrüße. Natürlich werde ich mit dem schmerzvollsten Liebeskummer meines Lebens und ein paar ungeklärten Fragen im Gepäck nach Hause fahren, aber ich weiß, dass dieser Sommer etwas mit mir gemacht hat. Etwas Bedeutendes.

»Du hast dich irgendwie verändert«, erklärt Jonah.

»Habe ich das?«

»Du scheinst dein Leben wieder besser im Griff zu haben. Trotz der Sache mit Bosse. Und obwohl dein Vater noch immer nicht weiß, wer du bist.«

»Psst!« Nervös blicke ich mich um, doch niemand scheint uns Beachtung zu schenken.

»Hast du gestern Abend unter dem Bett nach Monstern gesucht?«, fährt Jonah unbeirrt fort.

Ich habe sorgfältig die Tür verriegelt, aber unter dem Bett habe ich nicht nachgesehen, genauso wenig wie hinter den Vorhängen. Dabei hatte ich befürchtet, diese Sache mit Bosse würde meine Ängste wieder intensivieren.

»Nein«, entgegne ich überrascht und runzele die Stirn. Wir sind inzwischen an der Bar angekommen und ich winke dem Barkeeper zu, der mit teilnahmsloser Miene eine ganze Palette von Getränken herunterrattert. Allesamt alkoholfrei.

»Was ist mit einem Dirty Martini?«

»Kein Alkoholausschank heute. Das hier ist eine Kinderparty«, entgegnet er tonlos, während seine Augen auszudrücken scheinen: »Ein Mixgetränk mit Olivenlake? Was stimmt nicht mit euch?«

Notgedrungen bestellen wir zwei Virgin Sunrise.

»Und hast du dich an rundes Brot gewagt?«, knüpft Jonah an unser Gespräch an und mustert mich konzentriert.

Schnaubend knuffe ich ihm in die Seite. »Ich habe keine Angst vor rundem Brot, Jonah. Wie oft soll ich es dir noch sagen? Ich mag eckiges einfach lieber, weil der Käse dann besser passt.« Und weil Elsa das weiß, war sie so aufmerksam, jeden Morgen eckiges Brot auf den Frühstückstisch zu stellen.

Unbeeindruckt setzt Jonah die Befragung fort: »Und wann hast du zuletzt deine Hände gewaschen?«

Ich denke einen kurzen Moment nach, während ich an meinem pinken Strohhalm nippe. Bevor wir losgingen, habe ich es auf jeden Fall vergessen. Wie häufiger in letzter Zeit, wie mir nun bewusst wird. »Nach dem Mittagessen nur noch einmal.«

»Sage ich doch: Du hast dich verändert.« Jonah greift nach meiner freien Hand, lässt sie aber abrupt fallen, als er Charlotte entdeckt, die gerade mit dem bärtigen Hünen im Schlepptau auf uns zukommt. Sobald sie uns sieht, setzt sie ihr strahlendstes Lächeln auf.

»Du wirst mir so fehlen, Anna«, johlt sie und wirft mir derart ungestüm ihre Arme um den Hals, dass ich einen nicht unerheblichen Teil meines gelb-roten Cocktails über unseren Sandalen verteile. »Irgendwie habe ich das Gefühl, wir würden uns schon ewig kennen. Zum Glück ist es von Berlin nach Leipzig nur ein Katzensprung.«

Ich werfe Jonah einen kaum merklichen Blick zu, doch der hat nur Augen für Charlotte, die gerade dem Barkeeper bedeutet, zwei weitere Virgin Sunrise zu mixen. Wie soll das funktionieren, den Kontakt zu halten, ohne ihr zu offenbaren, wer ich bin? Aber Charlotte nicht wiederzusehen, kann ich mir ebenso wenig vorstellen.

»Das ist übrigens Linus, mein kleiner Bruder. Linus, das ist Anna«, erklärt sie, wieder an uns gewandt.

»Der Haitaucher«, murmele ich und mustere ihn zum ersten Mal genauer. Aus der Nähe betrachtet, hat er nur noch die Größe und den blonden Bart mit Bosse gemeinsam. Er hat eine breite Nase und warme, funkelnde Augen. Und hat er wirklich meine Hasenhauer mitsamt der Lücke zwischen den oberen Schneidezähnen?

»Nun, eigentlich bin ich Fensterputzer. Dass dabei ein paar Haie um mich herumschwimmen, macht die ganze Sache nur ein bisschen weniger eintönig.« Linus lächelt noch breiter und reicht mir seine schwielige Pranke, während er mich mit seinen wachen Augen mustert. Er ist mir, genau wie der Rest meiner Halbgeschwister, auf Anhieb sympathisch. »Und furchteinflößender als pubertierende Kinder sind meine Haie sowieso nicht.«

Charlotte hat ihm also schon von mir erzählt.

»Nichts auf der Welt ist furchteinflößender als pubertierende Kinder«, entgegne ich grinsend.

»Außer vielleicht ein Toupet tragender Prüfer mit einer Portion Spinat zwischen den Zähnen.« Charlotte lacht ihr typisches kehliges Lachen, und Jonah bleibt beinahe der Mund offen stehen.

»Oder ein Barkeeper, der keinen Alkohol ausschenkt.« Mit einer angedeuteten Verbeugung nimmt Linus seinen zweifarbigen Cocktail von seiner Schwester entgegen.

»Oder die Aussicht, seiner Freundin beichten zu müssen, dass man sich zu jemand anderem hingezogen fühlt«, ergänzt Jonah offensichtlich ohne nachzudenken und sieht dann aus, als würde er am liebsten im Erdboden versinken.

Ehe jemand von uns die Möglichkeit hat, zu reagieren, kreuzt unvermittelt Leif in unserer Mitte auf. Von seiner rothaarigen Begleiterin ist nichts zu sehen. »Oder zwei Turteltäubchen, die nicht zusammen sein können, weil beide Angst haben und keiner von ihnen den ersten Schritt wagt«, erklärt er übergangslos, um dann leise und wie nebenbei an mich gewandt hinzuzusetzen: »Bosse kehrt heute Abend zurück nach Langeoog. Er muss seine übrigen Sachen holen und hat noch ein paar Dinge mit den anderen Produzenten zu besprechen. Morgen in aller Frühe ist er wieder fort.«

Ich muss nur seinen Namen hören und mein Herz beginnt schon, verrückt zu spielen. Aus den Augenwinkeln registriere ich, dass Linus mich neugierig mustert.

»Oder eine menschenleere Tanzfläche trotz untadeliger Musik«, setzt Charlotte nach einer kaum merklichen Pause unser kleines Spiel fort, vielleicht, um mir eine Antwort zu ersparen, denn die Tanzfläche ist alles andere als leer. Sie deponiert ihr Glas auf einem der schmalen runden Tische. »Tanzen wir also, Jonah?«

Ich kann Jonah ansehen, wie er mit sich ringt. Er ist der geborene Nicht-Tänzer, er hat zwei linke Füße und eine Freundin, die sich zwar als nicht sonderlich loyal erwiesen hat, aber zu Hause auf ihn wartet. Doch sein Interesse an Charlotte scheint die Oberhand zu gewinnen. »Okay«, bringt er schließlich ein bisschen gequält hervor und nimmt ihre angebotene Hand.

Ich biete Leif meinen Cocktail an. »Wann schlägt die Bombe ein, Herr Botaniker?«

»Morgen. Wir haben vorhin einen Tipp bekommen, dass die Geschichte um meine Zukunftspläne nun doch noch vorzeitig durchsickern könnte, aber ich bin es meinen Fans schuldig, dass sie es von mir selbst erfahren. Also werde ich morgen den ganzen Tag lang Interviews geben. Meine Lieblingsbeschäftigung.« Er sieht ebenso leidgeprüft aus wie Jonah auf der Tanzfläche und ich drücke mitfühlend seinen Arm.

Eigentlich will ich Leif noch so vieles fragen, nicht nur nach der Rothaarigen, doch in dem Augenblick streckt Linus mir seine tellergroße Hand entgegen. »Da ich ja nun meine Tanzpartnerin an die Konkurrenz verloren habe, brauche ich wohl oder übel eine neue.«

»Was ist mit dir, Leif? Bevor du monatelang nur noch Schnee und Eis siehst, solltest du dich noch mal ein bisschen austoben«, rufe ich über meine Schulter, doch er hebt abwehrend die Hände, wirft mir eine Kusshand zu und wendet sich dann einer besonders hübschen, definitiv nicht rothaarigen Szenenbildnerin zu.

Es stellt sich heraus, dass Linus einen ähnlich wilden Tanzstil hat wie Charlotte und ich. Nur Jonah wirkt ein wenig steifbeinig und fehl am Platz, doch Charlottes Aufmerksamkeit scheint ihn ausreichend zu entschädigen. Irgendwann kreuzt wie aus dem Nichts Helen mit ihren drei Jüngsten neben uns auf und, ich muss mir ein ungläubiges Lachen verkneifen, auch sie beginnt jäh mit einem entrückten Grinsen im Gesicht damit, Arme und Beine unkontrolliert durch die Luft zu schleudern, mit dem Fuß aufzustampfen und sich so schnell um die eigene Achse zu drehen, dass einem schon beim Zusehen schwindelig wird. Die Menge um uns herum weicht immer weiter zurück, während Lisa, Miguel, Leo, Joris und die anderen Kinder uns kopfschüttelnd vom Rand aus zusehen. Ich bin ausgelassen wie lange nicht mehr und so abgelenkt, dass ich zumindest nicht ununterbrochen an die Tatsache denken muss, dass Bosse auf Langeoog ist, nur heute Nacht, vielleicht nur ein paar hundert Meter von mir entfernt.

Es wird schon dunkel, das Büfett gleicht einem Trümmerfeld, Albert hat eine Menge Lacher für seine kurz gefasste Dankesrede geerntet, in der er die Sonne in den Herzen und Flausen in den Köpfen seiner jungen Darsteller pries, Leif schäkert noch immer mit der Szenenbildnerin herum und auch Jonah und Charlotte lassen sich nicht mehr aus den Augen, als ich eine Abschiedsrunde drehe und auf dem Weg die Kinder einsammele, um sie ins Bett zu verfrachten. Fast alle von uns, mich eingeschlossen, müssen noch unsere Koffer packen, bevor wir morgen in aller Frühe ein letztes Mal auf Herrn Bekensens Kutsche steigen und uns zum Anleger bringen lassen.

Den Abschied von meinem Vater, Senta und meinen Geschwistern schiebe ich bis zuletzt hinaus. Was soll ich sagen? War es die richtige Entscheidung, zu verschweigen, wer ich bin? Werde ich sie alle jemals wiedersehen?

»Die beiden alten Partymuffel wollten auch gerade gehen«, erklärt Helen feixend und reicht Jesper, ihren offensichtlich vollkommen übermüdeten Jüngsten, an Jorge weiter. »Und wir müssen alle mit.«

»Auf einen Absacker nebenan bei Helen. Eine Saftschorle oder ein Mineralwasser.« Linus hat eine ähnlich raue, kehlige Lache wie Charlotte.

»Nun, wann hat man schon mal all seine Kinder zusammen?« Albert legt seine Arme liebevoll um Helen und Charlotte. »Der Moment kommt immer viel zu schnell, dass ihr euch wieder in alle Winde verstreut und eure alten Eltern allein zurücklasst.«

Ich vermeide es, in Jonahs Richtung zu blicken.

Als wir gemeinsam am schmiedeeisernen Gartentor anlangen, schalten sich gerade die Straßenlaternen an. Wir sehen den Kindern, gleichermaßen müde und aufgedreht, für einen Moment dabei zu, wie sie Joris trübselig Auf Wiedersehen sagen, bis Julius mit todernster Miene an Albert gewandt eröffnet: »Wir wünschen dir für deinen nächsten Film viel Glück auf der Suche nach genauso verdammt coolen Darstellern wie uns.«

Ich stelle fest, dass Lisas Augen verdächtig glitzern, als sie tröstend hinzusetzt: »Aber keine Sorge, wir gehen ja nicht ganz. Ein winzig kleines Stück von uns bleibt bei euch. So wie ein Stück von euch bei uns bleibt.«

Geduldig lassen sich die Kinder nacheinander von Albert, Senta, Charlotte, Helen, Jorge und Linus wahlweise in den Arm nehmen oder die Hand schütteln, bevor sie, zu emotional für allzu rührige, langatmige Abschiedsszenen, über die Breite Straße zu Elsas Ferienhof sprinten, um noch ein paar letzte sturmfreie Minuten auszukosten. Joris stapft, dicht gefolgt von Jorge und seinen kleinen Geschwistern, mit hängendem Kopf zu seinem Haus zurück.

Ich verabschiede mich zuerst mit einer festen Umklammerung und dem Versprechen, mich bald zu melden, von Charlotte und Helen. Auch Senta und Linus, der ungewöhnlich ruhig geworden ist, drücke ich für einen Moment an meine Brust. Mir schwirrt der Kopf und ich weiß, wenn ich jetzt Jonahs forschendem Blick begegne, werde ich in Tränen ausbrechen.

Als Albert mich ein wenig steif und unbeholfen an sich zieht, schließe ich unwillkürlich die Augen und sauge seinen Duft auf – eine Mischung aus frisch gemähtem Gras, Holz und Passionsfrucht –, um ihn nie wieder zu vergessen. In diesem Moment ist es mir gleichgültig, was die anderen denken.

Schwarze Balken versperren mir die Sicht und ich klammere mich an Jonahs Unterarm fest, als wir uns zum Gehen wenden. Nie war ich dankbarer, ihn an meiner Seite zu haben. Wir haben es schon halb über die holprige Straße geschafft – doch was Linus dann sagt, lässt sowohl Jonah als auch mich mitten in der Bewegung innehalten. Und erstarren.

»Du könntest glatt unsere Schwester sein, Anna. Du hast Helens Haare und Augen, Charlottes Sommersprossen, Papas Ohren und mein Muttermal unter dem Schlüsselbein. Ach, und meine Zahnlücke hast du auch. Ganz zu schweigen von dieser echt schrägen Art zu tanzen.«

Für ein paar schmerzhafte Sekunden scheint die Zeit stillzustehen. Die Worte hängen in der Luft und gehen nicht mehr weg.

Wie in Zeitlupe drehe ich mich um. Als klar wird, dass ich nicht die erwartete oder vielleicht auch erwünschte Reaktion zeigen würde – in vergnügtes Lachen ausbrechen, ihm einen Vogel zeigen, einen munteren Spruch über lustige Zufälle loswerden –, fährt Linus mit kaum vernehmbarer Stimme fort: »Wenn du jetzt noch sagst, dass du demnächst sechsundzwanzig wirst –«

»Im Oktober«, flüstert Albert und es klingt mehr wie eine Feststellung als eine Frage. »Mein Gott!«

Die Stille ist ohrenbetäubend. Alles ist ans Licht gekommen. Mein dunkelstes Geheimnis, das ich so lange gehütet habe. Und ich verspüre nicht nur, wie erwartet, unermessliche Beklommenheit darüber, dass ich allein durch meine Existenz die Harmonie einer ganzen Familie gefährde, und Scham, dass ich die Wahrheit all die Wochen für mich behalten habe, sondern zu meiner Verwunderung auch eine grenzenlose Erleichterung. Als könnte ich endlich wieder frei atmen. Alle wissen Bescheid. Und was auch immer jetzt passiert, ich muss nicht länger lügen.

Albert ist der Erste, der seine Stimme wiederfindet. »Ist das wahr? Anna?«

Ich will etwas erwidern, bringe aber keinen Ton hervor. Wie festgefroren stehe ich noch immer mitten auf der Straße und starre meinen Vater an. Eine Zeit lang hört man nichts als die mittlerweile gedämpfte Musik, die aus dem Hotelgarten zu uns herüberdringt, den unverwechselbaren Gesang einer einsamen Nachtigall und das träge Bellen eines Hundes, auf das ein anderer Hund, meiner Ansicht nach Schopenhauer, Antwort gibt.

»Du hast ein viertes Kind, Papa?« Als Helen schließlich spricht, klingt ihre Stimme gepresst. An mich gewandt setzt sie kaum vernehmbar hinzu: »Warum hast du uns angelogen?«

Charlotte schiebt die Lippen nach vorne, als wolle sie etwas hinzufügen, holt dann aber nur tief Luft.

Senta stand die ganze Zeit mit geschlossenen Augen neben ihrem Mann und sah aus wie ein hochkonzentrierter Läufer vor dem Start, doch nun kommt Leben in sie. Sie greift nach Alberts Hand und kommt einen Schritt in meine Richtung. »Nun, eigentlich hat Anna nicht wirklich gelogen. Sie hat nur nicht die ganze Wahrheit gesagt. Und ich glaube, sie wollte uns damit schützen.«

»Aber haben wir nicht ein Recht darauf, zu erfahren, dass sie unsere Schwester ist?« Charlotte schüttelt den Kopf. »Wir hätten dich sonst einfach gehen lassen, Anna. Wenn du –«

»Warum hat Jolana nie etwas gesagt?«, unterbricht Albert seine Tochter.

Ich kann kaum atmen. »Du wusstest es nicht?«

»Ich hatte keine Ahnung.« Seine Stimme bricht.

»Aber meine Mutter … Ich dachte, du wolltest mich nicht.« Ich kann nichts dagegen tun, dass mir Tränen in die Augen schießen.

Er hat die wenigen Meter zwischen uns in weniger als zwei Sekunden zurückgelegt. Für ein paar Augenblicke bleibt er unsicher vor mir stehen, dann schlingt er seine Arme um mich. Und ich spüre, wie sich etwas in mir öffnet. Wie eine Blume, die im Zeitraffer erblüht. Ich fühle mich so leicht, als wäre ich eine tonnenschwere Last losgeworden. Mein Kopf ist klar und frisch und ich weiß, ich bin frei und bereit für einen neuen Anfang.

Erst, als wir eine Gruppe von Mitarbeitern geräuschvoll den Gartenweg des Hotels entlangpoltern hören, lässt mein Vater mich los.

»Komm mit zu Helen, Anna. Jetzt gleich. Dann können wir in Ruhe reden.« Senta steht der Schock noch immer ins Gesicht geschrieben. Aber ich erkenne auch etwas anderes. Mitgefühl? Verständnis? Kaum merklich schiebt Jonah mich in ihre Richtung, während er selbst sich mit einem kurzen Kopfnicken davonstiehlt.

»Vielleicht könntest du auch deine Abreise verschieben. Du könntest sogar bis zu deiner Prüfung hierbleiben. Dann können wir noch mehr reden.« Charlotte, die sich offensichtlich am schnellsten wieder gefangen hat, bedeutet mir, ihr zu folgen.

»Ich muss die Kinder zurück nach Leipzig bringen. Und jetzt sollte ich packen und ein Auge darauf haben, dass sie dasselbe tun«, entgegne ich und taumele dennoch hinter ihr her die Straße herunter, als wäre sie ein seltener Blauschillernder Feuerfalter und ich ein Schmetterlingsjäger.

Schweigend, jeder seinen Gedanken nachhängend, legen wir die kaum hundert Meter bis zu Helens und Jorges Reetdachhaus zurück. Die Haustür ist sperrangelweit geöffnet, jedes Licht brennt und die vier Kinder veranstalten einen Höllenlärm.

»Ich werde Jorge helfen, die Kleinen ins Bett zu bringen.« Helen drückt meinen Arm, sieht aber aus, als wäre sie froh, der Situation zu entkommen.

Linus, der die ganze Zeit über keinen Ton von sich gegeben hat, zieht mich unvermittelt an seine Brust, bevor er Helen wortlos ins Haus folgt. Charlotte, die Anstalten macht, ihren Geschwistern nachzulaufen, wohl, um uns ein wenig Ungestörtheit zu gönnen, dreht sich am Treppenabsatz noch einmal um. Ihr Blick schweift von einem gerahmten Bild an der Wand, das die gesamte Familie beim vergnügten Pilzesammeln zeigt, zu mir. »Wir wussten alle, was unser Vater vor sechsundzwanzig Jahren getan hat. Meine Mutter wollte es vor uns Kindern geheim halten, aber wir haben es trotzdem herausgefunden. Und was bei einem Seitensprung herauskommen kann, wissen wir auch. Mach dir keine Sorgen, Anna, ich denke, keiner hier macht dir einen Vorwurf. Es ist für alle eine riesige Überraschung, vielleicht sogar ein Schock, das will ich nicht verleugnen, aber niemand glaubt, es sei deine Schuld.«

Zaghaft lächelt sie mich an und ich lächele voller Erleichterung zurück. Ich weiß, es wird noch einige Zeit vergehen, bis sich alle an den Gedanken gewöhnt haben, dass es mich gibt. Aber der wichtigste Schritt ist getan.

In Helens Küche macht Senta sich ohne Umschweife daran, eine Kanne Tee zu kochen, ehe auch sie sich diskret davonschleicht. Ich hätte lieber einen Schnaps gehabt, sage aber nichts.

»Ich war betrunken, als ich deine Mutter traf, auf dieser Party nach dem Konzert«, sagt Albert leise, als hätte er meine Gedanken gelesen. »Und das ist auch der Grund, warum ich seither keinen Tropfen Alkohol mehr anrühre. Ich habe es Senta versprochen.«

»Wie lange …« Ich werfe einen kurzen Blick zur Tür, doch die ist fest verschlossen. Dennoch senke ich meine Stimme. »Wie lange habt ihr euch getroffen?«

»Eine Woche. Ich war beruflich in Leipzig und sie hatte gerade ihr Studium abgeschlossen und gab ein Konzert an der Musikhochschule. Ihr Spiel hat mich tief berührt.«

Eine Woche. Natürlich war der Alkohol, der ihn bei der ersten Begegnung alle Hemmungen verlieren ließ, dann nichts als eine Ausflucht. Wer ist schon sieben Tage am Stück so sternhagelvoll, dass er seine Familie vergisst? Er scheint denselben Gedanken zu haben und räuspert sich verlegen.

Für eine Weile starren wir beide aus dem Fenster in die pechschwarze Dunkelheit. Ich meine, in der Nähe einen Esel iahen zu hören. Ich kann kaum glauben, dass ich wirklich in dieser gemütlichen Wohnküche sitze, mit einer Tasse Kräutertee in den Händen, und mit meinem Vater plaudere. *Mit meinem Vater!*

»Warum hat sie dir nicht von mir erzählt?«, erkundige ich mich schließlich mit brüchiger Stimme. Ich nehme einen Schluck von meinem Tee und verbrenne mir die Zunge.

Albert zögert einen Moment und seine braunen Augen verdunkeln sich. »Deine Mutter war eine außergewöhnliche Frau. Ich kannte sie nicht lange, aber ihre Gefühle und ihr Seelenleben waren ... intensiv.«

Ich fahre mir mit der Hand über das Gesicht. Ich habe meine Mutter beherrscht und in vielen Fällen geradezu distanziert in Erinnerung.

Albert zuckt hilflos mit den Achseln. »Ich kann mir vorstellen, dass sie Angst hatte, dass ich Ansprüche erheben könnte, dich zu mir und meiner Familie zu holen, schließlich hatte ich schon zwei Kinder. Oder dich zumindest regelmäßig zu sehen. Vermutlich wollte sie nicht riskieren, dass ich Einfluss auf dich ausübe. Vielleicht wollte sie sich aber auch einfach an mir rächen.«

»Warum hätte sie sich rächen wollen?«

»Nachdem ich ... Nun, nachdem ich sie sitzen ließ, war sie sehr verletzt.« Er starrt für einige Zeit auf seine Hände und scheint mit sich zu ringen, ehe er anfängt zu reden, stockend erst, dann immer flüssiger.

Er formuliert es nicht in aller Deutlichkeit, doch zwischen den Zeilen höre ich heraus, dass sie seine Abreise nicht einfach hinnehmen wollte, als er ein Zugticket nach Hause kaufte. Er erkannte zum ersten Mal, dass die vergangene Woche für sie so viel mehr war als nur eine kurze Affäre. Sie hat ihn angeschrien und ihm vorgeworfen, er hätte sie nur ausgenutzt, forderte, dass er seine Frau und seine Kinder verlässt und mit ihr durchbrennt. Weil sie ihn liebte.

»Nie werde ich den Ausdruck in ihren Augen vergessen, als ich ging. Als sie realisierte, dass ich tatsächlich zu meiner Familie zurückkehren würde, waren ihre letzten Worte: ›Bilde dir nichts ein, Albert Strauss. Ich wäre im Sommer ohnehin fortgezogen, um ein Engagement bei den Wiener Philharmonikern anzunehmen, und hätte dich nicht mehr sehen können.‹ Doch ich weiß, ich habe ihr das Herz gebrochen. Und das bereue ich bis heute.«

Eine Woche später hat Jolana einen Brief geschrieben. Er war nicht an ihn adressiert, sondern an Senta. So kam alles heraus. Vielleicht hat meine Mutter darauf spekuliert, dass Senta ihn verlassen würde, und war enttäuscht, dass sie keinen Keil zwischen die beiden treiben konnte.

Von mir war in diesem Brief keine Rede, aber meine Mutter konnte zu dem Zeitpunkt auch noch nicht gewusst haben, dass ihre Affäre Folgen hatte. Danach hat Albert nie wieder etwas von ihr gehört.

»Mein Gott, sie hat noch nicht mal Unterhalt von mir gefordert.«

»Sie hat selbst ausreichend verdient«, murmele ich abwesend.

Wie war das alles so detailliert in seinem Gedächtnis geblieben? Wo war es so lange vergraben?

Es wird eine lange Nacht. Irgendwann kramt Albert doch einen Schnaps aus Helens uraltem Bauernschrank hervor, den er allerdings nur mir anbietet.

»Wie war sie als Mutter?«, fragt er, als oben längst Ruhe eingekehrt ist.

»Ich weiß jetzt, sie hat ihr Bestes gegeben«, erwidere ich und senke den Blick. Meine Schläfen pochen bei dem Gedanken daran, dass meine Mutter nur noch ein Bündel Erinnerungen ist, gute wie schlechte. Doch manchmal sehe ich sie so lebhaft vor mir, dass ich ihre Stimme hören, die ungewöhnlichen Sprenkel in ihren hellblauen Augen erkennen und ihren teuren Duft riechen kann. Aber so plötzlich, wie sie gekommen ist, verschwindet sie auch wieder.

»Nun, die meisten Eltern finden nur mit Ach und Krach ihren Weg. Wir glauben, wir tun das Richtige, aber manchmal begehen wir Fehler. Aber sieh, was aus dir geworden ist. Jolana kann ihre Sache nicht so falsch gemacht haben.« Seine Augen sind fest auf mein Gesicht gerichtet, als er fortfährt: »Trag deiner Mutter nicht nach, was sie getan hat. Dass sie mir verschwiegen hat, dass es dich gibt. Bewahre Jolana in der besten Erinnerung, Anna.«

»Das tu ich.« Meine Stimme ist kaum mehr als ein Flüstern.

»Sie wollte dich unbedingt. ›Ich möchte ein Kind‹, hat sie in unserer letzten Nacht gesagt. ›Am liebsten eine Tochter, der ich alles beibringen kann, was ich weiß. Die ich lieben kann, bis ich sterbe.‹ Und ich bin mir sicher, sie hat dich sehr geliebt.«

Ich kann nicht schlucken, weil meine Kehle wie zugeschnürt ist. Mir kommen meine Ängste in den Sinn. Die Dinge, die in meinem Leben schiefgelaufen sind, habe ich meinen Eltern angekreidet. Es war das Bequemste, jemand Außenstehendem die Schuld zu geben, wie wütend, ängstlich und aufgebracht ich war. Aber das ist jetzt nicht mehr wichtig. Was zählt, ist die Zukunft.

Es ist schon fast drei Uhr morgens, als wir uns schließlich voneinander verabschieden. Diesmal fällt unsere Umarmung schon weniger unbeholfen aus.

»Ich bin froh, dass alles herausgekommen ist. Ich hatte immer das merkwürdige Gefühl, dich zu kennen. Schon bei unserer ersten Begegnung vor sechs Wochen. Und nun kann ich mir endlich erklären, warum du mir die ganze Zeit über so seltsam vertraut vorkamst. Und damit meine ich nicht deine Fusilli-Haare, sondern deine Bewegungen, deine Mimik, deine Art, den Kopf schiefzulegen. Ich wusste nur nicht, warum ich so empfand«, sagt mein Vater. Und dann: »Wir sehen uns bald, Anna.«

Auf dem Rückweg zu Elsas Ferienhof schwirrt mir noch immer der Kopf. Ich habe meine Komfortzone verlassen, indem ich nach Langeoog gekommen bin. Auch wenn ich wusste, wie viel Hoffnung Jonah in dieses ganze Unterfangen setzte, hätte ich tief in mir drin nie damit gerechnet, dass ich hier nicht nur einen Teil meiner Geschichte, sondern auch zu mir selbst finden würde.

Ich habe meinen Vater gefunden. Und mit einem Schlag so viel Familie gewonnen. Mein Vater hat mich nicht im Stich gelassen. Vielleicht hätte er meine Mutter lieben können, wenn er nicht vorher mit Senta schon seine Seelenpartnerin gefunden hätte. Ich denke an den Ausdruck in seinen Augen, als Senta die

Teetasse vor ihm abgestellt und ihm über die schütteren Haare gestrichen hat, diese Liebe, das Verständnis und die Loyalität. Und wie so häufig schweifen meine Gedanken zu Bosse, gerade als ich zum wahrscheinlich tausendsten Mal an dem Apfelbaum mit dem eingeritzten Herz vorbeilaufe, und schlagartig wird mir klar, wofür die Initialen *E* und *T* stehen: Tomte hat die Botschaft vor Jahrzehnten für Elsa in die Rinde gekerbt. Und seither hat Elsa auf Tomte gewartet. Sie hat ihr ganzes Leben lang denselben Mann geliebt, auch wenn sie zu stolz wäre, es zuzugeben. So wie meine Mutter vielleicht ihr ganzes Leben lang meinen Vater geliebt hat.

Und ich weiß, ich will nicht das gleiche Schicksal erfahren. Ich lasse Bosse nicht einfach gehen.

Kapitel 20

Ich wähle seine Nummer, bevor ich den Mut verlieren kann. Ich denke nicht nach. Das verschiebe ich auf den Moment, in dem er abhebt. Doch er hebt nicht ab. Stattdessen vernehme ich trotz des Rauschens in meinen Ohren nach einigen Sekunden den lästigen Piepton seiner Mailbox.

»Bosse, ich ... Nun, ich dachte, wir könnten vielleicht ... Also, wir müssen reden. Bevor ich nach Hause fahre. Ähm, ich muss bald los, also ... Vielleicht kannst du mich anrufen? Danke. Hier ist übrigens Anna.«

Vielleicht hätte ich vorher doch ein bisschen nachdenken sollen. Wütend auf mich selbst feuere ich mein Handy quer durch die Pferdebox, nur um es anschließend prompt wieder einzusammeln und in meine Kuriertasche zu stopfen, die schon neben meinem geblümten Koffer und dem Geigenkasten an der Tür darauf wartet, auf die Kutsche verladen zu werden. Ich lasse meinen Blick noch ein letztes Mal durch den gemütlichen kleinen Raum gleiten und versuche, den Kloß herunterzuschlucken, der schon die halbe Nacht in meinem Hals feststeckt.

Die anderen haben noch nicht gefrühstückt, als ich ins Haupthaus komme. Wahrscheinlich sind die Kinder nach wie vor damit beschäftigt, einzelne Socken unter den Betten hervorzuklauben und verloren gegangene neongrüne Dosen für irgendwelche Zahnspangen wiederzufinden, während Jonah in aller Seelenruhe vor sich hin schlummert und aller Wahrscheinlichkeit nach von Amba und Charlotte träumt.

Ich habe keinen Hunger, kann aber nicht ablehnen, als Elsa mir mit glänzenden Augen ein letztes Mal einen ihrer duftenden, selbst gebackenen Sesambagels in die Hand drückt. Für die andere Hand gibt sie mir eine kleine Tüte mit Hundeleckerlis.

»Möchtest du noch einmal mit Schopenhauer und Voltaire durch die Dünen streunen? Die beiden haben zwar noch ein paar Drehtage und müssen später mit Leslie für irgendeine Szene üben, aber jetzt haben sie frei und sind bestimmt froh über deine Aufmerksamkeit.«

»Sicher. Ich wollte mich sowieso noch vom Meer verabschieden.« Ich stoße einen Seufzer aus. »Ich werde das alles hier mehr vermissen, als ich gedacht hätte.«

»Dann versprich mir, dass du im Dezember wiederkommst, Anna. In drei Monaten. Zu meiner Hochzeit.«

Beinahe lasse ich meinen Bagel fallen. »Du hast also Ja gesagt? Elsa, das ist phantastisch! Das war die einzig richtige Entscheidung! Ich freue mich so für euch beide!« Ohne Rücksicht auf Backwaren und Hundeleckerlis werfe ich meine Arme um ihren Hals.

»Ich hoffe, du kannst dir die Zeit nehmen. Schließlich bist du dann eine ausgelastete Studentin, die sich nebenbei um die Belange und die Ausbildung einer talentierten, vielbeschäftigten Kinder-Musical-Gruppe kümmert.«

»Egal, was ich in drei Monaten mache, ich werde alles stehen und liegen lassen, Elsa. Zu wissen, dass ich schon bald wieder herkommen darf, macht mir den Abschied gleich viel leichter.«

Lachend macht Elsa sich daran, ein neues Backblech mit ihren kleinen, fluffigen Sanddornmuffins auf einen geblümten Teller umzufüllen, während ich einen Becher pechschwarzen Kaffee herunterstürze und mich dann auf die Suche nach den beiden Hunden mache. Als wir kurz darauf unsere übliche Abkürzung über Elsas Gartenmauer in die Heidelandschaft hinter dem Haus nehmen, scheinen auch Schopenhauer und Voltaire zu spüren, dass der Abschied naht. Sie weichen mir nicht von der Seite, selbst als beinahe direkt vor ihrer Nase ein entzückendes Stockentenpaar träge über den Weg watschelt.

Eigentlich ist es keine bewusste Entscheidung, dass ich nicht wie sonst in die Dünen abbiege, sondern die Hunde in die entgegengesetzte Richtung lotse. Eine Viertelstunde später stehe ich vor Bosses Hotel. Ist er schon wach? Welches Fenster ist wohl seins? Hat er meine Nachricht gehört? Hält er mich für gestört?

Ich weiß nicht, wie lange ich so dastehe und untätig an der mondänen Fassade des Backsteingebäudes hochstarre. Erst, als Schopenhauer mir auffordernd seine feuchte Schnauze in die Handfläche drückt und Voltaire ein ungeduldiges Gewinsel anzustimmen droht, wende ich mich widerstrebend ab und halte auf die Salzwiesen zu, um am zu dieser Stunde noch menschenleeren Strand entlang zurück zu Elsas Haus zu spazieren.

Ich versuche den ganzen Weg über, an den gestrigen Abend

zu denken, daran, dass ich einen Vater habe, zum ersten Mal in meinem Leben, und eine ganze Familie gleich dazu. Ich versuche nach Kräften, mir das ungewohnte Gefühl der Erleichterung und der Sicherheit ins Gedächtnis zu rufen, das ich verspürte, als er mich zum Abschied in seine Arme zog. Und doch kehren meine Gedanken immer wieder zu Bosse zurück. Und zu der lähmenden Angst, dass ich ihn vielleicht nie wiedersehen werde.

Selbstvergessen hebe ich einen flachen, bläulich schimmernden Stein auf und lasse ihn in die Tasche meiner Jeansshorts gleiten. Und in dem Moment sehe ich ihn. Er steht reglos an derselben Stelle, an der wir uns zum ersten Mal begegneten, damals, vor sechs Wochen, als Voltaire und Schopenhauer sich glanzvoll als herrenlose Streuner mit großem Appetit auf Kiebitzregenpfeifer und Austernfischer präsentierten, und starrt aufs Meer hinaus. Neben ihm hockt Alfred und blickt wie immer treuergeben zu ihm auf, ohne sich vom Fleck zu rühren. Er scheint uns als Erster zu bemerken, denn kaum stößt Voltaire ein winziges Niesen aus, springt er auf und wedelt vor Freude nicht nur mit dem Schwanz, sondern gleich mit seinem ganzen kleinen Körper.

Stirnrunzelnd folgt Bosse seinem Blick und sofort beginnen Schopenhauer und Voltaire, mich mit ganzer Kraft in seine Richtung zu ziehen.

Er sieht gut aus. Als würde er sich freuen. Nicht so sehr, dass er gelächelt hätte, registriere ich, und frage mich unwillkürlich, was ich wohl für ein Lächeln von ihm tun muss. Die drei Hunde sind derweil ganz aus dem Häuschen vor Glück über ihr unerwartetes Wiedersehen.

»Was tust du hier?«, frage ich unnötigerweise, als ich nah genug bei ihm bin. Mein Herz schlägt wild gegen meine Rippen. Was soll er schon hier machen? Er geht mit seinem Hund spazieren.

»Ich höre dem Meer zu.« Seine Stimme ist nicht mehr als ein heiseres Flüstern. »Und denke an dich.« Er blickt mich jetzt direkt an. »Und da bist du.«

Er legt eine kurze Pause ein und senkt seinen Blick. Und als er ihn wieder hebt, löst er mit seinen smaragdgrünen Augen den größtmöglichen Effekt aus.

Verwirrt beuge ich mich zu dem kleinen schwarz-weißen Hündchen herunter und kraule sein Kinn, was er mit einem wohligen Schnaufen quittiert. Als ich mich wieder aufrichte, lehnt Alfred sich vertrauensvoll gegen mein Schienbein, während sich Voltaire und Schopenhauer zu Bosses Füßen niederlassen.

Er klingt argwöhnisch, beinahe anklagend, als er feststellt: »Alfred ist ihr Hund. Er hat sich nie jemand anderem genähert als ihr und mir. Und jetzt dir.«

Und schlagartig wird es mir klar: Bosse hat das Gefühl, Françoise zu betrügen. Illoyal, verräterisch und untreu zu sein. Weil eine so belanglose Kleinigkeit wie der Tod nicht einfach die Liebe auslöschen kann.

Ich weiß, ich würde nur weinen und die falschen Dinge sagen. Also schweige ich und erwidere seinen intensiven Blick. Und als ich keine Fragen stelle, kann ich förmlich dabei zusehen, wie ihm klar wird, dass ich es weiß.

»Françoise war meine erste Liebe«, beginnt er schließlich zögernd. »Wir lernten uns in der Oberstufe kennen, als ich einen Austausch in Frankreich machte. Nach der Schule zog sie fürs Studium zu mir nach München. Wir mieteten eine winzige Wohnung und begannen unser gemeinsames Leben.« Die Worte kommen erst langsam und zaghaft, dann sprudeln sie immer schneller aus ihm heraus.

»Warum habt ihr geheiratet?«, will ich wissen. Hätten sie nicht einfach verliebt sein können wie normale Zwanzigjährige?

Bosse atmet ein paarmal tief ein und lässt sich dann müde in den weichen Sand sinken. Ich setze mich in einigem Abstand neben ihn und fahre fort, abwechselnd Alfred, Schopenhauer und Voltaire zu streicheln.

»Es fing ganz harmlos an. Françoise gefiel die Idee, eine große Party zu schmeißen, auf der sie die Hauptperson wäre. Warum also keine Hochzeitsparty? Zu heiraten erschien uns wie die natürlichste Sache der Welt, immerhin hat sie für unsere gemeinsame Zukunft ihre Familie, ihre Freunde, ihr Land verlassen. Was die Sache dann aber wirklich ins Rollen brachte, war die Tatsache, dass unsere Eltern unsere Pläne aufs Schärfste verurteilten. Sie hielten uns für zu jung und unreif. Und Françoise war offensichtlich noch dickköpfiger und unbeugsamer als ich damals. Wir heirateten sechs Wochen später in Paris und über die Party redeten unsere Freunde noch Jahre später.«

Ich schlucke schwer. Kann er hören, wie mein Herz rast?

»Wir waren glücklich, das waren wir wirklich. Zumindest am Anfang. Aber dann, auf einer Halloweenparty nach ein paar Jahren, eröffnete sie mir plötzlich, wir hätten uns auseinandergelebt. Sie fühlte sich eingeengt, sie hasste es, dass sie jeden Tag die gleiche Routine hatte, dass sie den gleichen Abschiedskuss bekam, die gleichen Leute traf. Und auch mir begann es Angst zu machen, mit Mitte zwanzig den Verlauf jedes einzelnen Tages genau vorhersagen zu können. Bis an mein Lebensende. Wir erkannten, dass wir einfach nicht gefunden hatten, wonach wir gesucht hatten. Und dass unsere Eltern recht gehabt hatten: Wir waren zu jung und unreif und wie zwei Kinder, die ein Ehepaar spielen wollten. Uns wurde klar, dass wir uns bald nicht mehr ausstehen könnten, wenn wir nichts unternahmen. Doch es tat weh. Ich hatte es ernst gemeint, als ich mein Gelübde abgelegt habe.«

»›Solange ich lebe -‹«

»Es heißt ›Bis dass der Tod euch scheidet‹.«

Ich kann seine Miene nicht erkennen, denn er hat sein Gesicht von mir abgewandt und starrt wieder aufs Meer hinaus.

»Erst habe ich sie unglücklich gemacht, dann konnte ich sie nicht beschützen. Diese Gedanken waren es, die mir lange Zeit die Luft zum Atmen nahmen.«

»Was ist in jener Nacht passiert?«, frage ich vorsichtig.

Er blickt mich noch immer nicht an. »Sie wollte die Scheidung. Sie wollte ein anderes Leben, ohne mich an ihrer Seite. Und ich wollte das auch. Aber als dieses andere Auto uns von der Fahrbahn drängte … Als sie dann tot war … Plötzlich wollte ich nichts mehr, als wieder mit ihr zusammen zu sein. Ich hätte meine Seele verkauft für nur einen einzigen weiteren Tag mit ihr.« Er hält für einen Moment inne und Alfred erhebt sich träge, trottet die wenigen Schritte zu ihm herüber und lässt sich dicht an seiner Seite wieder in den Sand sinken. »Ich konnte mich nicht mal von ihr verabschieden.«

Ich senke den Kopf. Ich weiß genau, wie sich das anfühlt.

Eine Zeit lang lauschen wir beide auf das Rauschen der Wellen und das Kreischen einiger Lachmöwen. Schopenhauer, der inzwischen offensichtlich lange genug tatenlos herumgelegen hat, springt bei dem Geräusch auf und leckt mir auffordernd über das Kinn. Ich fasse seine Leine ein wenig kürzer.

»Deine Vergangenheit ist ein wichtiger Teil von dir. Aber deine Zukunft musst du in der Gegenwart gestalten, Bosse«, flüstere ich schließlich und bin mir bewusst, dass ich zu dieser Erkenntnis erst in diesem Sommer, hier auf Langeoog, gekommen bin.

Bosse fährt sich mit den Händen über das Gesicht und blickt mir dann direkt in die Augen. Winzige Schweißperlen bilden sich auf meiner Stirn. »Ich wusste bei unserer ersten Begegnung, dass du anders bist, Anna. Ich hatte Angst vor meinen Gefühlen für dich. Sie waren zu stark. Es ging zu schnell. Daher mein ablehnendes Verhalten und schließlich die Regeln, die für dich möglicherweise ein bisschen soziopathisch klangen.«

Ich bin mir sicher, dass er meinen Herzschlag hören kann. Ich muss mich auf meine Hände setzen, die noch immer die beiden Hundeleinen fest umklammert halten, um zu verbergen, wie sehr sie zittern. Bosse Ritter erwidert meine Gefühle! Winzige Glücksblasen beginnen, sich langsam einen Weg durch meinen Körper bis zu meinem Hirn zu bahnen.

Doch innerhalb eines Sekundenbruchteils zerplatzen die Glücksblasen wie ein Luftballon. Bosse stößt einen frustrierten Seufzer aus. »Aber trotz der Regeln hatte ich irgendwann das Gefühl, dass du ebenfalls mehr für mich empfindest, Anna. Dass wir auf so etwas wie eine Beziehung zumarschierten. Und dazu war ich nicht bereit. Dazu *bin* ich nicht bereit.«

Seine Worte, gerade noch aufregend und verheißungsvoll und nun so entmutigend, hallen in meinem Kopf wider, während die Erde um mich herum beginnt zu beben. Ich bringe keinen Ton hervor.

Bosse gerät ins Stocken, doch als ich nicht reagiere, fährt er mit tonloser Stimme fort: »Du bist so voller Leben. Und ich bin so voller Schmerz. Ich wäre niemals gut genug für dich, Anna.« Selbst die Art, wie er meinen Namen ausspricht, tut weh. »Egal, was ich fühle, ich könnte mich nicht wirklich auf dich einlassen. Nicht so, wie du es verdienst. Weil es in meinem Leben noch zu viel Ungeklärtes gibt, unabgeschlossenen Mist, der wie Kaugummi an meinen Fußsohlen und auf meiner Seele klebt.«

Meine Augen schwimmen in Tränen. Ich begreife, dass sein Herz seinem Kopf in dieser Nacht auf Sylt zum ersten Mal seit Françoises Tod gesagt hat, was er tun soll, nicht umgekehrt. »Dein Herz sagt dir was, Bosse. Und zwar, dass es längst gefunden hat, wonach dein Verstand noch immer sucht. Du hast nur nicht den Mumm, darauf zu hören. Aber wenn du auf dein Herz hörst, macht eines Tages alles Sinn, auch wenn es jetzt vielleicht noch nicht danach aussieht.«

Ich breche ab. Denn ich weiß, er hat seine Entscheidung längst getroffen. Die Verzweiflung, die mich unter sich begräbt, ist beinahe unerträglich.

»Anna –« Bosse macht eine Bewegung, als wolle er nach meiner Hand greifen, überlegt es sich dann aber anders. Die drei

Hunde scheinen mittlerweile genug vom Herumliegen zu haben und machen Anstalten, sich mehr oder weniger schwungvoll ihrer unmittelbaren Umgebung zuzuwenden.

Schwerfällig raffe auch ich mich auf, die Leinen von Schopenhauer und Voltaire so fest umklammernd, dass die Knöchel weiß hervortreten.

»Die Vergangenheit muss nicht unsere Zukunft bestimmen, Bosse«, wispere ich noch einmal und meine Stimme bricht. »Du hast es selbst gesagt: Jeden Tag bekommt man die Chance, zu entscheiden, wer man sein will.«

Bosses Augen glänzen, als er mir ein wenig unbeholfen eine verirrte Haarsträhne hinters Ohr streicht. Meine Haut brennt unter seiner beiläufigen Berührung. »Anna. Vielleicht ... irgendwann.«

»Das Leben ist zu kurz für ›irgendwann‹. Und erst recht für ›vielleicht‹. Niemand weiß das besser als wir beide.«

Es fühlt sich an, als würden Stunden vergehen, in denen wir einfach nur dastehen und uns mit Blicken fixieren, dabei sind es vermutlich nicht mehr als ein paar Sekunden. Am Ende ist es Schopenhauer, der den Bann bricht. Nicht weit vor seiner empfindlichen Nase watet wieder stolz einer dieser an der Nordsee normalerweise so seltenen Kiebitzregenpfeifer durch den Sand und er zerrt so unvermittelt und ruckartig an seiner Leine, dass er mich um ein Haar mit sich zieht. Voltaire, angesteckt von den Flausen seines Freundes, setzt an, den kleinen Vogel aus Leibeskräften anzubellen. Wortlos, mit wild hämmerndem Herzen und ausgedörrter Kehle, wende ich mich von Bosse ab und ziehe die Hunde hinter mir her Richtung Ferienhof.

Ich bin noch nicht weit gekommen, als er mir unvermittelt hinterherruft: »Ich habe immer noch dieses Lied im Kopf, Anna!«

Ich muss nicht fragen, welches Lied er meint. Ich werde mich für den Rest meines Lebens daran erinnern. *Clair de lune*.

»Ich werde nie vergessen, wie du es gespielt hast, in dieser Nacht am Lagerfeuer.« Er hält kurz inne. »Ich werde dich nie vergessen, Anna. Niemals.«

Ohne es zu wollen, gehen meine Beine einen Schritt auf ihn zu. Doch er hat sich schon wieder abgewandt und eilt mit Alfred an seiner Seite zu seinem Hotel zurück. Erst jetzt merke ich, dass Tränen meine Wangen hinabrinnen.

Ich starre ihm nach, bis er zwischen den Dünen verschwunden ist, und für einen kurzen Augenblick sehe ich es glasklar: Bosse ist meine eine Liebe. Er ist einzigartig. Ich habe nie zuvor jemanden wie ihn getroffen und werde es nie wieder tun. Meine Familie, meine Arbeit und meine Musik sind jetzt alles, was mir bleibt. Ich habe keine Wahl, als diese Prüfung zu bestehen.

Epilog

Kann noch irgendwer mein Herz schlagen hören?

»Sie starten mit dem ersten Satz von Kabalewskis Konzert *Opus 48*, entnehme ich Ihrer Anmeldung.« Es ist eine Feststellung, keine Frage. Ich blinzele kurz, denn der Saal ist so hell ausgeleuchtet, dass ich erkennen kann, wie sich auf der Nase des Toupet tragenden Prüfers kleine Schweißperlen gebildet haben, obwohl es überraschend kalt im Raum ist. Seine Zähne sind heute frei von Spinat, dennoch schaffe ich es nicht, meinen Blick abzuwenden.

»Frau Novotna?«

Ich wünschte, sie würden einfach das Licht ausschalten.

Beklommen räuspere ich mich und umklammere das Griffbrett meiner Jan Kulík wie einen Rettungsring auf der Titanic. Ich trage eine dunkelblaue Jeans und weiße Sneaker – ich habe mich schon immer im legeren Look wohler gefühlt als im eleganten schwarzen Kleid und High Heels. Perfekt aussehen muss man nur, wenn man sonst nichts kann. Das weiß ich von meinem Vater. Ich ringe mir ein Lächeln ab und zupfe an meinem weißen Shirt herum, das mir trotz der kühlen Raumtemperatur am Rücken klebt.

»Möchten Sie auf dem Klavier begleitet werden, Frau Novotna?« Der Prüfer – wie war noch mal sein Name? – wirkt heute weniger wie ein gutmütiger Kinderarzt, sondern noch ungeduldiger und kühler als vor drei Monaten. Er glaubt nicht, dass ich es schaffe. Er betrachtet meinen Prüfungstermin als Zeitverschwendung.

»Anna?« Die rotwangige junge Prüferin neben ihm, deren Name mir ebenfalls beim besten Willen nicht einfallen will, nickt mir aufmunternd zu. »Denken Sie bitte daran, Sie haben zweifellos das Talent Ihrer Mutter geerbt. Das war auf Ihrem Bewerbungsvideo nicht zu überhören.« Auch sie scheint allmählich die Zuversicht zu verlieren.

Mein Gesicht glüht, als ich andächtig den Geigenbogen hebe. Jonah, der in einer der hinteren Reihen angespannt auf seinem Sitzplatz hin und her rutscht, räuspert sich ein bisschen zu laut. Ich wage es nicht, in seine Richtung zu blicken, und schließe stattdessen die Augen.

»Atmen Sie tief durch, Anna. Sie können zu Beginn einfach irgendein Stück nehmen, um reinzukommen«, fordert mich die Prüferin auf, verzweifelter diesmal, und erntet dafür einen missbilligenden Blick von ihrem älteren Kollegen.

Ich habe das ungute Gefühl, neben mir zu stehen, einige Meter entfernt, während ich eine blasse Frau in schweißnassem weißem Shirt, die ich nicht kenne, dabei beobachte, wie ihr die Wimperntusche über die brandroten Wangen läuft und sie gleichzeitig den Geigenbogen bewegt. Doch die Töne, die sie ihrem zugegebenermaßen wunderschönen Instrument entlockt, klingen, als würden sie unter Wasser gespielt. Das hier ist schlimmer als jeder Alptraum. Sichtlich angestrengt versucht die Frau, sich an irgendwelche Noten zu erinnern.

Stattdessen fällt ihr ein, was ihre Freundin Elsa ihr gestern am Telefon gesagt hat: dass es vielleicht allen Leuten so geht, die vorspielen müssen und nur noch einen Wimpernschlag von ihrem großen Traum entfernt sind. Und dass man es möglicherweise nur schaffen muss, mit dem, was man tut, zufrieden zu sein.

Und sie erinnert sich, was ihre Schwester Charlotte ihr heute Morgen per Textnachricht schrieb: Vielleicht verfallen alle in leichten Wahnsinn, weil ihnen bewusst ist, wie viel von diesem Moment abhängt und dass ihr Leben sich unweigerlich ändern wird. Und dass es in diesem Moment womöglich hilft, einfach draufloszulächeln, schließlich bringt es Glückshormone und ein bisschen Optimismus mit sich.

Und sie ruft sich den Rat ihres Vaters ins Gedächtnis: »Sei einfach du selbst, Anna! Niemand ist besser als du.«

Ich will weggehen, aber die Frau im weißen Shirt bleibt wie festgefroren stehen.

Das schleifende Geräusch einer Tür, das Scharren einer Vielzahl von hastigen Schritten und gemurmelte Stimmen, die ich nicht verstehen kann, holen mich in den Saal zurück. Und plötzlich löst sich der traumhafte Nebel auf.

Sie sind alle da: Mein Vater und Senta, Charlotte, Helen und Linus, Leif, Elsa und all meine Musikkinder eilen im Gänsemarsch durch die menschenleeren Stuhlreihen, bis sie bei Jonah angelangt sind. Charlotte winkt mir aufmunternd zu, Albert zeigt mit beiden Daumen nach oben, Elsa setzt ihr hoffnungsvollstes und zugleich ermutigendstes Lächeln auf, das sonst den Kindern vorbehalten ist, und Jonah strahlt mich derart erleichtert an, dass mir schlagartig klar wird, warum bei ihm hektische Betriebsamkeit ausbrach und er mit seinem Handy in der Hand auf der Toilette verschwand, sobald er hörte, dass meine Prüfung um eine halbe Stunde vorverlegt wurde, weil ein anderer Prüfling sich eine Grippe eingefangen hatte. Ich könnte vor Freude an die Decke springen.

Ein durchdringendes, demonstratives Räuspern erinnert mich daran, warum ich hier bin. Ich nehme kaum wahr, wie der erste Prüfer, Professor Pavel Procházka, wie mir jetzt einfällt, gereizt seine buschigen weißen Augenbrauen hebt. »Sind wir dann nun alle so weit?«

»Sofort!« Alle Augenpaare richten sich auf die Tür, als die mit einem erneuten schleifenden Geräusch schwungvoll aufgestoßen wird. Mein Herz setzt für ein paar Schläge aus und ich schnappe hörbar nach Luft. Es ist Bosse, der mit entschlossenen Schritten in einem leuchtend orangenen Debussy-T-Shirt an allen Stuhlreihen vorbeimarschiert, ohne mich dabei aus den Augen zu lassen, und sich auf einen Stuhl in der ersten Reihe sinken lässt. Verwirrt folge ich ihm mit meinen Blicken.

Er sieht gut aus, besser als bei unserer letzten Begegnung vor einigen Tagen. Besonnener und gelassener. Ich kneife die Augen zusammen. Was tut er hier?

Demonstrativ hebt Professor Procházka seine goldene Armbanduhr hoch. Die Prüferin, Professor Birthe Neumann, bewegt die Lippen, aber ich verstehe kein Wort von dem, was sie sagt.

Stattdessen starre ich auf Bosses T-Shirt. Dann blicke ich in seine Augen und plötzlich sehe ich alles ganz klar. Ich hebe den Geigenbogen und meine goldgelbe Jan Kulík aus dem Jahr 1870.

Das wertvollste Erbstück meiner Mutter. Konzentriert lasse ich meinen Blick von Bosse weiter zu meiner Familie und meinen Freunden schweifen.

Die ersten Töne von Claude Debussys *Clair de lune* klingen verhalten, beinahe zaghaft, doch schon bald vergesse ich, wer mir zuhört. Wer mich und mein Spiel, meine Technik und mein Gefühl bewertet. Ich spiele frei und poetisch und schwungvoll, bis jeder im Saal, sogar Professor Procházka, mit dem Fuß mitwippt.

Als die letzten Töne des Stücks verklungen sind, lasse ich es in das nächste übergehen, eine Solosonate von Bach, wie damals am Lagerfeuer auf Langeoog. Die ganze Zeit über kann ich Bosses Augen auf meinem Gesicht spüren. Und ich weiß, dass er es fühlen kann, ebenso wie ich, das Seelenvolle, Begeisterte, Wache, das aus meinem Inneren strömt. Die Trauer, das Sehnen, die Leidenschaft, die unseren Puls schneller jagen lassen. Die Leiden und die Freude, durch die wir die Welt um uns herum vergessen.

Erst nach dem sechsten und letzten Stück, dem berüchtigten Kabalewski, lasse ich meine Violine sinken, schwer atmend und mit wild pochendem Herzen. Für einige Sekunden ist es so still, dass ich das Rascheln des Vorhangs auf der anderen Seite des Raums hören kann. Dann brandet tosender Applaus auf.

»Bravo!«, brüllen Charlotte, Helen und Senta im Chor.

»Das ist meine Tochter!«, ruft Albert und sieht aus, als würde er vor Stolz beinahe platzen.

Elsa und Lisa wischen sich verstohlen eine Träne aus dem Augenwinkel, während Jonah aufgesprungen ist und auf zwei Fingern pfeift wie bei einem Rockkonzert.

Überwältigt verharre ich auf der Bühne, unfähig, mich zu rühren. Stattdessen wandert mein Blick von ganz allein von meiner Familie zur Prüfungskommission.

Ich wusste nicht, dass Professor Procházka seine Mundwinkel nach oben ziehen kann. Lächeln sogar. »Nun, Ihre Mutter wäre sehr stolz auf Sie, Frau Novotna!«, ruft er beinahe euphorisch aus und macht sich einige Notizen auf meinem Bewerbungsbogen. Professor Neumann neben ihm beginnt ebenfalls, eifrig auf einem Formular herumzukritzeln.

Langsam dämmert es mir. Ich habe es geschafft! Ich habe bestanden. Mit angehaltenem Atem blinzele ich ein paarmal, um die aufsteigenden Tränen zu unterdrücken. Ich kann mich gerade noch davon abhalten, mir hysterisch Luft zuzufächeln, und presse mir stattdessen eine Hand auf den Mund. Die Prüfung, die mir so viele schlaflose Nächte bereitet hat, für die ich mich meinen Ängsten gestellt und mein ganzes Leben hinterfragt habe, für die ich meinen Vater gefunden und meine Vergangenheit aufgeräumt habe, ist vorbei. Und ich habe mein Ziel wirklich erreicht. Ich kann es kaum erwarten, auf den Friedhof zu gehen und meiner Mutter Bericht zu erstatten, so, wie ich sie gestern schon besucht habe, zum ersten Mal seit mehr als sechs Wochen, um mir Mut zusprechen zu lassen.

Erst jetzt sehe ich wieder in Bosses Richtung. Er sitzt noch immer auf seinem Stuhl und blickt zu mir auf. Zu meiner Überraschung ist sein Gesicht nass von Tränen.

Unwillkürlich mache ich einen Schritt in seine Richtung. Doch ich bin kaum am Rand der Bühne angelangt, als sich auch schon mein Vater, Charlotte, Jonah und all die anderen um mich herum drängen, die Arme um mich werfen und mich beglückwünschen, mir auf die Schulter klopfen und meine ohnehin schon rettungslos zerzausten Haare noch weiter zerstrubbeln. Als ich den Blick wieder hebe, ist Bosse verschwunden.

Vor der Tür wartet bereits der nächste etwas blasswangige Kandidat auf seinen Auftritt, also strömen wir auf den breiten Flur hinaus, die anderen lachend und plaudernd, ich einsilbig und suchend.

»Das muss gefeiert werden. Ich schlage vor, ich lade euch alle in das beste Restaurant der Stadt ein. Was haltet ihr davon?« Mein Vater blickt mich erwartungsvoll an.

»Geht ruhig schon mal vor, ich habe noch etwas zu erledigen.« Ehe jemand neugierige Fragen stellen kann, drücke ich Jonah meine Violine in die Hand und laufe los, auch wenn ich keinen Schimmer habe, wo ich mit meiner Suche beginnen soll.

Draußen vor dem altehrwürdigen Gebäude bleibe ich unversehens stehen. Der fortwährende Sommer ist seit meiner Rückkehr einem herbstlichen Schmuddelwetter gewichen, doch heute zeigt sich die Sonne noch mal von ihrer besten Seite und ich muss in dem plötzlichen gleißenden Licht blinzeln, ehe ich ein wenig ratlos nach rechts und links die belebte Straße hinunterblicke, auf der Suche nach einem leuchtend orangenen T-Shirt. Wohin ist er so schnell verschwunden?

»Anna?«

Mit angehaltenem Atem drehe ich mich um. Sein Anblick versetzt jedes einzelne meiner Nervenenden in Schwingung.

»Ich wollte gerade wieder reingehen und dich suchen«, erklärt Bosse mit heiserer Stimme und setzt dann mit Blick auf den halbvollen Pappbecher mit pechschwarzem Kaffee in seinen Händen hinzu: »Ich habe in letzter Zeit nicht sehr gut geschlafen.«

»Ich dachte, du bist fort.«

Er fährt sich mit der freien Hand über das Gesicht. »Ich gehe nicht mehr weg, Anna.«

Ich starre ihn an wie eine Verrückte. In dem Moment strömt eine ganze Gruppe laut lachender und plaudernder Menschen hinter uns aus der breiten Flügeltür. Aus dem Augenwinkel erkenne ich, dass Jonah, Leif und Charlotte die anderen ein paar Meter weiterziehen und an einem Taxistand haltmachen.

»Es ist praktisch unmöglich, jemanden nicht mehr zu mögen, nur, weil er kein Interesse an dir hat«, habe ich gestern Abend zu Jonah gesagt und an meinem Dirty Martini, dem einzigen, den Jonah mir so kurz vor der Prüfung zugestehen wollte, genippt. »Man kann nicht einfach den Stecker zu seinem Herzen rausreißen. Sieh dich und Amba an. Seit du mit ihr Schluss gemacht hast, weil du Charlotte liebst, ist sie anhänglicher denn je.«

»Es gibt andere, die dich mögen.« Jonah wollte offenbar nicht über Amba sprechen. »Nicht viele, das vielleicht nicht –«

»Danke, Jonah!«

»– aber ein, zwei Möglichkeiten hast du schon.«

»Ich will keine andere Möglichkeit.«

»Ich weiß.« Jonah hat geseufzt und dem widerwilligen Barkeeper bedeutet, uns doch noch einen zweiten Dirty Martini zu mixen.

Und nun steht Bosse nur ein paar Zentimeter von mir entfernt, fixiert mich mit seinen smaragdgrünen Augen und sagt die Worte, die ich längst aufgegeben hatte, mir je von ihm zu erhoffen.

»Ich konnte nicht aufhören, an dich zu denken, seit du Langeoog verlassen hast. Wann immer ich Marmeladenbrötchen aß oder Fusilli kochen wollte, Musik oder das Meer hörte, ein Lagerfeuer sah, irgendwo ein Vogel zwitscherte oder ich mit Alfred spazieren ging. Wann immer es gewitterte oder die Sonne schien.« Offensichtlich ist er sich dessen bewusst, dass die anderen noch immer dicht genug stehen, um jedes Wort mitzuhören, auch wenn sie sich alle Mühe geben, unbeteiligt dreinzublicken, also senkt er die Stimme, als er fortfährt: »Eigentlich kann ich nicht aufhören, an dich zu denken, seit ich dich das erste Mal sah. Doch das wollte ich nicht mal mir selbst eingestehen.«

Mein Herz klopft mir bis zum Hals. »Es ist erst ein paar Tage her, als du mir in aller Deutlichkeit zu verstehen gegeben hast, dass du und ich … Dass du nicht bereit bist, dich auf eine Beziehung mit mir einzulassen.«

Er vergräbt das Gesicht in seiner freien Hand. »Eine kluge Frau hat einmal gesagt, man muss manchmal den Mumm haben, auf sein Herz zu hören. Und dass das Leben zu kurz ist für ›irgendwann‹. Und erst recht für ›vielleicht‹.«

Ich mache einen winzigen Schritt auf ihn zu. Er steht jetzt so dicht vor mir, dass ich seinen warmen Atem auf meiner Kopfhaut spüre. »Was ist mit dem ungeklärten Mist, all dem klebrigen Zeug, das unter deinen Sohlen und auf deiner Seele haftet?«

Er wirft einen schnellen Blick zum Taxistand hinüber, wo es noch immer verdächtig geräuscharm zugeht, und grinst mich dann schief an. »Zwing mich nicht, es zu sagen, Anna. Nicht hier, auf der Straße, vor allen Leuten.«

»Was zu sagen?«

Er hält nur einen kurzen Moment inne. »Ich liebe dich, Anna Novotna«, murmelt er dann mit rauer Stimme. Und es fühlt sich an, als fände ein Puzzleteilchen endlich an seinen Platz.

Bosse greift nach meiner zitternden Hand. »Du bist der Mensch, der mir das Gefühl gibt, nun endlich wieder frei atmen zu können, nachdem ich jahrelang die Luft angehalten habe. Du hast mich ins Leben zurückgeholt, Anna. Ich brauchte nur einen Moment länger als du, um das zu erkennen. Vergib mir, dass ich dich gehen ließ.«

Die Kinder fangen an, ungeniert zu johlen, mit der Zunge zu schnalzen und zu pfeifen wie die Bauarbeiter.

»Nun mach schon, küss sie endlich!«, ruft Miguel überraschend offenherzig zu uns herüber.

»Ich finde, er hat recht. So ein Kuss, der vollends außer Kontrolle gerät, wäre jetzt genau das Richtige.«

»Ich bin froh, dass dein Sinn für Humor immer noch derselbe ist«, lächle ich und blicke auf.

Sein Mund ist jetzt sehr nah an meinem. Quälend langsam beugt er sich zu mir herunter. Ich werde mich nie an seine Küsse gewöhnen.

»Warum habe ich nur gewartet?«, murmelt er zwischen zwei Küssen, die dabei sind, vollends außer Kontrolle zu geraten. »Warum um Himmels willen habe ich gewartet?«

Widerwillig löse ich mich von ihm, als das Pfeifkonzert auszuufern droht. Ich blicke mich um.

Ich habe gefunden, wonach ich gesucht habe. Auch wenn ich nicht wusste, dass ich danach suchte. Liebe. Glück. Und die richtigen Menschen, mit denen ich es teilen kann.

Ich habe keine Angst mehr.

Denn ich weiß, ich bin nicht mehr allein. Und werde es nie mehr sein.

ENDE

LESEPROBE

New York, 1999

Es war Silvesterabend. Der Abend, die Nacht, der Jahreswechsel, dem die ganze Welt entgegenfieberte. Millennium. Das Jahr 2000 stand kurz bevor. Manche behaupteten, um Punkt Mitternacht gäbe es einen großen Knall und die Welt explodiere, alles würde sich neu justieren. Aber für mich war es nur eine Zahl. Die Erde würde sich einfach weiterdrehen, dachte ich. Dabei ahnte ich nicht, dass meine Welt sich in dieser Nacht schlagartig verändern würde.

Die Stadt, die niemals schläft. Ich stand in einer Schneise Feierwütiger. Meine Mädels waren im Getümmel verloren gegangen. Also nicht direkt. Ich hatte sie verloren. Amy an einen gut aussehenden Boxertypen aus Harlem und Suki an ihren Kunstprofessor, mit dem sie nicht ganz jugendfrei über die Tanzfläche wirbelte. Irgendwie fühlte ich mich merkwürdig, aber nicht alleingelassen, ganz im Gegenteil. Ein ungewohntes Kribbeln erfasste mich. Die Feiermeute war aufgekratzter als gewöhnlich, gemeinsam brüllten sie den alles entscheidenden Countdown. Erwartungsvoll, aber auch etwas angsterfüllt.

Ich ließ das ungewohnte Kribbeln zu und machte seine Quelle aus.

Er stand in einiger Entfernung. Um ihn herum tanzten Knicklichter, sein Gesicht leuchtete abwechselnd neongrün und pink auf. Zu Beginn des Countdowns war er an mir vorbeigehuscht. Als alle »49« riefen, hatte ich schemenhaft sein Gesicht wahrgenommen, spürte eine krasse Anziehung, einzig allein durch seine Anwesenheit in dem aufgeheizten Raum.

Ich war unruhig geworden und hatte bis runter zur 25 versucht, seine Gestalt komplett auszumachen.

Jetzt stand er da, jetzt hatte ich freie Bahn. Mein Blick konnte unbehelligt über seinen etwas schlaksigen Körper wandern. Hängende Jeans, ein Kapuzenpulli, die Haare über den Nacken fallend bis zu den Schultern. So entspannt und unaufgeregt stand er einfach da, mir noch den Rücken zugewandt. Bei 12 hatte er sich dann zur Seite gedreht und einem Kumpel zugeprostet. Ich sah, wie sich kleine Lachfalten um seine Augen bildeten. Bei sechs hatte er sich schließlich umgedreht, bei vier sah er auf und setzte in das Zählen ein: »Drei, zwei, eins.« Im tosenden Rausch des gellenden »Happy New Year« wanderten seine Augen durch die Menge der feiernden Gestalten und trafen meine.

Es war, als hätte jemand den Ton ausgeschaltet: Stille.

Wir sahen uns einfach nur an. Trotz etlicher Meter Entfernung. Mein dünnes Glitzerkleid vibrierte. Mein Körper darunter war es, der zitterte, obwohl mir auf einen Schlag knallheiß war. Meine alberne Partykrone blinkte hektisch auf meinem Kopf. Alle um uns herum lagen sich in den Armen, und wir standen, beinahe bewegungslos, durch ein magisches Band voneinander angezogen und doch distanziert, einfach da. Die kleinste Bewegung konnte diese unverhoffte Nähe durchtrennen. War es das, was jetzt geschehen würde?

Durch das Starren begannen meine Augen zu brennen, und ich blinzelte. Er schob seinen Mundwinkel nach oben in ein entwaffnendes Lächeln. Seine im dämmrigen Licht beinahe surreal strahlenden Zähne schienen wie eine Einladung. Der Beat der Musik synchronisierte sich mit meinem Herzschlag. Bum, Bum, Bum. Musste ich jetzt etwas tun?

Diese Entscheidung wurde mir im nächsten Moment abgenommen, als Amy mir schwer und partytrunken um den Hals fiel und mich fast zu Boden riss.

»Happy New Year, German girl!«, kreischte sie schrill in mein Ohr. Ich hatte große Mühe, mich auf den Beinen zu halten. Beeilte mich, wieder hochzukommen, aber als ich dann aufsah, war es bereits zu spät. Er war verschwunden.

Unruhig klapperten meine Augen den Raum ab. Vergebens. Suki winkte lässig von der Tanzfläche und Amy versuchte, mich aus meiner Starre zu holen, aber ich wollte nicht. Mir war nicht nach tanzen. Mich zog es ins Freie, ich brauchte frische Luft, wollte schnell eine rauchen.

Enttäuscht bahnte ich mir meinen Weg durch tanzende, lachende, vor Freude heulende, singende Menschen. Der große Knall war ausgeblieben, alle hatten überlebt, die Erde drehte sich weiter.

Draußen vor der Bar tummelten sich Massen von Menschen auf der Straße. Es war so kalt, dass sich alle wie Pinguine zusammengerottet hatten, um sich aneinander zu wärmen. Ein tröstender Anblick. Ich sog die eiskalte Januarluft ein und zuckte zusammen, als die Kälte an meinen Zähnen schmerzte. Mein Blick fiel hinauf in den Himmel. Dort erhellten Silvesterraketen das Schwarz der Nacht. Hier und da mischten sich grelle Sterne dazwischen, beinahe winzig, aber doch so klar. Wie tief verborgene Augen, die uns hier unten beobachteten. Ich musste über meine wirren Gedanken schmunzeln. Schon oft hatten mir diese mich ständig beobachtenden Augen den Weg gewiesen.

Hier im Village schienen die Häuser, eng aneinandergeschmiegt, als würden sie mit der Menge tanzen. Ich kniff meine Augen zusammen, die heiße, aufgestaute Luft in der Bar hatte mich beinahe betrunken gemacht. Hatte ich mir all das gerade eben nur eingebildet? Er war aus dem Nichts aufgetaucht und genauso rasch wieder verschwunden. Da und wieder weg. Die Begegnung so kurz, dass die Erinnerung nicht lange würde anhalten können.

Musste sie auch nicht. Nur ein Blick in Richtung der Mülltonnen, und die dort lässig lehnende Gestalt war mir ungewohnt vertraut. Das zum Mund geführte Feuerzeug erhellte für ein paar Sekunden sein Gesicht. Die Flamme blitzte in seinen Augen auf, ehe ihn wieder die Dunkelheit verbarg und nur noch das Glühen seiner Zigarette mir den Weg zeigte.

Seine warme, sichere Stimme mit fettem New-Jersey-Akzent war erstaunlich beruhigend. »Brauchst du Feuer?«

Ich versuchte sein Gesicht auszumachen, ehe ich in seine Richtung ging. Ob ich Feuer brauchte? In mir loderte es bereits.

Mein zum Glitzerkleid passendes Paillettentäschchen baumelte mir über meine halb erfrorene Schulter, als ich mit kalten Fingern versuchte, die zerknautschte Packung Parliament-Zigaretten herauszuziehen. Irgendwann schaffte ich es tatsächlich und schob mir eine Zigarette zwischen die trockenen Lippen. Er richtete sich auf und tauchte im Schein der blinkenden Barbeleuchtung auf. Als er sich zu mir beugte und gentlemanlike meine Zigarette entzündete, meinte ich seinen warmen Atem zu spüren, so nahe kam er mir.

»Ich bin Jackson«, sagte er cool.

»Kata«, entgegnete ich. Er hob eine Braue. »Von Katharina«, ergänzte ich schnell.

Er blies den Rauch aus. »Bist du Deutsche?«

»Ja.«

»Machst du hier Urlaub?«, fragte er bemüht lässig.

Ich sog kräftig den Rauch ein, es brannte in meiner Kehle. Mir gefiel diese Frage irgendwie. Dennoch zögerte ich einen Moment genussvoll.

»Nein, ich studiere an der NYU. Und du?«

Er lächelte.

»Ich lebe hier.«

Ich erwiderte sein Lächeln, denn ohne es auszusprechen, wussten wir, dass wir Zeit hätten, uns kennenzulernen.